Sara Strömberg
Im Unterholz

Sara Strömberg

# Im Unterholz

Kriminalroman

*Aus dem Schwedischen*
*von Leena Flegler*

blanvalet

Die Originalausgabe erschien 2021 unter dem Titel
»Sly« bei Modernista, Stockholm.



MIX
Papier | Fördert
gute Waldnutzung
FSC
www.fsc.org
FSC® C083411

Penguin Random House Verlagsgruppe FSC® N001967

1. Auflage 2024

Published by arrangement with Sebes & Bisseling
Literary Agency Scandinavia

Redaktion: Holger Wolandt
Umschlaggestaltung: www.buerosued.de
Umschlagmotive: plainpicture / Janusz Beck;
www.buerosued.de
BL · Herstellung: SAM
Karte: © Peter Palm, Berlin
Satz: satz-bau Leingärtner, Nabburg
Druck und Bindung: CPI books, GmbH
Printed in the EU
ISBN 978-3-7645-0861-6
www.blanvalet.de

*Für Anders*

*Das Gesicht der Fahrerin sieht wächsern aus. Sie seien unterwegs zu einem Heim für solche wie Maria, sagt sie.*

*»Dort war ein Akutplatz frei. Du kannst im Auto schlafen.«*

*Vom Rücksitz aus sieht Maria ihre Kindheit verschwinden. Der Wald, die Moore und die Strommasten sind kaum noch zu erkennen. Ihre gesamte Habe liegt in einer Tasche im Kofferraum. Der Pullover ist ihr samt Sicherheitsgurt über dem Bauch hochgerutscht. Sie bringt es nicht fertig, ihn wieder runterzuziehen. Wie eine schlaffe Kaugummiblase quillt das Fett über den Hosenbund.*

*Maria sagt keinen Ton, es wäre ja doch alles schmutzig, ihre Unschuld ist Geschichte, den letzten Rest haben ihr die Mücken ausgesaugt. Sie ist wie Windbruch, nirgends mehr verankert. Irgendwo in der aufgerissenen Erde blitzen noch immer Erinnerungen auf, die schlackernden Fliegermützenklappen ihres Vaters, das uringetränkte Trauerlaken der Mutter, Jörgens Kehlkopf – all das, was den Sommer über immer übermächtiger geworden ist.*

*Ja, die Erinnerungen blitzen noch immer auf, doch die Baumkronenträume sind ausgeträumt. Elisabeths Geheimnisse sickern durch die Astlöcher ans Licht, mit dem Harz versickert auch ihre Freundschaft und alles ist Marias Schuld. Sie hätte nie geglaubt, dass sie so niederträchtig sein könnte – aber sie war es. Während draußen der Tag in den Abend übergeht, umklammert sie ihre eigene Hand.*

*Solche wie sie müssen sich immer selbst an der Hand halten.*

Der Elchbulle lag auf der Seite. Aus dem Mundwinkel hing die schlaffe Zunge – hellbeige mit dunklen Adern – bis runter auf einen verblühten Siebenstern. Thomas kniete vor dem aufgebrochenen Bauch des Tieres und wuchtete die Eingeweide heraus. Er hatte sich nicht mal die Mühe gemacht, die Ärmel seiner Helly-Hansen-Jacke hochzukrempeln, der ausgefranste Stoff saugte Blut und Schmiere auf, und über dem sumpfigen Boden hing der Geruch von Eisen. Ich stieg vom Quad und lud den Hänger ab. Wasserkanister, Handtuch und Bierkästen verschwanden beinahe im milchigen Morgennebel, der vollkommen still zwischen den Fichten hing. Zwischen meinen Brüsten kühlte der Schweiß spürbar ab. Das letzte Stück von Ånn zum Harsjön ging es ordentlich bergauf, und an mehreren Stellen hatte ich neben der Maschine herlaufen oder mich tief über den Lenker beugen müssen, um nicht umzukippen.

»Brauchen wir bis Samstag noch irgendwas?« Ich stemmte die Hände in die Hüften.

»Nein, ich glaube, das war alles. Wir haben so viel Bier und Renwurst, dass es für eine ganze Woche Jägerlatein reicht. Wir treffen uns morgen früh bei mir. Der Fuhrpark bleibt übers Wochenende zu.«

Zumindest etwas, was sich nie geändert hatte. Die meisten aus der Jagdgesellschaft kannten sich von klein auf. Wir waren über dieselben Felsen geklettert wie unsere Eltern, hatten Wasser aus denselben Bächen getrunken wie unsere Großeltern. Hier gehörten wir hin, und ich freute mich auf unser alljährliches Wochenende in der Jagdhütte: auf die Besprechung am Morgen, auf das Lagerfeuer am Abend, auf Räuberpistolen. Wärme und Gespräche brauchte ich mehr denn je, da war es egal, wenn ich in dem harten unteren Stockbett und mit Thomas' Schnarchen von oben kaum ein Auge zumachen würde.

Ich zitterte, es mussten mehrere Grad unter null sein. Der September war kälter als sonst, ein rauer, eintöniger Herbst. Eine Krähe krächzte.

»Wie viele haben wir in diesem Jahr?«, erkundigte ich mich.

Thomas blickte von dem toten Tier auf.

»Sieben ausgewachsene und sieben Kälber. Gleich am ersten Tag haben wir eine Kuh mit Kalb erlegt und der hier ist mir heute Morgen quasi als zweites Frühstück vor die Flinte gelaufen. Ich hab ihn durchs Küchenfenster der Hütte gesehen. Kommt nicht allzu oft vor.«

Ich lächelte.

»Brauchst du mich, um ihn aufzuladen?«

»Ach was, die anderen kommen ja bald.«

Immer wieder verschwanden seine Arme in der Bauchhöhle des Tieres. Immer mehr Schmiere sammelte sich zu seinen Füßen. Ich wusste, die Körperwärme war noch da. Vor wenigen Minuten hatte es noch geschlagen. Das Herz.

»Na dann.«

Auf dem Weg zum Plumpsklo schlang ich mir die Arme um den Leib. Zog die Tür nicht ganz zu, damit ich ein bisschen Licht hatte und der Gestank rausziehen konnte. Der Türhaken baumelte im Wind. Von der Styroporklobrille aus konnte ich die Elchschaufeln am roten Giebel der Jagdhütte sehen. Ein paar davon hatte ich selbst erlegt. Ich zählte durch. Die Größte hatte siebzehn Enden. Nicht übel. Ich wischte ab, und es war so, wie ich befürchtet hatte: Ich blutete. Lächerlich wenig, garantiert die Wechseljahre. Ein paar Lagen Klopapier mussten diesmal als Binde ausreichen. Irgendwas knallte aufs Dach. Ein Zapfen, der aufs Wellblech gefallen war.

Um umgestürzte Bäume herum und durch Blaubeergestrüpp ging ich zurück. Allmählich lichtete sich der Nebel. Das Sylanmassiv und der Storsnasen waren aufgetaucht. Bald wären auch die bläulichen Fjälls bis rüber nach Norwegen zu sehen.

Thomas stand auf und zog sich die Jacke aus, drehte den Kanister auf und wusch sich die Hände. Wasser platschte auf die Erde.

»Übrigens – schon gehört, dass es Mord war?«

»Mord?«

Ich knöpfte meine Jeans zu und schloss den Gürtel. Ein metallischer Geschmack lag mir auf der Zunge.

»Die Frau, die dieser Waldbesitzer vor einer Woche in der Nähe von Kall bei einem Hochsitz gefunden hat. Anscheinend ist sie ermordet worden.«

Er trocknete sich die Hände an einem zerschlissenen Handtuch ab.

»Ist ja ein Ding.«

Einen Moment lang betrachtete Thomas den Elch. Das Mikadodurcheinander aus Beinen und Hufen. Thomas hatte diese spezielle Ruhe, scherte sich nicht darum, in welchem Tempo eine Unterhaltung fließen musste, damit die Stille nicht unangenehm wurde. Mit solchen Menschen wurde es dementsprechend nie unangenehm. Früher, als die alte Clique noch vollzählig gewesen war, waren wir regelmäßig zusammen unterwegs gewesen. Das fehlte mir.

»Ja. Der Leiter der Voruntersuchung hat vorgestern angerufen. Sie brauchten die Hilfe von uns Nachsuchenführern, um das Handy der Frau zu finden, bevor sie mit Mord an die Presse gehen wollten. Inzwischen dürfte es aber in der Zeitung stehen.«

»Ich hab heute noch keine Nachrichten gelesen.«

Was gelogen war. Ich war seit drei Uhr nachts wach, aber statt nur aufs Handy zu glotzen, hatte ich dagelegen, auf Sattelschlepper gelauscht und dem Licht im Schlafzimmer zugesehen. Das Schwarz hatte sich in immer helleres Grau verwandelt.

»Und wie ist es gelaufen?«

Thomas gähnte.

»Wir sind zu dritt hingefahren, haben aber nichts gefunden.«

»Warum sind die Blindfische denn nicht selbst rausgefahren?«

»Die Polizei? Die hatte irgendwo zweihundert Kilometer weiter noch etwas anderes zu tun, wenn ich es richtig verstanden habe.«

Thomas schob sich die Mütze aus der Stirn.

Ich nickte. Musste daran denken, was zehn, zwanzig Kilometer hinter Åre an eine Felswand geschmiert stand. *Hier endet das Gesetz.* Hier galten also keine Gesetze – und Straßen gab es auch keine. Ringsum nur Wald, keinerlei Bebauung, abgesehen von ein paar grauen Holzhütten, nach denen man richtiggehend suchen musste, wenn man die Wege nicht kannte.

Thomas musterte mich. Allmählich kam die Sonne heraus. Ein Sonnenstrahl landete wie ein Pfeil in seinem dunklen Bart. Mir war klar, dass er nur darauf wartete, dass ich nachhakte. Wer war sie, hatten sie schon jemanden festgenommen, gab es Zeugen. Doch ich begegnete seinem Blick mit Schweigen.

»Komm schon, Vera, ich kenne dich jetzt schon ein Leben lang. Juckt es dich wirklich kein bisschen in den alten Reporterfingern?«

Ich schüttelte den Kopf. Dass ich die Zeitung, mein Ein und Alles, hatte aufgeben müssen, tat immer noch weh.

»Nicht im Geringsten.«

Er zog die Augenbrauen hoch.

»Willst du nicht mal wissen, wie sie gestorben ist?«

Ich seufzte.

»Meinetwegen, erzähl.«

»Laut Polizei war es ein totaler Gewaltexzess. Mehr weiß ich nicht. Vielleicht solltest du da mal nachhaken.«

Wider Erwarten fing meine Haut an zu prickeln, und ich zuckte zusammen, als hätte ich einen schwachen Stromschlag abbekommen. Ich hatte fast vergessen, wie sich Neugier anfühlte. Was früher mein Leben gewesen war, kam mittlerweile eher einer alten, hässlichen Wunde gleich, an der ich endlich aufgehört hatte zu kratzen. Ich schüttelte mich und das Prickeln ließ nach.

»Thomas, ich arbeite jetzt als Schulbegleiterin in Järpen.« Ich sah auf die Uhr. Der Unterricht würde in anderthalb Stunden beginnen. Ein nasser Film hatte sich auf den Quadsitz gelegt; als ich aufstieg, drang die Feuchtigkeit durch meine Jeans. »Apropos, ich muss los, in die Schule.«

Mein Auto stand vollgetankt unten im Dorf. Wenn ich Gas gäbe, würde ich es noch rechtzeitig schaffen. Hier maß man Strecke in Stunden, immer in Stunden.

»Und wusstet ihr auch, dass der Fitis ganz spezielle Plätze hat, an die er immer wieder zum Singen zurückkehrt?«

Kurt ließ den Blick durch die Klasse schweifen. Von meinem Platz ganz hinten im Klassenzimmer sah es nicht so aus, als würde er jemand Bestimmten angucken. Die Schülerinnen und Schüler waren schon vor geraumer Zeit zu einer undefinierbaren Masse verschmolzen. Das schien bei sämtlichen Lehrern der Fall zu sein, die so lange durchhielten. Dieses ganze Gerede – dass der Beruf auf der persönlichen Beziehung basiere – hatte alle nur weiter auseinandergetrieben. Eine Beziehung erforderte nun mal weit mehr, und was, wenn man dazu nicht imstande war? Da kapselte man sich besser ab.

Er zog die Leinwand herunter und löschte das Deckenlicht. Nur ein Naturkundelehrer konnte ernsthaft glauben, dass sich an einem Ort, an dem der Tod Einzug gehalten hatte, irgendwer noch mit Singvögeln beschäftigen wollte.

Ich hatte den ganzen Tag über versucht, es von mir fernzuhalten, aber es war nun mal in aller Munde. Lehrer- und Schülerschaft waren gelangweilt und gelangweilte Menschen glichen blutrünstigen Menschen. Immer wieder der gleiche Text: Der Mörder müsse in der Dunkelheit einem wehrlosen Opfer aufgelauert haben. Einer Frau. Und dann sei sie gekommen – gutgläubig und allein, wie der Elchbulle. Aber wer mochte es ihr verdenken? In unseren Wäldern hatte es doch noch nie einen Mörder gegeben.

Thomas hatte schon recht: Wenn alles wie früher gewesen wäre, hätte ich mich auf diese Sache gestürzt, ich hätte mich festgebissen, festgekrallt und nicht mehr losgelassen, bis ich herausgefunden hätte, was da passiert war.

Aber nichts war mehr wie früher. In vielfacher Hinsicht war ich ein anderer Mensch.

Mit einiger Mühe tastete sich Kurt durch die Dunkelheit zurück zu seinem Rechner. Er angelte die Brille aus der Brusttasche seines Flanellhemds, setzte sie auf und fing an, durch die Ordner zu klicken. Sekunden verstrichen. Wurden zu Minuten. Nichts passierte. Die Maus wanderte kreuz und quer übers Pult. Ich musste mich zusammenreißen, um nicht die Augen zu verdrehen. Noch so eine Technikpfeife, na großartig. Die Schülerinnen und Schüler versuchten nicht mal, ihre Schadenfreude für sich zu behalten. Sie lachten, wechselten vielsagende Blicke. Als ich vor hundert Jahren aufs Gymnasium gegangen war, hätte ich mich das niemals getraut.

Ich verließ meinen Platz an der Rückwand und ging nach vorn. Kurt zuckte zusammen, als hätte er schon ganz vergessen, dass es mich auch noch gab, ließ mich dann aber machen.

»Es ist dieses Powerpoint ...«

An seinem Hals waren rote Flecken aufgeflammt.

Ein paar Sekunden später hatte ich die Datei aufgerufen und auf die Leinwand projiziert. Eine Karte der Provinz Jämtland. Pfiffe und Beifall aus dem Publikum. Kurt hauchte ein tonloses »Danke, Vera« in meine Richtung und übernahm wieder.

»Also, wie schon gesagt, kehrt der Fitis an seine Singplätze zurück. Und ein solcher befindet sich hier am Ånnsjön.«

Der lange Zeigestock folgte dem Lauf des Flusses bis runter zum See und zu dem niedrigen, luftigen Birkenwäldchen, das dort am Ufer stand, wie ich wusste. Der Vogel des Fjälls.

Ich sah mich um. In wenigen Minuten würde die Klasse sich in alle Winde zerstreuen. Dann würde das Getümmel in Järpen sich auflösen, wie jeden Freitag. Mehrere Mädchen hatten sich schon ihre Daunenjacken angezogen, aber die brauchten sie bestimmt auch, wenn man bedachte, dass sie untenrum nur dünne Strumpfhosen und Vans trugen. Ich konnte meinen früheren Kollegen, Håkan Jönsson vom *Newsdesk*, regelrecht schimpfen hören: »Herrgott noch mal, will der Unterleib auf die Bahamas und der Oberkörper in die Antarktis, oder was ist da los?«

Stühlerücken und Rascheln, jemand ritzte etwas mit dem Spindschlüssel in seinen Tisch – ein Geräusch, das ich aus allem herausgehört hätte. Aber es lag nicht an dem Mord, meine Konzentration hatte schon vor einer Weile nachgelassen. Kurts Ausführungen stießen auf taube Ohren. Seine Mundpartie sah leicht verspannt aus, trotzdem redete er unbeirrt weiter.

»Vor dem Winter legt er eine gewaltige Strecke zurück – bis runter nach Afrika, südlich der Sahara. Er fliegt nachts und orientiert sich an Sternbildern und am Sonnenauf- und -untergang. Sobald der Frühling kommt, kehrt er hierher zurück, baut sein Nest, paart sich und legt Eier – und singt, wie man sich denken kann.«

Ich schloss die Augen. Hörte den weichen, leicht wehmütigen Gesang des Fitis. Ich wusste genau, wie es sich anfühlte, die Hände um das kleine Herzchen zu legen, das so verzweifelt pochte, und den gelbgrünen Körper wieder freizulassen. Sosehr ich den Vogel hätte festhalten wollen – zwanghaft folgte er seinem Instinkt und kämpfte sich von Kontinent zu Kontinent. Zehn Gramm im Sternendunkel.

»Und die, die bleiben?«

Schau an, wenigstens einer, der bei der Sache war. Wer die Frage gestellt hatte, konnte ich nicht sehen. Kurt drehte sich in Richtung der Stimme.

»Es gibt weit mehr Zugvögel als solche, die bleiben. Aber Letztere passen sich an – an die Temperaturen, an die Dunkelheit und an den Nahrungsmangel. Manche Arten suchen sich mehrere Anlaufstellen, um Futter zu finden, das sind echte Überlebenskünstler. Sogenannte Jahresvögel.«

Der Gong ertönte. Kurt ergriff die Flucht wie ein Politiker nach einer heiklen Pressekonferenz. Ich fluchte in mich hinein, rückte die Tische in gerade Linie, rubbelte im Vorbeigehen Schmierereien weg und stellte die Stühle hoch, damit der Boden gewischt werden konnte. Dann schlurfte ich in meinen braunen Birkenstocks ins Lehrerzimmer. Die Flure hatten sich binnen Minuten geleert. Zack, bumm, alle weg. Die Lüftung hatte aufgehört zu brummen, nicht mal meine eigenen Schritte waren zu hören. Hier wurde ich zu jemandem, der auf Zehenspitzen ging.

Ulla stand in der Kaffeeküche und hatte den Wasserhahn voll aufgedreht. Die anderen waren schon gefahren, um es sich zu Hause bei *Let's Dance* gemütlich zu machen, und hatten ihren Dreck einfach stehen gelassen. Am Montagmorgen hätten ihre Kaffeebecher schwarze, eingetrocknete Ringe am Boden. Auch ich war quasi schon unterwegs, auch wenn ich keinen Termin hatte. Oder besser gesagt: auch wenn ich überhaupt keine Termine mehr hatte.

Wie war ich nur hier gelandet? Ausgerechnet ich, die die Schule immer gehasst hatte, arbeitete jetzt seit einem guten Jahr am Gymnasium. Mein Teenager-Ich begehrte tagtäglich dagegen auf. Mit Grauen erinnerte ich mich an den Spießrutenlauf durch den verglasten Eingangsbereich, wo die Coolen gesessen und jeden vorbeikommenden Arsch kommentiert hatten. Eckig, Medizinball oder Sanduhr. Ich war eckig und verzogen. Ein Rhombus, dank vorstehender Hüftknochen komplett verzerrt. Mein Mund zeigte auf einer Seite nach oben, auf der anderen nach unten, wie ein Seil, das man durch die Luft schleuderte. Mein ganzes Gesicht wirkte deshalb schief. Levan hatte mich Jack Nicholson genannt, er hatte mein Wolfsgrinsen geliebt, eine Zeit lang zumindest.

Bislang hatte ich die Schulbegleitung als Übergangsjob betrachtet, aber womöglich war es die Endstation? Vielleicht sollte ich mich an den Geruch von Minestrone und verdorrten Träumen gewöhnen und auch nicht länger darüber nachdenken, dass die Lehrer hier herumstrichen und ihre Bücherwagen schaukelten.

Meine Dr. Martens standen unter dem Haken, an den ich meine Softshelljacke gehängt hatte. Als ich nach Hause gekommen war, hatte ich auf die Schnelle keine andere Herbstjacke finden können. Die grüne lag bestimmt noch in irgendeiner Bananenkiste, zusammen mit den restlichen Überbleibseln meines Lebens.

»Tschüss dann«, rief ich in Richtung Kaffeeküche, »schönes Wochenende und so!«

Ulla drehte sich um und ihr Gesicht hellte sich auf. Sie hob die tropfnassen Hände.

»Was für ein Tag, oder? So viel Unruhe, so viel Gerede.« Ich nickte, woraufhin sie den Kopf schüttelte und leise fortfuhr: »Wir können froh sein, dass es keine von unseren Schülerinnen war. Von denen wohnen ja einige auf der anderen Seite des Åreskutan.« Abermals wechselte sie die Tonlage. »Und stell dir vor, es wäre eine Touristin gewesen, da hätte es einen Riesenaufschrei gegeben!«

Richtig, diese Frauen. Irgendein hohes Tier in einer Firma oder vielleicht sogar ein Promi. Botoxstirn und Colmar-Jacke. Blank gewetzte Kreditkarte in der Tasche und Absätze, die einen harten Boden erforderten.

Für den Tourismus wäre es eine Katastrophe gewesen. Aber nun standen die Chancen ja nicht schlecht. Diese Frauen konnten auf ihrer Après-Ski-Terrasse, die jetzt im Herbst schon geöffnet hatte, mit ihren aufgespritzten Lippen beruhigt weiter an ihrem Schampus nippen und sich einbilden, dass die Welt sich ausschließlich um sie drehte. Die mussten nicht erst rausgehen und mit anderen reden, um über alles Bescheid zu wissen.

Ulla spülte ihre Lunchbox aus. Der harte, weiß sprudelnde Wasserstrahl färbte sich vom öligen Inhalt, der sich in die Kratzer in der Plastikbox gelegt hatte, sofort rötlich gelb.

»Du, ich hab mir überlegt, dass die Elfte vielleicht mal etwas Literarisches probieren sollte – so was wie eine Erinnerung, die ihnen viel bedeutet. Eine DIN-A4-Seite wäre doch okay? Das wäre doch bestimmt eine gute Übung?«

»Klingt super.«

Mein Lächeln steckte fest, doch dann presste ich es hervor und stopfte meine eigene ungespülte Lunchbox, die ein Käsebrot ohne Butter enthalten hatte, weil mir die Butter ausgegangen war, in eine ausgediente Einkaufstüte.

»Da wäre es natürlich gut, wenn du vorher noch Zeit hättest, dich in die Stilmittel fiktiver Erzählformen aus dem Lehrplan einzulesen. So könntest du mit aushelfen. Damit tun sich viele schwer.«

Frenetisch trocknete sie ihre Lunchbox ab und schob sie in eine eigens dafür vorgesehene Clas-Ohlson-Lunchboxtasche. Aus irgendeinem Grund hatte sie sich ihr Multifunktionstuch schon über die Haare gezogen. Ich hätte aus Tausenden Leuten jederzeit die Lehrer herauspicken können: Multifunktionstuch, Rucksack und Fahrradhelm. Praktische Windsachen, aus denen sie sich nach der anstrengenden Fahrt zur Arbeit herausschälten.

»Okay, mach ich am Wochenende.«

»Klasse. Aber sieh um Himmels willen zu, dass du auch ein bisschen freihast. Dieser Job raubt einem die letzte Kraft. Kraaahaaaft! Aber ich weiß auch schon, was ich am Sonntag mache.«

Mit einem Seufzer zeigte sie in Richtung ihres Schreibtischs, wo sich unkorrigierte Aufsätze türmten. Daneben lagen ordentlich gestapelte, zerlesene Ratgeber: *Nein sagen lernen*, *Selbstbewusst auftreten* und *Nimm dein Leben selbst in die Hand*.

»Tja, der Lehrerberuf«, kommentierte ich vielsagend, auch wenn ich insgeheim etwas anderes dachte.

Der Lehrerberuf war das Lascheste, was ich je erlebt hatte. Und das Traurigste obendrein. Jeder hier wollte nur weg: die Schülerinnen und Schüler dorthin, wo sie in Ruhe mit ihren Handys spielen konnten, und die Lehrer nach Hause zu … Tja. Zu was? Was wusste ich denn schon, was sie im Herbst in ihrer Freizeit machten? Nordic Walking und Pilzesammeln vielleicht. Bestimmt kochten sie auch ihren eigenen Fischfond ein und gossen Dekogefäße aus Beton. Dieses scheinheilige Gutmenschentum hing mir zum Hals raus. Lehrer waren doch genau die Idioten, um die ich als Jugendliche einen Bogen gemacht hatte, und genau die Erhabenheitsmafia, bei der ich als Erwachsene bis vor Kurzem auf Abstand geblieben war.

Die Tür fiel hinter mir zu, und das Schloss surrte kurz, als es sich sofort wieder verriegelte. Unbefugte hatten hier keinen Zutritt. Die einzige Schülerin, die noch draußen im Aufenthaltsraum saß, hatte die Nase in Snapchat gesteckt. In den Sofakissen ringsum waren immer noch die Abdrücke menschlicher Körper zu erahnen. Sie sahen merkwürdig verlassen aus.

»Hast du den Bus nach Hause verpasst, Wilma?«

Sie blickte auf.

»Nein, ich muss warten, bis ich abgeholt werde. Meine Mutter will nicht, dass ich allein vom Bus nach Hause gehe.« Und prompt kam die Schmolllippe.

»Ja, richtig, gerade sind alle übervorsichtig«, erwiderte ich und lächelte.

»Auf dem letzten Stück sind keine Straßenlaternen.« Sie riss theatralisch die Augen auf. »Meine Mutter hat gehört, dass die Frau an einem Hochsitz aufgehängt wurde. Echt gruselig.«

»Ja, hab ich auch schon gehört, dabei weiß man noch gar nichts mit Sicherheit.«

Herrgott, irgendwer musste diese Sache doch aufklären, sonst war das Einzige, was in Zeiten von Personaleinsparungen passierte, dass die Monster übermenschlich groß wurden.

»Nee, stimmt auch wieder.«

Sie biss sich auf die Unterlippe und wandte sich wieder Snapchat zu. Ihre Daumen huschten über das Handydisplay und immer wieder blitzte es in ihrem Gesicht auf.

Draußen sah es aus wie in einer Touristenbroschüre: klarblauer Himmel, gelbe Tupfen in den belaubten Birkenkronen, betörende Ausblicke. Ich hasste das, aber so war es nun mal, wenn der September sich zu etwas hinreißen ließ, was der Sommer uns in der Regel vorenthielt: schönes Wetter. Ich selbst sehnte mich nach Novemberdunkelheit, die wie eine schwarze Katze auf Raubzug schon kurz nach der Mittagszeit erbarmungslos zuschlug.

Auf dem Weg über den Schulparkplatz trat ich hart mit den Fersen auf. Noch ging ich nicht in Vollzeit auf Zehenspitzen. Facebook quoll derzeit über mit Vorschlägen für erquickende Fjällwanderungen, doch ich wollte nur noch auf mein Sofa zu Hause in Ånn, mich ausstrecken und höchstens zusehen, wie die Sonne durch die Lamellen der Jalousie und auf den Staub zwischen Fenster und Fernseher fiel. Regen wäre mir lieber gewesen, ein düsterer, schwermütiger Himmel, perfekt, um sich eine komplette Fernsehserie am Stück anzusehen. Weder Åsa noch Linda hatte mein jüngstes Status-Update gelikt – dass ich nach dem Urlaub wieder arbeiten gegangen war. Sie würden es wahrscheinlich für alle Zeiten missbilligen.

Das Auto wartete bereits auf mich. Ich fuhr raus auf die Landstraße. Der Asphalt spiegelte und ich klappte die Sonnenblende nach unten. Selbst diese minimale Armbewegung tat weh. Sechsundfünfzig. Nur noch ein Wimpernschlag dessen übrig, was sich einst wie die Ewigkeit angefühlt hatte. Die Vorstellung war schmerzhaft. Ein feiner grauer Schleier hatte sich auf mein Gesicht gelegt, über die Augen. Unaufhörlich versuchte ich, ihn beiseitezuwischen, als wollte ich nach einer Feuersbrunst Überbleibsel in der Asche finden. Ich passte in keine Rolle mehr. Gewisse Rollen hatten noch nie gepasst. Niemand bezeichnete mich mehr als jung und vielversprechend, dabei hatte die Jugend an sich mich einst begehrenswert gemacht, sowohl beruflich als auch für das andere Geschlecht. Und eines Tages stellte ich einfach fest, dass es vorbei war. Ich war unsichtbar geworden. Wie oft wünschte ich mir, irgendwer würde mich wieder sichtbar machen.

Ich war nie Mutter geworden und würde nie Großmutter werden. Hatte nicht Schwester sein dürfen, würde nie Tante werden. Tochter war ich noch, zumindest für einige Zeit. Ich hätte jemand Besseres werden sollen.

Was blieb einem da noch?

In Åre hielt ich, um zu tanken. Mountainbiker rasten den Åreskutan herunter. Ich drehte mich weg, wollte sie nicht sehen. Nicht mehr lange, dann würden dort andere vorbeikeuchen, Skifahrer mit Pelz über den Ohren. Aber auch die wollte ich nicht sehen, diese wippenden Ärsche, die tagsüber tiefe Rillen in das Fjäll kerbten und nachts eigene Pisten zwischen den teuren Lokalen zogen.

Vor fünfundzwanzig Jahren hatte man hier zumindest noch den Sommer und Herbst für sich gehabt. Sobald alle – Touristen und Saisonkräfte – gegen Ende April abgereist waren, hatte es sich angefühlt, als hätte ein Sturm sich gelegt. Verwundert angesichts der unverhofften Ruhe, waren wir von Storlien nach Åre gefahren, hatten uns ins düstere Torvtaket gesetzt – das einzige Restaurant, das dann noch geöffnet war – und hatten Pizza bestellt. Die Pizza hatte nie so gut geschmeckt wie in diesem Moment. Inzwischen hielt der Trubel das ganze Jahr über an, rund um die Uhr, und fürs Durchatmen blieb keine Zeit mehr. Natürlich kam das der Wirtschaft zugute, zumindest redeten sich das alle ein, sobald auch nur der geringste Zweifel aufkam – oder wenn Zlatan hier oben vorbeischaute. Allerdings hielt mittlerweile der Boden nicht mehr stand: Kaum dass es regnete, traten sämtliche Flüsse und Bäche über die Ufer. Sümpfe und Fjällwälder, die früher das Wasser absorbiert hatten, waren zugunsten von Bauland geopfert worden. Die Fische wanderten nicht mehr ihre angestammten Flüsse hinauf und trauerten, genau wie wir Alteingesessenen auch.

Ich betrat die Tankstelle und kaufte mir eine Cola und ein

Snickers, obwohl ich genau wusste, dass ich es bleiben lassen sollte. Als ich gerade wieder ins Auto gestiegen war, klingelte mein Handy auf dem Beifahrersitz.

»Na, Bergström, wie läuft's als Wallraff des schwedischen Schulsystems?«

Die laute Stimme von Nils Strömqvist, genannt »Strömmen« oder auch »Schande«.

»Ganz okay. Inzwischen schreibe ich nur noch für Leute, die nichts lesen wollen, und lese Texte von Leuten, die nicht schreiben wollen.«

»Ach du Schande, ist es wirklich so schlimm?«

Er ächzte laut und sank unter Garantie tiefer in seinen riesigen Bürostuhl. Ich konnte regelrecht vor mir sehen, wie er den Stift in seiner rechten Hand kreisen ließ. Wie er die Füße auf den Tisch gelegt hatte – samt seinen schwarzen Holzschuhen. In denselben Holzschuhen war er mal von einem Bären verfolgt worden, davon schwadronierte er in der Kaffeeküche bis heute. Chefredakteure wie er waren mittlerweile eine vom Aussterben bedrohte Art. Jemand, der von einem Verlangen nach Rache angetrieben war, die sich auf alles und jeden im Leben richten konnte. Das Schlimmste, was er sich vorstellen konnte, waren Leute in Führungspositionen, die ihre Privilegien nutzten, um sich über die Wahrheit zu erheben. Denen solle man Reißnägel auf ihre Chefsessel legen, sagte er immer. Sein Blick – sein professioneller Blick – kam immer leicht von der Seite und war gleichermaßen skeptisch und energisch, ganz gleich, wie müde er als Mensch gerade war.

»Ja, es ist wirklich so schlimm.«

»Ach, Schande. Da kannst du doch nicht bleiben!«

»Tja, du hast die Redaktion in Järpen doch selbst dichtgemacht.«

»Wenn's so gewesen wäre, hätte sich das schon tags darauf für mich gerächt. Das weißt du.«

»Ja, ja, ich weiß.«

Als junger, aufstrebender Chefredakteur hatte Strömmen mich unter seine Fittiche genommen. Wir hatten irgendwann beide zum Inventar der *Jämtlandsposten* gehört, bis ich schließlich in der Tonne gelandet war. Wir lagen neun Jahre auseinander. Im kommenden Jahr würde Strömmen in Rente gehen – wie immer das funktionieren sollte. Doch er war gut gealtert, immer noch der Cowboy, der aus der Hüfte schoss, nur dass er das meiste Pulver schon verschossen hatte.

Ich schob den Schlüssel ins Zündschloss und drehte ihn herum.

»Übrigens können wir froh sein, dass es die Stammredaktion noch gibt. Letzte Woche hat das heilige Mutterschiff neue Sparmaßnahmen bekannt gegeben.«

»Wie geht es denn allen?«

»Na ja, wir halten die Füße still, hoffen auf mehr Subventionen für die weißen Flecken auf der Landkarte und darauf, dass uns das Kultusministerium rettet. Die Gewerkschaft ist mit ihrem Latein am Ende – und ich bin es allmählich auch. Nicht mehr lange, und unsereins wird gegen irgend so einen Marketingmenschen ausgetauscht. Schande aber auch, dass wir nicht an die Presse gehen und uns ausheulen können, so wie die von der Polizei.«

Strömmen lachte kurz tonlos in sich hinein, schlürfte dann laut und schluckte. Garantiert Automatenkaffee vom Flur, schwarz und bitter. Die Milch aus solchen Maschinen konnte man ja nicht trinken. Laut Strömmen bestand sie aus demselben Scheiß, mit dem er seine Klamotten wusch. Hatte er mal irgendwo gelesen.

»Okay, spuck's endlich aus.«

»Was denn?«

»Na, warum du anrufst. Dein Anliegen. Was du auf dem Herzen hast. Ich hab nicht den ganzen Tag Zeit.«

Beim letzten Satz schob ich die Zunge unter die Unterlippe, wie dieser Typ aus der Werbung, der gerade im Lotto gewonnen hatte. Ich öffnete die Coladose. Die Kohlensäure zischte.

»Nee, schon klar.«

Ich konnte ihm anhören, wie er den Mund verzog. Vermutlich war es als Lächeln gedacht, nur verhinderte die riesige Portion Snus-Tabak, die er sich unter die Oberlippe geschoben hatte, dass es als solches erkennbar war.

»Ich will, dass du dir das mit der Toten aus Kall näher ansiehst. Wir hatten von Anfang an den Verdacht, dass es ein Mord war. Dass die Polizei wirklich diesem Trend nachlaufen muss ... wie heißt das gleich wieder ... hat eigentlich mit Essen zu tun ...«

»Slow Food?«

»Genau. Die setzen auf Slow Work.« Strömmen lachte erneut dumpf – und verstummte. Es klang, als kaute er auf etwas herum. »Über das Opfer kannst du natürlich nicht viel schreiben, aber du könntest die Stimmung auf der Straße einfangen – was der kleine Mann denkt, was die Leute reden, im Supermarkt, im Dorfgemeinschaftshaus. Ich hab läuten hören, dass sich die Frauen nicht mehr trauen, allein auf die Straße zu gehen.«

»Ich hatte noch keine Zeit, viel zu lesen. War den ganzen Tag im Unterricht.«

Ich wollte ihm lieber nicht erzählen, dass ich mich inzwischen ebenso schnell vor Nachrichten wegduckte, wie ich sie früher selbst geschrieben hatte.

»Egal. Bislang kursieren nur zwei Kurzmeldungen, die hast du im Nu gelesen. Zeit, dass was Größeres kommt. Um die Polizei kümmern wir uns, aber die Stimmung wollen wir von dir.«

Ich schluckte.

»Ich weiß nicht, Strömmen, ich bin inzwischen an der Schule …«

»Ja, ja, aber doch nur unter der Woche. Und jetzt ist Wochenende.« Auch er schien die Zunge unter die Unterlippe zu schieben. »Außerdem glaube ich, dass du mal wieder richtig unter Menschen kommen musst. Schulkinder werden doch erst zu Menschen, wenn sie die Schule verlassen, das weiß doch jeder – bis auf die Lehrer natürlich.«

»Außerdem wollte ich jagen gehen …«

»Ach, Jägermeister trinken und in den Wald scheißen, das hast du doch schon mit achtzehn gemacht.«

»Und der Nachrichtenchef weiß Bescheid?«

»Ja, verdammt. Per hat nun mal niemanden, den er schicken könnte, vom Schreibtisch aus kriegen wir nichts aus den Leuten raus und die Polizei hält dicht. Jemand muss die Bewohner vor Ort direkt ansprechen.«

»Aber nach Kall sind es hin und zurück hundertsechzig Kilometer.«

»War das für dich je ein Hinderungsgrund?«

»Nein.«

In Wahrheit war mein erstes Gefühl, als ich drei Jahre zuvor meinen Posten als Lokalredakteurin hatte räumen müssen, Erleichterung gewesen: endlich keine einsamen Nachtfahrten im Schneesturm auf vereisten Straßen mehr, um als Erste an einem Unfallort einzutreffen – manchmal noch vor der Polizei und dem Krankenwagen. Keine Albträume mehr, die damals vom Knistern und Pfeifen im Polizeifunk auf meinem Nachttisch begleitet waren. Keine Einsätze mehr mit der schweren Fotoausrüstung über der Schulter, mit der Schneeschaufel oder dem Schneemobiloverall im Kofferraum. Ich konnte nicht mehr. Wollte nicht mehr. Als ich anschließend versuchte, mich als Freiberuflerin über Wasser zu halten, und scheiterte, war da nur noch Leere. Ich versuchte vergeblich, mit dem Fuß einen kleinen Felsvorsprung zu ertasten, aber da war einfach nichts mehr.

Und plötzlich war Strömmen in der Leitung und kramte in der Tonne nach mir. Ich war mir nicht sicher, ob er bloß alten Unrat finden würde oder ob dieses alte Möbelstück hier ein unverhoffter Glücksfund wäre. Aber ich hatte auch gar keine Lust, es herauszufinden. Noch mehr Niederlagen würde mein Herz nicht verkraften.

»Gut. Gib Bescheid, so schnell du kannst, ob du den Job übernimmst. Ich schicke dir die Links zu den Artikeln, die wir bislang haben.«

»Okay. Ich melde mich.«

Im Kopf hatte ich bereits abgelehnt. Allerdings war ich es Strömmen schuldig, zumindest einen Hauch Interesse zu heucheln.

Noch knapp dreißig Kilometer. Einhändig riss ich die Verpackung von meinem Schokoriegel auf und hielt mit der anderen Hand das Lenkrad fest. Die Erdnüsse staubten im Hals. Ich spülte sie mit süßer Cola hinunter. P3 meldete explodierende Kosten beim Slussen-Umbau und bei der Stockholmer Stadtumfahrung. Ich zappte zu P4 Jämtland. Die Apotheke in Föllinge stand kurz vor der Schließung.

Hinter Duved wurde die Bebauung spärlicher. Hinter Gevsjön hatte sich niemand die Mühe gemacht, die alten Schneestangen am Straßenrand einzusammeln. Ich fuhr ein Stück durch Nadelwald, dann zwischen Birken hindurch; in der Stille griffen erst nadelspitze Klauen, dann knorrige Finger nach mir. Ich kam an mehreren tiefschwarzen Seen und an braunschlammigen Mooren vorbei, immer schön am Rand entlang, an den Säumen aus Wollgräsern, sich emporwölbenden Soden und verblühten Moltebeeren.

Noch schien die Sonne, aber nach und nach würden die Tage wieder kürzer werden. Dann würde das Herbstdunkel alles verschlucken, was sich ihm in den Weg stellte. Ich fuhr durch diese Landschaft, die Teil meiner DNA war: Hier hatte ich gespielt, hier war ich aufgewachsen, mit dem Geruch von Moor und Moos in der Nase. Mein Körper erinnerte sich noch daran, war noch immer vernarbt vom Dornengestrüpp. Er sehnte sich beständig nach Wärme, doch sobald ich zu lange irgendwo im Süden war, wollte er zurück nach Hause, um wieder richtig atmen zu können. Hier waren die Schießereien und Explosionen und die Bandenkriminalität der Großstadt unendlich weit entfernt. In diesen Breiten wurden andere Kämpfe ausgetragen, doch unterm Strich hatten sie hier wie dort in der Vorstadt denselben Ursprung: das Stockholmer Regierungsviertel Rosenbad.

Ånn badete in grellem Nachmittagslicht, als ich dort ankam. Am Straßenrand spazierte Eskil Eriksson mir in seiner üblichen Warnweste entgegen. Er hob die Hand, ich hob die Hand. In der Ferne glitzerte das Fjäll – der erste Schnee war gefallen. Wer keinen Sinn dafür hatte, erlebte das Dorf kaum je als einen idyllischen Ort: Der sah nur die kargen Gärten und war überzeugt, dass es für alle das Beste war, wenn der Schnee dieses Elend unter sich begrub; der wollte den Anblick korrigieren, so wie man mit Tipp-Ex einen Fehler korrigierte. Der Dorfkern verwirrte ihn – ein kurzes, schnurgerades Stück Straße, an dem Häuser standen, die nicht zusammenzugehören schienen. Jedes davon stand dort für sich allein und wirkte, als hätten Wind und Wetter es erst nach und nach in Form gebracht.

Doch wer einen Sinn dafür hatte, kannte die Wahrheit: dass man hier hinter die Fassade blicken musste. Dass die karge Landschaft hier nackt und unverstellt war. Das Schönste, was ich mir nur vorstellen konnte.

Nun paarten sich hier auch prickelnde Erwartungen mit

misstrauischer Trägheit; das Gefühl von ewigem Wochenende hier im Dorf hatte mir nie recht behagt. Die Tür zum Wirtshaus, das die Einheimischen für immer nur »das Haus« nennen würden, stand sperrangelweit offen. Wahrscheinlich wollte Björn vor der Schicht noch ein bisschen frische Luft hereinlassen. Aus dem Fenster hing eine Steppdecke ohne Bezug. Waren Übernachtungsgäste im Anmarsch? Im Obergeschoss vermieteten sie immer noch ein paar Zimmer. Als ich ausstieg, kläffte in der Ferne Ågrens Laufhund. Anscheinend ging gerade ein anderes Leben zu Ende.

Ich wusste, dass der Geruch im Treppenhaus hing, allerdings fiel es mir zunehmend schwer, ihn überhaupt wahrzunehmen, den Geruch der Vergangenheit. Er hing im ganzen Gebäude und schlug einem im Eingangsbereich als eigentümliche Mischung aus feucht gewischtem Linoleum und ausgekühltem Sommerhaus entgegen.

Ich nahm zwei Stufen auf einmal, und wie üblich versuchte ich, nicht zum Wartesaal mit dem verbarrikadierten Schalter und den leeren Sitzbänken zu sehen. Das ganze Gebäude atmete Wehmut, trauerte um jene Jahre, in denen es der hiesige Dreh- und Angelpunkt gewesen war. Wie viele mit ihren Rucksäcken und Hoffnungen hier gewartet hatten …

Meine Zweizimmerwohnung war ein Drecksloch – aber ein günstiges Drecksloch über der einstigen Schalterhalle des Bahnhofs. Die Bahn hatte das Gebäude schon vor Jahren an einen privaten Investor verkauft, von dem ich die Wohnung angemietet hatte. Ganz früher hatten der Bahnhofsvorsteher und Bahnarbeiter hier gewohnt. Die Spuren ihrer strammen Schritte waren auf dem Boden immer noch zu erkennen. Seit geraumer Zeit wartete ich darauf, dass irgendwer in die kleinere Wohnung nebenan einziehen würde. Die Gleise draußen gab es nach wie vor, wie Wurzeln gefällter Bäume im Boden, und manchmal hielten sogar noch Züge. Manchmal. Die meisten rauschten durch, auch das bei Weitem nicht mehr so oft wie früher, aber ein paarmal am Tag ratterte hier noch einer vorbei.

Als meine Mutter gestorben war und mein Vater ins Heim nach Åre zog, verkaufte ich auf Papas Anraten mein Elternhaus an einen Norweger, der zum Schneemobilfahren herkam. Das Haus wäre für mich zu groß gewesen, außerdem war der Verkauf nach der Kündigung finanziell für mich die Rettung. Ich zog in derselben Woche im Bahnhof ein, in der ich in der Redaktion meinen Schreibtisch geräumt hatte, und am selben Tag, an dem Levan bei einer anderen einzog. Man könnte sagen, dass mein komplettes Leben drei Jahre zuvor den Bach runtergegangen war.

Mein Koffer stand immer noch unausgepackt im Flur, obwohl ich schon vor gut zwei Monaten aus Mallorca zurückgekommen war. Ich ignorierte ihn, würde meine Sommerkleider ohnehin erst wieder im kommenden Jahr brauchen. Nur die schmutzige Unterwäsche hatte ich hervorgekramt und den Koffer wieder zugemacht.

Das Licht im Bad erwachte flackernd zum Leben. Der Boden fühlte sich eisig an. Zum Glück konnte ich meinen Wäschetrockner zugleich als Heizung benutzen. Ich hielt ein sauberes Handtuch unter den Wasserhahn, warf es in die Trommel und schaltete die Maschine ein. Während das Handtuch herumwirbelte, wehte die warme Abluft über Waschbecken, Badewanne und Toilette. Kurze Zeit später konnte ich mich endlich ausziehen, ohne direkt zu erfrieren. Ich drehte das heiße Wasser auf und seifte mich von Kopf bis Fuß ein. Die Stoppeln unter meinen Armen konnte man inzwischen nicht einmal mehr als Stoppeln bezeichnen. Ich strich mir über die delligen Oberschenkel. Holprig, zugewuchert, einsam, wie selten genutzte Forstwege.

Meine Hand wanderte ein Stück nach oben und einen atemlosen Moment lang befriedigte ich mich mit dem rechten Zeigefinger. Es dauerte nur ein paar Sekunden.

Anschließend kramte ich meine Jogginghose heraus. Jeans trug ich nur bei der Arbeit, T-Shirt und die dünne Fleecejacke hingegen jederzeit. Ich schnupperte an der T-Shirt-Achsel. Ein Hauch von altem Schweiß hatte sich in den Fasern festgesetzt, aber noch ging es. Meine »Reporteruniform« hatte Levan die Sachen immer genannt und gelacht. »In deiner Branche gibt es statt Casual Fridays nur Casual Fleecedays.« Seine blöden Wortspiele fehlten mir. »Dad Jokes«, hatten wir dazu gesagt, bis der »Vater« nur mehr trauerbesetzt gewesen war.

Ich zwirbelte mir die Haare zusammen. Es waren noch genügend da, sodass es zu einem Pferdeschwanz reichte, allerdings waren meine Haare drahtiger und dünner geworden. In einer Woche würde ich Katta wegen eines Friseurtermins anrufen. Mein Handy plingte. Eine SMS von Strömmen. *Komm schon, Bergström, ich hab nicht den ganzen Tag Zeit.*

Mir brach der Schweiß aus. Keine Hitzewallungen, aber die Nachwirkungen vergangener Ereignisse. Wie dunkle Ringe auf einem Küchentisch.

Mein ganzer Körper wehrte sich, als ich schließlich doch den Rechner hochfuhr. Blaues Dämmerlicht hatte sich über die Gleise und die Jagdhunde draußen herabgesenkt. Die Verbindung zickte und kam nur schleppend in Gang. Es dauerte eine Viertelstunde, bis ich Strömmens E-Mail vor mir hatte. Er hatte zwei Links geschickt, beide von der *Jämtlandsposten*-Website. Der erste Text war bloß die knappe Meldung, dass eine Woche zuvor eine Frau tot bei einem Hochsitz gefunden worden sei. Ein Mann, der ein Zeltlager auf seinem Grund und Boden habe räumen wollen, habe die Tote entdeckt. Ich nahm an, dass die Nachtschicht in Sundsvall die Meldung auf der Polizei-Website gefunden und für die *Jämtlandsposten* online gestellt hatte.

Bis zur nächsten Meldung waren sechs Tage vergangen. Erst an diesem Morgen war die Öffentlichkeit davon in Kenntnis gesetzt worden, dass die Polizei von einem Mord ausging. Der Leiter der Voruntersuchung sprach von schwerer Gewaltanwendung, zur Stunde wolle er jedoch zum Tathergang nicht mehr sagen, als dass die Tat wohl spätabends am 6. September verübt worden sei. Sie hätten immer noch nicht alle Angehörigen des Opfers informieren können. Wieso eigentlich nicht? Aber wie dem auch sei – die Polizei bat um Hinweise aus der Bevölkerung.

War wirklich nicht mehr darüber berichtet worden? Ich versuchte es mit Google, schrieb *Mord* und *Kall* in die Suchmaske, doch unter sämtlichen Links des Zeitungskonzerns war nur die Meldung zu finden, die ich bereits gelesen hatte. Abgesehen davon handelten die Nachrichten aus Kall entweder von kaputten Straßen oder davon, dass das Seniorenheim drohte, zu einer Flüchtlingsunterkunft umfunktioniert zu werden. Die meisten Artikel hatte ich selbst geschrieben. Es fühlte sich an, als wäre es länger her, als es das tatsächlich war.

Ich tippte stattdessen *Åre* und *Mord* ein und entdeckte einen Artikel auf der *Dagens-Nyheter*-Homepage, doch als ich den Link anklickte, ging es um einen Thriller von Hans Rosenfeldt.

Ich rief *Flashback* auf. Wie üblich war dort einiges mehr los. Irgendwer, der sich Winter75 nannte, hatte in derselben Sekunde, als die Meldung über den Mord bei der *Jämtlandsposten* online gegangen war, einen Thread über das Opfer eröffnet.

*Wer weiß was über den Mord im Wald bei Kall? Hit me!*

Ich scrollte flüchtig durch den Thread, und natürlich, ungefähr in der Mitte, entdeckte ich einen Facebook-Link. *Das Mord-*

*opfer* stand daneben. Der Link führte zum Profil einer gewissen Isabella Sandgren. Auf dem Profilbild war eine schlanke Frau in Jeans und einem braunen Pullover zu sehen, die einen dünnen lila Schal mit Fransen um den Hals trug – nicht sehr vorteilhaft bei Aknenarben und blondierten Haaren. Sie lehnte an einem Holzzaun vor einem tosenden Wasserfall. Vielleicht der Tännforsen. Der Fotograf hatte der Frau nicht das mindeste Lächeln entlocken können. Den Profildaten zufolge war sie im Juli 1979 zur Welt gekommen. Mehr stand da nicht, keine Verwandten, kein einziger Facebook-Freund, keine weiteren Fotos oder Posts in der Timeline. Isabella Sandgren konnte in den sozialen Medien nicht sehr aktiv gewesen sein.

Ich googelte ihren Namen. Eine Forschungsprojektkoordinatorin, eine Imkerin und eine Schönheitschirurgin desselben Namens, allerdings schienen diese drei online ziemlich aktiv zu sein. Die ermordete Isabella hingegen war nach wie vor ein Rätsel. Schien weniger Anknüpfungspunkte zu haben als ein Stöckchen, das auf einem Fluss dahintrieb. Hatte sie abgesehen von ihrer Facebook-Seite online wirklich nicht die geringste Spur hinterlassen? Dann war es also immer noch möglich, sich von dieser Welt fernzuhalten. Oder nicht?

Wer war sie? Ich kehrte zu *Flashback* zurück und überflog die Kommentare. Durchweg die gleichen Infos, die ich schon in der Schule aufgeschnappt hatte. Die Frau hatte ein paar Jahre zuvor ein leer stehendes altes Haus im Wald hinter Kall gekauft und bezogen, gar nicht weit von der Stelle entfernt, wo sie ermordet worden war. Aber da hörte es auch schon auf. Niemand schien etwas zu ihrer Vergangenheit sagen zu können, auch wenn die Fragen nur so hereinprasselten.

Was jedoch Mordtheorien anging, herrschte kein Mangel an Fantasie. Ein Gerücht, das sich hartnäckig hielt, handelte von

Sextouristen in Åre – von Männern, die zum Skifahren herkamen und ihrem Urlaub eine zusätzliche Würze verleihen wollten. Von dieser Schattenseite des Tourismus war selten die Rede, aber ich wusste sehr wohl, dass es so etwas gab und es umso häufiger vorkam, seit neureiche Russen diese Breiten für sich entdeckt hatten. Man munkelte sogar, dass Isabella mit den baltischen Stripperinnen nach Mörsil gekommen war; als die Striplokale dichtgemacht worden waren, war sie hiergeblieben und hatte sich stattdessen prostituiert. Einem User namens Genusgenius zufolge hatten *Männer, die für Sex bezahlten, ENORMES Gewalt Kapital, insofern könnte im Prinzip jeder der Mörder sein und aus jedweder Schicht stammen. Ein Banker genauso gut wie ein Fliesen Leger.*

Ich seufzte. Deppenleerzeichen, na großartig. Ich schenkte mir ein Glas Rotwein ein. Der erste Schluck war immer der beste. Mein leerer Magen zog sich zusammen. Meine leere Seele zog sich zusammen. Dann brannte der Wein darüber hinweg. Ich las weiter.

Wenn man mal überlegt, schrieb Wasserbaer, *wie die Leiche arrangiert war, die haben ja gesagt, sie hätte dagelegen wie eine Schauspielerin auf der Bühne und wär angestrahlt gewesen, da würd es mich wundern, wenn das kein durchgeknallter Fernfahrer war, der schon öfter mit so was davongekommen ist. Der stand bestimmt nur die eine Nacht auf dem Forstweg. So was ist echt schwer nachzuweisen, aber ich drück der Polizei die Daumen.*

Es hieß »habe dagelegen«, nicht »hätte«. Dass die Leute nicht kapierten, was der Unterschied war. Aber zumindest war Wasserbaer fleißig gewesen und hatte gleich mehrere Links angefügt, die von einem Serienkiller in den USA handelten.

In der Schule hatten sie von Erhängen geredet, und hier stand nun, dass der Mord einem Bühnenarrangement geglichen hatte.

Es war nicht klar, ob auch nur eine der Mutmaßungen der Wahrheit entsprach. Sie konnten genauso gut der stillen Post im Dorf entsprungen sein. Allerdings war in beiden Fällen von einer Art Inszenierung die Rede. Ich zwirbelte mir die Haare um den Finger und trank einen großen Schluck Wein. Nippen war nie mein Ding gewesen. Nahm den Rest Käse aus dem Kühlschrank und hobelte die letzten Scheiben ab. Damit war der Kühlschrank endgültig leer.

Der vorletzte Beitrag war kryptischer als alle anderen und von jemandem namens Thetruthwillsetyoufree verfasst. *Das sogenannte Opfer war immer schon eine Lügnerin. Hat sich das doch wieder selbst eingebrockt.*

Winter75, der den Thread erstellt hatte, war der Erste, der darauf reagiert hatte. *Wie, »sogenanntes Opfer«? Wie, »immer schon Lügnerin«? Wie, »selbst eingebrockt«?! Was soll das heißen, Thetruthwillsetyoufree? Los, raus mit der Sprache.*

Ich hätte es nicht besser sagen können.

Doch Thetruthwillsetyoufree glänzte durch Abwesenheit. Die Wahrheit ebenso.

Fürs Erste schien es außer dem Grundbesitzer, der die Frau gefunden hatte, keine weiteren Zeugen zu geben. Strömmen hatte erzählt, dass sie nach den ersten zwei Meldungen vergeblich versucht hätten, der Polizei weitere Informationen zu entlocken. Aber irgendwer wusste Bescheid, so war es immer. Ich lehnte mich auf meinem Stuhl zurück. Auf *Flashback* hatte niemand auch nur in Erwägung gezogen, dass in der Gegend ein Irrer umherstreifte. Wie immer war es jemand von außerhalb, bloß niemand aus unserer Mitte. Unwillkürlich musste ich an die Schülerinnen und Schüler aus meiner Schule denken. Obwohl die meisten cool getan hatten, waren sie verängstigt gewesen, ich hatte es ihnen angesehen.

In mir erwachte die Neugier, jenes alte Bedürfnis, mehr in Erfahrung zu bringen, das ich gleichermaßen willkommen hieß und das mir Angst machte. Jahrelang hatte ich mich genötigt gesehen, immer über alles informiert, immer online zu sein, immer ganz nah an allem dran, was in der Welt passierte. Doch nach und nach war mir die Neugier abhandengekommen. Irgendwann war mein Gratis-Abo der *Jämtlandsposten* ausgelaufen und ich hatte es nie verlängert. Meine Fernsehtermine – heilige Uhrzeiten, etwa wenn *Aktuellt* oder *Rapport* lief – wurden seltener. Inzwischen spielten sie gar keine Rolle mehr.

Trotzdem würde ein kleiner Ausflug in die Zeitungswelt mich nicht umbringen. Ich beäugte den Waffenschrank im Flur. Mein Elchstutzen war frisch geölt, die Stiefel waren imprägniert. Das hatte ich bereits in der vergangenen Woche erledigt. Das Einzige, was ich vergangene Woche überhaupt erledigt hatte. Aber die Jagd konnte warten. Es kämen noch weitere Gelegenheiten für ein Wochenende in der Jagdhütte. Ich drehte mich wieder zum Computer um. Strömmen hatte recht, ich brauchte wieder Kontakt zur Wirklichkeit.

Ich streckte mich nach meinem Handy aus, das drauf und dran war, zwischen die Sofakissen abzutauchen, und schrieb: *Hej, fahre morgen nach Kall.* Strömmens knappe Antwort kam postwendend und war begleitet von einem lauten Pling. *Gut!* Kurz darauf kam eine weitere SMS, in der er hinzufügte: *Und vergiss nicht, die Blumen zu gießen!*

Wie jemand sich um seine Freunde kümmere, sehe man daran, wie es seinen Topfpflanzen gehe, sagte er gern und steckte bei Leuten, die er besuchte, den Stummelfinger in die Blumenerde.

An die letzte Nachricht hatte Strömmen ein Smiley angefügt. Wider Willen musste ich lächeln – ein Smiley mit Snus unter der Oberlippe. Doch schon im nächsten Moment war ich bedrückt. Meine Topfpflanzen brauchten Wasser, alle miteinander.

Schlagartig hatte ich einen Kloß im Hals. Ich legte den Kopf in den Nacken, um nicht zu heulen. Verdammt noch mal, ich hatte gedacht, damit wäre endlich Schluss. Aber die Tränen ließen sich einfach nicht aufhalten.

*»Das ist doch ein echter Scheißsommer. Schön, wenn er vorbei ist.«*

*Die Mutter sagt es immer wieder. Erst trocknet die Schneeschmelze nicht und danach regnet es nur noch. Der riesige Acker in Järpen steht unter Wasser. Ihr eigener Keller bleibt zwar verschont, nicht aber der von Björklunds. Das Brummen der Bautrockner ist bis raus auf die Straße zu hören. Der Regen und die Kälte machen alle wahnsinnig. Wenn es mal warm wird, dann höchstens für einen Tag. Aus dem Moor hinterm Haus schießen die Mücken hervor wie die Gülle aus einem Gülletraktor. Maria bringt an sämtlichen Türen Fliegenfänger an, einen verdammten Klebedschungel, durch den man sich hindurchkämpfen muss. In der Wassertonne im Garten und im Straßengraben kann man mit bloßem Auge die Mückenlarven kopfüber hängen sehen.*

*»Die atmen durch den Arsch.«*

*Magnus sagt das immer wieder. Er mischt Zimt, Knoblauch und Spülmittel in einer Sprühflasche. Maria beobachtet ihn dabei, wie er die dümpelnden Hinterteile besprüht. Sprüh, sprüh.*

*»So können sie sich gar nicht erst zu Mücken entwickeln.«*

*Magnus grinst sie breit an. Man könnte meinen, er hätte einen Sieg errungen, doch niemand bemerkt einen Unterschied. Marias Hals ist ständig von aufgekratzten, übel riechenden Quaddeln bedeckt. Dann verschwindet Magnus gen Westen. Auch das wird eine offene Wunde.*

*Die ganze Feuchtigkeit sorgt dafür, dass Maria aufgeht wie ein Hefeteig. Sie war nie schlank, aber jetzt geht sie völlig aus dem Leim. Der Busen schwillt an, eines Tages hängt der Bauch über den Bund ihrer Jeans und beim Gehen scheuern die Schenkel aneinander.*

*Bei ihrer Mutter ist es die Kälte, die sich wie ein ungebetener Gast in ihr einnistet. Die Schuppenflechte blüht – große silbrige Flecken auf bleicher Haut. Die Arthritis macht ihren ohnehin aufgeschwemmten Körper müde und unbeweglich. Die dünnen, ärmellosen Baumwollkleider – das Einzige, was sie je anzieht – saugen einen Teil des Elends auf, verhindern aber nicht, dass sich der Geruch im ganzen Haus ausbreitet. Wenigstens ist es unten im Partykeller, wo Maria schläft, ein bisschen besser. Das Zimmer ist eigentlich für alle da, hat deshalb auch keine Tür, aber Maria hat ein Stück roten Samt in den breiten Durchgang gehängt. Hauptsächlich, um die schwarzen Zwischenräume zwischen den Treppenstufen nicht sehen zu müssen.*

*Trotzdem hat sie neuerdings Schwierigkeiten einzuschlafen. Die Treppe ächzt und stöhnt und oft liegt Maria bis weit nach Mitternacht wach und starrt das gelbe Kiefernpaneel an. Sie hat die Astlöcher gezählt und abgetastet und kennt sie inzwischen alle.*

*Mit einer einzigen Bewegung erweckt Maria die Küche zum Leben. Das Licht strömt herein, als sie die Gardine vor dem Fenster beiseitezieht. Irgendwann in der Nacht zieht ihre Mutter die Vorhänge zu, Maria kann das Pantoffelschlurfen durch die Kellerdecke hören. Sie stellt sich das Haus von außen vor: wie das Licht in einem Fenster nach dem anderen erlischt. So spät ist das Haus von außen schwarzrot wie geronnenes Blut.*

*Gegenüber stehen keine Häuser, sie sind die Letzten an der Straße, dahinter liegt das Industriegebiet. Hier kommt selten jemand zu Fuß vorbei, trotzdem wird der Mutter bei der Vorstellung, aufs Klo zu müssen und in ein Paar blitzende Augen* zu sehen, jedes Mal angst und bange. Wer will, kann hier überall reinsehen, vor allem, wenn draußen Schnee liegt.

»Man muss sich ja nur auf eine feste Schneewehe stellen«, sagt ihre Mutter.

Deshalb macht sie alles zu, versteckt sich und verdrängt.

Gegenüber hängen die Wolken tief in den dunklen Fichten. Die Treppe zur Haustür liegt im Schatten. Auf den schattigen Stufen gedeihen ausschließlich Frostrisse und Moos. Nur an Mittsommer, wenn die Sonne am höchsten steht, fällt Licht dorthin.

Früher hat ihr Vater hinter dem Haus Kartoffeln angebaut und Ringelblumen gesät. Breitbeinig und mit gebeugtem Arbeiterrücken stand er auf dem einzigen Streifen Land, der nicht im Schatten der Fichten lag. Sie mochte das immer, wenn er mit seinem grünen Mückenhut dastand und die Insekten wie schwarze Stecknadelköpfe auf dem Netz saßen.

Maria macht das Radio an und unbekannte, wohlbekannte Stimmen füllen die Küche. Sie brät Fleischwurst an, toastet Brot und setzt Teewasser auf. Allmählich wird es leer im Kühlschrank. Laut Kalender dauert es noch, bis wieder Geld kommt.

Ihre Mutter tut, was sie immer tut, stillt ihr Bedürfnis nach Nikotin und sieht fern, als Maria ihr das Frühstück bringt. Manchmal findet Maria, dass sie ihrer Mutter das Essen hinstellt wie einem Hund. Die Mutter bedenkt sie mit einem trägen Blick, stemmt sich hoch und streckt sich nach dem Betttablett. Unter der Decke riecht es ungewaschen und nach getrocknetem Urin. Die Scham ihrer Mutter ist nur noch von einzelnen glatten Haaren bedeckt. Zigarettenrauch umweht sie, als wäre sie Schauspielerin auf einer Bühne. Maria sieht, wie sie sich nach dem Teller vom Vortag mit geronnenem Ketchup ausstreckt, um ihn als Aschenbecher zu verwenden.

»Nein, nein, nein.«

*Ihre Mutter erstarrt. Sieht sich inmitten des Verfalls verwirrt um.*

*»Ich hole den Aschenbecher. Wie geht's deinem Kopf?«*

*Die Mutter schluckt und runzelt die Stirn, als fiele ihr das gerade erst wieder ein.*

*»Wie gestern. Genau wie gestern. Ist sicher ein Tumor.«*

*»Ach was, du hast keinen Tumor.«*

*Maria hebt den Gürtel des Bademantels vom Boden auf. Eine rote Polyesterschlange zwischen eingetrocknetem Erbrochenem auf dem Teppich.*

*»Woher willst du das denn wissen?«*

*»Da wärst du längst tot, so viel Kopfweh, wie du in den letzten Jahren hattest.«*

*»Sag das nicht.«*

*Die Mutter stöhnt. Schiebt ihren schlaffen Bauch zurecht.*

*»Du HAST keinen Tumor, das schwöre ich dir. Jetzt iss. Und dann finde ich, du solltest mal rausgehen. Den Rollator hast du immerhin aus einem bestimmten Grund gekriegt.«*

*Vorsichtig stellt Maria den Teller ab. Ihre Mutter legt die Zigarette beiseite. Die Asche wird immer länger und sieht aus wie ein Rattenschwanz. Eigentlich müsste sie abfallen, klammert sich aber krampfhaft fest.*

*»Das geht nicht.«*

*»Und warum nicht?«*

*»Euer Vater will das nicht.«*

*»Unser Vater will mittlerweile gar nichts mehr.«*

*Ihre Mutter sieht erst verdattert aus. Dann verschüchtert. Die großen Blumen auf der Tapete scheinen in die Mitte des Zimmers zu rücken. Einmal lag Maria in der Ritze zwischen den Matratzen ihrer Eltern und sah an den grünen Stielen kleine Männchen emporklettern. Als das Fieber sich endlich gelegt hatte, saß ihre Mutter auf der Bettkante und strich ihr über die verschwitzte Stirn. Damals benutzte sie immer Lippenstift und blauen Lidschatten. Ihre Ohrringe klimperten, sobald sich ihr Lippenstiftmund bewegte, echt schön. Inzwischen wollen die Stängel der Schuppenflechtenblüten die welke Schauspielerin in ihrem Bett erwürgen.*

Die Sonne kämpfte sich immer noch über den Horizont. Auf dem Thermometer vor dem Fenster war es ein Grad unter null. Draußen sah alles hart und gefroren aus. Es würde noch mal wärmer werden, danach aber so richtig kalt. Ich saß am Küchentisch und trank Kaffee wie ein normaler Mensch. Eine überwinterte Fliege naschte Zucker in der Spüle. Am Vortag war mir ein Stück Würfelzucker aus der Schachtel gefallen, als ich nach etwas Essbarem gesucht hatte. Der Pulverkaffee versuchte, eins mit dem Wasser zu werden, ich rührte und rührte und musterte die fettigen Béarnaise-Flecken an der Küchenwand. Ein gelbes Muster, an das ich mich gewöhnt hatte.

Anschließend nahm ich meine Fototasche aus dem Schrank. Ich pustete den Staub von der Klappe und schob Notizblock und Bleistift hinein; Kugelschreiber ließen einen bei Kälte im Stich. Als ich den Gurt schulterte und die Tasche an meiner Seite spürte, fühlte sich das Gewicht sehr vertraut an.

Ich sollte auch meine Stiefel mitnehmen. Sie standen auf einem Handtuch im Bad und waren bis hoch zum Schaft verdreckt, als wäre ich irgendwo herumgestapft und halb eingesunken. Keine Ahnung, wo und wann ich sie das letzte Mal angehabt hatte. Ich versuchte, den eingetrockneten Schlamm über dem Waschbecken abzuklopfen, bekam die Stiefel aber nicht ganz sauber. Als ich sie hinten in den Fußraum stellte, war das Gummi immer noch von hellbraunem Schlamm und Vergessenheit überzogen.

An sich war Kall ein hoffnungsloser Fall: zu weit entfernt von den schicken Lokalen in Åre, zu nah dran am Alltag in Järpen, das die Rolle von Åres abgehalfterter Schwester spielte. Die stillgelegte Zellulosefabrik hatte im Boden ihre Spuren hinterlassen – eine Art schlummernde, latente Krankheit. Ein Gendefekt, der alles und jeden ringsum in Mitleidenschaft zog.

Der Supermarkt hatte noch nicht geöffnet. Ich setzte mich vor den Eingang, zog meine Strickjacke enger und lehnte den Kopf gegen die kühle Hauswand.

Nach einigen Minuten ratterte es hinter der Eingangstür. Eine Frau mit lila Haaren schob die Einkaufswagen in Reih und Glied. Der Geruch von frisch gebackenem Brot und altem Bier schlug mir entgegen. Ich nahm mir einen Einkaufskorb. Wenn ich schon da war, konnte ich auch gleich einkaufen. Planlos lief ich an den Regalen entlang, nahm mir Wurst, eine Packung Nudeln und ein paar Tiefkühlpizzas. Ich hätte eine Einkaufsliste schreiben sollen, das machten andere doch auch. Es lag sogar ein ausgedienter Einkaufszettel in meinem Korb. Irgendwer mit krakeliger Handschrift hatte anscheinend ein Schmorgericht kochen wollen. Rindfleisch, Karotten, Pilze, Tomatenmark und Schnittlauch sprachen für Bœuf bourguignon. Ich knüllte den Zettel zusammen. Stundenlanges Schmoren brächte ich nicht zustande, ganz im Gegenteil.

Außer der lilahaarigen Frau war kein Personal zu sehen. Wenn sie auch an der Kasse säße, würde ich ihr mein Anliegen dort vortragen müssen.

Die Frau blickte lediglich kurz auf und grüßte, bevor sie den Blick aufs Kassenband richtete. Nach und nach scannte sie meine Einkäufe.

»War heute nicht sonderlich inspiriert, was Essen anging«, sagte ich. »Eigentlich müsste man einfach so eine Pille einwerfen, statt zu essen.«

Die Frau lachte und schüttelte dann den Kopf. Sie hielt den Blick weiter aufs Kassenband gerichtet.

»Du liebe Güte, wie schrecklich! Also, mir macht Kochen Spaß!«

Ich lächelte.

»Da beneide ich Sie.«

Der Pfandapparat am Eingang fing an zu prasseln.

»Übrigens …« Ich gab mir einen Ruck. »Ich heiße Vera Bergström und arbeite für die *Jämtlandsposten.*«

Ich streckte die Hand aus. Die Frau blickte auf, guckte zwar erst misstrauisch, gab mir dann aber die Hand.

»Ich wüsste gern, wie es Ihnen hier im Dorf geht, wo doch dieser grässliche Mord passiert ist. Hätten Sie vielleicht kurz Zeit, sich darüber zu unterhalten?«

»Mit mir? Sie wollen mit *mir* reden?« Eilig zog sie die Hand zurück und presste die Lippen zusammen.

»Klar, warum denn nicht?«

»Wollen Sie die da auch benutzen?« Sie zeigte auf meine Kamera. Typisch für Frauen ihres Alters. Beschwerten sich, dass in den Zeitungen bloß Männer zu Wort kamen, weigerten sich aber, selbst zur Gleichstellung beizutragen. Von einhundert Pflegekräften war es in aller Regel der einzige Mann im Team, der sich äußerte.

»Schon, aber es muss ja keine Nahaufnahme sein.«

»Nee, das will ich nicht.«

Ich schluckte meinen Frust hinunter und setzte auf Schmeichelei. Das funktionierte manchmal.

»Dabei sehen Sie so toll aus … Aber würden Sie mir vielleicht auch ohne Foto ein paar Fragen beantworten?«

Die Frau überlegte kurz. Dann seufzte sie theatralisch.

»Okay. Aber leider kann ich von der Kasse nicht weg.«

Ich atmete auf. Sie würde mir nicht davonkommen. Besser ein

griesgrämiger O-Ton als gar kein O-Ton. Das Adrenalin schoss mir durch die Adern. Genau aus diesem Grund hatte ich meinen Job geliebt. Der Nervenkitzel, wenn ich in das Leben eines mir fremden Menschen eintauchte und etwas aus ihm herauskitzelte, war schwer zu toppen, da fühlte ich mich wie auf Entdeckungsreise.

»Wollen wir mit Ihrem Namen anfangen?«

»Anneli.«

»Anneli ...?« Wie einem Kind musste ich ihr alles aus der Nase ziehen.

»Holmqvist.«

»Was halten Sie von alledem, was passiert ist?«

Sie nestelte an der goldenen Haarspange, die ihre chemikalienschweren Locken seitlich zusammenhielt. Der mausgraue Haaransatz reichte fast bis zu den Ohren.

»Was ich davon halte ... Ich bin wahrscheinlich genauso schockiert wie alle anderen. So was ist einfach ganz besonders unschön, wenn es in nächster Nähe passiert und immer noch niemand gefasst wurde. Viele hier haben Angst. Wenn ich von der Arbeit nach Hause gehe, sehe ich mich ständig um. Und Kinder sollen gar nicht mehr alleine raus. Wir sind alle auf der Hut, alle miteinander, begleiten uns gegenseitig zum Sport, lassen uns überall hinfahren ... Ausgerechnet hier. Früher haben wir nicht mal die Haustür abgeschlossen und jetzt wird es ja auch bald dunkler ...«

Sie blinzelte und spähte durch die Tür nach draußen, wo der Herbst in den vergangenen ein, zwei Stunden auf die Tube gedrückt hatte. Im Garten gegenüber stand eine Wäschespinne, an der noch Wäscheklammern hingen. Daneben starrte ein überwintertes Schneemobil mit seinen Scheinwerferaugen ins Leere.

»Und das Opfer? Kannten Sie sie gut?«

»Nein, kann man so nicht sagen. Niemand kannte Isabella.

Die hat da oben sehr zurückgezogen gelebt. Aber sie hat Fladen gebacken, die wir hier verkauft haben. Das konnte sie echt gut. War gutes Brot.«

Anneli wartete darauf, dass ich bezahlte. Ich schob meine Visakarte in den Kartenleser und gab die PIN-Nummer ein. Nur ein paar Hundert Kronen. Ich hätte den Einkaufskorb vollmachen sollen. Ich hatte das Shampoo vergessen, und die Lebensmittel würden gerade mal für ein paar Tage reichen, andererseits würde es noch eine Weile dauern, bis sie im Kühlschrank landeten.

»Ich würde mir gern dieses Waldstück ansehen, in dem Isabella gefunden wurde. Mit wem könnte ich da reden?«

»Am besten mit Matti Myllämäki. Der hat sie auch gefunden.«

Anneli wirkte erleichtert, dass sie die Sache auf jemand anderen abwälzen konnte.

»Und wo finde ich den?« Ich packte meine Einkäufe in eine Plastiktüte, erst die Tomaten, nahm sie dann aber wieder heraus. Das Schwerste nach unten.

»Auf dem großen Kahlschlag kurz hinter Kallrör. Da räumt er immer noch dieses Camp. Fahren Sie den See entlang, durch Backen und Grötom, dann über den Forstweg ...«

»Danke, ich weiß, wo das ist.«

Auf Höhe des Gemeindehauses gab ich Gas. Einige Jahre zuvor hatten sie mich dorthin eingeladen. Die Dorfbewohner hatten sich darüber empört, dass in den kleinen Weilern außerhalb von Kall die Post nicht mehr zugestellt werden sollte; einige müssten mehrere Dutzend Kilometer bis zu einem Postfach fahren. Ich ging nie hin, rief tags darauf bloß den Vorsitzenden an und ließ mir erzählen, was diskutiert worden war. Eine knappe Meldung und die Post kam nicht mehr. Der Gemeinderat meldete sich nie wieder bei mir. Inzwischen war auf dem Schild an der Tür das *Sommercafé* durchgestrichen worden, aber es fiel immerhin schon das Laub von den Bäumen.

Vereinzelte Höfe und Straßen verschwanden im Rückspiegel. Am gegenüberliegenden Seeufer standen nur mehr die Ruinen der alten Kupfergrube, Überreste aus der Glanzzeit der Gegend. Ich bog auf den Forstweg ab und fuhr eine gefühlte Ewigkeit durch die eintönige Landschaft. Ein Hochsitz nach dem anderen. Die meisten sahen baufällig aus. Ich hatte gehört, dass viele Reviere in den letzten Jahren Probleme mit Vandalismus gehabt hatten. Wir waren davon bislang verschont geblieben.

Nach einer Weile lichtete sich der Wald. Der große Kahlschlag. Dem Schild am Wegrand zufolge befand ich mich in Silva. Mein Blick blieb an zwei grünen Zeltplanen hängen. Ich wollte nicht aufdringlich wirken, deshalb hielt ich ein Stück entfernt, statt vorzufahren. Als ich die Fahrertür aufschob, kroch mir Himbeergestrüpp entgegen. Ich versuchte, die Ranken beiseitezuschieben, allerdings hatten sich mehrere Sträucher ineinandergeschlungen und waren zusammengewachsen. Ich griff zur Schneebürste, um das Gestrüpp wegzudrücken, damit ich aussteigen und meine Stiefel anziehen konnte.

Das verlassene Camp roch nach alten, nassen Matratzen, Decken und Kleidung. Inmitten des Durcheinanders standen drei Personen mit Dreadlocks und wühlten leicht unbeholfen im Müll. Keiner von ihnen beachtete mich, einer nickte dann allerdings knapp, als wollte er mir zu verstehen geben, dass ich doch nicht unsichtbar war.

»Ich bin auf der Suche nach Matti Myllämäki.«

Niemand antwortete. Ich zählte meine Atemzüge und sah mich um. Der Schlag, in dem ich bei meinem ersten Ferienjob Setzlinge gepflanzt hatte, konnte nicht weit sein. Das war harte

Arbeit gewesen: die Kraxe mit den Schachteln auf dem Rücken und immer klatschnass, wenn die Setzlinge frisch gewässert waren. Die Nadeln, die durch die Klamotten gepikst hatten. Das Hetzen über Stümpfe und Wurzeln, bis man ein Fleckchen Erde gefunden hatte, in dem man das Bäumchen feststampfen konnte. Ich trat von einem Bein aufs andere. Sah aufs Handy. Kein Empfang.

»Wissen Sie vielleicht, wo ich Matti Myllämäki finden kann?«, fragte ich erneut. Eine Frau zeigte hinter mich. Ihre Ohrläppchen waren von schweren Creolen ganz lang und ausgeleiert.

»Das bin ich.«

Ich drehte mich um. Ein muskelbepackter Typ im Blaumann kam hinter einem zerschlissenen Windschutz hervor.

»Bis morgen ist das hier weg, kein Grund also, sich zu beschweren.« Er trat gegen ein langes Holzrohr auf dem Boden. Es sah aus wie ein Didgeridoo. »Ich wollte eigentlich bis Jagdbeginn fertig sein, aber hier liegt doch mehr Zeug, als ich dachte. Es waren zwei große Lager auf ziemlich viel Grund. Ich hab einen Bauwagen organisiert, damit wir hier rund um die Uhr arbeiten können.«

Ich sah mich um.

»Was für ein Lager war das überhaupt?«

»Ein sogenanntes Waldbadecamp. Anscheinend der neueste Schrei für Gestresste und Ausgelaugte. Oder ganz einfach Städter, wenn Sie mich fragen. Aber die haben sie ja verdammt noch mal nicht alle.«

»Dann zelten die hier und …?«

»Nehmen den Wald mit allen Sinnen wahr oder so.« Er zog seine Baseballkappe ab. Schweiß lief ihm über die Stirn. »Wir brauchen verflucht noch mal Kontrollen in Sachen Jedermannsrecht. Diese Waldbader waren wieselflink, als sie hier abgezogen sind – und als sie ihren ganzen Müll im Meer zurückgelassen haben, sozusagen. Wie Sie sehen, sind nur noch drei von den hundert da. Die helfen mir jetzt gegen Kost und Logis.«

Matti sprach laut und mit deutlich gerolltem R. Er nahm einen verbeulten Topf hoch, beäugte ihn von allen Seiten und warf ihn in einen Müllcontainer.

»Deshalb bin ich aber gar nicht hier.« Ich stellte mich vor und erklärte kurz, was ich von ihm wollte. »Ich würde mir gern ansehen, wo Sie die Frau gefunden haben, und dann wäre es toll, wenn wir uns irgendwo zusammensetzen und uns unterhalten könnten. Wenn Sie kurz Zeit hätten?«

Ich konnte ihm die Erleichterung ansehen. Das Ordnungsamt hatte ihm wegen des Mülls garantiert Stress gemacht.

»Klar, zeig ich Ihnen. Anschließend können wir uns drüben im Bauwagen unterhalten. Ich brauche allerdings noch zehn Minuten.«

Der Bauwagen stand in den Überresten des zweiten Camps, dort wo der Forstweg zu Ende war, aber weil wir quer durch den Schlag hätten marschieren müssen um zum Tatort zu gelangen, ließen wir die Autos am ersten Camp stehen. Matti schlug vor, dass wir zurück das Quad nehmen könnten. Ich musste fast joggen, um mit dem großen Mann Schritt zu halten, der o-beinig vor mir her über den unwegsamen, feuchtweichen Untergrund marschierte. Er drehte sich kein einziges Mal um oder stellte sicher, dass ich mit ihm mithalten konnte. Es wurde ein bisschen leichter, als ich dichter zu ihm aufschloss und wie in tiefem Schnee in seine Fußstapfen treten konnte. Ich schwitzte wie verrückt. Dann blieb er mitten im Nirgendwo stehen.

»Tja, also, hier lag sie, hier vor dem Hochsitz. Der Polizist, der als Erster vor Ort war, nimmt an, dass sie vom Forstweg hier hochgejagt wurde.«

Stumm ließen wir den Blick über das abgesperrte Areal schweifen. Der Hochsitz bestand aus vier dünnen Beinen, einer

Leiter und oben einer kleinen Kammer mit Wänden und Dach. Schießscharten, durch die der Jäger auf Wild lauern und zielen konnte. Darunter hatten Weidenröschen alles überwuchert. Einen Monat zuvor waren sie bestimmt üppig und leuchtend dunkelrosa gewesen, doch inzwischen wirkten sie eher wie abgehalfterte Schönheitsköniginnen. Samenkapseln wehten hilflos hierhin und dorthin und versuchten verzweifelt, irgendwo ein neues Leben zu beginnen. Dahinter schimmerte ein spiegelblanker schwarzer Weiher. Matti folgte meinem Blick.

»Lilla Ensamheten, die Kleine Einsamkeit. Die Stora, die Große Einsamkeit, liegt ein, zwei Kilometer weiter. Die beiden sind unterschiedlich tief, die Große soll fast bodenlos sein, aber in beiden kann man fantastisch angeln.«

Ich nickte. Dann versuchte ich, die Szenerie mit der Kamera einzufangen. Das Einzige, was auf ein Verbrechen schließen ließ, war das blau-weiße Polizeiflatterband, das träge in der Brise schaukelte. Die Natur hatte sich längst wieder über die Stelle erhoben, an der die Tote gelegen hatte. Ich versuchte, sie mir zwischen dem Nadelgehölz, den Zweigen und den Baumstümpfen vorzustellen. Wie die Feuchtigkeit sie nachts bedeckt hatte, bevor die Dämmerung einsetzte und die aufgehende Sonne ihr Gesicht beschien. Das Gestrüpp, das ihr ins blonde Haar kroch, die Greifvögel, die über ihr kreischten. Mit einem Mal war all das nur noch traurig.

Matti öffnete den Reißverschluss seines Blaumanns und nahm einen Tabakbeutel und eine Pfeife aus der Innentasche. Kaum dass der Tabak glühte, setzte er sich wieder in Bewegung. Das letzte Stück gingen wir über einen Trampelpfad. Diesmal blieb er erst stehen, als er sich im Bauwagen die Stiefel abstreifte.

»Setzen Sie sich.«

Matti füllte einen schmutzigen Kessel mit Kaffeepulver und

Wasser, stellte ihn auf die Kochplatte und nahm zwei Becher aus einem Schrank. Er hatte auch den Blaumann abgelegt und trug jetzt ein schwarzes T-Shirt und grüne Arbeitshosen. Sein Glied zeichnete sich unter dem festen Stoff ab. Daneben schlenkerte bei jeder Bewegung sein Mora-Messer am Gürtel. Ich verspürte ein Ziehen im Schritt. Rutschte unruhig auf meinem Stuhl hin und her. Zog meinen Pullover vom verschwitzten Rücken.

»Sie trinken solchen Kaffee hoffentlich? Ist der beste, den es gibt.«

Ich nickte. Mein Vater sollte mich sehen.

»Milch gibt's leider keine, nur Sahne.« Er kramte ein kleines Tetrapak hervor, auf dem *Fløte* stand.

»Waren Sie drüben in Norwegen?«

»Meine Schwiegereltern sind von dort.«

»Ah.«

Ein paar Schokokekse lagen in einer Schachtel auf dem Küchentisch. Matti zog die Schachtel und ein Schälchen mit Würfelzucker näher heran.

»Also, was wollen Sie hören?«

Er sah mich auffordernd an. Aus der Nähe und ohne Baseballkappe wirkte er jünger, als ich ihn zunächst geschätzt hatte. Höchstens fünfzig. Die Fältchen um seinen breiten Mund sahen eher aus wie feine Pinselstriche als der Erschöpfung geschuldet und untermalten den dunkelbraunen, langen Zopf.

»Tja, was will ich hören ... Könnten Sie mir einfach erzählen, was an dem Morgen passiert ist, als Sie zu dem Camp gefahren sind? Dann werfe ich zwischendurch Fragen ein.«

Ich angelte mein Handy aus der Tasche, rief die Diktierfunktion auf und tippte auf Rec. Es piepte und die App zeichnete auf. Ich legte das Handy auf den Tisch und nahm Stift und Papier zur Hand, um mir jederzeit Stichworte notieren zu können.

Matti räusperte sich und schob sich einen Schokokeks in den Mund.

»Ich bin an dem Morgen früh raus, schon gegen vier. Hab Brote geschmiert und Kaffee gekocht und versucht, so leise wie möglich zu sein. Mona und die Kinder haben noch geschlafen, als ich losgefahren bin.« Er kaute eine Zeit lang. »Als ich hier ankam, war ich richtig geschockt. Ich hatte ein paar Gerüchte gehört, über Séancen, Tänze im Mondlicht, solchen Mist, aber dass es so schlimm wäre, hätte ich nie gedacht. Ich hab ja noch den Lieferservice für Tiefkühlkost, deswegen war ich den ganzen August nicht hier.«

Seine Frau hieß also Mona – bestimmt so eine, die aus den Resten des Vortags neue Rezepte zauberte und wenn nötig sogar ein Moor trockenlegen konnte. Als sie frisch verliebt und geil aufeinander gewesen waren, hatte er sie womöglich an einem der Bäume dort draußen gevögelt.

»Haben Sie Isabella sofort entdeckt?«

»Nein. Das Erste, was ich bemerkt habe, war ehrlich gesagt dieses komische Licht zwischen den Bäumen. Ich bin darauf zu, und als ich näher kam, hab ich etwas auf der Erde liegen sehen. Erst dachte ich, es wäre ein Müllsack, aber dann war klar, dass es ein Mensch war.«

Der Kessel fing an zu pfeifen. Matti stand auf, nahm ihn von der Platte und schenkte Kaffee ein. In meinem Becher blieb kaum noch Platz für die Sahne.

»Irgendwer – der Mörder, denke ich mal – hatte eine Stirnlampe an den Hochsitz gehängt und auf sie gerichtet. Gruselig, echt gruselig. Ich hab davon immer noch Albträume.«

Dann war es also folgendermaßen gewesen: Der Mörder hatte nicht die Frau aufgehängt, sondern ihre Stirnlampe. Aber warum? Mir war klar, dass sich in dieses Arrangement alles Mögliche hineininterpretieren ließ, aber ganz blöd gesagt konnte der

Mörder die Lampe auch einfach nur deshalb aufgehängt haben, um besser zu sehen.

»Haben Sie sie wiedererkannt?«

Matti strich sich über die Bartstoppeln.

»Nicht sofort. Ich glaub, ich hab Isabella vorher nur ein einziges Mal gesehen, als sie mal mit ihren Fladen in den Laden kam. Sie war schon okay, vielleicht etwas schüchtern. Niemand weiß, wo sie damals vor drei Jahren herkam, aber wir waren alle ziemlich überrascht, dass überhaupt jemand die Hütte da oben kaufen wollte. Damit hat niemand gerechnet, als die Anzeige im Internet auftauchte, wohl am wenigsten Krister selbst.«

»Wo genau hat sie denn gewohnt?«

»Gar nicht weit von hier. Ich war nie da, aber etwa auf halber Höhe des Forstwegs, der hierherführt, gibt's eine Abzweigung – eine kaum befahrbare Piste – hoch zu ihr.«

Er fing an, mit dem Finger auf dem Küchentisch eine Karte zu zeichnen, hielt dann aber inne, als wäre er auf ein Hindernis gestoßen.

»Sixten, ihr Nachbar, hat den Weg für sie in Ordnung gehalten und den Schnee geräumt. In dieser Hinsicht war sie also gut versorgt.«

Matti streckte die Beine aus und kratzte sich unter dem T-Shirt-Ärmel. Darunter war die Haut blasser, sah weicher aus.

»Das muss furchtbar gewesen sein – also, der Erste am Fundort zu sein ...«

Matti schlug den Blick nieder.

»Ja. Ich musste sofort an die Kinder denken.«

»Wie viele haben Sie denn?«

»Zwei. Zwei Mädchen. Weiß der Geier, wie das alles wird, in der Zukunft.«

Letzteres schien er eher zu sich selbst zu sagen. Er stippte ein paar Krümel mit dem Finger auf. Dann sprach er leise weiter:

»Sie hatte Stichwunden, wissen Sie … Mehrere, in der Brust. Es sah aus, als hätte jemand sie aufschlitzen wollen. Sie war …« Matti drehte sich zum Fenster. »Das Blut war ihr in die Haare gelaufen und getrocknet. Das Gesicht war ganz bleich und leer und die Lippen waren richtig eingesunken. Und dann diese weit aufgerissenen Augen – was die wohl zuletzt gesehen haben …«

Ich erschauderte. Meine Zunge fühlte sich ausgedörrt an. Ich streckte die Hand nach meinem Becher aus und trank ihn bis zum schwarzen Bodensatz leer. Ein bisschen Kaffeesatz landete trotzdem in meinem Mund. Erstochen und aufgeschlitzt. Davon hatte nirgends etwas gestanden. Unwillkürlich legte ich die Hände an meinen Brustkorb, in dem sich ein mulmiges Gefühl breitgemacht hatte. Ich musste meine eigene Wärme spüren.

»Wie kann es sein, dass das nicht durchgesickert ist?«

Matti sah mich verwundert an.

»Was? Also, im Dorf wissen das alle.«

»In den Medien, meine ich.«

»Medien …« Matti spie die Silben einzeln aus. Me-di-en. Er schnaubte. »Die sogenannten Medien waren doch seit Jahren nicht mehr hier. Wenn sie gekommen wären, wüssten sie Bescheid.«

Er schenkte nach, ohne zu fragen, ob ich noch mehr Kaffee wollte.

Mir war klar, dass er recht hatte. Schon als ich noch Lokalreporterin gewesen war, hatten wir in der Redaktion diesen Teil des Verwaltungsbezirks halb im Scherz »das schwarze Loch« genannt, als hätte es jederzeit Wichtigeres gegeben als alles, was in Kall und Umgebung passierte.

»Ein Wunder, dass die Polizei überhaupt gekommen ist.« Matti lachte verbittert. »Als das letzte Mal jemand dort angerufen hat, waren zwei sich prügelnde, besoffene Touristen vor dem Bygget in Åre wichtiger.«

Sofort hatte ich eine aufgebrachte Meute in Nachtclubbeleuchtung vor Augen. Typen mit Koteletten in beigefarbenen Chinos und teuren Hemden.

»Wichtiger als …?«

»Wichtiger als ein sachdienlicher Hinweis auf eine ausländische Diebesbande, die hier seit Jahren umherzieht.«

»Tut mir leid, das zu hören.«

»Wir kommen damit klar.«

Er angelte eine Snus-Dose aus der Gesäßtasche, klappte den Deckel auf, nahm in einer einzigen Bewegung eine Fingerspitze Tabak heraus und schob ihn sich unter die Oberlippe. Dort zeichnete er sich als Schwellung ab.

»Was haben Sie für ein Gefühl, wenn Sie heute an den Mord zurückdenken?«

»Tja, was für ein Gefühl … Ich hätte niemals gedacht, dass so etwas hier passiert. Ist total irreal. Das Schlimmste ist, dass dieser Gestörte immer noch frei herumläuft.«

»Sie meinen, hier in der Gegend?«

»Keine Ahnung. Ich wüsste allerdings niemanden, der das gewesen sein könnte. Aber die Polizei hat mich ausführlich nach Krister befragt.«

»Dem Isabella das Haus abgekauft hat?«

»Genau. Klar, der ist ein Arschloch, aber dass er so was getan haben soll … kann ich einfach nicht glauben. Mein Tipp wäre irgendwer auf Durchreise.«

»Aber muss man nicht wissen, dass da ein Forstweg verläuft, um hinzufinden?«

»Schon, aber den kennen so einige. Die Schlepperfahrer nutzen den Weg als Rastplatz, wenn sie hier Holz aufladen. Dort können sie ungestört schlafen, da rauscht nachts nicht der Verkehr auf der E14 vorbei.«

»Was könnte Isabella dort zu suchen gehabt haben?«

»Es gibt Leute, die abends gern spazieren gehen.« Matti schob den Snus-Tabak unter seiner Oberlippe weiter hoch.

»Aber ist es dort nicht dunkel?«

Der Forstweg schnitt wie eine offene Wunde quer durch den Wald. Spärliche Beleuchtung, dichtes Grün. Schon jetzt früh am Tag lag hier alles im Schatten. Hell war es nur über den Wipfeln. Ein Sturm hatte ein paar Bäume am Straßenrand umgeknickt und Wurzeln, Erde und Steinbrocken nach oben befördert. Im Dämmerlicht sahen die knorrigen Wurzelballen aus wie boshafte Trollgesichter.

»Klar, es ist verdammt dunkel, da braucht man Stirnlampe und Warnweste, aber die hatte sie ja. Hat nur nicht geholfen.«

Matti setzte sich auf sein Quad und machte sich auf den Weg. Er musste seine Töchter von der Schule abholen und hatte mir angeboten, mich noch zum Auto zu bringen, allerdings hatte ich abgelehnt. Zu zweit wäre es auf dem Sitz zu eng geworden und bestimmt hatte er es eilig. Sicherheitshalber nahm ich denselben Weg zurück. Die Temperatur war gefallen, und es war vollkommen still. Sogar der Erdboden hatte dichtgemacht, war jetzt mit silbrigen Streifen überzogen. Risse in der Wolkendecke sorgten dafür, dass ein wenig Licht über den Boden wanderte. Es flackerte ringsum, ruckte an Findlingen und Gestrüpp. Ohne Matti, der vor mir her stapfte, war der gewundene Trampelpfad nicht annähernd so deutlich zu erkennen. Er verzweigte sich und wollte mich mal nach rechts, mal nach links locken. Mehrmals musste ich stehen bleiben und überlegen, ob eine Öffnung im Dickicht von Mensch oder Tier niedergetrampelt worden war. Es fühlte sich an, als wollte der Wald mich in die Irre führen. Als ich zu guter Letzt auf einer kleinen Erhebung stand, entdeckte ich den Hochsitz hundert Meter weiter. Ich musste mich also rechts halten, von dort würde ich mich zurechtfinden.

In meinen Stiefeln war ich schwerfällig unterwegs und geriet im undurchdringlichen Gestrüpp ins Straucheln, als wollte der Boden mir meine Grenzen aufzeigen. Meine Knie waren schon ganz schwarz von allem, was ich unterwegs streifte. Ich versuchte, über einen Bachlauf zu springen, allerdings war er zu breit. Schlamm und Wasser schwappten über meinen Fuß und zogen ihn in die Tiefe.

Als ich mich vorbeugte, um den Stiefel frei zu kriegen, blitzte vor mir im Moos etwas auf. Ein Handy. Ein Farn hatte seine Wedel darüber ausgestreckt, sodass man schon in die Hocke gehen musste, um es überhaupt zu entdecken. Meine Schläfen fingen an zu pochen. War das Isabellas Handy? Ich nahm es hoch und sah mich kurz um. Kniff die Augen zusammen. Lag dort linker Hand unterhalb des Schlags nicht die Zufahrt zu ihrem Haus? Dann hatte das Handy zwischen Haus und Hochsitz gelegen. Aber sowohl die Polizei als auch Thomas und seine Jagdkumpane hatten hier doch gründlich gesucht? Andererseits musste das nichts heißen. In einem Waldstück kam so etwas der Suche nach der Nadel im Heuhaufen gleich, das wusste jeder, der schon mal durchs Dickicht gestreift war und all die Verstecke gesehen hatte, die unter dichtem Geäst verborgen lagen. Es gehörte eben auch Glück dazu.

Ich drückte den Startknopf – mausetot. Bestimmt die Feuchtigkeit. Aber vielleicht würde es angehen, wenn ich das passende Ladegerät finden könnte. Ich schob das Handy in meine Tasche.

Bis ich zu Hause ankam, blieb es trocken, aber dann fing es ordentlich an zu schütten. Es platschte nur so auf den Asphalt, die Dachrinne über der Tür schaukelte, und es kühlte merklich ab. Das Laub, das eben noch trocken und gelb gewesen war, war jetzt schmierig braun.

Ich legte das Handy zusammen mit einer Handvoll Jasminreis in eine Plastiktüte. Hoffentlich würde das helfen.

Dann hörte ich mir die Interviews an, die ich an diesem Tag geführt hatte. Strömmen würde bekommen, was er sich gewünscht hatte: Besorgnis im Dorf, um Freunde und Verwandte und um die Entwicklung der Gesellschaft im Allgemeinen. Mattis Reaktion. Dass Isabella erstochen worden war, durfte ich nicht erwähnen, das mussten sie erst in der Redaktion diskutieren und abwarten, ob die Polizei es bestätigte. Ich nannte den Mord »bestialisch«, das sprach für sich.

Erst hatte ich fast Angst, in die Tasten zu hauen. Meine Fingerkuppen waren empfindlich geworden. Seit der Schließung der Redaktion hatte ich meine Tage am Rechner größtenteils damit verbracht, unter falschem Namen wütende Leserbriefe über die Probleme dünn besiedelter Landstriche zu schreiben und darüber, dass dieselbe Zeitung, die mich dreißig Jahre lang ernährt und aufgezehrt hatte, nur noch auf die Städte zu schielen schien. Die Nächte verbrachte ich damit, Levan auf Facebook zu stalken. Mit wem trieb er sich herum, was machte er? War er bei ihr? Die Eifersucht nagte an mir, laugte mich aus, malte mir dunkle Ringe unter die Augen. Am Ende war ich so erschöpft, dass ich all meinen Mut zusammennahm und Åsa und Linda anrief. Wir drei hatten immer füreinander da sein wollen.

Ich hatte gerade den Lead geschrieben, als das Licht ausging. Das Rechnersurren verstummte. Die alte Sicherung war durchgebrannt. Frustriert schlug ich mit der Hand auf die Schreibtischkante und lief in den Flur. Anders als früher lag auf dem Schrank keine Schachtel mit Reservesicherungen mehr. Ich musste sie alle aufgebraucht haben, ohne dass ich mich daran erinnern konnte. Ich sah auf die Uhr. Das Wirtshaus hatte geöffnet, vielleicht hatte Björn ja eine Sicherung übrig, die er mir verkaufen konnte.

Ich schlüpfte in meine Nokia-Gummistiefel und den Regenmantel, zog die Kapuze in die Stirn und rannte über die E14. Mit seinem Blechdach und dem ungastlichen Eingang sah das Haus eher aus wie ein Baucontainer denn wie ein Wirtshaus – irgendwas, was vorübergehend am Straßenrand aufgestellt worden war. Drinnen jedoch machte es seiner Bezeichnung alle Ehre. Um die Mittagszeit standen dort bierbäuchige Schlepperfahrer Schlange.

Das Glöckchen über der Tür schlug an und dann mussten sich meine Augen erst an das Schummerlicht gewöhnen. Björn – gerötetes Gesicht, konzentrierter Blick unter der Baseballkappe – musste gleichzeitig den Grill im Auge behalten und zwei Biere zapfen. Zwei Deutsche, die regelmäßig zur Jagd herkamen, warteten am Tresen. Björn ließ das Bier kurz ruhen, damit sich der Schaum setzen konnte. Sein Blick hellte sich auf, als er mich auf sich zukommen sah. Die Sommersprossen auf seiner wettergegerbten Haut waren schon vor langer Zeit mit den Falten verschmolzen, die einem das Gefühl vermittelten, man könnte dort jederzeit dazwischenkriechen und sich aufwärmen. Er wollte wissen, wie es mir ging. Gut, versicherte ich ihm, gab ein paar Floskeln zum Besten und hübsche kleine Redewendungen, wie ich es immer tat, wenn ich ein bestimmtes Thema vermeiden wollte. Es ist besser, geliebt und verloren zu haben, als niemals geliebt zu haben. Die Zeit heilt alle Wunden. Erbärmlich. Die Zeit heilte gar nichts, sie brachte nur neuerliche Verluste, frische Verluste, die die alten überlagerten, und der Mensch schleppte alles mit sich herum.

»Schön zu hören. Und, was gibt's Neues?«

»Ich schreibe.« Björn konnte ich es ja erzählen. »Nur dass es dann ein bisschen dunkel wurde. Die Sicherung ist durchgebrannt. Du hast nicht zufällig eine in Reserve?«

»Klar, bestimmt. Muss nur erst den Herren ihr Essen machen.«

Björn nickte in Richtung der Jagdtouristen und zupfte zwei Hamburgerbrötchen auseinander, die er mit auf den Grill legte. Unterdessen bereitete er die Teller vor – Pommes, Salat, Dressing, Tomatenscheiben und Gewürzgurken. Dann legte er Brot und Burger daneben, zapfte Bier nach und stellte es den Männern am Tresen hin.

»Okay, dann wollen wir doch mal sehen. Kannst du kurz die Kasse bewachen? Dann geh ich hoch und sehe nach.«

»Na klar.«

Ich zog meinen nassen Regenmantel aus und schlüpfte hinter die Bar. Björn verschwand mitsamt Schürze die Treppe hinauf. Auf der Theke stand ein blauer Spülmaschinenkorb mit sauberen Wein- und Biergläsern, daneben lag ein Geschirrtuch. Anscheinend hatte Björn gerade die Gläser polieren wollen, als die zwei Gäste gekommen waren. Ich nahm ein Weinglas zur Hand, trocknete es ab und hängte es in den Ständer über der Bar. Die Jäger lächelten höflich und nahmen ihre Bestellung mit an einen Tisch. Ich hatte fast den kompletten Korb geschafft, bis Björn keuchend zurückkam.

»Ich hatte keine mehr auf Lager, aber wir hatten noch eine zu Hause. Katta ist mir entgegengelaufen.«

»Du hast Katta geweckt? Muss sie nicht wieder früh raus?«

»Nein … oder doch, aber nicht so früh wie sonst. Sie hat endlich beschlossen, wieder ein paar Tage in der Woche zu malen.«

»Gut so.«

Er runzelte die Stirn.

»Hoffe nur, dass die bei Coop nicht beleidigt sind und jemand anderen herbeordern.«

»Wen denn? Der Letzte ist in den Neunzigerjahren aus Storlien herbeordert worden.«

»Stimmt schon. Außerdem macht ihre Gesundheit das nicht mehr mit.«

»Wundert mich kein bisschen. Sie wird immerhin siebzig. Aber mit den Flohmärkten, Eisfischwettbewerben und Kulturabenden macht sie bestimmt weiter, die sind ja auch keine große Sache.« Demonstrativ verdrehte ich die Augen.

»Doch, aber die zu organisieren macht ihr ja Spaß.«

Björn warf sich das Geschirrtuch über die Schulter und legte die Hände an den Geschirrkorb. Der gehe gleich wieder in die Küche.

»Und was schreibst du so?«

Ich starrte meine Hände an.

»Über den Mord.«

»Wieder für diesen Parasiten?«

»Nur aushilfsweise. Aber erzähl das bloß nicht Katta!«

Ich zog den Regenmantel wieder an. Er hatte den Boden vollgetropft.

Björn verzog das Gesicht und nahm den Korb hoch.

»Das kann jedenfalls kein Zufall gewesen sein.«

»Was jetzt?«

»Das mit dem Mord. Irgendwer, der einfach nur irgendeinen kaltmachen will, kommt wohl kaum zufällig dort durch den Wald. Da steht doch niemand herum und wartet, bis jemand vorbeispaziert. Ob das jetzt vorsätzlicher Mord war oder im Eifer des Gefechts passiert ist – auf alle Fälle wusste jemand, dass sie dort sein würde. Die Frau kannte den Täter. So ist es doch immer. Deshalb braucht hier auch sonst keiner Angst zu haben.«

Das Licht brannte wieder. Anschließend ging mir das Schreiben erstaunlich leicht von der Hand, die Wörter strömten nur so in die Tastatur, ich fand auf Anhieb die richtigen Formulierungen. Genau wie ganz früher – nicht wie in den letzten Monaten bei der Zeitung, da hatte ich oft mal danebengelegen oder den

Überblick verloren. Ein klein wenig fluchte ich in mich hinein, weil ich von Anneli an der Kasse kein Foto geschossen hatte. Ich hätte mich mehr ins Zeug legen und sie überreden sollen.

Gegen Mitternacht war ich fertig. Ich aß einen Apfel, während ich den Artikel ein letztes Mal überflog. Dann hängte ich die Datei an eine E-Mail an Strömmen an und klickte auf Senden. Du lieber Gott, jetzt bitte keine Internetstörung, bitte, bitte nicht. Der Rechner war langsam, aber dann war die E-Mail weg und sämtliche Sicherungen hatten gehalten. Ich jubilierte innerlich. Es fühlte sich an wie ein Sieg.

Mein Handy klingelte.

»Bist du noch wach?«

»Ich hab die Mail vor vier Minuten abgeschickt, Strömmen.«

»Na und, wer weiß? Ich brauche ja keine Sekunde, um einzuschlafen.«

»Ja, ich erinnere mich.«

Strömmen war während sämtlicher Mittagsbesprechungen eingeschlafen. Etwas Langweiligeres konnte er sich nicht vorstellen. Die Morgenbesprechung hingegen, bei der sie die Nachrichten des Tages in Angriff nahmen, war immer sein bester Moment, da strotzte er vor Energie wie ein Atomkraftwerk.

»Dann ist sie also abgestochen worden – und Schande noch mal, wir kommen zuerst damit raus! Und das mit der Stirnlampe ist echt gruselig! Jönsson soll dazu morgen die Polizei befragen. Allerdings sehe ich schon kommen, dass sie damit abwarten wollen. Erst müssen sie noch ein Foto von Isabella bringen, weil sie nach weiteren Angehörigen suchen. Mit denen, die sie gefunden haben, können sie anscheinend nichts anfangen.«

»Was ist das für ein Foto? Das aus Facebook?«

»Ja. Aber ist es nicht komisch, dass sie bislang keine weiteren Angehörigen aufspüren konnten?«

»Allerdings.« Ich trank meinen Tee aus. Er war inzwischen

eiskalt. »Oder halt, ist das wirklich so komisch? In der Stadt liegen Leute monatelang tot in ihrer Wohnung und niemand vermisst sie.«

»Schon klar, aber man sollte doch meinen, dass das hier draußen anders ist.«

»Genau, hier werden Eigenbrötler im Wald eher gesehen als in der Stadt, bizarrerweise. Was sagt eigentlich die Polizei dazu? Also, zu den Angehörigen, die sie aufgespürt haben?«

»Die Polizei schweigt wie ein Grab, und Jönsson hat wirklich versucht, denen auf den Zahn zu fühlen. Da fragt man sich doch, was dahintersteckt.«

»Was, wenn die einen Angehörigen verdächtigen?« Ich legte das Kerngehäuse meines Apfels auf den Tisch.

»Meinst du wirklich?«

»Ist doch nicht ausgeschlossen. Aber vielleicht ist es ja auch so, dass es sich ganz einfach nicht um nahe Angehörige handelt. Oder vielleicht sind sie aus irgendeinem Grund nicht vertrauenswürdig.«

»Hm. Na ja, wird sich zeigen.« Strömmen gähnte laut. »So, und jetzt machen wir Feierabend, Bergström. Gute Nacht.«

»Gute Nacht.«

Besonders müde fühlte ich mich nicht, aber allzu viel anderes, außer ins Bett zu gehen, gab es nicht mehr zu tun. Am nächsten Tag wollte ich meinem Vater einen Besuch abstatten. Während ich mir die Zähne putzte, betrachtete ich mich im Spiegel. Nichts Ungewöhnliches zu sehen. Tatsächlich war ich, die meine Mutter immer als »blass und interessant« beschrieben hatte, nach wie vor braun gebrannt. Trotzdem war mir klar, dass ich weder gesünder noch stabiler geworden war, dabei war genau das die Überlegung bei den Wochen in Palma mit Åsa und Linda gewesen: Yoga und gesundes Essen. Lachen wie früher.

Vielleicht war es vermessen gewesen, zu glauben, dass unsere

Sandkastenfreundschaft ewig halten würde. Das hatte mir schon während der ersten Tage in Palma gedämmert. Die beiden waren enger zusammengerückt, während ich ihnen fremd geworden war. Sie wussten es noch nicht, aber insgeheim hatte ich mich von ihnen verabschiedet. Als ich Mallorca verlassen hatte, hatte ich auch ein Leben hinter mir gelassen, in das ich nicht mehr zurückkehren würde. Der Trauerprozess hielt immer noch an – und jetzt nahte auch noch der Winter. Der Drecksnovember. Ich behielt meine Wollsocken an und kroch in meinem langärmeligen Nachthemd zitternd unter die kalte Decke. Stellte keinen Wecker, ich würde sowieso vor allen anderen wach werden. Das Licht der Straßenlaterne flackerte draußen im Wind. Eine Weile sah ich noch hin. Regen prasselte aufs Dach. Ich liebte dieses Geräusch, es klang wie damals, als ich noch klein war und bei Åsa im Wohnwagen übernachten durfte. Das alles fehlte mir.

Ich dachte an Isabella, die niemand zu vermissen oder zu betrauern schien. Ich hatte nicht schlecht Lust, ihr Gerechtigkeit widerfahren zu lassen. Vor gerade erst einer Woche hatte es noch geschlagen. Ihr Herz.

Mein Vater saß auf seinem verglasten Balkon im Rollstuhl und starrte in die Ferne. Entgegen dem Namen des Heims – »Sonnenlichtung Åre« – lag hier alles im Schatten. Wenn die Sonne mal schien, dann nur auf die Bergspalten gegenüber. Papa saß mit dem Rücken zum Zimmer, zu all seinen Fotos und Andenken an den Wänden. Selbst die alte Mora-Standuhr, die Schlafzimmerkommode und seine Lieblingsbücher hatte er mit umgezogen. Allerdings sahen die Sachen hier irgendwie verkehrt aus, und insgeheim wusste ich, dass er sein altes Zuhause schmerzlich vermisste. Doch das Schneeschippen, das Einfeuern des Ofens und den vereisten Grund hatte er irgendwann nicht mehr geschafft. Seine knorrigen Finger zupften an der dicken Wolldecke auf seinem Schoß. Sie waren es gewöhnt, ständig etwas zu tun zu haben, aber inzwischen kaum noch zu etwas zu gebrauchen. An der Zimmertür klopfte es energisch. Maggan wartete gar nicht erst unsere Reaktion ab, sondern kam direkt herein und raus auf den Balkon.

»Haben Sie ein Glück, Vera! Wir wollten gerade Kaffee trinken, außerdem steht Torte in der Küche. Die hat Egon organisiert, er hat heute Geburtstag.«

»Oh, praktisch.« Ich lächelte.

Papa fing meinen Blick auf, lächelte selbst aber nicht. Dann war es also einer dieser Sonntage. Manchmal kam er mir vor wie ein Gefängnisinsasse. Er hatte sein ganzes Leben lang im Wald gearbeitet und sehnte sich hinaus in die Natur, in der er früher kilometerlange Märsche unternommen hatte. Mittlerweile war er in seinem eigenen Körper erstarrt, und dieser Körper trauerte: um den Wind und den Regen, den er gespürt hatte, um den Geschmack der Fichtenspitzen, die man im Frühling, wenn sie ganz frisch und hellgrün waren, essen konnte. Ein paar Jahre zuvor hatte ich ihn an seinem Geburtstag mit in unseren Elchwald genommen. Damals hatte er sich lediglich gewünscht, wieder Hunde kläffen zu hören, und diesen Wunsch hatte ich ihm erfüllt.

»Ist es schon wieder so weit? Letztes Jahr war es Schwarzwälder Kirsch.«

»Dass Sie sich daran noch erinnern können, Algot!«

Mein Vater warf ihr einen finsteren Blick zu. Ich konnte es ihm nicht verübeln, doch Maggan plauderte darüber hinweg.

»Diesmal ist es Prinzessinnentorte. Holen Sie sich ein Stück, wenn Sie hier draußen auf dem Balkon essen wollen.«

Ich fragte mich, ob Maggan genauso munter klang, wenn sie nach Hause zu ihrer Familie zurückkehrte. Womöglich wahrte sie dort nur noch die Fassade, weil ihr die Kraft bis dahin längst ausgegangen war, und taumelte nur mehr wie ein Druckbehälter auf zwei Beinen zwischen Herd und Waschmaschine hin und her.

Ich ging in die Kaffeeküche und grüßte in die Runde, die sich dort am Tisch niedergelassen hatte. Neben der Mikrowelle hatte das Personal einen kleinen Ladegerätepark angelegt. Eins der Geräte sah aus, als könnte es zu dem Handy aus dem Wald passen.

Ich selbst nahm mir keine Torte, schnitt aber ein großes Stück für Papa ab und nahm obendrein zwei Becher schwarzen Kaffee mit. Oben stellte ich alles auf dem Balkontischchen ab, und mein Vater bemängelte nicht mal, dass es Filter- statt richtigen, aufgekochten Kaffee gab. Seine Brust gab ein dumpfes Pfeifen von sich.

»Geht es dir gut?«

»Kann nich' klagen.«

Er fingerte immer noch an seiner Wolldecke. Die verdorrten Lachfältchen rund um seine Augen hatten sich bis über die rasierten Wangen fortgesetzt. Als junger Mann hatte er immer einen Bart getragen, dicht und flammend orangerot, wie sein Haupthaar.

»Du atmest so angestrengt.«

»Ach was. Gehst du am Wochenende zum Elchfest?«

Ich hielt ihm ein Stück Torte vor den Mund. Er kniff die Lippen so lange zusammen, bis ich antwortete.

»Nein, hatte ich nicht vor.«

Bildete ich es mir nur ein oder hatte ich gerade das Gesicht verzogen? Die Zähne so fest zusammengebissen, wie man es nur tat, wenn man wusste, dass etwas zum Scheitern verurteilt war? Er musterte mich aus seinen wässrigen Augen und verschränkte die Arme vor der Brust.

»Also nicht.«

»Nein.«

Dann aß er das Stück Torte mit sichtlichem Genuss. Vielleicht war ich allmählich auch nur paranoid.

»Hilfst du dann wenigstens Katta und den anderen in der Küche?«

»Nein, auch nicht.«

Ich wischte ihm nicht existenten Staub von der Schulter.

»Dabei hast du doch jetzt nicht mehr so viel zu tun.«

Ich hatte stets meinen hektischen Job bei der Zeitung vorgeschoben, wenn es um Gemeinschaftsaktionen im Dorf gegangen war, dabei hatte ich in Wahrheit einfach keine Lust auf solche Sachen. Außerdem gab es genügend andere, die keinen Job hatten, dafür aber hinreichend Zeit zu backen, zu putzen, im Café zu bedienen, und die das bei Weitem besser konnten als ich. Zumindest hatte ich mir das immer so eingeredet. Die

Theorie war natürlich nicht haltbar, wenn man an Leute wie Katta und meine Mutter dachte. Seither grübelte ich nicht weiter darüber nach.

»Ich arbeite immer noch, Papa, zwar nicht mehr in Vollzeit, aber die ganze Zeit mit Jugendlichen zusammen zu sein, ist ebenfalls anstrengend. Außerdem hab ich gestern tatsächlich was für die Zeitung gemacht. Strömmen wollte, dass ich einen Artikel über den Mord drüben im Wald hinter Kall schreibe. Hast du das mitbekommen?«

Er schien gar nicht zuzuhören.

»Deine Mutter war bei so etwas immer gut. Wenn alle so wären wie du, wäre die Menschheit längst ausgestorben.«

Da war es wieder. Er leckte sich einen Krümel aus dem Mundwinkel. Ich reagierte nicht, trotzdem dachte ich an Mama. Die sich abgerackert hatte, um neben ihrem Vollzeitjob als Übersetzerin zur vollwertigen Dorfbewohnerin zu werden. Die gebacken, gekocht, geputzt und bedient hatte. Die organisiert, auf die Beine gestellt und sich gekümmert hatte – natürlich immer ehrenamtlich. Die spät am Abend wach geblieben und ihrer Erwerbsarbeit nachgegangen war. Hatte sie das getan, weil sie es so gewollt hatte oder weil dies aus ihrer Sicht die notwendige Voraussetzung war, um auf dem Land dazuzugehören? Das hatte ich mich seit jeher gefragt. In Ånn waren die praktischen Dinge immer schon wichtiger gewesen als die Theorie, und es galt als Schande, wenn man sich nicht krumm und bucklig arbeitete. Was keinem praktischen Nutzen diente, wurde misstrauisch beäugt. Ich musste daran denken, wie widerwillig sie ins Boot gestiegen war, wann immer sie angeln gefahren waren – sobald die Kühltruhe wieder mit Saibling und Äsche und Sicherheit angefüllt werden musste. Dabei wäre sie viel lieber schwimmen gegangen. Hätte lieber das Wasser des eiskalten Ånnsjön gespürt, bis alles taub gefroren war, man prustend zurückwatete und spürte, wie sich die Wärme wieder in den Gliedmaßen ausbreitete. Einen einzigen Sommer lang durfte sie schwimmen. Doch kaum dass sie damit angefangen hatte, war es auch schon zu spät gewesen.

»Noch einen Löffel?«

Er nickte. Das Metall krachte gegen seine Schneidezähne.

»He, pass doch auf!«

»So einfach ist das eben nicht.«

Ich, die ich nie auch nur ein Kind gefüttert habe, muss jetzt meinen eigenen Vater füttern, hätte ich am liebsten gesagt, aber ich hielt den Mund.

Papa ebenfalls. Sein Blick wanderte nach unten auf die Hexenringe aus Pilzen unter seinem Balkon, dann hoch zum Totthummeln im Septemberlicht. Die Farben des neunten Monats.

»Guck dir die Vogelbeeren an! Das gibt jede Menge Schnee diesen Winter«, stellte er fest.

Ich betrachtete sie. Überall unterhalb der Baumgrenze riesige, schwere rote Rispen. Der Herbst durfte gern noch ein Weilchen bleiben. Den verschneiten Straßen sah ich mit gemischten Gefühlen entgegen.

Auf dem Weg nach draußen brachte ich Teller und Becher in die verwaiste Küche. Die Spülmaschine lief bereits, deshalb stellte ich unser Geschirr einfach ins Spülbecken. Anschließend steckte ich eins der Ladegeräte in die Tasche. Ich wollte es mir nur für ein paar Tage ausleihen.

Am Abend holte ich das Handy aus der Reistüte. Ich schloss es an das Ladegerät an, legte es auf die Fensterbank und durchbohrte es mit dem Blick, während ich unter der Dunstabzugshaube eine Zigarette rauchte. Unter Garantie war das Handy hinüber. Draußen im Wald hatte es Frost gegeben und das Handy war gefroren und wieder aufgetaut. Wie Eis nach einer solchen Prozedur aussah, war ja bekannt. Ich schaltete den Dunstabzug wieder aus. Das Dröhnen war ohrenbetäubend.

Mit einem Mal flammte das Display auf: Das Handy war zum Leben erwacht. Ich stürzte darauf zu. Der Akku hatte immer noch ein paar Prozent, und ich ließ das Handy am Ladegerät hängen, als ich versuchte herauszufinden, wem es gehörte. Es waren keine Bilder darauf gespeichert, kein einziges, aber zumindest war das Gerät nicht PIN-geschützt. Ich rief die Einstellungen auf. Dort hatte jemand unter »meine Nummer« sieben Ziffern eingetragen. Ich rief die Nummer an – Anrufbeantworter, eine tiefe Frauenstimme: »Hej, Sie haben die Nummer von Isabella Sandgren gewählt. Bitte hinterlassen Sie mir eine Nachricht nach dem Signalton.«

Es war also Isabellas Handy. Mein Herz hämmerte wie wild, als ich die Anrufliste durchging. Was nicht lange dauerte. Isabella schien das Handy kaum benutzt zu haben, doch am Tag des Mordes, am 6. September, waren vier Anrufe eingegangen. Drei davon hatte Isabella angenommen, der letzte war nach Mitternacht von einer Festnetznummer gekommen, da war sie nicht mehr rangegangen. Ich stellte mir vor, dass sie da bereits auf ewig still im Wald gelegen hatte.

Krister Arvidssons Name tauchte zweimal auf. Der Mann, der ihr das Haus verkauft hatte, hatte erstmals gegen Mittag und dann um neun Uhr abends erneut angerufen. Bei genau solchen Infos schrillten bei der Polizei sämtliche Sirenen, Alarmstufe Rot. Ich versuchte, ruhig zu bleiben. War er wirklich so dumm, sie erst zweimal anzurufen und dann am selben Abend umzubringen? Sofort hatte ich Strömmens Stimme im Ohr: »Glaub ja nicht, dass die Leute dumm sind. Sie sind noch viel dümmer.«

Der dritte Anruf war um zehn nach neun von einer unterdrückten Nummer gekommen. Eine unbekannte Person hatte also nur zehn Minuten nach Krister bei Isabella angerufen.

Das Gespräch hatte bloß zwei Minuten gedauert. Telefonverkäufer hatten selten unterdrückte Nummern, die hatten gelernt, dass die Leute da nicht rangingen, also handelte es sich um eine Privatperson.

Ich rief die Kurznachrichten auf. Eine einzige SMS war gespeichert: *Hoffe, ich kann mich bald beteiligen. Gemeinsam löschen wir aus, was war. Ich bin der Einzige, der dich dafür nie verurteilen wird.*

Nur drei Sätze, die um drei Uhr nachmittags am Tag des Mordes eingegangen waren. Mir war nicht ganz klar, ob der Text tröstlich oder bedrohlich gemeint war. Isabella hatte jedenfalls nicht darauf reagiert. In meinem Kopf überschlugen sich Fragen. Woran wollte die Person sich beteiligen? Was war zuvor passiert? Und wer sollte Isabella wofür verurteilen?

Ich versuchte, den Absender von meinem eigenen Handy aus anzurufen, aber die Nummer schien abgeschaltet zu sein. Stattdessen versuchte ich es mit der Festnetznummer. Dort ging keiner ran. Ich versuchte es online über die Rückwärtssuche, aber das Internetadressbuch Eniro baute sich nicht auf. Google ebenso wenig. Das Internet hatte sich anscheinend mal wieder aus Ånn verabschiedet. Verdammt noch mal. Ich hatte auch Isabella auf Eniro nachschlagen wollen, aber das musste jetzt warten.

Rein theoretisch ließ ihr Handy auf vier potenzielle Täter schließen: Krister Arvidsson, die Person hinter der unterdrückten Nummer, die Person mit dem Festnetztelefon und jene, die die SMS geschickt hatte. Ich strich mir über die Arme. Ich hatte Gänsehaut.

Endlich war Montag. Ich wachte schweißgebadet auf und auf meinem Kissen waren Spuckeflecken. Ich hatte wieder diesen Traum gehabt, wieder den gleichen. Ich rief eine Nummer an, aber da war nur ein Anrufbeantworter mit einer nüchternen Frauenstimme: »Wir können Ihren Anruf derzeit nicht entgegennehmen, weil wir gestorben sind.« Ich rief immer wieder dort an – immer dieselbe Ansage. Dann dämmerte es mir: Die Nummer gehörte mir selbst und es war meine Stimme.

Irgendetwas war ins Rollen geraten, da war ich mir sicher, als ich zur Schule fuhr. Sechzig ungewöhnlich zähe Kilometer bis Järpen. P3 berichtete über Hagastaden und einen Hochgeschwindigkeitszug zwischen den Großstädten. Ich schaltete um auf P4 Jämtland. Die Schule auf Rödön war von der Schließung bedroht.

In Åre hielt ich vor der Polizeidienststelle und nahm Isabellas Handy aus dem Handschuhfach. Jetzt wusste ich, was ich hatte wissen wollen, und ich hatte nicht vor, Beweismittel zu unterschlagen. Ich stieg aus und rüttelte an der Tür. Geschlossen, wie immer. Einem Anschlag zufolge war das Revier nur dienstags und donnerstags besetzt. Und jetzt? Ich kehrte zu meinem Auto zurück. Der Regen am Wochenende hatte dem ohnehin zerzausten Rainfarn im Straßengraben noch mal richtig zugesetzt. Er sah aus, als hätte er sich hingekauert, um zu beten. Vielleicht weil da draußen Unheil drohte? Besser schien es jedenfalls nicht zu werden.

Am Ende warf ich das Handy einfach in den Briefkasten. Natürlich hätte ich einen Zettel dazulegen sollen – wer das Handy gefunden hatte und wo –, aber dazu hatte ich nicht den Nerv. Irgendwas sollte die Polizei auch mal selbst machen. Außerdem hatte ich Kopfweh. Ich war den ganzen Sonntagnachmittag nicht draußen gewesen, hatte nur im Bett gelegen und mir eine Doku nach der anderen angeguckt. *Todesengel in Weiß*, *Im Kopf des Killers*, *Leben hinter Gittern*, solche Sachen. Gut, ein paar Gläser Wein hatte ich auch getrunken, ein paar zu viele für einen Sonntag. Ich hatte mich kein bisschen über Stilmittel fiktiver Erzählformen schlaugemacht, das musste auch so gehen. Ich war auch nicht jagen gewesen und Thomas hatte bloß gelacht. »Wusst ich's doch, dass es dich in den Reporterfingern jucken würde.« Womöglich war ich wirklich so berechenbar.

Nach Ullas Unterrichtsstunde schlich ich nach draußen, um Katta wegen eines Friseurtermins anzurufen, obwohl ich mir wegen eines privaten Telefonats im Lehrerzimmer keine Gedanken hätte machen müssen. Dort wurden Arzttermine vereinbart, Kreditverträge besprochen und Streitereien mit Freunden und Verwandten offen ausgetragen. Jeder wusste alles über jeden. Aber Großraumbüros waren nun mal nicht mein Ding. Früher hatte ich immer allein dagesessen und geschrieben oder war kilometerweit allein durch den ganzen Verwaltungsbezirk Åre gefahren. An alles andere musste man sich erst gewöhnen: daran, dass man ständig in seinen Überlegungen unterbrochen wurde und wieder neu ansetzen musste, egal, was man gerade machte.

Ich könne noch am selben Abend vorbeikommen, bot Katta mir an. Sie schien sich über Besuch zu freuen und lud mich gleich auch noch zum Abendessen ein. Ich nahm die Einladung an. Es war schon ein Weilchen her, dass ich mich mit jemandem verabredet hatte, und Björn kochte fantastisch. Eine Stimme im Hinterkopf flüsterte, auch Levan habe passabel gekocht – und gern obendrein. Bis zu unserem letzten gemeinsamen Sommer.

Ich hätte viel schneller begreifen müssen, worum es während

jener langen, langweiligen Tage in dem geliehenen Sommerhaus wirklich gegangen war. Der Wind hatte an den Fenstern gerüttelt. All die vergilbten *Allers*-Hefte, die ich mangels Alternativen gleich mehrfach las. Levan, der Holz machte und die Scheite immer mit einem einzigen Schlag entzweihackte. Manchmal zog er sich Laufsachen an und war stundenlang auf unbefestigten Wegen unterwegs. Zwei geschlagene Wochen lang gab es Dickmilch und Müsli. Die Müsliflocken waren weich und eklig, weil sie den Winter über in der klammen Speisekammer gelegen hatten, trotzdem aßen wir sie.

Den Anblick vermisste ich wie verrückt: wie er auf dem Sofa saß und in seinen Büchern mit zig Lesezeichen hin und her blätterte, die Brille immer ganz vorn auf der Nase. Levan, der wusste, dass die Wolfsstunde eine Ingmar-Bergman-Erfindung war und nicht irgendeine Vokabel aus grauer Vorzeit. Er hatte nie studiert, aber begierig alles verschlungen, was ihm in Büchern, in der Zeitung oder im Fernsehen geboten wurde. Sobald er merkte, dass ich zu ihm hinsah, sagte er Sachen wie: »Morgen gibt's Luxuswurstbrote und wir fahren an den See. Egal, wie das Wetter wird, Jacki, wir fahren an den See.« Solche Absprachen waren ihm wichtig. Jetzt essen wir mal für einen Monat keine Süßigkeiten. Jetzt hören wir mal auf einzukaufen, sondern essen das, was noch im Kühlschrank liegt. Komm schon, das schaffen wir, Jacki. Ich mochte es, wenn er mich Jacki nannte, nach Jack Nicholsons Wolfsgrinsen.

Ich dachte, es wäre der Stress gewesen. Dass keiner von uns mehr Kraft hätte. Dass wir beide auf der Felge führen. Aber dann war es, als wartete Levan – im Gegensatz zu mir – nur mehr auf das erlösende Ende. Und schließlich war es gekommen. Sie war zehn Jahre jünger als ich und Norwegerin. Die Affäre ging schon ein paar Jahre. Damals war ein Teil von mir gestorben.

Ich beschloss, einen Spaziergang durch Järpen zu machen, um den Kopf freizukriegen und die Zeit bis zum Abendessen totzuschlagen.

Die alte Zeitungsredaktion direkt neben dem Blumenladen im Ortskern stand immer noch leer. *Zu vermieten* stand auf einem Zettel an der Tür, dazu eine Stockholmer Nummer und der Name Signe.

Drei Jahre zuvor war ich dort vorgefahren und hatte meine persönlichen Habseligkeiten abgeholt: den Kaffeebecher mit dem Aufdruck *Vera heißt Wahrheit*, den schwarzen Poncho, der über dem Schreibtischstuhl gehangen hatte, und ein schweineteures Bioduschgel, das ich auf dem Herbstmarkt in Åre gekauft und als Seife benutzt hatte, sofern ich nach einer langen Nacht bei der Arbeit nicht sogar darauf verzichtet hatte.

Strömmen hatte damals erwähnt, dass die Haustechnik den Rechner und die Möbel später holen würde. Darum hatte ich mich also nicht kümmern müssen. Mein Blick war langsam von einer Wand zur anderen gewandert. Dann zog ich einfach die Tür zu, schloss ab und warf den Schlüssel durch den Briefschlitz. Ein dumpfer Plumps auf dem Flurteppich, eine Tür zwischen mir und meinem alten Leben. Das Ende nach fünfunddreißig Jahren Anstellung bei der *Jämtlandsposten.*

Ich spiegelte mich im Schaufenster. Mein kantiger Körper schien zur Seite zu rutschen. Eilig ging ich weiter.

*Maria kehrt in die Küche zurück und nimmt sich eine Scheibe Weißbrot. Die Butter reicht nicht, deshalb muss sie tricksen. Ein bisschen in die Ecken und in die Mitte. Sie trägt nur ein dünnes Nachthemd. Ihr blauer Zehennagel sieht an ihrem blassen Fuß aus wie ein Tintenfleck. Der Nagel sitzt nicht mehr richtig fest, ständig bleibt er an der Socke hängen, aber er fällt auch nicht ab, und es würde wehtun, ihn abzureißen, das weiß sie allein schon vom Hinsehen.*

*Sie hängt einen Earl-Grey-Teebeutel ins heiße Wasser. Sieht zu, wie der Tee immer dunkler wird. Inzwischen sind die Ferien fast zu Ende. Bald hat ihr Leben wieder Struktur und sie kann aufatmen: Schwedisch, Englisch, Mathe, in den entsprechenden Räumen, mit den entsprechenden Leuten. Eine angenehme Ruhe senkt sich auf sie herab.*

*Anfangs war die Einsamkeit am schlimmsten. Kein einziges Lebenszeichen von Elisabeth aus dem Urlaub. Inzwischen hat Maria eine Ansichtskarte bekommen. Sie betrachtet Elisabeths schnörkelige Handschrift und die Stadt auf der Vorderseite. Dort geht die Sonne zwar schon unter, aber noch flimmert die Wärme über den weißen, roten und gelben Gebäuden. Auf dem Poststempel steht* Algeciras. *Das klingt wahnsinnig weit weg und sie möchte Elisabeth in ihrer Nähe haben. Alles ist einfacher, wenn Elisabeth in der Nähe ist. Dann schläft sie besser, steht morgens leichter auf und atmet befreiter.*

*Elisabeths Geruch sitzt immer noch in den Holzwänden unten im Partykeller. Maria muss lächeln. Dieser Geruch – eine Mischung aus Date, warmer Haut und Weichspüler – muss sich in den Astlöchern verfangen haben, kaum dass das Harz sich verflüchtigt hatte. Normalerweise liegen sie im Bett und wärmen einander. Marias weiche Brust auf Elisabeths eingesunkenem Brustkorb – wie ein dicht schließender Deckel auf einem abgrundtiefen Brunnen voller Geheimnisse. Elisabeth immer mit dem Rücken zur Wand, mit der Haut an den Astlöchern.*

*Die Sehnsucht wird übermächtig. Maria vermisst Elisabeths Art, immer etwas auf dem Teller übrig zu lassen, als wäre dieser letzte Bissen vergiftet; dass sie ihre Socken nie ordentlich anzieht – manchmal liegt die Ferse über dem Spann und vorn ist viel zu viel Platz. Alles ist immer ein bisschen schludrig. Maria vermisst die Art, wie Elisabeth Patrick Swayze in* Dirty Dancing *nachmacht. »Mein Baby gehört zu mir, ist das klar?«, sagt sie und geht sogar wie er – so ein bisschen steifbeinig. »Komisch, dass er so geht, wo er doch so geschmeidig tanzt«, sagt sie immer. Elisabeth tanzt ebenfalls. Am meisten vermisst Maria Elisabeths Blicke, wenn sie unter Leuten sind. Sie müssen gar nichts sagen, sie wissen es einfach. Dass alle anderen Idioten sind.*

*Der Reifen ist platt. Sie muss über irgendwas drübergefahren sein. Vor der Bushaltestelle lag gestern eine zerbrochene Bierflasche, die sie sogar gesehen hat, verdammter Mist. Sie beschließt, endlich das alte Herrenfahrrad ihres Vaters zu reparieren. Es lehnt seitlich am Haus. Die Speichen sind voll von altem Herbstlaub und Spinnweben. Ihr Vater hat eine Einkaufstüte über den Sattel gezogen, um ihn vor der Nässe zu schützen, aber es hat nicht geholfen: Der Sattel hat Risse, hier und da quillt die Polsterung heraus. Sie pumpt die Reifen auf und hält kurz inne, um den Druck zu überprüfen. Es scheint zu funktionieren, zumindest der Vorderreifen hat kein Loch. Am Ende sieht das Fahrrad sogar richtig gut aus. Sie hängt den Fahrradkorb an den Lenker und legt die Angel und das Glas mit den Regenwürmern hinein.*

*»Ich fahre zu Sonja!«*

*Von ihrer Mutter keine Antwort. Bestimmt ist sie wieder eingeschlafen.*

*Eigentlich geht das Treten ganz leicht, solange sie nur nicht die Gangschaltung anfasst; dann springt ständig der Gang heraus und das Fahrrad buckelt. Maria lässt den Abhang die Arbeit machen und nimmt dort, wo die Straße frisch geteert ist, eine Zeit lang sogar die Hände vom Lenker. Sie fährt bei den Thomassons, Jonssons und Håkanssons vorbei. Von denen war in diesem Jahr kein Einziger da.*

*Unterhalb des Olérsbacken wird gerade ein neues Haus gebaut. Es ist fast fertig. Sonja meint, das müssten stinkreiche Leute sein, die dort bauen, obwohl doch die Wirtschaft im Zuge der Bankenkrise, Finanzkrise, Immobilienkrise und Wunder was zusammengebrochen ist. Sie hat sich sagen lassen, dass es dort einen offenen Wohnbereich und sogar Fußbodenheizung gibt. Alles superschick. Maria bremst, steigt aber nicht ab, stellt nur einen Fuß auf den Gehweg und lässt den anderen auf dem Pedal.*

*»Die Besitzer sind immer noch nicht da, verbringen aber irre viel Zeit damit, Materialien und Farben auszusuchen. Kann man heutzutage alles aus der Ferne steuern«, ruft Peter, der Schreiner, ihr zu, als er sie vor dem Haus stehen sieht.*

*Maria hat von so was keine Ahnung, nickt aber, als wüsste sie Bescheid. Peter hat keine Zeit für weitere Erklärungen, er schleppt riesige flache Pakete heran. Seine Hände wirken auf der Wellpappe groß wie Klodeckel.*

*»Die wollen noch eine verglaste Veranda in Richtung Fjäll. Ein Zimmer, das in Licht badet.«*

*So etwas hat bislang niemand im Dorf. Er hat gehört, dass die Fernsteuerfamilie sehr nett sein soll.*

*Als wäre alles andere nicht schon genug.*

*Maria fährt weiter und biegt auf die unbefestigte Straße ein, an der vorn der Werbeaufsteller steht. Hütten frei, zweihundertneunundneunzig Kronen. Den ganzen Sommer lang waren dort Hütten frei. Sonja behauptet, dass die meisten Leute lieber Pauschalurlaub machen und sich irgendwo neben tausend andere quetschen.*

*Maria muss sich nie irgendwo hinquetschen, auch nicht hier und jetzt. Dann hat sie den Campingplatz erreicht. Dort ist die Stimmung irgendwie düster. So ist das auf allen Campingplätzen im Wald. Üppiges Hellgrün wächst dort nicht. Die Erde bringt lediglich steifes Dunkelgrün hervor. Kiefern, die Nadeln und Zapfen verstreuen. Die Ansammlung brauner Hütten ist zu klein für die riesige Fläche. Es ist ein verzweifelter Kampf: An der abblätternden Farbe kann man erkennen, welche Seite die Herbststürme heftiger abkriegt.*

*Gösta Matsson sitzt wie üblich auf einem weißen Plastikstuhl auf der Veranda. Das tut er jetzt schon seit zehn Jahren, obwohl er dort eigentlich gar nichts zu suchen hat.*

*»Schon gehört, dass Lill-Nils gestern einem Bären begegnet ist?«*

*Gösta sieht sie erwartungsvoll an.*

*»Was, echt?«*

*Er grinst selbstzufrieden und streckt die Arme auf den Armlehnen aus.*

*»Allerdings. Da drüben im Unterholz. Eigentlich weiß er, dass man vor einem Bären nicht weglaufen darf, trotzdem hat er genau das getan. Ist gerannt wie der Teufel und zigmal gestolpert. Als er sich irgendwann getraut hat, sich umzudrehen, war der Bär weg. Offenbar in die andere Richtung – hatte wahrscheinlich genauso viel Schiss wie Lill-Nils.«*

*Gösta brüllt vor Lachen und fällt fast vom Stuhl.*

*Maria muss an die kaputte Gangschaltung denken. Nach Hause geht es überwiegend bergauf. Vielleicht muss sie unterwegs absteigen und schieben.*

*Eine Tür knarzt. Gösta dreht sich um. Mit dem Handrücken wischt er sich Spucke vom Mund. Sonja tritt auf die Veranda.*

*»Sitzt du hier schon wieder rum und verschreckst die Leute? Der Bär ist längst über alle Berge. War wahrscheinlich nur auf Durchreise.« Sie wendet sich an Maria. »Gehst du angeln?«*

*»Ja, hatte ich vor.«*

*Sonja stemmt die Hände in die Hüften und späht zwischen den Bäumen hindurch in Richtung See. Ihre blaue Wimperntusche krümelt.*

*»Das Licht ist nicht mehr ganz so grell, da müssten die Fische bis ans Ufer kommen.«*

*»Genau.«*

*»Wie geht's deiner Mutter?«*

*Maria zuckt mit den Schultern.*

*»Wie immer, glaub ich.«*

*Was soll sie sonst antworten? Soll sie sagen, wie es wirklich ist? Dass alles scheiße ist, alles einfach nur scheiße? Dass sie Albträume hat – die Leiche des Vaters, die auf dem Rücken im See treibt, bis zur Unkenntlichkeit aufgeschwemmt? Dass die dichten Wimpern rund um die weit aufgerissenen Augen vom Frost überzogen sind? Ja, so stellt sie sich das alles vor.*

*Wenn sie keine Albträume hat, liegt sie wach im Keller. So langsam glaubt sie, dass die Schlaflosigkeit einen Sinn hat. Dass es nur eine Frage der Zeit ist, bis die Zigarette ihrer Mutter ein Loch in die schmutzige Bettwäsche brennt, die dann aufflammt und Vorhänge und Wände in Brand setzt. Marias Schlaflosigkeit dient dazu, ihnen das Leben zu retten. Allmählich ist sie sich da sicher.*

*Sonja schüttelt den Kopf.*

*»Das mit dieser Krankheit ging wahnsinnig schnell. Das liegt bestimmt an der Trauer.«*

*Maria nimmt die Arme hoch und rennt durch die Brennnesseln, die ihr bis an die Schultern reichen. Sie spürt die stechende Hitze durch die Hose, aber weh tut es nicht; das gibt allenfalls ein paar Quaddeln in der Lücke zwischen Socke und Hosenbein, wo die Nesselhaare die nackte Haut streifen – aber da müssten sie sich schon ins Zeug legen. Armeehose und Sweatshirt sind mehrere Nummern zu groß. Sie haben ihrem Vater gehört, inzwischen aber heißen sie nur noch Angelsachen und hängen an einem Haken draußen im Schuppen. Die Sachen mit ins Haus zu nehmen, geht nicht, weil sie dermaßen nach Pechöl stinken – das Einzige, was gegen die Gnitzen und Mücken hilft.*

*Sie stolpert über die langen Hosenbeine und wird langsamer, watet immer noch mit hochgereckten Armen über das zugewucherte Feld. In einer Hand hält sie Angel und Würmer, der andere Arm schwenkt steif durch die Luft. Sie hat ihn in die aufgerollte Isomatte geschoben, die Sonja ihr aufgedrängt hat.*

*Dann steht sie am Steg. Er ist nagelneu, in diesem Jahr aber kaum benutzt worden. Sie kennt niemanden, der hier gebadet hätte. Die zwei Boote ein Stück weiter liegen schon umgedreht an Land, als hätten die Besitzer für diesen Sommer aufgegeben. Die Luft riecht satt nach Eisen. Sie kennt das inzwischen. Den Blutgeruch.*

*Sie nimmt einen Spinner aus der Schachtel. In einiger Entfernung klopft ein Specht. Sie wirft aus und zieht ein. Zieht ein und wirft aus. Hier und da kräuselt sich die Wasseroberfläche, es platscht, aber kein Fisch beißt an. Nach einer Weile ist sie es leid, tritt ein paar Zapfen beiseite und setzt sich auf die Erde neben die Isomatte. Auch schon egal.*

*Ihr knurrt der Magen. Sie hat das Gefühl, als würde ihr Körper unaufhörlich nach Essen verlangen. Als wäre sie ständig ausgehungert. Sie zieht die Füße heran und schlingt die Arme um die Knie.*

*Damals, im März vor drei Jahren, hat es nach Frühling gerochen, nach Schneeschmelze und aufgetauter Hundescheiße. Der See war noch zugefroren, hatte aber schon angefangen zu jaulen und zu singen. Die ersten Risse waren körnig und dunkel.*

*Das Rattern der Hubschrauberrotoren und die zuckenden Scheinwerfer der Schneemobile auf dem schwarzen Eis würde Maria niemals vergessen. Das kalte Wasser kannte keine Gnade. Es sollte ihrer Mutter obendrein die Lebenslust rauben, die baumelnden Ohrringe, den Lippenstift und den blauen Lidschatten. Maria hätte es ahnen müssen, als sie nur die Mütze fanden, die mit den Ohrenklappen aus Leder. Für die ihr Vater bekannt war.*

*Sie legt eine Tüte Dillchips auf den Tresen. Ihr Mittagessen oder vielleicht eher ihr Nachmittagssnack. Sie könnte fast singen vor Glück, wollte ihren Augen nicht trauen, als sie den Zehner in einer der vielen Taschen gefunden hatte.*

*»Ach, lass mal.« Sonja winkt ab. »Hilf mir lieber mit den Polstern. Ich will nicht, dass sie nass werden. Es dauert ewig, bis sie wieder trocknen.«*

*Das Restaurant hat seit geraumer Zeit geschlossen, trotzdem stehen die Gartenmöbel auf der Veranda immer noch da, als wäre nichts. Dabei wüsste Maria nicht, warum jemand dort sitzen wollte. Die dicken Kissenpolster sind fleckig von gelben Birkenpollen. Und sie sind schwer zu tragen, Marias Finger finden über dem braunen, glatten Stoff keinen rechten Halt. Sie sich einzeln unter den Arm zu klemmen, ist leichter. Sowohl Maria als auch Sonja müssen mehrmals gehen. Sie werfen die Polster aufeinander, bis sich neben dem alten Bartresen ein Riesenberg auftürmt.*

*»Danke, ganz toll.« Sonja massiert sich den Nacken und zieht dann eine krumme Zigarette aus der Schürzentasche. »Hast du vielleicht Lust, mir auch mit den Duschen und Klos zu helfen? Nur für ein paar Tage. Die Gemeinschaftshäuser schaffe ich nicht allein. Du könntest dafür Lebensmittel aus der Rezeption mitnehmen, als Lohn, hab ich mir überlegt.«*

*»Was ist denn mit Elsa?«*

*Sonja schüttelt den Kopf und zündet sich die Zigarette an. Beim ersten Zug knistert das Zigarettenpapier. »Ist krankgeschrieben. Hat das Kind verloren.«*

*»Schon wieder?«*

*»Ja, und das war wohl der letzte Versuch«, sagt sie niedergeschlagen.*

*Einmal war Maria mit Sonja bei Elsa, der Putzfrau des Campingplatzes, und bei deren Mann zu Besuch. Wie hieß er gleich wieder, Ture? Sonja hatte einen großen Topf Suppe dabei, aber Elsa saß nur mit im Schoß gefalteten Händen da und rührte nichts an. Und auch im Haus rührte sich nichts. Die Sofakissen sahen aus, als hätten sie schon eine Ewigkeit so dagelegen. Ein Haus ohne Kinder sei ein totes Haus, sagte Sonja, nachdem sie wieder gegangen waren.*

*»Doch, putzen könnte ich schon, eigentlich jederzeit«, antwortet Maria.*

*Wenn sie so darüber nachdenkt, ist der Dreck fremder Leute leichter zu handhaben, und an der Rezeption gibt es Hagebuttensuppe und Mandelkekse, Leksand-Knäckebrot und sogar Leichtbier. Alles zählt. Die Mutter zu Hause hat sicher schon Hunger. Maria legt die Hände an den Lenker und klappt den Fahrradständer hoch.*

*Sonja lächelt. »Du bist klasse, Mädchen, hab ich das schon mal gesagt?«*

*Maria erwidert das Lächeln und spürt, dass sie einen Kloß*

*im Hals bekommt, während Sonja den Werbeaufsteller auf die Veranda hebt.*

*»Ich mache für heute Schluss. Hat doch keinen Sinn, hier herumzustehen und zu warten.« Sie sieht auf die Uhr. »Wenn am Abend noch irgendwer kommt, soll Nisse sich darum kümmern.«*

*Maria sieht ein paar weiße Streifen inmitten von Sonjas getönter Gesichtscreme. Sie stellt den Fuß aufs Pedal.*

*»Dann glaubst du, es regnet noch? Wegen der Polster?«*

*Sonja streckt die flache Hand aus und schüttelt den Kopf. »Ich dachte, ich hätte einen Tropfen abbekommen. Aber womöglich kommt da noch was. Fahr vorsichtig, da braut sich etwas zusammen.«*

*Maria legt die Chipstüte in den Fahrradkorb, in dem schon die Angelsachen liegen und sie verhöhnen. Dann gibt es zum Abendessen also wieder nur Nudeln mit Knoblauchsalz. Die Luft ist stickig geworden und Maria tritt in die Pedale. Sobald sie fester strampeln muss, ist ihr der Bauch im Weg. Sie spürt, wie sich unter ihren langen Haaren im Nacken der Schweiß sammelt. Auf ihre Oberlippe hat sich eine ganze Schweißperlenschnur gelegt. Fliegen versuchen, ihr in Ohren und Augen zu kriechen. Sie hat nur eine Hand am Lenker, die andere braucht sie zum Fuchteln.*

*Und plötzlich geht nichts mehr. Fast stürzt sie vom Rad, der Rahmen kracht gegen ihr Knie, doch in letzter Sekunde kann sie das Fahrrad festhalten. Die Kette ist rausgesprungen. Sie versucht, sie wieder reinzufummeln, aber es ist zwecklos. Die muss ersetzt werden. Verdammter Mist, hätte der Vater ihr nicht wenigstens eine schmerzfreie Radtour ermöglichen können? Wäre doch wohl das Mindeste gewesen.*

*Ihr bleibt nichts anderes übrig, als zu Fuß zu gehen. Sie nimmt den Fahrradkorb ab und schubst das Rad in den Graben. Da kann es liegen bleiben. Ihr Knie pocht. Das gibt einen blauen Fleck. Sie reißt die Chipstüte auf und isst im Gehen. Ihr Geldbeutel steckt in einer Seitentasche und klopft gegen den Schenkel. Sie isst weiter, auch als es anfängt zu regnen. Die Chips lösen sich auf wie eingetunktes Brot. Ihre Finger sind schmierig vom Fett und überall klebt Dill.*

*Kurze Zeit später hört sie ein Auto. Es wird langsamer und fährt dann neben ihr her.*

*»War's kalt im Wasser?«*

*Jörgens schlaksiger Oberkörper hängt halb aus dem Fenster des EPA-Traktors. Das Fahrzeug gehört ihm, er hat den alten Volvo Duett eigenhändig umgerüstet.*

*»Ich war nicht baden.«*

*»Nicht? Nee, klar. Du warst ja immer schon eher wasserscheu.«*

*Er grinst sie an. Sie beäugt ihn aus den Augenwinkeln. Der Adamsapfel ist in diesem Sommer größer geworden. Auch die Stimme ist tiefer, das fällt Maria jetzt erst auf.*

*»Klappe.« Ihre Schmolllippe zuckt.*

*Als sie noch klein waren, hat Jörgen immer dafür gesorgt, dass sie im Wasser landete. Er schubste sie vom Steg oder hob sie hoch und warf sie in den See. Sie war immer verblüfft, dass seine dünnen Arme so viel Kraft hatten. Allerdings war sie damals auch ein bisschen leichter. Manchmal will sie noch heute so getragen werden, wie er sie damals getragen hat, so selbstverständlich, so ohne jeden Argwohn. Umgekehrt hat sie ihn auch getragen, durch die ganze Unter- und Mittelstufe hindurch war sie seine Stütze, half ihm bei den Hausaufgaben oder erledigte sie mitunter komplett für ihn. Er konnte sich nicht konzentrieren, hatte Wutausbrüche, wenn die Lehrerin ihn dafür rügte, mehrmals pro Woche rannte er einfach aus dem Klassenzimmer und kam an dem Tag auch nicht mehr zurück. Sie traf ihn dann auf dem Heimweg, lustlos und deprimiert, wenn die Wut verflogen war. Jetzt müsste er die Neunte wiederholen. Sie weiß, insgeheim schämt er sich, auch wenn er das natürlich für sich behält. Einige behaupten, er sei zurückgeblieben. Zum Glück legt in Järpen niemand großen Wert darauf, dass man Klassenprimus ist. Und Jörgen ist in letzter Zeit aus anderen Gründen wieder besser angesehen.*

*Maria hat immer noch die Chipstüte in der Hand, dämmert ihr jetzt.*

*»Leer.«*

*Zum Beweis dreht sie die Tüte um. Reibt sich über den Mund, um die letzten Dillreste wegzuwischen. Dann erzählt sie ihm von ihrem Fahrrad und zeigt zurück in die Richtung, wo es im hohen Gras kaum noch zu sehen ist. Sie lächelt und versucht, fröhlich zu wirken, Jörgen mag solche Mädchen, fröhliche Mädchen, und sie will nicht, dass er nur sieht, was für rissige Lippen sie hat. Er nickt in Richtung Beifahrersitz.*

*»Steig ein.«*

»Gut, dass du kommst!«

Katta stand vor ihrem Atelier und betrachtete eine mehrere Meter lange Holzkiste. Der Schritt ihrer schwarzen Haremshose hing zwischen ihren Knien.

Der Wind jaulte uns um die Ohren, und ich musste schreien. »Was ist das?«

»Die haben meine Collagen von der Ausstellung in Stockholm einfach hier abgeworfen und sind wieder gefahren. Männer!« Katta lachte heiser. Dass ihr die langen roten Haare ins Gesicht peitschten, war ihr egal. »Hilf mir mal, die nach drinnen zu bringen!«

Gemeinsam schoben und zerrten wir die Kiste bis über die Schwelle.

Ich ging in dem kleinen Atelier auf und ab. Ich war wahnsinnig gern hier, zwischen all den Pinseln in rostigen Dosen, den Tuben mit Acrylfarbe in ausgespülten Eisschachteln und den halb fertigen Bildern. Für Katta war die Leinwand ihr »Therapeut«, daran ließ sie ihre Wut, ihre Freude und Trauer aus. Eine so ausgeprägt emotionale Person wie Katta konnte jede Gefühlsregung in Kunst verwandeln.

Sie schob die Fußmatte gerade, stellte die Staffelei an die Wand und zog stattdessen ihren Friseurstuhl heran. Pumpte den Sitz mit dem rechten Fuß höher und zog das Tuch für mich vom Spiegel.

Dann tätschelte sie die Stuhllehne. »Bitte schön, setz dich.«

Dem Spiegel wich ich lieber aus. Stattdessen betrachtete ich Ånn von oben. Der Hof stand an der höchsten Stelle im Dorf, nach Ansicht vieler in bester Lage. Die Bunnerfjällen und Fichten spiegelten sich im See.

»Wahnsinnig schön da draußen ... Alles geht ineinander über, man weiß gar nicht, wo eine Sache aufhört und die nächste anfängt.«

»Stimmt.« Katta kämmte mir die Haare aus, klemmte eine Strähne zwischen Zeige- und Mittelfinger und schnitt sie ab. »Aber weiß man das jemals? Wenn ich mir ein Fußballspiel angucke, und es fällt ein Tor, frag ich mich auch oft: Wo fängt ein Tor eigentlich an? In der Sekunde davor, wenn der Spieler das perfekte Zuspiel kriegt? Oder geht es schon viel früher los? Die eine Bewegung, du weißt schon, die die Kreise im Wasser auslöst.«

»Wahrscheinlich ist es so. Dass es schon viel früher beginnt.«

Sie zupfte an ein paar Strähnen ganz vorn. »Willst du den gleichen Schnitt wie immer? Wieder deinen Gardinenpony?«

»Ja, gern.«

»Deine Haare sind immer noch blond und kräftig. Die sind überhaupt nicht so grau, wie du behauptet hast.«

Katta beugte sich vor und kam dicht an mich heran. Ihre Wange streifte meine, und sie zwang mich, uns beide im Spiegel anzusehen. Meine blaugrauen Augen neben ihren grünen.

»Du wirst nie eine Kurzhaarfrau. Ich auch nicht. Sollen sie doch im Dorf sagen, was sie wollen. Natürlich dürfen auch ältere Frauen lange Haare haben.« Dann schnitt sie weiter. »Ich nehme an, dass du am Samstag nicht zum Elchfest kommst?«

»Da liegst du wohl richtig.«

Katta seufzte. »Das Dach des Gemeindehauses macht allmählich Probleme. Das hat schon vor dreißig Jahren angefangen, aber so langsam können wir nicht mehr warten, es muss neu gedeckt werden, sonst fällt das Haus in sich zusammen. Keine Ahnung, wie wir das bezahlen sollen und wer die Arbeit übernimmt. Die Schreiner sind alle mit dem neuen Hotel in Åre beschäftigt. Arbeitet Levan da nicht auch?«

»Keine Ahnung. Hab schon lange nicht mehr mit ihm gesprochen.«

»Na endlich. Und? Jemand Neues?«

Im Spiegel schürzte Katta die Lippen und neigte den Kopf zur Seite. Die Runzeln um ihren Mund sahen aus wie Björns zusammengequetschtes Akkordeon.

Ich musste lachen, allerdings klang es eher nach Keuchen.

»Und wer sollte das sein? Sämtliche Männer hier aus der Gegend hat sich entweder schon jemand anders geschnappt, oder das sind diese ekligen Schnapspralinen, die übrig bleiben.«

Das Mundakkordeon verzog sich zu einem Lächeln. Zu einem freundlichen. Von Herablassung keine Spur.

»Na ja, es gibt ja auch Männer außerhalb der Pralinenschachtel.«

Nein, es gab keine anderen. Und derjenige, der mich im Winter hätte warm halten sollen, war bei einer anderen, war vielleicht sogar von hier weggezogen.

»Wir werden sehen. Wahrscheinlich schreibe ich am Ende doch noch mein Buch *Die Überwindung des jämtländischen Glasbergs*.«

»Hahaha, guter Titel!«

Katta ließ das Thema fallen und kehrte zu dem zurück, was sie neben der Kunst zurzeit am meisten zu beschäftigen schien.

»Bleibt abzuwarten, ob das Dach diesen Herbst übersteht. Es regnet schon rein, bislang zum Glück nur im Eingangsbereich, und da haben wir Eimer aufgestellt. Ich denke darüber nach, demnächst eine Versammlung einzuberufen. Das Gemeindehaus ist doch gemeinschaftliches Interesse. Du kommst doch auch?«

»Ich versuch's.«

Ich brachte es nicht übers Herz, direkt Nein zu sagen.

Anschließend schlenderten wir durchs nasse Gras das letzte Stück hinauf zu ihrem Hof. An der Grundstücksgrenze standen ein paar starrsinnige Birken, als hätten sie sich aus dem dahinterliegenden Wald gestohlen. Sie sahen krumm und bucklig aus, waren vom Sturm und von der Kälte vergangener Winter zusammengestaucht worden. Das stille Dorf lag zu unseren Füßen. Die Norweger, die hier unzählige Häuser aufgekauft und sie in Ferienhäuser verwandelt hatten, saßen noch immer daheim und warteten darauf, dass die Schneemobilsaison beginnen würde. Katta pfiff vor sich hin. Das Pfeifen beruhigte mich.

»Weißt du noch, wie viel Spaß du und Åsa hier hattet, als ihr noch klein wart? Damals seid ihr stundenlang Schlitten gefahren.«

»Stimmt, und wir haben nicht mal darauf gewartet, dass genug Schnee lag.«

»Nein, ihr habt immer braune Bremsspuren hinter euch hergezogen.«

Ich musste lachen. Bei Katta und Björn hatten wir uns immer zu Hause gefühlt, waren stets willkommen gewesen.

»Und weißt du noch – die Wühlmausplage? Da habt ihr uns mächtig geholfen!«

»Richtig, du liebe Güte!« In einem Winter hatten die Wühlmäuse hier oben den frisch gepflanzten Wald überrannt. Papa hatte mir sein Luftgewehr mitgegeben und gesagt, ich solle jede abknallen, die mir vor die Flinte komme, um die Wurzeln zu retten. Ich hatte tagelang auf der Lauer gelegen, eine nach der anderen erlegt und war sogar bei den Nachbarn gewesen, trotzdem waren viele Bäume eingegangen.

Obwohl es ein normaler Montag war, hatte Björn mit Weingläsern, Servietten und Kerzen eingedeckt. Bei den beiden wurde zwischen Werktag und Wochenende nicht unterschieden, und sie aßen immer in der Küche, im Herzen des Hauses, ganz gleich, wie vornehm aufgetischt wurde. Katta fand es widernatürlich, sich in irgendein ungemütliches Zimmer weitab jenes Ortes zu setzen, an dem das Essen zubereitet wurde. Es prasselte im Kamin. Über dem Esstisch hingen dicke Sträuße getrockneten Rainfarns.

»Aber jetzt erzähl endlich, wie läuft's in der Schule?«

Katta strahlte mich an. Wir hatten uns gerade alle Essen genommen.

»Doch, gut. Ist eine andere Welt«, antwortete ich und tunkte eine Kartoffel in braune Soße.

»Das kann ich mir vorstellen.«

»Allerdings hab ich am Wochenende auch wieder ein bisschen für die Zeitung gearbeitet.«

Ich hüstelte, machte mich auf alles gefasst, und es kam wie befürchtet.

»Nicht dein … Warum denn das?« Katta legte ihr Besteck auf den Teller und verschränkte die Arme vor der Brust. »Du warst komplett durch den Wind, Vera … Aber das war ja auch nicht weiter erstaunlich. Du musst auf dich aufpassen!« Sie sah mich unverwandt an. Dann streckte sie die Hand aus und strich mir über den Arm. »Ich mache mir Sorgen um dich.«

Björn aß seelenruhig weiter.

Ich wich ihrem Blick aus, ihrer zärtlichen Fürsorge.

»Ich weiß. Aber es war auch nur ein Artikel. Mehr werden es nicht. Diese Tote bei Kall …«, murmelte ich.

Katta rümpfte die Nase. Dann gab sie sich einen Ruck. »Abscheuliche Sache, ja. Jetzt kommt die Gewalt also auch hier zum Vorschein. Aber wir brauchen nicht zu glauben, dass es sie früher nicht gegeben hätte. Ist natürlich gut, wenn jemand darüber schreibt, darum geht es auch gar nicht.« Sie nahm ihr Besteck wieder zur Hand. »Aber die Schulen suchen händeringend

Personal. Du hast doch jetzt ein neues Leben, du kannst so viele tolle Sachen machen …«

»Ich habe kein Leben. Ich werde eine von diesen alten Jungfern, die anstelle von Kindern ein Haus voller Katzen haben. So eine Dörflerin mit Tretschlitten, Triefnase und Ohrenklappenmütze. Ihr wisst schon, die ständig in der Zeitung steht, weil sich an einem Montagvormittag draußen auf der Straße sonst niemand blicken lässt, wenn hier mal ein Reporter vorbeikommt.«

»Ach, aber nur weil man Kinder hat, heißt das noch lange nicht, dass sich jemand um einen kümmert. Schau uns an, wir haben drei und keins davon wohnt in der Nähe. Ist doch so, Björn?«

Björn nickte.

»Ja, klar. Aber wie heißt es so schön? Man hat sie nur leihweise. Man kann nur versuchen, solange es möglich ist, eine so gute Beziehung zu ihnen aufzubauen, wie es nur geht.«

Mein Handy plingte in der Hosentasche. Eine SMS von Strömmen. *Verdammte Hacke, deine Reportage ist gerade die meistgelesene im Netz. Und die Polizei hat die Messerstiche bestätigt. Kommen damit am Dienstag raus. Gute Arbeit, Bergström!*

Ich schenkte allen Wein nach.

»Na dann. Auf mein neues Leben.«

Womöglich war es an der Schule ja doch nicht so übel. Ich kam mit den Kindern gut klar, das war tatsächlich so. Jetzt musste ich nur noch unter Beweis stellen, dass ich auch immer noch schreiben konnte. Mein erster Text nach der Kündigung und nach der Scheidung von Levan ging gerade durch die Decke und ausnahmsweise blieben die Selbstzweifel aus. Vielleicht wollten Gott und das Universum mir ja doch noch nicht alles verderben.

Der Alkohol wärmte angenehm. Ich spürte, wie sich mein

Körper entspannte. Das brauchte ich gerade. Und meine Stimmung war bereits jetzt weitaus besser als noch heute Morgen.

»Apropos Eltern und Kinder.« Björn tupfte sich den Mund mit der Serviette ab. »Isabella Sandgren.«

»Wer soll das sein?« Katta nahm sich noch Brot.

»Das Mordopfer«, erklärte ich. »Was ist mit ihr?«

»Lillemor aus dem Chor – die Krankenschwester, du weißt schon – hat erzählt, dass Isabella unmittelbar vor der Tat wegen ihrer Tochter im Ärztehaus vorbeikam.« Björn schüttelte den Kopf. »Tragisch, auf so eine Weise die Mutter zu verlieren.«

»Tochter? Isabella Sandgren hatte Kinder?«

Ich hielt den Atem an. Das hatte Matti Myllämäki bestimmt nicht gewusst. Oder er hatte es nur nicht erwähnt, weil ich nicht danach gefragt hatte.

»Scheint so, ja. Ein Jahr alt. Dieses RS-Virus. Sie haben sie wohl stationär aufgenommen, wegen Atemproblemen, aber Lillemor meinte …«

»Und wer ist der Vater?«

»Keine Ahnung. Laut Lillemor kam die Mutter allein.«

Ich musste sofort an die SMS denken, die Isabella am Tag ihrer Ermordung bekommen hatte, und an das Wort »beteiligen«. Ein Kind wäre definitiv etwas, woran jemand beteiligt war. Aber wenn der Vater nicht anwesend war … Wer hatte in jener Nacht, in der Isabella gestorben war, dann auf die kleine Tochter aufgepasst? Die Polizei suchte noch immer nach Angehörigen. Kein Wunder, eine Einjährige konnten sie schlecht von der Ermordung der Mutter in Kenntnis setzen. Aber bei wem war die Tochter jetzt?

Die restliche Woche schleppte sich dahin. Meine Urlaubsbräune blätterte ab, ständig nestelte und zupfte ich große Fetzen ab. Unter meinem Bett bildeten sich kleine, luftige Hauthügel. Ich ließ sie liegen, genau wie den unausgepackten Koffer im Flur. Das Schreiben fehlte mir, und ich war wütend auf Strömmen, der mir ein Leckerli vor die Nase gehalten und es mir dann sofort wieder weggenommen hatte. Wieder mal. Ich hatte nichts mehr von ihm gehört. Damit hatte das schwarze Loch anscheinend seine fünfzehn Minuten Ruhm für dieses Jahr abbekommen. Ich ertappte mich dabei, wie ich mich fragte, ob all das tatsächlich passiert war. Im Lehrerzimmer schlug mir Schweigen entgegen, obwohl ich genau wusste, dass alle den Artikel gelesen hatten.

In den Großstadtredaktionen kraulten sie sich immer noch den Pelz. *Aftonbladet*, *Expressen*, *Dagens Nyheter* und *Svenska Dagbladet* hatten die Mordmeldung natürlich aufgegriffen, sich aber – kaum verwunderlich – nicht die Mühe gemacht und bei der Polizei eigene O-Töne eingeholt. Sie gaben lediglich wieder, was ich für die *Jämtlandsposten* geschrieben hatte, kupferten sogar annähernd meine Überschrift *Frau im Wald bei Kall wurde erstochen* ab, nur dass dort *Wald bei Åre* stand, damit auch Stockholmer wussten, wovon die Rede war. Das Gleiche galt für die Öffentlich-Rechtlichen, SVT-Fernsehen und Radio, sodass für die Infos aus meinem Artikel auch niemand mehr bezahlen musste. Andererseits – was kümmerte die da unten eine Tote in den Bergen des mittleren Norrlands, wo keiner von ihnen je auch nur einen Fuß hingesetzt hatte? Frauen starben immerhin ständig und überall.

Ulla hatte spitzgekriegt, dass ich gut darin war, den Schülerinnen und Schülern Feedback zu geben, und schob mir immer mehr Korrekturen zu. Oft war ich die Letzte im Lehrerzimmer. Was mir nichts ausmachte – Ulla musste schließlich ihre Kinder abholen und Essen kochen und ich kam mit langen Arbeitstagen gut klar.

Ich schämte mich, weil ich mitunter fast mit Verächtlichkeit auf die sprachlichen Mängel der Schüler reagierte. Die Fantasielosigkeit, wenn sie selbst etwas verfassen sollten, war einfach nur traurig. Ihre dürftigen Texte langweilten mich mittlerweile zu Tode, trotzdem schrieb ich kleine, kesse Aufmunterungen und Verbesserungsvorschläge an den Rand: *Ausführlicher beschreiben!* oder: *Nicht so viele Bandwurmsätze! Manchmal erzeugt Knappheit den besseren Effekt, probier's mal aus!* oder: *Führ das mal aus, evtl. indem du deinen Traum mit etwas vergleichst!* Bla bla bla.

»Ich hoffe wirklich, dass ihr Veras Tipps beherzigt«, ermunterte Ulla die Klasse. »Es ist wahnsinnig wichtig, dass ihr versteht, was genau ihr verbessern müsst. Fragt lieber einmal zu oft nach. Dann überarbeitet ihr und gebt euren Text ein weiteres Mal ab. So können wir eure Fortschritte sehen – das ist dann die sogenannte formative Beurteilung –, und wer weiß, vielleicht wird dann auch die Note besser.«

Die Schüler kippelten geistesabwesend auf ihren Stühlen und warfen sehnsüchtige Blicke auf das Regal, in dem ihre Handys lagen. Ich konnte sie verstehen.

Die Stunden, in denen sie eigenständig arbeiten sollten, fühlten sich fast unerträglich an. Sie waren in allem, was sie taten, so langsam, dass ich ihnen die Aufgaben am liebsten abgenommen und selbst erledigt hätte. Manchmal tat ich so, als müsste ich mir etwas in meinem Kalender notieren, nur damit meine Hand beschäftigt war.

Freitag und Zahltag. Im Systembolaget in Åre stand die Kundschaft Schlange. Anscheinend tat sich ganz vorn eine Frau mit dem Bezahlen schwer. Die anderen ächzten schon und wechselten vielsagende Blicke. Die junge Kassiererin klimperte mit ihren Snö-of-Sweden-Klunkern und gab laut und deutlich Anweisungen.

Als ich an der Reihe war, bezahlte ich eilig meine drei Flaschen Weißwein und ein paar Dosen Bier und ging weiter zu Coop. Womöglich wäre ich besser zu Ica am Bahnhof gefahren, die hatten die bessere Fleischtheke und generell die bessere Auswahl. Doch dann gab ich mich mit frischen Garnelen, Keksen und einer Auswahl an Käse fürs Abendessen zufrieden. So musste ich mich auch nicht an den Herd stellen, sondern brauchte mich bloß an den Tisch zu setzen. Thomas hatte angerufen und gefragt, ob ich tags darauf hoch zur Jagdhütte käme, aber ich hatte keinen Nerv; sie würden dort sowieso nur über das Elchfest am Samstag reden. Zudem reizte die Jagd mich nicht mehr so wie früher: Die Langsamkeit, das ganze Warten, erinnerten mich zu sehr an die Schule.

Vor der Kasse legte ich noch eine *Jämtlandsposten* in meinen Einkaufskorb. Dass ich zuletzt eine Papierzeitung gelesen hatte, war lange her, garantiert ein paar Jahre. Ausgerechnet ich, die damals oft in derselben Sekunde aus dem Bett gesprungen war, als die Zeitung kam, nur um nachzusehen, wie meine Artikel redigiert worden waren, hatte irgendwann dazu völlig den Bezug verloren.

Ich sah mich selbst von außen. Jemanden, der wie in Trance komplett ziellos hierhin und dorthin wanderte. Im Gegensatz zu allen anderen wirkte ich wie fremde Materie – wie jemand, der neben allem schwebte, wozu andere ganz klar dazugehörten. Hatte sich Isabella Sandgren auch so gefühlt, als sie sich das alte Haus im Wald gekauft hatte? Eine zurückhaltende Person, die sich von Menschenansammlungen fernhielt, ja, eine richtige Einzelgängerin. Ich fragte mich, was dazu geführt hatte, dass sie sich derart isoliert hatte. War das Zufall gewesen oder irgendetwas anderes?

Andererseits hatte Isabella ein Kind zur Welt gebracht. Zumindest für kurze Zeit hatte sie den Herzschlag eines anderen, eines kleinen Menschen spüren dürfen. Einer Tochter, die ihr mit weit aufgerissenem Mund Küsse gegeben hatte. Doch das hatte ihr jemand brutal entrissen. Wer hatte ihr das angetan? Darüber wollte ich mehr in Erfahrung bringen.

Ich wachte auf, als es leise an meiner Tür klopfte. Erst war ich mir nicht mal sicher, ob das Klopfen echt war. Ich hatte wie immer nicht gut geschlafen. Kurz blieb ich liegen und lauschte darauf, ob das Klopfen wiederkäme. Kein Zweifel, irgendwer war an der Tür.

Ich tastete den Nachttisch nach meinem Handy ab, konnte es aber nicht finden. Ich schwankte bedenklich, als ich meinen Bademantel anzog und ins Wohnzimmer schlich. Wie gut, dass ich auf Zehenspitzen laufen konnte. So hörte niemand, dass ich zu Hause war.

Das Handy lag neben der Fernbedienung für den Fernseher und einem leeren Weinglas. Es war zwei Uhr nachts. Dann hatte ich immerhin doch ein paar Stündchen geschlafen. Mist, dass ich mir den Türspion gespart hatte. Meinen Puls konnte ich inzwischen bis in die Schläfen spüren. Ich blieb kurz stocksteif stehen … und hörte Björns Stimme.

»Ich bin's nur. Du kannst aufmachen.«

Ich schloss auf. Er stand im dunklen Treppenhaus.

»Scheiße, wie dunkel es bei dir ist! Ich musste das Handy als Taschenlampe benutzen.« Er sah zu der hohen Decke empor. »Dass es ein bisschen tricky ist, die Glühbirnen auszutauschen, verstehe ich ja, aber ich hab eine Leiter, die du dir jederzeit leihen kannst.«

»Danke, ich komme darauf zurück.«

Ich schlug den Kragen meines Bademantels hoch. Von der Haustür zog es ordentlich hoch.

»Du, sorry, dass ich mitten in der Nacht bei dir anklopfe,

aber da unten auf der Straße steht ein Stockholmer, dem das Benzin ausgegangen ist. Du hast nicht zufällig einen Kanister da? Meine aus der Garage sind spurlos verschwunden. Ich muss Besuch von Dieben gehabt haben, ohne dass ich es gemerkt habe. Aber selbst schuld, ich hatte bestimmt nicht abgeschlossen. Mittlerweile sollten wir es besser wissen. Ist ja nicht das erste Mal, dass sie hier vorbeischauen.«

Er verdrehte die Augen.

»Ich glaube, in der alten Wartehalle steht noch was ... Ich muss mir nur was anziehen«, sagte ich.

Björn trat ein, schob aber die Tür nicht zu. Ich schlüpfte in Jeans und Fleecejacke. Die Stiefel zog ich ohne Socken an. Zusammen liefen wir die Treppe hinunter, und richtig, da standen einige Kanister.

Die Wartehalle war sozusagen mein Schuppen, allerdings hielt ich mich dort nur ungern auf. Alles sah unnatürlich nach Vergangenheit aus, und die Leuchtröhren schafften es nicht, die Schatten der Zeit zu vertreiben. Die Trostlosigkeit schlug mir aufs Gemüt.

Der Stockholmer, ein Mann in den Dreißigern mit zartem Gesicht und eindeutig zu viel Gel in den blonden Haaren, hatte es gerade noch geschafft, in den Dunst unter der Straßenlaterne am Bahnhofsparkplatz zu rollen. Dort stand er nun und erklärte, wie er die Tanknadel habe runterwandern sehen. Anscheinend wie in einem Horrorfilm. Im nächsten Moment habe der Wagen auch schon angefangen zu stottern.

»Da hatten Sie Glück. Hiermit kommen Sie zumindest bis Storlien. Da ist eine Tankstelle.«

Björn zog den Trichter aus dem Einfüllstutzen und schob seine Baseballkappe zurecht. Sie saß wie immer hoch auf seinem Kopf. Ein wenig Benzin tropfte auf den Asphalt. Das würde morgen einen bunten Fleck geben. Ein Gruß aus der Nacht.

»Vielen Dank! Ich war mir so sicher, dass hier eine Tankstelle ist. Ich meine – Åre ist ja eigentlich nicht weit. Trotzdem ist das hier die reinste Wildnis.«

Der Stockholmer lachte, als hätte er etwas Lustiges gesagt, und schlang sich dann die Arme um den Leib. Er hatte bloß einen dünnen Strickpulli an, dabei war es nachts inzwischen schon mehrmals unter null gewesen.

Ich hoffte sehr, dass er fror. Er war einer von Unzähligen, die hier durchkamen und rein gar nichts kapierten. Oft sahen sie hoch zu meiner Wohnung und waren völlig baff, dass dort Licht brannte.

»Dass jemand so wohnen will!«

»Stimmt, mitten im Nirgendwo!«

Sie dachten wohl, man würde ihnen die Überheblichkeit nicht anmerken, ich würde sie nicht sehen, aber natürlich sah ich sie.

Manchmal fragte ich mich, ob ich an einem Ort, an dem mehr Leute haltmachten, ein anderes Leben geführt hätte. Levan und ich waren immer wie selbstverständlich ein Paar gewesen, von Anfang an. Nicht dass ich fand, dass wir füreinander bestimmt gewesen wären – aber doch, irgendwie schon. Er hatte mir nie die Unschuld geraubt; die bekam er, weil sie ihm gehörte.

Meine Mutter hatte ein Büchlein seiner Großmutter über einen Zirkus aus einem georgischen Dorf übersetzt. Die Handlung wurde zu einem unsichtbaren Band zwischen uns – zwischen meiner Geschichte und seiner Geschichte. Und aus diesem Band wurde dann ein Ring am Finger.

Vielleicht hätten wir einander mehr wertgeschätzt, wenn irgendwer frühzeitig an alledem, was wir für selbstverständlich erachteten, gerüttelt hätte. Wenn wir uns ganz bewusst füreinander und gegen tausend andere hätten entscheiden müssen.

Oder hätten wir dann immer nur weiter nach etwas Besserem

gesucht? Ich konnte Levans Stimme regelrecht hören: »Man kann unmöglich wissen, was Liebe ist.«

Trotzdem hatten wir einander geliebt. Hatten wir doch?

Wir sahen dem Auto hinterher, das auf Höhe der alten Schule in Richtung Tal verschwand.

»Der klang mal echt fies. Der soll froh sein, wenn er überhaupt bis zur Grenze kommt. Aber da darf er dann jemand anderen wecken.«

Björn gähnte.

»Warst du auch schon im Bett?«, erkundigte ich mich.

»Ja. Hatte die Kneipe zugemacht, weil doch morgen das Elchfest ist. Die zwei Deutschen durften sitzen bleiben. Sie wollten gerade abschließen, als dieser Typ aufgetaucht ist. Wer hätte gedacht, dass man mehr zu sehen kriegt, wenn man ein Wirtshaus in Ånn übernimmt, als beim Zoll in Storlien? Dort bleibt nie einer freiwillig stehen.« Björn zwinkerte mir zu. »Also dann, gute Nacht.«

Er schlug die Hacken zusammen und salutierte.

Ich lachte.

»Gute Nacht!«

Allerdings war ich inzwischen hellwach und hatte auch keine Lust mehr, ins Bett zurückzukehren. Ich spülte das Weinglas aus und schaltete den Fernseher ein. Legte mich auf die Couch und sah fern, bis die Elstern aufwachten. Da war es fünf, frühmorgens verging die Zeit immer schnell. Ich überlegte, ob ich ein wenig durch die Gegend fahren sollte. Den Alkohol war ich los, und ich hatte ohnehin nur ein Glas getrunken, bevor ich mich schlafen gelegt hatte. Ja, ich würde mich ins Auto setzen, und dann redete ich mir ein, ich könnte ja einfach nur planlos durch die Gegend fahren. Ein ganz normaler Samstagsausflug mit Kaffee in der Thermoskanne.

Das Eis auf den Scheiben würde im Laufe des Tages schmelzen.

Hier war kein Winter wie der andere. Drei Jahre zuvor war es ewig kalt geblieben, und ich war wochenlang mit einem steif gefrorenen Vogel im Kühlergrill herumgefahren, weil ich das Auto nirgends im Warmen hatte parken können. Papas Garage war damals bis unters Dach voll mit Bananenkisten gewesen. Sie waren in die alte Wartehalle gewandert, nachdem wir das Haus verkauft hatten.

Nach einer guten Stunde war ich in Kall. Ein alkalischer Geruch schlich sich durch die Lüftung. Diesmal fuhr ich direkt weiter zum Forstweg. Planlosigkeit war eher die Sache von anderen, ich selbst wollte versuchen, Isabellas Haus zu finden. Keine Ahnung, was ich dort erwartete oder vorhatte, vielleicht wollte ich es einfach nur sehen.

Nach einem guten Stück den Forstweg entlang fing ich an, Ausschau zu halten. Einen Waldweg oder vielmehr eine befahrbare Piste hatte Matti es genannt. Ich bog an einer Stelle ab, wo sich im Schlamm Reifenspuren abzeichneten, doch die verschwanden schon bald, und ein Stück weiter wurde der Weg zusehends schmaler, bis kein Durchkommen mehr war. Verdammt. Ich setzte zurück. Mehrmals musste ich halten und aussteigen, um sicherzustellen, dass ich den Wagen auf Spur hielt. Hier im Graben zu landen, wäre peinlich geworden, da hätte ich irgendwem erklären müssen, was ich hier verloren hatte.

Mit einer Reifenpanne konnte ich leichter umgehen. Wagenheber und Reserverad lagen im Kofferraum, und es wäre nicht das erste Mal, dass ich im Wald einen Reifen wechselte. Sich selbst aus dem Straßengraben zu ziehen, war hingegen unmöglich.

Die nächste Abzweigung führte zu einem Grillplatz, auf dem jede Menge Müll liegen geblieben war. Dermaßen unnötig. Ich stieg aus, um mir ein wenig die Beine zu vertreten. Hangabwärts lag der See, der Kallsjön, und die Aussicht verschlug mir beinahe den Atem. Davon konnte ich einfach nie genug kriegen.

Zwischen ein paar Fichtenstämmen blitzte etwas Orangefarbenes auf. Ich ging darauf zu. War das ein Motorrad? War noch jemand hier? Instinktiv wich ich zurück ins Weidengestrüpp und mein Herz raste wie wild. Immerhin war gar nicht weit von hier, ganz in der Nähe, kürzlich erst eine Frau ermordet worden. Ich spitzte die Ohren. Kein knackender Zweig, nur Blätterrauschen. Nach ein paar Minuten wagte ich mich wieder aus den Büschen und ging abermals näher heran. Ja, eindeutig ein Motorrad – und obendrein kannte ich die auflackierten Flammen auf dem Tank, ein Kunstwerk, das wir draußen vor dem Wirtshaus schon öfter bewundert hatten. Die Maschine gehörte einem Feuerwehrmann aus Ånn. Ulf Oskarsson.

Zurück auf dem Forstweg, sah ich über die Schulter. Was hatte Ulf dort zu suchen, ein hart arbeitender Familienvater? Vermutlich hatte er sich nur eine wohlverdiente Auszeit genommen und war angeln gefahren. Zumindest war das für mich die logischste Erklärung.

Ich machte mich wieder auf den Weg. War ich an Isabellas Haus schon vorbei? Das wäre nicht weiter verwunderlich. Die komplette Gegend schien zu überwuchern – Åre selbst natürlich nicht, das war schließlich Klein-Stockholm, aber alles andere. Ich war drauf und dran, aufzugeben, als mein Blick an einem Briefkasten am Straßenrand hängen blieb. An einem grünen Briefkasten, der annähernd mit dem Dickicht dahinter verschmolz. Ich ließ den Wagen darauf zurollen. Durch das Nadelgehölz schimmerte ein großer Hundezwinger hindurch und rechts dahinter entdeckte ich ein flaches braunes Wohnhaus mit Garage. Wer wohnte dort? Matti hatte von einem Nachbarn gesprochen, der sich um Isabellas Zufahrt gekümmert hatte. Wenn das hier der Nachbar war, konnte der mir bestimmt helfen, ihr Haus zu finden. Ich bog also ab. Im Fenster brannte Licht. Ich stellte den Wagen vor der Garage ab. Im Hundezwinger war der Teufel los, aber so kam ich zumindest nicht unangemeldet. Ich zog die Handbremse an, den Schlüssel ließ ich im Zündschloss stecken.

Die Garagentüren standen sperrangelweit offen und gaben den Blick frei auf Möbel, Teppiche, Kanus, Schwimmwesten, einen Rasenmäher, allerhand Plunder auf der einen Seite, während auf der anderen Seite umso mehr Ordnung herrschte: Dort standen akkurat aufgereiht Konservendosen, Wasserkanister, Tüten und aufgerollte Bündel, die nach Decken und Schlafsäcken aussahen. Dann hatte ich es wohl mit einem Prepper zu tun. Die hatte ich früher immer für leicht verschroben gehalten, inzwischen hatte ich meine Meinung geändert.

Beim Anblick einer Vogelscheuche zuckte ich zusammen. Der schlaffe Körper am Stock trug Warnweste und Schlapphut und lehnte an einem verbeulten Kugelgrill. Zwei große Knöpfe als Augen. Allerdings hatte sich der Erschaffer nicht die Mühe gemacht, Mund oder Nase hinzuzufügen. Die ergrauten Knöpfe schienen mich scharf anzusehen. Es war fast, als wollten sie mir zu verstehen geben, dass ich mich auf eigene Gefahr näherte. Die Hunde schlugen immer noch an – ein raues, kraftvolles Bellen aus mehreren Kehlen. Eindeutig mehrere. Als ich mich dem Zwinger näherte, konnte ich drei Jämthunde ausmachen. Das Rudel warf sich blutrünstig gegen das Zwingergitter.

Ich hatte die Vordertreppe nicht mal betreten, als die Haustür auch schon aufflog.

»Aus! Aus, hab ich gesagt!«

Die Hunde gehorchten aufs Wort. Ein Riese stand in der Tür, an die zwei Meter groß und kaum weniger breit. Der Bauch sah aus, als wollte er das fleckige, aufklaffende Hemd sprengen. Die Schwerkraft zerrte an den Jeans, sodass die Hosenbeine zu lang waren und auf den nackten Füßen auflagen. Die Fußnägel an den großen Zehen waren gekrümmt und gelblich. Unwillkürlich stellte ich mir vor, wie der Mann rücklings im Wasser trieb. Wäre er da noch als Mensch erkennbar? Oder würde man nur den Bauch sehen und sich fragen, was für ein Tier da gestorben war?

»Was gibt's? Es ist halb sieben und Samstag. Da geht's besser um was Wichtiges.«

Seine Stimme war ebenfalls kraftvoll. Schlagartig hatte ich ein flaues Gefühl.

»Also?«

Widerwillig sah ich ihm ins Gesicht. Der Blick war scharf und wässrig gleichermaßen, und mein Unbehagen wurde stärker, obwohl ich in meinem Job durch eine harte Schule gegangen war, eine härtere als die meisten anderen. Doch selbst an Orten, die nie Aufsehen erregt hatten, konnten sich Dramen abspielen.

Ich riss mich am Riemen.

»Ich arbeite für die *Jämtlandsposten* …«

Er fiel mir sofort ins Wort.

»Aha. Die *Jämtlandsposten.*«

Die Hunde knurrten.

»Aus! Aus jetzt!«

Die Hunde hörten auf zu knurren und ich holte tief Luft.

»Ja, und ich hab mich gefragt, ob Sie das sind, der immer die Zufahrt zu Isabella Sandgrens Haus geräumt hat. Das hat mir ein Informant erzählt und jetzt bin ich auf der Suche nach dem Haus. Ich recherchiere für einen Artikel über den Mord.« Ich sprach zu schnell und holte zwischen den Worten kaum Luft.

Der Mann ließ die Tür offen, trat einen Schritt vor, schlüpfte in ein Paar Crocs und stieg die Vordertreppe herunter. Er kam mir so nahe, dass ich die Poren in seiner Gesichtshaut sehen konnte. Eine Narbe schnitt mitten hindurch – ein Hundebiss? Er roch nach billigem Rasierwasser und altem Schweiß.

»Aha. Danach suchen Sie also ... Vera Bergström.« Er räusperte sich und spuckte ein großes Schleimgeschoss in den Schotter. »Aber ich rede nicht mit der Presse, kapiert?«

Hinter ihm bewegte sich die Küchengardine. Irgendjemand beobachtete uns. Drinnen schien der Fernseher zu laufen. Silberweißes Licht fiel bis auf den Flur, nahm an Stärke ab und wieder zu, genau wie die Stimmen.

»Und warum reden Sie nicht mit der Presse?«

»Weil ich finde, Krister Arvidsson hätte besser einen von euch abgemurkst. Dann wäre kein Mensch zu Schaden gekommen.«

Ich schluckte und strich mir mit der Hand über den Nacken, in dem sich eine merkwürdige Kälte ausgebreitet hatte. Mein Haaransatz schien sich förmlich zurückzuziehen.

Er zeigte mit dem Finger auf mich.

»Und Sie – Ihre sogenannten Informanten sind doch nur Mittel und Zweck, um Lügenmärchen zu verbreiten!«

Ich machte zwei Schritte zurück. Er ließ die Hand wieder sinken. Sah mit einem Mal erschöpft aus.

»Verschwinden Sie.«

Ich lief zu meinem Auto zurück. Noch bevor ich die Fahrertür geöffnet hatte, polterte er weiter.

»Die Öffentlich-Rechtlichen gehören abgeschafft! Ich bin es leid, dass diese Political-Correctness-Mafia von meinen Steuergeldern finanziert wird!«

Als ich hinters Steuer rutschte, schlotterte ich am ganzen Leib, und meine Finger zitterten so heftig, dass ich kaum den Zündschlüssel herumdrehen konnte, doch dann sprang der Wagen endlich an. Die Vogelscheuche sah mir mit toten Augen hinterher, als ich wendete. Die Hunde hatten wieder angefangen zu kläffen. Schotter spritzte unter meinen Reifen auf und prasselte gegen die Garagenwand. Ich warf einen Blick in den Rückspiegel. Da kam keiner. Allerdings entdeckte ich jetzt im

Küchenfenster eine Frau. Die Person hinter der Gardine gab sich zu guter Letzt also zu erkennen. Ich holte erst wieder Luft, als ich auf den Forstweg eingebogen war. Das Adrenalin pulsierte in meinen Wangen, und ich lehnte die Stirn aufs Lenkrad, schloss die Augen, versuchte, zur Ruhe zu kommen. Herr im Himmel, hatte die Polizei diesen Preppertypen schon überprüft? Der hatte ja wohl das Zeug zum Mörder und war obendrein der nächste Nachbar von Isabella gewesen.

Was machte ich überhaupt hier? Ich sollte zu Hause sitzen, Kleidchen bügeln, Tinder ausprobieren. Vielleicht irgendwen kennenlernen, den ich mochte. Aber konnte man mich denn lieben? Ich selbst musste nicht lieben, mögen reichte vollkommen – jemanden, der mich umgekehrt zumindest auch ein bisschen mochte. Jemand, der mir zu verstehen geben konnte: Gemeinsam schaffen wir das. Das hatte Levan nie gekonnt.

Ich legte eine Hand aufs Lenkrad. Sie hatte aufgehört zu zittern. Ich ließ den Motor erneut an. Ich würde bis zum nächsten Wendeplatz fahren und von hier verschwinden.

Erst als ich einem Auerhahn zuliebe, der es auf der Schotterpiste alles andere als eilig hatte, kurz bremste, entdeckte ich sie: Die versumpfte Abzweigung war mit Mädesüß überwuchert, aber dahinter sah der Weg völlig okay aus. Das Gras zwischen den Spurrillen war annähernd frisch gemäht und diese selbst waren trocken. Hier musste es sein. Ich sah in den Rückspiegel. Hinter mir kam niemand. Es fühlte sich an, als täte ich etwas Heimliches, fast schon Verbotenes, als ich das Lenkrad herumriss. Ich war aber auch unverbesserlich.

Ein verwitterter Zaun säumte die Alm, die inmitten von altem Weideland lag. Das Haus war anscheinend einst rot gestrichen gewesen, doch inzwischen schimmerte das blanke Holz durch. Es war wie bei Menschen: Wenn wir nur hinreichend alt wurden, waren uns all die Dinge, die wir durchgemacht hatten, unabwendbar anzusehen. Linker Hand stand eine Scheune mit windschiefen Wänden und einem eingesackten Dach; nicht mehr lange, und sie würde über dem Holzvorrat an der Längsseite einstürzen. Isabella hatte sich gut auf den Winter vorbereitet. Rechter Hand standen ein kleines Backhaus sowie ein Auto unter einer Plane.

Ich stieg aus und schloss so leise wie nur möglich die Autotür, doch in der Stille war jedes Geräusch überdeutlich zu hören. Dann sah ich mich um. Was sollte ich sagen, wenn jemand mich hier erwischte? Dass ich eine alte Freundin von Isabella wäre? Aber wer sollte hier schon herkommen? Mir war niemand hinterhergefahren, der Preppertyp glaubte wohl, er hätte mich ein für alle Mal vertrieben, aber da irrte er sich.

Vorsichtig ging ich durch verblühten Wiesenkerbel aufs Küchenfenster zu, das dann aber zu weit oben war, als dass ich hätte hindurchspähen können. Noch intimer fühlte sich die Vordertreppe an, trotzdem ging ich hinauf, beugte mich in Richtung Fenster, legte die Handkante an die Scheibe und konnte endlich etwas sehen. In der Küche war alles wahnsinnig niedrig. Der Herd, die Arbeitsflächen, die Spüle. Isabella musste sich immer vornübergebeugt haben, wenn sie gekocht hatte.

Auf dem Küchentisch standen ein Paket Knäckebrot und eine Kaffeetasse. Es sah sogar ganz danach aus, als wäre darin noch ein Schluck Kaffee übrig. Was, wenn ich mich dir gegenübergesetzt und dir hätte Gesellschaft leisten können, Isabella? Da hättest du mir selbst erzählen können, warum man dich abgeschlachtet wie ein Tier auf einem Kahlschlag gefunden hat. War es schnell gegangen, dich zu erlegen? Oder hatte es eine Zeit lang gedauert, bis dir irgendwann aufgegangen war, dass alles vorbei war?

Ich drückte die Türklinke nach unten. Abgeschlossen, wie erwartet.

Und das Backhaus? Ebenfalls. Das Vorhängeschloss an der Scheune hingegen war aufgebrochen worden. Hatte Isabella den Schlüssel verloren und es aufknipsen müssen? Oder war mir jemand zuvorgekommen? In der Hoffnung, dass die Scheune nicht ausgerechnet jetzt einstürzen würde, schlüpfte ich hinein. Allerdings gab es in den alten Pferdeboxen nicht allzu viel zu sehen. Bloß Mäusedreck und Heu. Typischer Scheunengeruch. Ich stieß die Fußspitze in den Schmutz und Staub wirbelte auf wie ein kleiner Tornado. Reflexartig presste ich mir den Arm über Nase und Mund. Ein weiteres Mal wollte ich mich nicht mit dem Hantavirus anstecken.

Ich setzte mich auf die Treppenstufen vor der Haustür und packte meinen Proviant aus. Das Brot schmeckte nach Tiefkühltruhe, aber ich konnte mich auch nicht daran erinnern, dass ich in den vergangenen Monaten Brötchen gekauft hätte. Ich rief Facebook auf. Kein Netz. Ich legte das Handy beiseite.

Die Pelargonie im Tonkübel neben mir blühte und trieb sogar immer noch aus. Fantastisch, dass sie sich so gut gehalten hatte, obwohl sie hier unter dem Vordach nicht mal Regen abbekam. Ich zog den Pflanztopf heraus und er tropfte ein bisschen. Der musste komplett durchnässt gewesen sein, als er hier draußen hingestellt worden war. Auf dem Boden des Tontopfes schimmerte etwas. Ein Schlüssel. Anscheinend hatte Isabella ihren Mitmenschen doch einiges Vertrauen entgegengebracht.

Schon im nächsten Moment hatte ich die Tür aufgeschlossen und stand im Flur, in Isabellas Flur. An den Haken über dem Heizkörper hingen ein *Situation-Stockholm*-Stoffbeutel sowie eine Lederjacke, ein Regenmantel und eine Daunenjacke. Leicht befangen schnupperte ich am Kragen der Lederjacke. Nicht der Hauch von Parfüm, nur Leder und der undefinierbare Duft menschlicher Haut. Ich machte ein paar Schritte weiter ins Haus. Im Wohnzimmer standen eine abgenutzte grüne Fünfzigerjahre-Bettcouch, ein Tisch und ein Röhrenfernseher auf einem Sprossenstuhl. Stapelweise alte Illustrierte. Dinge, die von jedwedem Flohmarkt in der Gegend stammen konnten, hässlicher Nippes, wie man ihn normalerweise als Kind toll fand. Überall Häkeldeckchen.

Ich sah mir die Bücher im Regal an. Die *Kinder-der-Erde*-Saga und *Gulla*. Eine alte Nirvana-Kassette. Hatte sie sich seit dem Teenageralter ernsthaft keine neuen Bücher oder Musik angeschafft? Ein Buchrücken schimmerte wie ein Mosaik. Ich nahm das Buch zur Hand. Ein Tagebuch. Als ich es aufschlug, hielt ich den Atem an. Der erste Eintrag stammte vom 20. Juli 1994. *Dieses Tagebuch hat mir Elisabeth aus Marrakesch mitgebracht.* Nicht mehr, nicht weniger. Ich blätterte weiter. Nur leere Seiten. Schade. Ich schob es zurück an seinen Platz.

Die Wanduhr würde zur halben und vollen Stunde schlagen, dazwischen stampfte der Sekundenzeiger lautstark über das Ziffernblatt. Stampf, stampf, stampf. Tick, tack, tick, tack. Unfassbar, dass jemand auch noch hören wollte, wie die Zeit verging.

Im nächsten Augenblick hörte ich noch etwas anderes. Ein dumpfes Geräusch.

Ich erstarrte und mir schlug das Herz bis zum Hals. Hatte oben nicht gerade eine Diele geknarzt? Und nicht nur eine – mehrere. Ich hielt den Atem an und dachte fieberhaft nach. Sollte ich die Flucht ergreifen und wegfahren oder hierbleiben und demjenigen entgegentreten, der womöglich gleich von oben runterkommen würde?

»Hallo?«, rief jemand aus dem ersten Stock.

Weitere knarzende Schritte, dann erneut die Stimme.

»Hallo, ist da wer?«

Es klang nach einer älteren Frauenstimme, aber sicher war ich mir nicht, und ich war immer noch wie erstarrt. Ich musste mich schier dazu nötigen zu antworten und war selbst überrascht, dass ich überhaupt einen Mucks herausbekam.

»Hallo!«, antwortete ich.

Es folgte Stille. Ich biss mir auf die Lippe und beschloss, meinen Job vorzuschützen.

»Ich dachte, das Haus würde leer stehen ... Ich bin von der Zeitung.«

Meine Stimme klang jetzt fester und voller. Meine Jobstimme. Die Reporterin der *Jämtlandsposten*. Frischen Mutes ging ich zurück in den Flur.

Oben auf der Treppe tauchte eine Person auf. Hielt sich am Geländer fest und setzte einen Schritt nach dem anderen. Es dauerte ewig, aber zu guter Letzt war sie unten, denn es war eine Frau: silbergraues Haar rund um die gealterte Stirn, auf der sich wie auf Marmor violette Adern verzweigten. Die Frau musste gut über achtzig sein. Mit eingesunkenen Augen sah sie mich an und griff dann zu einem Gehstock an der Wand. Dahinter erinnerten die losen Fäden in der hautfarbenen Textiltapete an unrasierte Leisten.

»Und warum sind Sie hier, wenn Sie doch dachten, das Haus wäre leer?«

Eine berechtigte Frage. Ich schluckte. Die Selbstsicherheit, die sich eben erst eingestellt hatte, war genauso schnell wieder verflogen, und meine Stimme klang wieder brüchiger.

»Ich bin wegen Isabella hier.«

»Also neugierig.«

»Ja, wahrscheinlich.«

Ich starrte auf den Flickenteppich hinab. Schob wie eine totale Neurotikerin mit der Fußspitze ein paar Fransen gerade.

»Neugierig darf man durchaus sein, aber nicht in ein Haus einbrechen!«

Meine Hand wanderte an meine Stirn und ich schüttelte den Kopf.

»Nein. Ich weiß. Bitte entschuldigen Sie. Ich weiß gar nicht, was ich sagen soll. Das hier ist mir wahnsinnig peinlich.«

Was bitte schön machte ich hier? Ich hätte es besser wissen müssen. Die Frau konnte mich anzeigen und hatte genau das auch garantiert vor, sobald ich wieder gefahren wäre. Ich sah die Überschrift in der Zeitung schon vor mir. *Reporterin bricht bei Mordopfer ein.* Was hätte das für Konsequenzen? In der Meldung stünde wahrscheinlich kein Name, die Leserschaft wüsste also nicht, dass ich das gewesen war. Meine ehemaligen Kolleginnen und Kollegen hingegen würden den Polizeibericht lesen und Strömmen würde sich nie wieder bei mir melden.

Die Frau musterte mich eingehend. Mir schwirrte der Kopf. Wer war sie? Eine Verwandte von Isabella? Was machte sie hier?

»Ich kenne Sie«, sagte sie dann. »Wir sind uns schon mal begegnet, als das Altersheim in Kall in ein Flüchtlingsheim umgewandelt werden sollte. Wir hatten dort im Speisesaal eine Pressekonferenz einberufen und Sie sind tatsächlich alle gekommen: Sie, jemand vom Radio und von SVT, wissen Sie noch?«

Ich wusste es noch. Während der Flüchtlingswelle vor einigen Jahren hatte sich die Einwohnerzahl von Kall verdreifacht, und das quasi über Nacht. Die Flüchtlinge waren zunächst in Behelfsunterkünften untergekommen, doch dann hatte die Gemeindeverwaltung nach alternativen Lösungen gesucht. Einer der Vorschläge lautete damals, das ohnehin von der Schließung bedrohte Seniorenwohnheim zu einer Art fester Anlaufstelle für unbegleitete Minderjährige zu machen, und das Amt für Migration stellte der Gemeinde, der es ohnehin finanziell schlecht ging, entsprechende Mittel in Aussicht. Die Dorfbewohner indes protestierten: Da würden zwei marginalisierte Gruppen gegeneinander ausgespielt.

»Oh, das ist aber lange her. Waren Sie dort angestellt?«

»Nein, ich hab dort zwar vierzig Jahre lang gearbeitet, aber damals war ich als Rentnerin dort – hauptsächlich um dagegen zu protestieren, dass wir, die die höchsten Steuern zahlen, in Sachen Sozialleistungen am schlechtesten wegkommen. Es saßen eine Menge wütender alter Leute mit am Tisch, da nehme ich es Ihnen nicht krumm, wenn Sie sich nicht mehr an mich erinnern können. Aber Ihr Artikel war gut.«

Ich lächelte.

»Danke. Ich hab nur meine Arbeit gemacht.«

»Gut, dann hätten wir das ja geklärt, und jetzt, finde ich, trinken wir erst mal einen Kaffee. Ich heiße übrigens Esther.«

»Und was ist damit?«

Ich zeigte zur Eingangstür. Der Einbruch.

»Manchmal tut man Dinge, die man im Nachhinein bereut – aber Sie von der Presse müssen doch neugierig sein, sonst bewegen Sie ja nichts, oder?«

Auf dem Weg in die Küche stützte Esther sich auf den Stock. Dass sie über meine Verfehlung hinwegging, lag bestimmt eher an der Aussicht auf Gesellschaft beim Kaffee als an der notwendigen Neugier der Journalistenzunft. Sie stellte die Kaffeemaschine an und nahm eine Dose aus dem Kühlschrank, in der gefüllte Brotfladenröllchen lagen. Sie schien den Duft einzuatmen.

»Wir würzen … haben das Brot immer mit Fenchelsamen und Anis gewürzt …« Kurz versagte ihr die Stimme. »Verzeihen Sie bitte. Aber dass sie nicht mehr da ist, ist bei mir immer noch nicht richtig angekommen. Gegen Mitternacht hab ich noch versucht, sie anzurufen, aber ich hätte nie gedacht …«

Dann hatte sie also an dem Abend, als Isabella gestorben war, vom Festnetz aus auf deren Handy angerufen. Ich hatte nach dem Internetausfall in Ånn ganz vergessen, die Nummer zu überprüfen. Aber dann war das ja geklärt. Allerdings durfte ich nicht schon wieder vergessen, auch Isabella auf Eniro nachzuschlagen.

Esther räusperte sich. »Wie soll man je mit dem Tod klarkommen?«

Schlagartig hatte ich einen Kloß im Hals. Eine Zeit lang schwiegen wir beide. Dann sah sie mich an, als müsste ich doch eine Antwort darauf haben.

»Keine Ahnung«, brachte ich schließlich heraus. »Wir können es nur, so gut es geht, versuchen.«

Die Anspannung in ihrem Gesicht ließ nach, fast als hätte jemand sie angetippt.

»Stimmt. Die Leute reden immer von einer Art Abschluss, aber einen Abschluss gibt es nicht.«

»Nein, womöglich nicht.«

Ich hatte nicht vor, unser Gespräch aufzuzeichnen. Wenn Strömmen wirklich noch einen Artikel wollte, dann würde ich Esther aus dem Gedächtnis zitieren. Allerdings würde ich mir diesmal einen Ruck geben und ein Foto machen. Ich musste zumindest so tun, als wäre ich im Auftrag der Zeitung hier.

Ich setzte mich an den Küchentisch. Innerlich war ich immer noch aufgewühlt. Der Preppertyp war über mich drübergewalzt wie über einen Acker. Kurz entschlossen erzählte ich Esther von unserer Begegnung.

»Ach, Sixten – vor dem braucht niemand Angst zu haben. Große Klappe, nichts dahinter.«

Unwillkürlich musste ich lächeln. Womöglich hatte sie recht. Meine Mutter hatte mich immer vor Männern in Anzügen gewarnt, vor der schmeichlerischen Sorte. Bei den anderen, bei denen, die ihr Herz auf der Zunge trugen und auch mal laut kläfften, wusste man zumindest, woran man war.

Esther schaltete das Radio an und räumte eine Handarbeit beiseite, ehe sie zwei Kaffeetassen bereitstellte. Dann blickte sie über den Hof. Am entlegenen Ende schwankten die Fichten unruhig im Wind. So tief im Wald jenseits des Åreskutan begegnete man anderen nicht zufällig, da hatte Björn sicher recht gehabt; Isabellas Mörder konnte ganz in der Nähe sein, näher, als die meisten dachten.

»Sie fragen sich vielleicht, was ich hier mache«, hob Esther an und ich nickte. »Isabella und ich waren Nachbarinnen. Eigentlich wohne ich ein Stück weiter, aber mein Festnetztelefon ging seit Monaten nicht, und auf das Handy ist hier kein Verlass. Sogar der Notschalter für den Sozialdienst funktioniert seit Jahren nicht mehr. Hier bei ihr kann ich zumindest telefonieren, wenn etwas passieren sollte.«

Sie tätschelte das grüne Tastentelefon auf dem Fensterbrett. Das Radio daneben spielte Sven-Ingvars.

»Isabella hat sich meiner erbarmt, könnte man sagen. Sie war gut. Letztes Jahr bin ich zu Hause im Bad gestürzt und lag dort den ganzen Tag. Irgendwann kam es ihr komisch vor und dann schaute sie vorbei. In letzter Sekunde. Fast hätte ich mein rechtes Bein eingebüßt. Nach zwei Wochen Krankenhaus bin ich bei ihr eingezogen. Jetzt kommt der Pflegedienst stattdessen hierher.«

»Klingt doch gut. Da müssen Sie sich doch jetzt viel sicherer fühlen.«

»Durchaus, ja. Nur letzte Nacht, als es so gewindet hat, hab ich wieder wach gelegen und musste an die Verandatür denken. Ragnar wollte dort einen neuen Haken anbringen. Und zu Hause bei uns ist bestimmt alles überwuchert. Oje, da tummeln sich dort die Gnitzen! Er hat das Gras immer ganz kurz gemäht.«

»Ihr Mann?«

»Ja. Es ist leer ohne ihn. Aber jetzt stehe ich auf der Warteliste für die Sonnenlichtung.«

»Dort wohnt mein Vater.«

»Ach.« Ihre Augen leuchteten auf. »Und fühlt er sich wohl?«

»Scheint so. Aber er …«

»Na ja, es ist gewiss etwas anderes, als zu Hause zu wohnen.«

»Ja.«

Der Kaffee war fertig. Esther servierte ihn schwarz und hielt mir die Dose mit den Fladenröllchen hin. Ich nahm mir eins.

Isabella und sie hatten einander über das Fladenbacken kennengelernt: Esther war draußen vorbeigekommen und hatte es aus dem Backhaus qualmen gesehen. Drinnen hatte Isabella mit dem Nudelholz und dem Brotspaten gekämpft.

»Sie war schweißüberströmt, wissen Sie … Der Holzofen macht aus der Hütte eine echte Sauna! Das arme Mädchen wusste ja gar nicht, was es da tat … Aber dann hab ich's ihr gezeigt und mit der Zeit wurde sie richtig gut. Das Brot haben sie im Laden immer gut verkauft, auch wenn ich nie verstanden habe, wie sie von den paar Kröten, die sie damit verdient hat, leben konnte.«

»Und wo kam sie her? Hat sie das je erzählt?«

»Das weiß ich nicht. Ich war einfach nur froh, dass jemand hier eingezogen war.« Esther zupfte ein Stück Fladen ab und schob es sich in den Mund.

»Hatte sie keine Familie? Eltern, Geschwister?«

»Jedenfalls keine, die sie je erwähnt hätte.«

Ich fuhr mit den Fingern das Blumenmuster auf dem Tischtuch nach. Unter dem Fensterbrett stand ein Weidenkorb mit Beißringen und Saugern für Babyfläschchen. Esther folgte meinem Blick.

»Im Schrank ist Würfelzucker, wenn Sie welchen möchten.«

»Nein, danke. Aber dann hat Isabella ein Baby gehabt?«, hakte ich nach.

Esther richtete sich gerade auf und ihr Gesicht wurde wieder eine Nuance angespannter.

»Ja, das stimmt. Ich hab sie entbunden.«

»*Sie?*«

»Sie hätte den Weg ins Krankenhaus niemals geschafft.«

Es war alles gut gegangen. Im Schlafzimmer im Obergeschoss, so nah wie nur möglich an den Kiefernwipfeln und am Himmel, hatte ein gesundes Mädchen das Licht der Welt erblickt.

»Sie hat sie Liv genannt. Ein kleines, kreischendes Rosinchen mit Augen, die *alles* durchschaut haben, einfach *alles*«, sagte Esther nachdrücklich.

Ich versuchte, es mir vorzustellen. Wie urplötzlich innerhalb dieser ergrauten alten Hauswände etwas Neues wuchs und gedieh und Jahrzehnte des Stillstands einfach so wegfegte – wie Insektenbekämpfung gegen Hauswanzen.

Levan und ich hatten nie Kinder bekommen. Nach einiger Zeit stellten wir unsere Versuche ein. Wir nahmen nie Hilfe in Anspruch, sondern fanden uns schlicht und ergreifend damit ab, genau wie wir uns damit abfanden, dass der Konsum-Laden verschwand, die Schule dichtgemacht wurde und Häuser von Leuten gekauft wurden, die nur hier und da mal vorbeischauten. Irgendwo bahnte sich Widerstand an, breitete sich aber im Stillen aus. Die Haut ums Herz spannte sich und wurde empfindlich.

Eines Tages im Mai kam Levan nach Hause und erzählte, er wolle in der Vogelstation Ånnsjön beim Beringen der Vögel aushelfen. Der See schwoll an den Flussmündungen schon wieder an, in den Sümpfen schmolz allmählich der Schnee, die ersten Zugvögel waren gelandet.

»Mach doch auch mit, der Verein kann jede helfende Hand gebrauchen«, sagte er.

Im ersten Jahr beringten wir viertausend Vögel. Gartengrasmücken, Birkenzeisige und Fitisse. Sie verhedderten sich in den Netzen und vorsichtig befreiten wir sie aus den Maschen. Wir wogen, vermaßen und untersuchten sie wie die Säuglinge, die Levan und ich nie bekommen hatten. Unendlich vorsichtig legte ich Ringe um zarte Vogelbeine. Meine Fürsorge fühlte sich grenzenlos an. Ich weinte, wenn ich die Faust öffnete und einen Vogel nach dem anderen in die Freiheit entließ. Sie wussten sofort, was zu tun war, und waren an mir völlig desinteressiert. Ende August waren keine Vögel mehr da, sie hatten ihre Reise zu neuen Ufern angetreten, genau wie wir. Ich war mir nicht sicher, ob ich es überleben würde.

Esther räusperte sich und hielt mir erneut die Brotdose hin.

»Danke, ich bin satt. Das hat wirklich gut geschmeckt. Haben Sie in der Nacht auf das Mädchen aufgepasst, als …?«

»Ja. Isabella wollte nur kurz spazieren gehen. Das hat sie oft gemacht, wenn sie sich rastlos fühlte. Die Spaziergänge haben ihr geholfen, zur Ruhe zu kommen.«

»Hatten Sie das Gefühl, dass sie beunruhigt war?«

Esther runzelte die Stirn. Es dauerte ein paar Sekunden, ehe sie antworte.

»Nein. Aber womöglich *war* sie beunruhigt. Sie hat ihre Gefühle nur selten gezeigt.«

Ich blickte auf meine Hand, in der ich immer noch die leere Kaffeetasse hielt, als wären meine Finger darum erstarrt. Ein paar Fragen würde ich noch stellen müssen und Esther machte einen wachen Eindruck. Anschließend würde ich mich wieder auf den Weg machen.

»Hat Isabella einen Anruf bekommen, bevor sie spazieren ging?«

»Nicht dass ich wüsste. Allerdings war sie oben im ersten Stock, bei Liv. Ich saß hier am Küchentisch und habe gehäkelt, als sie runterkam und mich gefragt hat, ob ich ein halbes Stündchen auf die Kleine aufpassen könnte.«

Ich nickte. »Und wo ist die Kleine jetzt?«

Esther sprach leise weiter, als wüsste sie nicht, ob ihre Stimme sonst tragen würde.

»Das Jugendamt hat sie mitgenommen. Ich wollte, dass sie hierbleibt, aber das ging natürlich nicht.«

Sie verschränkte ihre geäderten Finger, wieder und immer wieder. Ein Gebet in Bewegung.

»Und der Vater?«

»Den hat Isabella nie erwähnt. Aber als die Polizei sich nach Krister Arvidsson erkundigt hat, hab ich die Wahrheit gesagt: dass mir der Mann nie geheuer war.«

»Warum nicht?«

»Er hat Isabella nicht in Ruhe gelassen. Ein Unmensch, der in regelmäßigen Abständen seine thailändische Frau verprügelt. Nein, das Haus hätte besser für immer leer gestanden. Wie Krister nach so vielen Jahren plötzlich auf die Idee kam, es zu verkaufen, kann keiner unten im Dorf nachvollziehen. Aber das konnte ja zu nichts Gutem führen.«

Schon die Zweite, die den Mann erwähnte, der Isabella das Haus verkauft hatte.

Krister habe ihr nachgestellt, seit sie hier eingezogen sei, berichtete Esther. Erst habe Isabella sich geschmeichelt gefühlt. Damals, anfangs, sei er noch charmant gewesen, hilfsbereit und großzügig. Oft hatte er Essen dabeigehabt, vom Thai-Imbisswagen, den er zusammen mit seiner Frau betrieb, doch nach und nach kam sein wahres Gesicht zum Vorschein, wie bei einem Fossil, das man frei bürstete. Er trank, und vom Schnaps wurde er launisch. Richtiggehend bösartig. Irgendwann wollte Isabella nichts mehr mit ihm zu tun haben. Trotzdem schien er in einem fort Gründe zu finden, vorbeizukommen.

»Auch am Tag, als sie ermordet wurde, war er sturzbetrunken hier und hat herumgepoltert. Wollte wissen, ob er Livs Vater war. Sie hat ihn angebrüllt, dass er es nicht war.«

»Könnte er es trotzdem gewesen sein?«

»Möglich. Keine Ahnung. Auf der Geburtsurkunde steht *Vater unbekannt.*«

Esther stand vor der Haustür, als ich davonfuhr. Sie hatte mir die Festnetznummer aufgeschrieben und den Zettel in meine Tasche geschoben.

»Vielleicht haben Sie ja noch weitere Fragen.«

»Ja, da wird bestimmt noch das eine oder andere aufkommen. So ist es jedes Mal.«

In ihrem grünen Regenmantel sah sie dünner aus als am Küchentisch; mit der einen Hand stützte sie sich auf den Stock, die andere nahm sie vom Geländer, als sie mir hinterherwinkte. Ich winkte zurück und hoffte, dass sie durch den Regen sehen konnte, dass ich lächelte. Meine alten Scheibenwischer schoben das Wasser nur noch hin und her. Esther wurde im Rückspiegel immer kleiner, bis ich sie nicht mehr sehen konnte. Wenn sie das nächste Mal stürzte, würde sie niemandem fehlen, und sie würde wahrscheinlich sterben. Das hatte sie selbst gesagt, ohne das geringste Zittern in der Stimme, allerdings hatte ich ihr einen Hauch Beklemmung angesehen. Was jetzt mit dem Haus passieren würde, wusste sie nicht. Die Polizei hatte ihr erlaubt, fürs Erste dort wohnen zu bleiben.

Es war Nachmittag geworden und in der Dämmerung würden die Elche sich auf die Straße wagen. Ich ging vom Gas. Vom Starren auf die Straße wurden meine Augen ganz trocken. Ich gähnte. So langsam spürte ich die kurze Nacht, aber auch das Alter.

Drei Jahre zuvor hatte ich urplötzlich festgestellt, dass ich allmählich alt wurde. Davor hatte ich mehr oder weniger nie auch nur darüber nachgedacht. Im endlosen Nachrichtenstrom hatte ich mich völlig zeitlos gefühlt. Mit den schmerzhaften Verlusten der letzten Jahre hatte es mir dann gedämmert: Mit dem Alter kamen die Brüche, da gingen einem sowohl die Zeit als auch Menschen verloren. Mittlerweile war mir das klar. Früher oder später gingen wir alle kaputt.

Ich hielt auf einem Parkplatz, nahm meinen Notizblock zur Hand und schrieb mehrere Sätze und Stichworte aus dem Gespräch mit Esther auf. Besser, ich erledigte das gleich, nicht dass ich noch etwas vergaß. Ich summte immer noch Sven-Ingvars' »Säg inte nej, säg kanske« vor mich hin. Musik war nur eins von vielen Dingen, die um mich herum verstummt waren. Ich klappte das Handschuhfach auf. Die zerkratzte Hülle mit dem Johnny-Cash-Album *American IV: The Man Comes Around* steckte zwischen alten TÜV-Protokollen. Die Scheibe glitt in den CD-Spieler. Zumindest wie das funktionierte, hatte ich noch nicht vergessen. Es ging sofort los mit »Hurt«: »And you could have it all, my empire of dirt.« Wie ich diesen Song geliebt hatte, diese tiefe, einzigartige Stimme. Ich drehte die Lautstärke auf und wartete ab, bis ein Sattelschlepper an mir vorbeigebrettert war. Dann blinkte ich und fuhr weiter.

Um mich herum wurde alles unschärfer. Die Schatten streckten sich nach den Vertiefungen im Boden aus. Die Seen wurden dunkler. Ihr Schimmern hatte sich in Erwartung des Abends verflüchtigt. Häuser waren verrammelt. Entlang der Straße unterhalb von Åre waren eindeutig mehr private *Trödel*-Schilder zu sehen als hier oberhalb; Mama hatte die Schilder immer für ein Indiz für die Gesundheit einer Gesellschaft gehalten: weil es immer noch Menschen gab, die Wildfremden so viel Vertrauen entgegenbrachten, dass sie sie in ihre Garagen und Scheunen einluden. Hier oben hatte ich in diesem Jahr jedenfalls noch kein solches Schild gesehen.

Im Gemeindehaus hatten sich anlässlich des Elchfests die ersten Besucher eingefunden. Ich hielt gegenüber, vor der ehemaligen

Schule, und schaltete den Motor ab. Wer wohl diesmal dort auftauchen würde? Die Streitereien um den Windpark in Tångböle hatten bis hierher Kreise gezogen. Autos fuhren vor und parkten, Türen wurden zugeschlagen. Ich ließ den Blick über den Parkplatz schweifen. Die meisten hatten sich für das Abendessen in Schale geworfen. Åsa und Linda waren mit ihren Ehemännern gekommen, mit ihren »Kerlen«. Nicklas' Karohemd spannte über seinem Bauch, daneben Linda mit ihrem drahtigen Läuferinnenbody. Den hatte sie schon vor unserer Reise nach Palma gehabt. Bei einer Maklerin in Åre musste der Hosenanzug wie angegossen sitzen. Er trug eine große Lautsprecherbox, sie das Mikro und eine Lampe. Anscheinend mussten sich die beiden um Ton und Licht kümmern.

Åsa und Simon gingen ein gutes Stück auf Abstand voneinander. Die Tüte mit den Flaschen, die er sich unter den Arm geklemmt hatte, sah schwer aus. Er drehte sich zu ihr um, sagte etwas, sie schüttelte nur mit finsterer Miene den Kopf. Mittlerweile konnten die Jungs bestimmt allein zu Hause bleiben.

Thomas, der ewige Junggeselle, hielt sich wie üblich im Hintergrund. Sein Bart schimmerte. In seinem Sakko sah er richtig schick aus.

Wie wären Levan und ich hier in Erscheinung getreten? Wäre er auf mich zugerannt, hätte mich hochgehoben und über die Schwelle getragen? Mein Körper als großes U, halb zusammengeklappt in seinen Armen? Ich wollte mich nur an die glücklichen Momente erinnern.

Wir waren eine tolle Truppe gewesen, wir sieben. Die Besten, glaubten wir damals.

Andere Dinge hatten sich gar nicht verändert. Früher am Tag hatte Björn vermutlich die besseren Stühle aus dem ehemaligen Kino geholt, während Katta die lange Tafel mit bunten Tischtüchern eingedeckt hatte. Die mit dem blauen Paisleymuster.

Vogelbeerzweige in Vasen. Ich nahm an, auf der Speisekarte standen wie immer Elchbraten und Kartoffelgratin.

Björn saß an der Kasse. Arne lungerte wie üblich daneben herum. Er fuchtelte wie wild mit den Armen und wurde zusehends dunkelrot im Gesicht, je länger er lachte. Geld machte anscheinend tatsächlich glücklicher. Arne hatte mit dem Grenzhandel ein stattliches Vermögen gemacht. Jedes Mal, wenn die Eingangstür aufging, hatte ich das Gefühl, als würde Björn mich direkt ansehen. Fast hätte ich gewunken, ging dann aber nur tiefer hinter dem Lenkrad in Deckung.

Ich ließ den Motor wieder an, und kurz fiel mein Fernlicht auf die Szenerie gegenüber, ehe ich abblendete. Menschen, die ich mein Lebtag gekannt hatte, sahen einen Augenblick lang aus wie Wild im Scheinwerferlicht eines herannahenden Fahrzeugs. Björn schirmte sich mit der Hand die Augen ab und sah in meine Richtung, allerdings wusste ich, dass ich im Gegenlicht nicht zu erkennen war.

*Der Geruch von Lederjacke und Lagerfeld vermischt sich mit den Abgasen des EPA-Traktors. Aus den Lautsprechern dröhnt AC/DC, »Highway to Hell«. Jörgen spreizt die Finger auf dem Lenkrad. Seine Fingernägel sind eingerissen und schmutzig. So ist das, wenn man in einer Werkstatt arbeitet. Maria würde am liebsten jedes Mal, wenn er schaltet, ihre Hand auf seine legen, aber natürlich würde sie das nie wagen. Er hat nicht gesagt, wohin sie fahren, kein Wort hat er gesagt, allerdings fährt er in Richtung Kall, und inzwischen sagt auch sie kein Wort mehr.*

*Der Regen hat aufgehört. Fette Regenwürmer liegen auf der Straße. Sie stellt sich vor, wie sie an den Reifen kleben bleiben und mitrollen, bis sie nur noch Brei sind. Kurz vor dem Ortsrand von Järpen kommen sie an Marias Elternhaus vorbei, das ganz am Ende der Straße steht. Der Hopfen rings um die Eingangstür ist dieses Jahr spärlich ausgefallen. Sie schaut zum Fenster. Noch sind die Vorhänge nicht vorgezogen, ihre Mutter liegt bestimmt vor dem Fernseher und guckt* Emmerdale.

*Anfangs ist der Schotterweg noch in Ordnung, aber dann fahren sie immer weiter. Sie holpern über Rillen und Schlaglöcher. Dann hält Jörgen an einem Wendeplatz.*

*»Ich hab eine Überraschung.«*

*Er fährt sich durchs Haar. Er hat seit Kindergartentagen echt schönes, langes Haar. Sie will seine Locken anfassen, reißt sich aber zusammen. Es ist schon irreal genug, dass er Zeit mit ihr verbringen will.*

*»Was denn?«*

*Er zückt einen Schlüssel. Er hängt an einer unförmigen Holzguksi.*

*»Das leere Haus? Über das wir gesprochen haben?«*

*Maria muss lachen. Der Motor tickt, während er langsam abkühlt.*

*»Japp. Wird der reinste Luxus heute«, sagt er und sieht hochzufrieden aus.*

*»Wie bist du denn an den Schlüssel gekommen?«*

*»Hab ich mir geliehen, als ich den Saab vom alten Arvidsson reparieren sollte. Ist mir im Flur vor die Füße gefallen. Den bring ich später zurück.«*

*»Und wenn uns jemand sieht?«*

*Maria ertappt sich dabei, dass sie flüstert.*

*»Passiert schon nicht. Die Jäger kommen erst in zwei Monaten. Trotzdem gehen wir für alle Fälle besser zu Fuß. Wir können ja durch den Wald statt über den Kahlschlag gehen, das sind ein paar Kilometer zusätzlich, aber so können wir auch noch Persas Schnapsvorrat checken.«*

*Sie zögert.*

*»Okay …«*

*Jörgen geht vorneweg, springt lässig über den tiefen, vollgelaufenen Graben, der wie ein Burggraben vor dem Bohlenweg liegt. Als sie an der Reihe ist, dreht er sich um und streckt ihr die Hand entgegen.*

*»Halt dich an mir fest.«*

*Seine Hand fühlt sich trocken und warm an, im Gegensatz zu ihrer eigenen, die kalt und schwitzig ist. Ihr schwerfälliger Körper setzt zum Sprung an, sie gerät ins Straucheln, landet auf den Knien, aber zumindest kommt sie rüber. Ihre Sneakers schlittern über die Steine, die auf der anderen Seite so etwas wie Tritte bilden.*

*Weit kommen sie nicht, als sie den Gestank wahrnehmen.*

*»Scheiße, was ist das?«*

*Jörgen zieht sich den Jackenkragen so hoch, dass nur noch die Augen herausschauen. Maria kann ihre dünne Jeansjacke nicht zumachen, deshalb legt sie sich den Arm über Nase und Mund. Dann sehen sie es. Direkt neben einem Ameisenhügel liegen die Überreste eines toten Tieres. Die Krähen sind bereits da.*

*»Sieht aus wie Schlachtabfälle. Wer kippt so was direkt neben den Weg, verdammt?«*

*Jörgens Mund steckt immer noch im Jackenkragen.*

*»Bestimmt irgendwelche Wilderer.« Maria dreht den Kopf weg und muss ihren Würgereiz unterdrücken.*

*Sie versuchen, schneller zu gehen, um den Gestank hinter sich zu lassen, aber leicht ist es nicht. Die Holzbohlen haben dem Regen nicht standgehalten. Sie sinken unter dem Gewicht der beiden in den Schlamm ein. Schwarzes Wasser schwappt überall drüber. Jörgen flucht.*

*»Scheiße, ich hab schon ganz nasse Schuhe!«*

*»Kann ich mir denken.«*

*Auch Maria spürt es zwischen ihren Zehen schwappen. Und in einem Schuh sticht etwas, bestimmt eine Ameise. Das Stechen will einfach nicht nachlassen. Sie muss stehen bleiben und zieht mit dem Finger die Schuhkante vom Fuß. Eine vertrocknete Fichtennadel. Sie zupft sie heraus und geht weiter. Langsam kommt die Dämmerung.*

*»Psst, ist da jemand?«*

*Maria bleibt wie angewurzelt stehen und spitzt die Ohren. Die Stille ringsum tut weh. Und jetzt haben die Mücken sie auch noch entdeckt und fallen in Schwärmen über sie her, sobald sie stehen bleiben.*

*»Nee, war nichts. Komm. Scheißmückenplage!«*

*Jörgen stapft weiter. Auf der einen Seite, direkt rechts neben dem Pfad, fällt der Fels direkt ins Wasser ab. Vor ihnen macht die nasse Erde einen Buckel wie eine zerzauste Katze mit Nadelbäumen auf dem Rücken. Auf der anderen Seite jede Menge Moos, Schachtelhalm und Heidelbeeren.*

*Der Waldgeruch ist beklemmend. Bei jedem Schritt landen Tropfen von den Beerensträuchern auf ihren Knöcheln.*

*»Aber guck doch mal, das sieht doch aus, als wäre da Licht im Fenster«, sagt sie.*

*Ein schwacher, bläulicher Schimmer zeichnet sich im Julidämmer zwischen den uralten Bäumen ab.*

*»Keine Panik.«*

*Jörgen zischt, auf diese ungeduldige Art wie immer, wenn er ein Ziel vor Augen hat. Da ist er wie ein Bluthund, der Witterung aufgenommen hat und nicht abgelenkt werden will.*

*»Der Alte ist in Griechenland. Der hat bestimmt nur eine Lampe angelassen, damit keiner einbricht.«*

*Als sie davorstehen, kann auch Maria sehen, dass die kleine braunschwarze Hütte verwaist ist. Hier wird bis in den Herbst auch niemand mehr herkommen. Die Tonne unter der Regenrinne ist übergelaufen. Die meisten Gartenmöbel sind bereits im Schuppen, nur die Hollywoodschaukel steht noch auf der Veranda. Die Stahlrohre – Polster fehlen – sind mit gelbbraunen Rostflecken übersät. Es gibt noch weitere Hinweise, dieser Ort scheint Bescheid zu wissen: dass alles Menschliche sich von dort verzogen hat.*

*»Ich hol den Schlüssel und dann müssen wir uns beeilen, okay?«*

*Stummes Nicken.*

*Jörgen verschwindet kurz. Maria zieht sich ihre Kapuze hoch. Der Wind ist inzwischen frisch. Sie bleibt reglos stehen, wartet und lauscht. Unten am See stößt der Prachttaucher einen klagenden Ruf aus, ehe er mit lauten, peitschenden Flügelschlägen auffliegt.*

*Das Vorhängeschloss geht auf. Sie streifen sich ihre Schuhe an der Fußmatte ab und stolpern beinahe über die Angelruten, die im Türrahmen lehnen. Drinnen riecht es nach Maische. Die Schnapskanister sind nicht schwer zu finden – in der Speisekammer, hinter ein paar Eimern mit Holzteer. Jörgen schraubt den Verschluss eines Kanisters auf und riecht daran. Dann nehmen sie so viele, wie sie in Rucksäcken und mit den Händen tragen können.*

*»Die verstecken wir für ein paar Monate, dann machen wir Party«, flüstert er.*

*Das Schwappen begleitet sie, und die Finger krümmen sich um die glatten Plastikgriffe, als sie die Böschung hinuntergehen. Als sie an Jonssons kleiner roter Hütte auf der Landzunge vorbeikommen, dreht Jörgen sich plötzlich um, hält sich die Taschenlampe unters Kinn und lacht gekünstelt.*

*»Muhahahaa!«*

*Im grellen Licht sieht sein Gesicht verzerrt aus. Dann richtet er den Lichtkegel aufs Hüttenfenster. Maria späht zwischen den geblümten Vorhängen hindurch. Ein Küchentisch mit drei Sprossenstühlen, eine Untertasse mit drei niedergebrannten Teelichtern.*

*»Den Videorekorder nehmen wir auch mit. Ich hab gesehen, dass da einer in der Kommode liegt.«*

*Jörgen ist sich seiner Sache immer wahnsinnig sicher.*

*»Und wie kommen wir rein? Jonsson lässt doch seinen Schlüssel nicht hier.«*

*»Durchs Fenster.«*

*Maria sagt lieber nichts. Die Rucksackgurte schneiden ihr in die Schultern, bestimmt hat sie dort später rote Striemen. Jörgen stellt die Kanister ab, nimmt sich eine Schaufel, die an der Hauswand lehnt, und haut sie mit Wucht ins Fenster. Die*

*Scheibe zerbricht, Scherben regnen auf die Veranda und drinnen auf den hellen PVC-Boden. Ein paar bleiben im Rahmen stecken und ragen wie Speerspitzen zwischen den toten Fliegen auf der Innenseite hervor.*

*Maria sieht all das wie in einem Super-8-Film vor sich. Schwarz-weiß und irgendwie überbelichtet. Jörgen kickt die Speerspitzen weg und klettert durchs Fenster. Drinnen zieht er eine Schublade nach der anderen auf und wirft alles auf den Boden, was er finden kann. So macht er das immer, damit die Polizei denkt, dass hier Diebe alles durchwühlt haben.*

*In den oberen Schubladen liegen Angelköder, Streichholzschachteln und ein Kartendeck, in der unteren, die ein bisschen tiefer ist, Decken und Bettwäsche. Der Videorekorder ist in eine alte, muffige Decke eingewickelt. Jörgen klemmt sich das ganze Bündel unter den Arm und springt auf demselben Weg aus dem Haus, auf dem er hineingelangt ist. Die restlichen Sachen lässt er kreuz und quer liegen, trauriges Sommerhausleben, wie ausgekotzt.*

*Noch eine halbe Stunde und sie haben das leer stehende Haus erreicht. Im Flur hängt der Geruch von Scheune. Drinnen ist es kühler als draußen, aber Feuer im Kamin können sie nicht machen, sonst wissen alle, dass sie hier sind. Sie gehen durch die Zimmer. Im Flur hängen Fäden aus der Textiltapete. Das Haus fühlt sich immer noch an, als würde jemand darin wohnen. Eine offene Teedose auf der Küchenanrichte. Eine angefangene Handarbeit in einem Korb im Wohnzimmer. Granny Squares.*

*Im oberen Stockwerk steht ein ungemachtes Doppelbett. Das Laken ist vergilbt. Ekelgelb, würde ihre Mutter sagen.*

*Maria setzt sich auf den Stuhl am Fenster. Jörgen schraubt den Verschluss von einem der Kanister und trinkt. Sie sieht seinen Adamsapfel, der in diesem Sommer immer größer geworden ist, auf und ab wippen. Ein bisschen Schnaps rinnt ihm aus den Mundwinkeln. Er wischt mit dem Handrücken darüber und zieht sich anschließend die nassen Socken aus. In einem Korb an der Wand findet er Wollsocken, wirft ihr ebenfalls ein Paar zu. Sie selbst rührt sich nicht, lässt die Socken auf dem Schoß liegen.*

*»Jetzt zieh sie halt an! Das macht schon einen Unterschied. Du zitterst ja. Und dann sehen wir zu, dass wir es warm haben.«*

*Sie weiß, was er will.*

*Schon im nächsten Moment packt er sie und fängt an, sie zu kitzeln, dass sie laut aufschreit. Er schubst sie aufs Bett zu, drückt sie auf die Matratze und fängt an, sie zu küssen. Seine Zunge dringt in ihren Mund ein, und sie begrüßt sie mit ihrer eigenen, erst ungeschickt, aber wenig später geht es richtig gut. Allmählich hat sie den Dreh raus. Er schiebt ihr die Hand in den Schritt und hat ihr im Nu die Hose ausgezogen. Unterhose und BH ebenfalls. Er selbst behält sein T-Shirt an und schiebt seine Hose nur bis auf die Knöchel. Sie bibbert vor Kälte, ihre Brüste werden ganz knotig und die Brustwarzen hart. Das Kissen riecht verschimmelt und nach Schaumstoff.*

*Zu guter Letzt dringt er in sie ein. Es tut weh, aber nicht so schlimm, dass es nicht auszuhalten wäre. Ihr laufen Tränen übers Gesicht. Sie versucht, den Unterleib zu entspannen und Jörgen anzusehen, aber er hat die Augen die ganze Zeit geschlossen. Das lange Haar verdeckt sein Gesicht wie ein Vorhang. Sie streicht es zurück, will ihn weiter küssen, doch stattdessen legt er den Kopf in den Nacken, sodass sie seine Lippen nicht erreicht. Nach einer Weile kniet er sich hin und hält ihre Beine hoch, während er weiter zustößt. So dringt er noch tiefer in sie ein, legt ihr die Hände um den Hals, über den ihr schon Tränen laufen.*

*»Au!«*

*Er scheint sie nicht einmal zu hören. Sie sagt es abermals, diesmal lauter.*

*»Au, du tust mir weh!«*

*»Oh, sorry, aber es ist gerade so schön.«*

*Er lässt ihren Hals los. Stöhnt. Der Maischegeruch in seinem Atem hängt wie eine Wolke zwischen ihnen, aber das macht ihr nichts aus. Dass sie imstande ist, es ihm so schön zu machen! Sie will an etwas anderes denken als an die Schmerzen. Als er merkt, dass sie nachgibt, bewegt er sich schneller, und sie beißt die Zähne zusammen, starrt die Decke an, die Risse und Flecken. Überlegt, ob die Lampe herunterfallen könnte, auf seinen Rücken, ihr ins Gesicht. Sie dreht den Kopf zur Seite. Dort an der Wand hat jemand ein Schaubild aufgehängt, wie ein Elch zu zerlegen ist. Hochrippe, Bug, Hesse, kann sie gerade noch lesen, als sein verschwitzter Körper anfängt zu zucken. Er rollt von ihr herunter. Sein Glied rutscht über ihren Schenkel.*

*»Sorry, aber du warst so heiß … Du BIST so heiß.«*

*Vergebens versucht er, sich eine Strähne aus dem Mund zu pusten. Wischt sie stattdessen mit der Zunge beiseite. Maria findet, dass er dabei aussieht wie ein Hund oder vielleicht ein Wolf.*

*Als er seine Hand an ihre Wange legt, zuckt sie zurück. Die Aknepusteln sind empfindlich und die Salbe hat sich garantiert schon im Wald aufgelöst.*

*»Nicht. Nicht wegziehen. Du bist wunderschön.«*

*Dann ist seine Hand wieder da und sie lässt es zu.*

*»Aber hier hast du einen kleinen Stich abgekriegt. Der schwillt schon an.«*

*Er kratzt leicht an ihrem Hals.*

*»Hm, und nicht nur da. Die Mücken und Gnitzen fressen einen ja auf. Das ist verdammt noch mal eine Pandemie.«*

*»Das ist was?«*

*»Eine Pandemie. Die Mücken sind verdammt noch mal wie die Pest.«*

*Jörgen knöpft sich die Hose zu.*

*»Du, das erzählen wir aber noch keinem«, sagt er dann.*

*»Was?«*

*»Also, das mit uns. Du weißt ja, wie die Leute sich das Maul zerreißen.«*

*»Ach so?«*

*»Jetzt hör schon auf und sei nicht beleidigt.«*

*»Ich hab Hunger. Blöd, dass wir nichts zu essen mitgenommen haben, wo wir schon mal dabei waren.«*

*»Du hast IMMER Hunger. Das ist auch der Grund, warum ich dich so mag.«*

*Er grinst sie an, kneift ihr in den Bauchspeck und fängt erneut an, sie zu kitzeln. Gibt ihr einen Kuss auf die Nasenspitze. Am Ende muss sie dann doch lachen.*

*»Okay, okay. Ist vielleicht besser, wenn wir noch warten. Hör jetzt auf, du bist ja nicht ganz sauber!«*

*Und urplötzlich spürt sie, dass sie ihn liebt. Dass sie will, dass er für immer in ihr pulsiert. Dass er schwer auf ihr liegt und alles andere weit weg ist.*

*Mittlerweile sickert es aus ihr heraus. Eine neue Erfahrung von Leere.*

*Der EPA-Traktor steht dort, wo sie ihn zurückgelassen haben. Sie legen Kanister und Videorekorder auf die Ladepritsche. Jörgen zieht eine Plane darüber. Er dreht den Schirm seiner Baseballkappe nach hinten und wieder nach vorn und setzt sich ans Steuer, legt ein kurzes Lufttrommelsolo ein und packt dann das Lenkrad mit beiden Händen. Er scheint gut drauf zu sein.*

*An einigen Stellen hören sie Gras und Erde über den Unterboden scharren. Jörgen verzieht das Gesicht und reißt den Wagen nach rechts, überfährt einen toten Dachs am Straßenrand. Über tote Tiere zu fahren mache Laune, sagt er. Mehrmals schlägt Maria mit dem Kopf gegen das Wagendach, trotzdem macht*

*Jörgen kaum Anstalten, vorsichtiger über die Schlaglöcher zu fahren. Erzählt bloß stolz, dass er seinen getunten EPA bis auf einhundert Sachen hochjagen kann. Sie nickt und lächelt. Innerlich leuchtet sie. Ja, so muss sich Glück anfühlen. Jetzt gehören sie zusammen. Sie freut sich schon, Elisabeth alles zu erzählen. Nur ihr – Elisabeth würde es niemals weitererzählen, aber was wird sie kichern! Maria kann sie förmlich hören. Muss man sich mal vorstellen – dass sie die Erste von ihnen beiden war, noch vor Elisabeth.*

Der Lärm der jüngeren Schüler auf dem Pausenhof drang durch die Wände. Aufgekratztes Geschrei und ein dumpfer Aufprall nach dem anderen. Der Schnee würde das alles bald verschlucken. Ich hatte Aufsicht im Obergeschoss, in einer Klasse des naturwissenschaftlichen Zweigs. Eigentlich Kurt Brännströms Klasse, aber der hatte sich drei Tage zuvor krankgemeldet. Ich wollte gerade ein Arbeitsblatt mit Aufgaben austeilen, als Strömmen anrief. Die Schülerinnen und Schüler blickten träge auf, als die Bach-Sinfonie vom Lehrerpult ertönte. Nur gut, dass ich den Klingelton gewechselt hatte. Zuvor war es die *Simpsons*-Melodie gewesen. Mit einer Geste gab ich ihnen zu verstehen, dass ich rangehen müsse, schlüpfte hinaus auf den Flur und schloss die Tür hinter mir.

»Ich hab Unterricht. Der Lehrer ist krank und es gab keine Vertretung.«

»Okay, verstanden – aber sie haben Krister Arvidsson festgenommen, er steht unter dringendem Mordverdacht.«

Strömmen sprach zu laut. Er klang aufgeregt, war vermutlich gerade draußen auf dem Flur gewesen und hatte dem *Newsdesk* irgendwas hingeworfen. »Schande, jetzt brennt aber die Hütte!« Wahrscheinlich schwitzte er gerade sein zerknittertes Hemd durch. Nahm einen halb ausgetrunkenen Kaffeebecher nach dem anderen zur Hand und wühlte in Zeitungsstapeln und Papierbergen, als würde sich die Lösung des Falls darunter verbergen.

»Da schau einer an.«

»Yes. Er leugnet natürlich alles, aber die haben seine Handschuhe im Kahlschlag gefunden. Ich maile dir das Gesprächsprotokoll zwischen Jönsson und der Polizei.«

»Und was soll ich jetzt machen?«

»Schreib eine Hintergrundreportage. Erzähl uns, wer dieser Kerl ist.«

»Ist er vorbestraft?«

»Nee, aber das heißt womöglich nur, dass die Leute da oben ihre Angelegenheiten selbst in die Hand nehmen. Versuch, mit seiner Frau zu sprechen – die mit dem komischen Namen. Zerr sie vom Wok weg, wir wollen alles wissen. Verdammt, jetzt hab ich auf einmal Lust auf Pad Thai!«

»Und bis wann?«

»Bis gestern. Wir haben vielleicht die wenigsten Leute und das kleinste Budget, aber jetzt müssen wir die Nase vorn haben. Ich bin es leid, dass uns die Öffentlich-Rechtlichen die größten News wegschnappen, nur weil sie Milliarden an Steuergeldern kassieren und alles, was wir bringen, sofort umschreiben können.«

»Und die Überregionalen?«

»Was soll mit denen sein? Die gondeln wahrscheinlich immer noch auf ihren E-Rollern durch Stockholm.«

Mein Blick blieb an der Klotür hängen. Dort hatte irgendwer *Scheiß auf Airbags, stirb wie ein Mann* hingeschmiert.

»Du klingst irgendwie sauer …«

»Das wärst du auch, wenn du nur Quinoa zu essen bekämst.«

»Hat Eivor dich wieder auf Diät gesetzt?«

»Sie war in Åre beim Yoga. Das muss sie verändert haben. Da sind sonst nur Frauen ohne Unterhautfett. Das hab ich mit eigenen Augen gesehen. Grässlich.«

Strömmen schmatzte. Garantiert quoll ihm gerade der Snus aus dem Mundwinkel. Im selben Moment dämmerte mir, dass ich immer noch die Arbeitsblätter in der Hand hielt. Was sollte ich denn jetzt mit der Klasse machen? Ich musste die Sache mit Krister Arvidsson aufarbeiten. In den sozialen Netzwerken waren die Hater bestimmt schon unterwegs.

»Okay, ich melde mich nachher noch mal«, sagte ich.

Wir legten auf. Fünf Minuten später sahen die Schülerinnen und Schüler mich nur mehr durchs Fenster: Meine Jacke flatterte im Wind, weil ich augenblicklich zu meinem armen kranken Vater fahren musste. Ich hoffte, Papa würde mir die Notlüge verzeihen.

Das schwindende Nachmittagslicht leuchtete die Schaulustigen, die sich vor dem Thai-Imbisswagen versammelt hatten, geradezu perfekt aus. Eine schwarze Silhouette huschte im Wagen hin und her. Das Ganze erinnerte mich an ein Straßentheater, das ich als Jugendliche in Paris gesehen hatte, nur dass das Publikum hier nicht annähernd so wohlgesinnt war. Einige Leute kannte ich. Geballte Fäuste, stechende Blicke. Ohne zu grüßen, schob ich mich durch die Menge aus aufgerissenen Mündern – gut zwanzig Mann ein Mund, der skandierte: »Mörder!«

Die Leuchtreklame auf dem Imbisswagen schien etwas abgekriegt zu haben. Das T in *Thai Food* brannte nicht mehr. Jetzt stand da *hai Food*. Wie passend. Ich klopfte an die Seitentür, wartete aber gar nicht erst auf eine Reaktion, sondern betrat den Wagen. Ein Mann im Overall und mit Maske stand vor der Spüle und kärcherte die Wände. Es sah aus wie bei einem Ebolaausbruch in Westafrika. Er bemerkte mich nicht mal. Der Fäkalgeruch war dermaßen beißend, dass ich mir den Pulloverausschnitt über Mund und Nase ziehen musste. Ich würgte, konnte mich aber zusammenreißen. Der Mann blickte auf und gab mir einen Wink, ihm hinter den Wagen zu folgen. Wir marschierten über die Wiese auf den Waldrand zu. Erst dort nahm er seine Maske ab.

»Was kann ich für Sie tun?«

Er klang nicht im Geringsten misstrauisch, allerdings meinte ich, einen Anflug von Genervtheit zu hören. Das Namensschild auf der Brust wies ihn als *Mikael Björklund* von *Anticimex* aus. Der nasse Overall stank.

»Ich bin auf der Suche nach ...«

Dann musste ich erst mal mein Handy zücken, um den Namen richtig auszusprechen.

»Ubolratana Arvidsson. Ist sie hier?«

Sicherheitshalber hielt ich ihm auch meinen Presseausweis hin.

Der Mann namens Mikael Björklund streifte ihn mit desinteressiertem Blick.

»Die ist nicht hier. Wie Sie wahrscheinlich gemerkt haben, kann man sich da drin kaum aufhalten.«

»Wissen Sie, wo ich sie finden kann?«

Er zuckte mit den Achseln.

»Nein. Zu Hause oder bei der Polizei, nehm ich an. Ich mache hier nur meinen Job.«

»Ich auch, wie Sie sicher verstehen.« Ich schob meinen Presseausweis zurück ins Portemonnaie. »Was ist denn überhaupt passiert?«

Er stemmte die Hände in die Hüften und spuckte aus.

»Irgendwer hat sich den Spaß erlaubt, Exkremente zu sammeln und damit *Mörder umlegen!* an die Wand zu schmieren. Die Scheiße ist in das trockene Holz eingedrungen und hat sich darin festgesetzt. Das ist schwer wieder rauszukriegen ... Als ich hier ankam, lag außerdem aufgeschlitzter Elchpansen auf dem Tresen.«

Ich zog die Brauen hoch.

»Einer der Elchmägen«, erklärte er.

»Ich weiß, was ein Pansen ist.«

Mir kam eine Erinnerung. Wie alt konnte ich da gewesen sein, dreizehn vielleicht? Ich war wie so oft mit Papa auf Elchjagd gewesen. Wir hatten unser Soll schnell erfüllt und ich freute mich auf die Pause und auf Mamas Zimtschnecken. Allerdings mussten wir den Elch erst auswaiden. Das Herz sei zerschossen, der Pansen aber intakt, hieß es. Einer der Älteren aus der Jagdgesellschaft, Stig, wollte mir trotzdem demonstrieren, wie es roch, wenn man den Pansen aufstach. Er schnitt ihn auf und hielt ihn mir hin. Ich musste mich sofort übergeben. Die Zimtschnecken fuhren im Rucksack wieder mit nach Hause, ich habe sie nie angerührt. Stig grinste mich an, wie um mir zu sagen, dass er mich mal so richtig in meine Schranken verwiesen hatte. Der Arsch.

»Wer macht so was?«, wollte ich wissen.

»Normale und nicht ganz so normale Leute. Könnte also im Grunde jeder gewesen sein.«

»Okay, blöde Frage.« Und blöde Antwort, fand ich. »Dann stelle ich gleich noch eine: Haben Sie jemand Verdächtigen gesehen, als Sie hier ankamen?«

»Nein, da war niemand. Der Ica-Besitzer hat heute Morgen Alarm geschlagen. Es hat auf dem ganzen Parkplatz gestunken.«

Mikael Björklund hob die Hand an die Maske. Er wollte weitermachen. Ich hielt die Kamera hoch.

»Ist das in Ordnung …?«

»Klar. Wenn Sie sich beeilen.«

Auf den Weißabgleich musste ich verzichten. Der war noch auf Esthers Küche eingestellt, und jetzt würde das Tageslicht blau wirken, aber mit Photoshop würde ich das beheben können. Ich schoss ein paar Fotos, ehe ich die brüllende Menge vor dem Wagen umrundete und mich davonmachte. Vielleicht war bei Arvidssons jemand zu Hause.

Ubolratana Arvidsson harkte Laub zusammen. Hinter ihrer gedrungenen Erscheinung ragte das mit verwitterten Eternitplatten verkleidete Haus auf. Es schien sie nicht sonderlich zu überraschen, dass ich auftauchte. Sie nickte nur, als ich mich vorstellte.

»Die Arbeit hört nie auf.« Sie zeigte auf die Birken, in denen der Tod gerade erst eingesetzt hatte. Da würde noch einiges Laub runterkommen.

»Ja, kann man wohl sagen.«

Ich schob demonstrativ den Fuß in einen der Laubhaufen. Er knisterte wie die Brottüte einer Bäckerei. Mein Schuh ging in Rot-Gelb unter.

»Ich hab gehört, es ist nicht gut für Pflanzen und Tiere, wenn man das zusammenharkt, aber irgendwas muss ich doch tun«, fuhr Ubolratana fort.

Sie sprach fließend Schwedisch, nur die lang gezogenen Vokale verrieten, dass sie aus Thailand stammte.

»Das kann ich verstehen. Was da gerade passiert, muss für Sie wahnsinnig aufreibend sein.«

Ich schob mir die Haare aus der Stirn. Immer ein Zeichen, dass ich mich unwohl fühlte.

»Nein, nicht besonders. Aber ich bin es gewöhnt, dass ich etwas zu tun habe.«

Sie nahm mit der linken Hand und dem Rechen Laub auf und warf es in die Schubkarre.

»Das alles ist *nicht* wahnsinnig aufreibend für Sie? Wie meinen Sie das?«

»Kommen Sie, gehen wir rein.«

Ubolratana lehnte den Rechen ans Terrassengeländer. Auf dem Weg zur Terrassentür streifte sie ihre Gartenhandschuhe ab und warf sie auf einen Liegestuhl mit geblümtem Polster. Ich ging ihr hinterher, schob die schwere Kameratasche auf der Schulter hoch. Spürte ein Stechen in der Hüfte. Verdammt. Wenn Strömmen sich noch öfter bei mir meldete, würde ich mir einen Rucksack kaufen müssen.

Ich durfte auf dem weißen Sofa Platz nehmen, während Ubolratana sich in der Küche zu schaffen machte. Das Wohnzimmer war für jemanden mit einer Schwäche für Kitsch das reinste Paradies: dilettantische Ölgemälde, quietschbunte Blumengirlanden, große goldfarbene Kerzenständer. Ein Hochzeitsfoto. Ubolratana mit Mona-Lisa-Lächeln neben ihrem Mann, der aussah, als hätte er zu lange in der Sonne gelegen. Krister Arvidsson war brandrot – und muskulös, ein echter Wikinger mit blonden, buschigen Augenbrauen. Irgendwo rumpelte eine Waschmaschine. Wenig später kam Ubolratana mit einem goldenen Tablett und zwei kleinen Teetässchen, einer Teekanne und einer Schale mit grünen Geleekugeln zurück.

Sie war eindeutig von der gesprächigen Sorte. Ich träumte von thailändischen Drinks – Mekhong, Singha, Chang und Sang Som –, während sie erzählte, sie sei nach einer thailändischen Prinzessin benannt, aber dass die meisten Ubon zu ihr sagten, was im Übrigen Lotusblüte bedeute.

Weil ihre Familie bettelarm gewesen sei, habe sie sich als Sexarbeiterin in Pattaya durchgeschlagen. Dort habe sie dann auch vor zwanzig Jahren Krister kennengelernt. Ihre Eltern seien begeistert gewesen, dass sie einen Ausländer getroffen habe. Oder einen privilegierten Schwanz, dachte ich.

»Nach ein paar Monaten haben wir geheiratet und ich bin mit ihm hierhergezogen. Das war schwer. Es ist immer noch schwer, auch wenn es durch unseren Imbiss ein bisschen leichter wurde. Trotzdem will ich in meinem Heimatdorf begraben werden, das habe ich mir geschworen.«

Gott, diese Frau war wirklich wie ein offenes Buch.

Ubolratana holte tief Luft und rieb sich die Augen, ehe sie fortfuhr. Ich ließ sie weitererzählen.

»Ich war immer froh, wenn Krister bei Isabella war. Nachdem sie dort eingezogen war, war er ein anderer Mensch. Er wurde viel fröhlicher und ließ mich in Ruhe. Manchmal hat er ihr auch Essen mitgebracht und sogar bei ihr übernachtet. Er hat natürlich nie etwas gesagt, aber ich wusste natürlich trotzdem Bescheid.«

Sie verstummte und schob sich eine Strähne ihres rabenschwarzen Haares hinters Ohr. Was wusste sie? Hatte sie das gesagt? Ich beugte mich vor.

»Was genau wussten Sie?«

Sie begegnete meinem Blick.

»Natürlich dass er sich in sie verliebt hatte.«

Ubolratana nahm eine Geleekugel, biss aber nicht hinein. Ließ die grüne Kugel bloß auf der Handfläche liegen und sah mich an. Ihre Augen schimmerten.

»Ich hasse ihn, müssen Sie wissen.«

Ihr Ausdruck wurde härter, grimmiger. Ich hatte nur darauf gewartet, ihr ein paar unbequeme Fragen zu stellen, und da war sie, die Gelegenheit.

»Hat er Sie geschlagen?«

Sie zuckte nicht mit der Wimper.

»Ja, aber nicht oft. Nur, wenn er frustriert war, weil ich ihm nicht genügend Aufmerksamkeit geschenkt habe. Da ist er wie ein großes Kind. Früher wollte er abends oft noch Händchen halten. Ich konnte seinen Puls mit meiner Hand spüren, furchtbar. Aber das hörte alles auf, nachdem er Isabella getroffen hatte.«

»Glauben Sie, dass er der Vater ihres Kindes ist?«

»Nein. Krister kann keine Kinder bekommen. Die Spermien sind zu träge, wir haben das untersuchen lassen. Er hat sich bestimmt Hoffnungen gemacht, aber der Arzt meinte, die Chancen wären minimal.«

Mit der freien Hand nahm sie einen Plüschhund vom Sofa. Er sah naturgetreu aus, schien aber eher Deko als Spielzeug zu sein. Sie sah dem Hund in die stummen Augen. Ich musterte ihren Hals. Überlegte, ob ich je zuvor so deutliche Striemen an einem Hals gesehen hatte.

»Und jetzt steht er unter Mordverdacht. Was glauben Sie?«, fragte ich und starrte in meine Teetasse. Ich wollte sie nicht unter Druck setzen, doch die Antwort kam ohne Verzögerung.

»Ich *glaube* nicht, ich *weiß* es: Krister ist … Wie heißt das gleich wieder …«

Sie schob sich die Geleekugel in den Mund. Ihre Wangen wurden rund. Sie kaute eine Zeit lang, dann hatte sie den richtigen Ausdruck gefunden.

»Er ist ein Schwachkopf. Aber ein Mörder ist er nicht. An dem Tag, als Isabella gestorben ist, kam er am frühen Nachmittag von dort nach Hause und ist sturztrunken auf dem Sofa eingeschlafen. Ich habe ihm noch einen Eimer hingestellt. Später am Abend habe ich bis nach oben gehört, wie er sich übergeben hat.«

Sie leckte sich den Zucker von den rundlichen Fingern.

»Hat er am nächsten Morgen immer noch hier gelegen?«

»In derselben Position. Ich hab um sieben Uhr das Haus verlassen.«

Ich überschrieb meinen Text mit *Frau des Mordverdächtigen: »Er hat sich verändert«*. Jönsson ergänzte einen kurzen Absatz, weil die Polizei in der Zwischenzeit bestätigt hatte, dass Krister Arvidssons DNA mit Spuren vom Tatort und auf Isabellas Kleidung übereinstimmte. Ich schrieb obendrein, dass der Vater von Tochter Liv nach wie vor unbekannt sei. Wer konnte das nur sein?

Die Verbindung kam diesmal noch schleppender zustande, ein Foto zu verschicken dauerte hundert Jahre, deshalb schickte ich eins nach dem anderen. Trotzdem war Strömmen außer sich: Die KPIs würden durch die Decke gehen. Ich, die ich mich seit einigen Jahren nicht mehr mit den jüngsten Entwicklungen beschäftigt hatte, hatte keinen Schimmer, wovon er redete, aber ich ahnte schon, dass es um irgendwas Digitales ging. Wie jedes Mal.

Als ich – genau wie jeder andere Lokalredakteur hier in der Provinz – gekündigt worden war, hatte der Mutterkonzern im selben Atemzug acht sogenannte »digitale Speerspitzen« eingestellt: junge, rätselhafte Wesen, die für weitaus veränderungswilliger und kompetenter gehalten wurden als Journalistinnen und Journalisten mit dreißig Jahren Berufserfahrung; die mit großem Hallo begrüßt wurden und frischen Wind in die Branche bringen sollten. Allerdings waren diese Genies bis heute nicht darauf gekommen, was man der Krise im Lokaljournalismus entgegensetzen konnte.

»Eine Topmeldung ist, Schande noch mal, immer noch eine Topmeldung«, sagte Strömmen gerade, und es klang, als erwartete er von mir ein »Amen«, doch dann fuhr er direkt fort: »Jönsson hat eine Frau befragt, deren Aussage der von Ubolratana komplett widerspricht. Die Zeugin – die beim Pflegedienst arbeitet – hat ihn nämlich nach ihrer Schicht gegen Mitternacht in seinem Jeep aus Isabellas Richtung kommen sehen. Wenn er zuvor auf dem Sofa seinen Rausch ausgeschlafen hat, dann scheint er zumindest später am Abend wieder fit gewesen zu sein. Tja, auf dem Land behalten die Leute alles im Auge.«

Diese Info wiederum passte tatsächlich zu Krister Arvidssons späterem Anruf bei Isabella – er hatte sie ja nicht nur um die Mittagszeit angerufen, sondern auch noch mal um neun Uhr abends –, aber das erwähnte ich lieber nicht. Weder Strömmen noch die Polizei brauchte zu wissen, dass ich einen Blick auf Isabellas Anrufliste geworfen hatte. Allerdings stellte sich mir nun die Frage, ob Ubolratana mich belogen hatte, um ihren Mann zu schützen, und das, obwohl die Ehe der beiden ihr zufolge nur noch auf dem Papier bestand.

»Was meinst du, bleibt Krister Arvidsson in U-Haft?«, fragte ich.

»Ja. Es wäre immerhin möglich, dass er Beweise vernichtet, wenn er wieder auf freien Fuß käme. Er streitet es immer noch ab, aber die Schlinge zieht sich zu.«

»Stimmt.«

Ich konnte mir selbst nicht erklären, warum ich so enttäuscht war. Weil sie den Mordfall bald lösen würden?

Andererseits sah es tatsächlich nach einem Mord mit den klassischen Zutaten aus: verschmähte Liebe, blinde Wut. Die letzte Person, die das Opfer lebend gesehen hatte, war auch der Täter. Case closed.

Doch eine Frage blieb offen: Wer war Isabella gewesen?

»Hat die Polizei noch andere Angehörige aufspüren können?«

»Nein, bislang nicht, und allmählich glaube ich auch nicht mehr, dass es noch dazu kommt. Isabella scheint sonst niemanden gehabt zu haben.«

»Darüber will ich auch noch etwas schreiben.«

»Worüber?«

»Darüber, wer sie war. Ein Mensch kann doch nicht *nur* ein Mordopfer gewesen sein.«

»Nein, schon klar. Du, Per steht bei mir in der Tür, der Plus-Zugang funktioniert nicht. Bis später!«

Dann war er weg. Ich lehnte mich auf meinem Schreibtischstuhl zurück. Ich hatte Bauchschmerzen, hätte aber nicht sagen können, ob es am Stress lag oder an meinen Essgewohnheiten.

Seit zwei Tagen ernährte ich mich einzig und allein von Kaffee und Weißbrot. Meine Eingeweide bekamen zu wenig Bewegung. Ich rief den Teletext auf. Die Meteorologen warnten vor Schneetreiben im Jämtlandsfjäll, dabei wirkte draußen alles ruhig. Ich schlüpfte in meine gefütterten Laufsachen und verließ die Wohnung. Erst fühlte ich mich draußen auf dem Bahnhofsparkplatz verloren. Das letzte Mal war aber auch lange her. Ich ging ein Stück, zog nach einer Weile die Knie etwas höher an. Ja, ich joggte tatsächlich, erst die Landstraße entlang und nach ein paar Kilometern in Richtung Klocka. Über den Schotterweg in den Wald. Genau wie Isabella. Es würde eine längere Runde werden, über zehn Kilometer, und ich keuchte bereits jetzt. Ich musste wieder richtig atmen üben. Durch die Nase einatmen, den Brustkorb weit machen. Wieder in den Rhythmus finden.

Trotzdem genoss ich es, draußen zu sein, den Wald in meinem Blutkreislauf zu spüren und einen Fuß vor den anderen zu setzen. Hinter dem Klockagård lichtete sich der Wald. Aus Richtung See und Fjäll windete es stark. Ich schob die Hand in die rechte Jackentasche, und ja, mein großes Halstuch steckte noch darin. Ich knotete es mir um den Hals und spürte sofort, wie es verhinderte, dass die Wärme verflog.

Wieder zu Hause hielt ich eine Zeit lang mit Blutgeschmack auf der Zunge vornübergebeugt im Flur inne und stemmte die Hände auf die Knie. Ausgepowert und euphorisch gleichermaßen. Ich erinnerte mich daran, dass ich Esther anrufen wollte. Es war mir wieder eingefallen, als ich zurück auf der E14 gewesen war. Noch auf dem Flur kramte ich in meiner Jackentasche, fand den Zettel mit ihrer Nummer und tippte die Ziffern ein. Es war fast neun, trotzdem ging sie sofort ran. Ich sah sie regelrecht vor mir, allein am Küchentisch neben dem alten Tastentelefon.

Wir plauderten kurz. Sie erwähnte, dass sie mit einer Stickerei beschäftigt sei.

»Der Pflegedienst war vorhin da, allerdings musste ich den Kaffee weggießen.«

»Wieso denn das?«

»Anscheinend war sie schon bei fünf anderen gewesen. Ich hab ihr angeboten, das Staubsaugen diesmal ausfallen zu lassen, aber das wollte sie nicht. Anscheinend haben die Listen, die sie abarbeiten müssen.«

»Wahrscheinlich. Sie passen doch hoffentlich gut auf sich auf?«

»Aber ja. Mir tut das Ohr ein bisschen weh, aber ich hab Nasentropfen genommen.«

Mir wurde schwer ums Herz. Wie viel Zeit wir alle darauf verwendeten, so alt zu werden wie nur irgend möglich. Dabei sollten wir uns auch allmählich Gedanken darüber machen, was es bedeutete, alt zu werden.

»Ist Ihnen denn noch etwas eingefallen?«, erkundigte sich Esther.

»Ja, eine Frage hab ich tatsächlich noch.« Sofort schämte ich mich, dass ich sie nicht bloß angerufen hatte, um mich zu erkundigen, wie es ihr ging. »Wissen Sie, ob Isabella früher ein Alkohol- oder Drogenproblem hatte? Oder ob sie eine Zeit lang obdachlos war?«

»Nein, nicht dass ich wüsste. Aber das hätte sie mir wahrscheinlich auch nicht erzählt. Wie kommen Sie darauf?«

»Nur so. Als ich bei Ihnen war, hab ich gesehen, dass im Flur ein *Situation-Stockholm*-Beutel hing, und da dachte ich ...«

»Ach, der von der Obdachlosenorganisation? Den hat hier mal einer vergessen, ist sicher ein gutes Jahr her. Ja, da war Liv gerade zur Welt gekommen.«

»Einer? Ein Mann? Was wollte er bei Ihnen?«

»Angeblich Fladenbrot kaufen. Aber dann haben die beiden erst lange in der Küche gesessen und sind erst später raus ins Backhaus.«

»Wie sah er aus?«

»Wenn ich ehrlich sein soll, wie ein Drogenabhängiger. Langhaarig. Groß und mager, vielleicht Mitte vierzig. Da passte der Beutel, wenn ich das so sagen darf.«

»Was für ein Auto hatte er?«

»So etwas merke ich mir ja sonst nicht, aber diesmal weiß ich es noch. Das war nämlich ein alter weißer Volvo 242, genau so einen hatten Ragnar und ich vor Jahren.«

»Großartig, Esther!«

»Ja, manchmal hat man so seine Sternstunden.« Sie lachte vergnügt, ein helles, mädchenhaftes Lachen.

»Haben Sie der Polizei davon erzählt?«

»Nein.«

»Warum denn nicht?«

»Die haben nicht gefragt. Für eine alte Frau interessiert sich doch niemand und da halte ich dann den Mund.«

Ich konnte ihr anhören, dass sie lächelte. Ich lächelte ebenfalls. Draußen hatte es angefangen zu schneien. Die ersten Flocken waren zögerlich und nass, legten sich auf die Fenster wie platt gehauene Insekten, bis sie irgendwann aufgaben und abrutschten. Mit einem Mal dämmerte mir, dass ich in meinen feuchten Laufsachen mit den Zähnen klapperte. Mit meinen starren Fingern konnte ich das Handy kaum noch halten. Ich ärgerte mich, dass ich vor meinem Anruf nicht erst geduscht und mich aufgewärmt hatte. Ich stützte mich mit der freien Hand an der Wand ab.

»Aber komisch war das schon«, fuhr Esther fort, »weil er sie mit dem falschen Namen ansprach. Erst dachte ich, er hätte sich vertan, aber er hat es zweimal gesagt und sie hat darauf reagiert. Die Tür zum Backhaus stand offen – ich hab aber wirklich nicht gelauscht.«

»Ach was, das hätte ich auch gar nicht gedacht. Wie hat er sie denn genannt?«

Ich hielt den Atem an und krallte mich in die Tapete.

»Maria. Er hat sie Maria genannt.«

*An dem Tag, als Elisabeth aus dem Urlaub zurückkommt, blutet der Asphalt. Der Teer, mit dem die Frostrisse in der Straße geflickt wurden, schmilzt. Es ist der erste und einzige Tag in diesem ganzen Dreckssommer, an dem die Sonne brennt. Alles wird weich und schön, die Luft, die Häuser, die Straßen und das Wasser, alles sieht fröhlicher aus. Maria fühlt sich wie ein sperriges Gartenmöbel, das den ganzen Sommer über im Schatten auf der Veranda gestanden hat und plötzlich nach draußen in die Hitze geschoben wird. Ihre Augen schmerzen und können sich kaum an das gleißende Licht gewöhnen.*

*Elisabeth steht in der Auffahrt. Sie sieht verändert aus. Ihre blonden Haare sind viel heller als zuvor, als sie mit ihren Eltern im Wohnmobil losgezogen ist. Eine weiße, luftige Bluse flattert um ihren schlanken Oberkörper. An einem Handgelenk trägt sie einen breiten Silberarmreif. Der klirrt fremdartig an Marias Ohr, als Elisabeth sie lange umarmt. Später erfährt sie, dass die Bluse und der Armreif aus einer Stadt namens Marrakesch stammen und dass sich Elisabeth dorthin zurücksehnt.*

*»Aber bist du nicht auch ein bisschen froh, wieder zu Hause zu sein?«*

*Mit einem Mal wird sich Maria ihrer eigenen Arme bewusst. Wie blass sie sind. Sie hängen an ihr hinab, als hielte sie etwas Schweres in den Händen.*

*»Doch, schon. Ach, richtig, das hier ist für dich!«*

*Elisabeth nimmt ein eingewickeltes Päckchen aus ihrer Handtasche und überreicht es ihr. Erwartungsvoll sieht sie Maria an.*

*»Was ist das?«*

*»Ein Geschenk. Das hab ich im Suk gekauft.«*

*»Im Suk?«*

*»Auf dem Markt.«*

*Der Klebestreifen geht kinderleicht ab. Maria wickelt das Geschenkpapier ab.*

*»Wie schön! Danke!«*

*Sie streicht mit den Fingern über den Umschlag. Das Tagebuch schimmert.*

*»Da kannst du all deine Pläne fürs Wochenende reinschreiben oder für die ganze verdammte Zukunft.«*

*»Oh ja, das mach ich.«*

*»Komm, gehen wir!«*

*Elisabeth zieht sie am Arm.*

*Eine Zeit lang ist es nur Asphalt, dann müssen sie ein Stück am abschüssigen Straßenrand entlanglaufen, aber das macht nichts. Zu dieser Jahreszeit ist ja nicht viel Verkehr. Am Kiosk kaufen sie sich ein Eis. Elisabeth nimmt ein Wassereis, Maria will lieber etwas Großes, Sahniges. Sie setzen sich auf eine Mauer und essen.*

*»Warte, wir müssen noch ein Beste-Freundinnen-Foto machen!«*

*Aus der Tasche angelt Elisabeth eine Polaroidkamera und hält sie wie einen Spiegel vor sie beide und sie ziehen eine Grimasse. Überall Eis. Klick.*

*»Wir sehen aus wie zwei Schwachsinnige!«, kichert sie, als das Foto getrocknet ist. »Hier, nimm.«*

*Maria legt es zwischen die Tagebuchseiten. Dann gehen sie weiter. Sie kommen an dem neuen Haus am Olérsbacken vorbei. In den Fenstern brennt inzwischen Licht. Schöne gelbe Blumen in kirschroten Blumentöpfen. Elisabeth weiß sogar, was das für Blumen sind.*

*»Orchideen.«*

*Es klingt exotisch, nach seltenen Schmetterlingen, aber die Blumen sehen ja auch exotisch aus.*

*»Anscheinend ist da ein Mädchen eingezogen, das gleich alt ist wie wir. Sie heißt Johanna.«*

*Maria hat um das Haus einen Bogen gemacht, seit sie davon gehört hat. Sie wollte Elisabeth dabeihaben, wenn sie dem Mädchen erstmals begegneten.*

*»Cool.«*

*Es klingt so leicht, wenn Elisabeth das sagt, kein bisschen, als wäre da eine Gefahr im Anmarsch.*

*Sie gehen noch stundenlang spazieren und reden, trotzdem bringt Maria es nicht übers Herz, das mit Jörgen zu erwähnen. Elisabeth erzählt vom Meer vor der Hafenstadt Essaouira, wie dort die Möwen kreischen und der Sand im Wind aufwirbelt. Sie hätten die Handtücher nur benutzt, um ihre Augen zu schützen, zu sonst gar nichts. Sie sei im Atlantik auch nie schwimmen gewesen, nur im Mittelmeer.*

Nur *im Mittelmeer. Für Maria klingt das, als hätte Elisabeth* nur *Pluto und nicht auch noch den Mars gesehen. Das sagt sie ihr auch und beide lachen.*

*»Allerdings hängen die Meere ja alle zusammen. Insofern war ich praktisch in beiden schwimmen.«*

*Ein typischer Elisabethkommentar. Alles ist wie immer, bis plötzlich nichts mehr wie immer ist.*

*»Wir können hier nicht bleiben, Maria. Wir müssen hier weg.«*

*»Wie, weg?«*

*»Raus in die Welt.«*

*»Das sagst du so. Ich weiß nicht.«*

*»Ich glaube, ich will aufs Gymnasium nach Östersund. Und dann will ich an einen Ort, wo ich die sein kann, die ich sein will.«*

*Ein Schuss, komplett ohne Vorwarnung. Die Sonne über ihnen ist immer noch dieselbe, und in der Ferne krümmt das Fjäll seinen endlosen Rücken, trotzdem hat sich etwas verändert. Elisabeth und sie, die sie geplant hatten, nebeneinander Häuser zu kaufen; die zusammen arbeiten, Brautjungfer der jeweils anderen sein, gemeinsame Grillabende organisieren wollten. Niemand sonst könnte das. Sie beide, wie sie nebeneinander in Marias Bett lagen und sich ihre intimsten Geheimnisse anvertrauten. Solche, die man sich selbst kaum eingestehen mag.*

*»Erzähl das niemandem! Ich sterbe, wenn du das herumerzählst.«*

*»Ehrenwort. Aber du auch nicht!«*

*»Ehrenwort. Eher sterbe ich.«*

*Elisabeth scheint es nicht mal zu bemerken. Sie erzählt fröhlich weiter, dass ihre Eltern ihr schon versprochen hätten, ihr eine Wohnung in der Stadt zu bezahlen, zumindest eine kleine Einzimmerwohnung. Immerhin steuerten sie in diesem Jahr im Sägewerk auf einen Produktionsrekord zu. Tausende Kubikmeter Fichte seien dort verarbeitet worden.*

*Maria hört nicht mehr zu. In ihrem Kopf ist nur noch ein Webstuhl, der klappert und klappert und klappert. Die Pausen dazwischen nimmt sie selten wahr. Die Stille, während die Mutter das Schiffchen zwischen den Kettfäden hindurchschiebt. Sie hört nur das laute Klappern. Und hofft insgeheim auf ein Versprechen. Sag, dass nicht alles sinnlos ist.*

*»Eher sterbe ich.«*

Ulla steckte den Kopf durch die Tür. Ich hatte einen Gruppenraum geblockt, um meine Ruhe zu haben. Die Bewertungskriterien für die Zentralprüfung in Schwedisch waren vollkommen unverständlich, ich musste mich konzentrieren, und zwar fernab des Lehrerzimmers, wo ich die ganzen beschwingten Rufe, man gehe jetzt heim, nicht hatte ertragen können. Üblicherweise kamen sie gegen drei Uhr nachmittags und zwangsläufig gepaart mit der Versicherung, dass man seinem Job als Lehrer trotz allem nachgehe: »Na, dann schleich ich mal von dannen, heute Abend geht es dann zu Hause weiter. Oh, oh, das wird eine lange Nacht.«

»Hast du kurz eine Minute?«

Ulla hielt ihren Schlüsselbund in der Hand – wie immer, wenn sie auf dem Sprung war. Das nervte.

»Klar.« Ich lächelte.

»Könntest du vielleicht mit der Kantine sprechen und die Lunchpakete für den Kfz-Zweig bestellen?«

Sie zückte einen Fettstift und cremte sich die Lippen ein. Ich sah sie mit hochgezogenen Augenbrauen an.

»Ach, stimmt ja, du hast die Personalbesprechung gestern verpasst. Wir gehen nächste Woche Mittwoch wandern, auf den Suljätten. Nudelsalat, haben wir überlegt, oder wir grillen noch was Feines, vielleicht Hamburger.«

»Grillen klingt natürlich nett.«

»Ja, aber die Kantinendamen sollen entscheiden, was am einfachsten für sie ist. Und ehrlich gesagt wollen wir uns eigentlich nicht auch noch um Holz und alles kümmern.«

Natürlich nicht. Warum sich gewisse Leute auch nur die Mühe machten, morgens aufzustehen, war mir ein Rätsel.

»Alright.«

»Könntest du das organisieren? Du bist ein Goldstück, Vera.«

Ulla klatschte in die Hände. Ihre Schlüssel klimperten. Die Lüftung surrte. Die würde sich um fünf Uhr automatisch abschalten.

»Und noch etwas. Du weißt, dass Kurt immer noch krankgeschrieben ist, oder? Kannst du morgen noch mal seine Stunde übernehmen? Das wäre klasse.«

»Okay.«

»Lass sie Gruppenarbeit machen. Crille übernimmt übrigens am Freitag meinen Schwedischunterricht, damit Tord und ich ausnahmsweise mal pünktlich zur Hütte loskommen. Ich muss Überstunden abbauen, hab diese Woche weit über fünfundvierzig Stunden gemacht.«

Sie schnaufte demonstrativ.

Crille war ebenfalls Schulbegleiter und kaum älter als die Abiturienten.

*Lehrer nehmen sich außerhalb der Ferien frei – Zwanzigjähriger springt ein.*

Ich hatte wieder angefangen, in Headlines zu denken. Musste ein Zeichen geistiger Gesundheit sein.

Ulla wartete meine Antwort gar nicht erst ab, sondern rauschte weiter. Ich war überrascht, als sich mein Handykalender meldete, dabei hatte ich in nächster Zeit doch gar nichts geplant? Doch, natürlich. Kattas Siebzigsten. Allmählich müsste ich wohl meinen Koffer auspacken. Darin lagen noch all meine Kleider für festliche Anlässe.

Ich widmete mich wieder der Zentralprüfung. Dass die Schülerinnen und Schüler klar und leserlich schreiben sollten, hatten bei Weitem nicht alle verinnerlicht. Einige würden nur wegen unlesbarer Antworten null Punkte bekommen. Ich stützte die Stirn in die Hände. Ich war nicht bei der Sache.

Wo war Isabellas Tochter Liv derzeit untergebracht? War sie bei einer netten Pflegefamilie untergekommen? Ich seufzte. An sich spielte es keine Rolle. Die Antwort darauf würde ja doch nichts erklären.

Ich rief Google Earth auf und suchte in den Wäldern bei Kall nach Isabellas Haus. Da war es, nicht weit vom Ufer des Kvarntjärnen. Weshalb hatte der Mann mit dem weißen Volvo sie Maria genannt? Natürlich konnte sich Esther auch verhört haben, das passierte schon mal, wenn man nur Fetzen einer Unterhaltung mitbekam.

Aber was, wenn Isabella ein Doppelleben geführt hatte? Auch wenn sie dort draußen wohl günstig gewohnt hatte, hatte Esther sich doch gefragt, wie Isabella und Liv allein vom Verkauf ihrer Fladen hatten leben können. Vielleicht hatten die selbst ernannten Experten auf *Flashback,* die behaupteten, Isabella Sandgren habe sich prostituiert, doch richtiggelegen? Ich stellte mir vor, wie Isabella ihren Körper ebenso sehr gehasst haben musste wie den Täter, wie ihr schier schlecht geworden war vom Geruch seines Geschlechts, der sich in ihrer Haut, in ihrer Kleidung festgesetzt hatte, und dass sie die Klinge, die sich ihr ins Fleisch bohrte und alles zum Verstummen brachte, fast schon willkommen geheißen hatte.

Ich hatte auch früher schon über Frauen geschrieben, die heimlich der Prostitution nachgegangen waren, um beispielsweise eine schambesetzte Sucht zu finanzieren. Oftmals handelte es sich dabei um Frauen, die sich aufgrund psychischer Probleme selbst medikamentierten, und Isabella schien es ja auch nicht gerade gut gegangen zu sein. Vielleicht erklärte das ja den Umgang mit einem Junkie. Mit jemandem, der die Obdachlosenzeitung *Situation Stockholm* verkaufte.

Esther musste von alledem nicht notwendigerweise etwas bemerkt haben. Solche Menschen lebten oft ein voll funktionales Leben, auch wenn sie gewisse lichtscheue Bedürfnisse hatten. Und für jemanden, der abtauchen wollte, war das Haus im Wald geradezu perfekt. Mitten in einem Ort war dies für eine Frau mit Familie und einer normalen Erwerbstätigkeit sehr viel schwieriger.

Ich starrte vor mich hin. Erneut fiel mir die unterdrückte Telefonnummer ein, von der um zehn nach neun am Tag des Mordes auf Isabellas Handy angerufen worden war. Zehn Minuten nach Kristers Anruf. Dann die SMS von der Nummer, die abgeschaltet gewesen war: *Gemeinsam löschen wir aus, was war. Ich bin der Einzige, der dich dafür nie verurteilen wird.*

Für jemanden, der fast schon als Einsiedlerin im Wald gelebt hatte, schien sie recht viele Kontakte gehabt zu haben. Liebe verlangte nach Kindern, doch noch viel häufiger brachte Sex Kinder hervor. Vielleicht war sie von einem Freier schwanger geworden. Von einem Freier, der Verantwortung übernehmen wollte. Oder von einem verheirateten Mann, der unter gar keinen Umständen ein Kind am Hals haben wollte und der ihr diese Nachricht geschickt hatte, um sie in eine Falle zu locken. Ein unerwünschtes Kind gehörte eindeutig zu den Motiven, für die schon mal ein Mord verübt wurde. Allerdings lautete dann die Frage, warum der Mord erst jetzt und nicht schon früher verübt worden war. Liv war immerhin schon ein Jahr alt. Aber eventuell lag es einfach nur daran, dass der Vater erst jetzt erfahren hatte, dass er der Erzeuger war?

Mir fiel wieder ein, dass ich immer noch nicht auf Eniro nach Isabella Sandgren gesucht hatte. Wie hatte ich das vergessen können? Ich rief die Website auf, fügte in der Suchmaske noch Jämtland hinzu – und sie tauchte sofort auf. Allerdings ohne Telefonnummer. *Isabella Maria Sandgren.* Also waren beide

Namen richtig. Die Frage war nur, was ihr richtiger Rufname gewesen war. Ich sah auf die Uhr. Es war noch nicht spät. Krister Arvidsson saß wahrscheinlich nach wie vor in seiner Zelle, aber es konnte ja nicht schaden, unterdessen ein paar Spuren weiterzuverfolgen. Eigentlich stand mir der Sinn nach einem Glas Rotwein, aber eine Stunde nach Storlien würde ich noch schaffen. Zwei Stunden hin und zurück.

Ich fuhr zu schnell. Schotter stob unter meinen Reifen auf und scheuchte die Vögel am Straßenrand auf. P3 meldete, dass im Nya Karolinska 400 Ärztinnen und Ärzte von der Kündigung bedroht waren. Ich schaltete auf P4 Jämtland. Im Ärztehaus in Hallen herrschte akuter Personalmangel.

An der Tankstelle in Duved hielt ich an und rief die Kontaktliste auf meinem Handy auf. Ich war hoffentlich nicht so dumm gewesen und hatte die Nummer gelöscht? Nein, da war sie. Erleichtert rief ich sie an. Es dauerte, bis der Rufton kam und es klingelte ewig. Ich fragte mich, ob das Telefon irgendwo in einem leeren Zimmer stand oder ob jemand danebenstand und es anstarrte. Nach einer Weile legte ich auf, rief dann aber erneut an. Vielleicht hätte ich warten müssen, bis der Anrufbeantworter mir etwas Wichtiges verriet. Diesmal klingelte es nur dreimal, ehe am anderen Ende jemand ranging.

»Ja?«

Ein einziges Wort, aber die Stimme erkannte ich wieder.

»Sorina?«

»Wer ist da?« Sie klang misstrauisch.

»Hier ist Vera, von der *Jämtlandsposten.*«

»Ja.«

Hatte sie gehört, was ich gesagt hatte? Damals war ihr aktiver Schwedischwortschatz recht beschränkt gewesen, aber ich wusste noch, dass sie weit mehr verstanden hatte.

»Ich habe mal über Sie geschrieben. Ich bin die Journalistin. Hätten Sie vielleicht kurz Zeit, sich mit mir zu treffen? Ich bräuchte Ihre Hilfe bei einer Sache. Es ist auch nichts Schlimmes.«

Ich verzog das Gesicht. Nichts Schlimmes. Als wäre Sorina eine Sechsjährige kurz vor der Einschulung und keine erwachsene Frau aus Rumänien, deren freundlicher Blick mitunter einen harten, berechnenden Zug annehmen konnte. Nichts Schlimmes, nur ein kleiner Mord. Es knackte und rauschte kurz in der Leitung, dann war es wieder still. Ich ließ mehrere Sekunden verstreichen.

»Hallo?«

Keine Reaktion. Echt frustrierend, mit jemandem sprechen zu wollen, der seinerseits nicht sprechen wollte. Ich sah mich um, nicht dass ich hier an den Zapfsäulen jemandem im Weg war, der tanken wollte. Ein größerer Pkw quetschte sich an mir vorbei. Ich konnte Sorina atmen hören. Zumindest hatte sie nicht aufgelegt.

Dann plötzlich ein Lebenszeichen. »Okay, okay.«

»Darf ich vorbeikommen?«

»Sie müssen Termin machen.«

»Ja, mache ich gern.« Ich klang zu eifrig. »Buchen Sie mir einen Termin? In einer Stunde kann ich da sein.«

»In einer Stunde? Okay, ich schreibe auf.« Richtig begeistert klang sie nicht.

Wir legten auf. Es goss wie aus Kübeln. Der Regen trommelte auf die Windschutzscheibe. Ich zog meine Kapuze über, stieg aus und tankte. Diese Woche würde sich auf meinem Konto bemerkbar machen. Der Benzinpreis kam den Entfernungen in Norrland nicht gerade entgegen. Die Pumpe sprang an. Die Zapfpistole war schmierig vom Regen und von Benzin. Ich versuchte, mir mit Papier aus dem Spender die Finger abzuwischen, aber der Geruch blieb haften.

Anschließend ging ich nach drinnen zu Berit, um zu bezahlen, und nahm gleich auch noch neue Wischerblätter mit.

»Was für ein Scheißwetter«, sagte ich.

Berit lachte und hob tadelnd den Zeigefinger.

»Aber wir wissen doch, wo wir wohnen.«

»Klar wissen wir das, und an sich hab ich auch gar nichts dagegen. Ich mag Wetter, aber …«

»Aber es gibt Grenzen, meinst du?« Sie lachte erneut. »Die Kinder und ich sind am Wochenende deshalb nicht mit zum Näkten gefahren. Bei diesem Wetter werden die Betten nie richtig warm. Und man muss dort ewig gehen, um Holz zu holen. So langsam wird mir das alles zu unbequem.«

»Und Ulf?«

»Ach, du kennst doch Ulf. Der ist trotzdem gefahren. Der könnte glatt wie ein Höhlenmensch leben, solange er nur angeln darf. Anscheinend gab's jede Menge Jungfische. Die Rufe des Prachttauchers waren nächtelang zu hören.«

»Immer noch?«

»Die Letzten dürften sich jetzt wahrscheinlich verziehen.«

Berit sah aus dem Fenster. Der Wind zerrte an den Markisen.

»Brauchst du fürs Rückfenster kein Wischerblatt?« Sie lächelte mich an.

»Nein, das hat noch ein bisschen Zeit.«

Der Näkten. Was hatte Ulf am Samstag dann bitte schön auf einem Grillplatz im Wald außerhalb von Kall gemacht? Das war nicht annähernd in der Nähe. Ich strich mir die Haare aus dem Gesicht. Sie fielen sofort zurück. Warum erzählte ich Berit nicht, dass ich sein Motorrad gesehen hatte? Weil Leute, selbst Ehepaare, ein Recht darauf hatten, nach Lust und Laune Umwege zu fahren? Ja, vielleicht. Trotzdem fühlte es sich plötzlich wie ein Geheimnis an.

Ich nutzte die Gelegenheit, als die Türglocke ertönte.

»Bis bald, Berit.«

Meine Gelenke waren von der vielen Fahrerei steif geworden. Die Hüfte tat langsam richtig weh. Ich würde Sorina fragen, ob sie sie mir weich kneten könnte. Wenn ich am Nachmittag wieder zu Hause wäre, würde ich erst die Wohnung einheizen und dann ein paar Dehnübungen machen. Schlimmstenfalls im Bad, mit eingeschaltetem Trockner, dort war es zwar eng, aber es funktionierte.

Storlien. Vor dem Einkaufscenter war die Hölle los. Auf dem Parkplatz ging es zu wie in einem Ameisenhaufen – Leute, die mit überladenen Einkaufswagen kreuz und quer herumliefen. Wie Bodybuilder auf Steroiden kamen mit kaufkräftigen Norwegern zum Bersten volle Busse über die Grenze. Fleischbusse, wie wir sie nannten. Hier war alles billiger als in Norwegen, besonders im Augenblick, weil der Kurs der schwedischen Krone gefallen war, und für all jene, die einen norwegischen Lohn in der Tasche hatten. Die Jungs, die drüben in Meråker im Schlachthof am Fließband standen, verdienten bald doppelt so viel wie ein Lehrer in Järpen. Und die Norweger nutzten die Nähe zum Nachbarland gnadenlos aus: Energydrinks, Tabak, Alkohol, Zucker, Fleisch- und Süßwaren – alles Dinge, die in Norwegen hoch besteuert wurden, und Storlien bediente die Nachfrage, indem hier auf Kosten eines nachhaltigen Fjälltourismus und der Menschen, die sich einst für diesen eingesetzt hatten, Billigwaren feilgeboten wurden.

In einem der letzten unberührten Landstriche der Welt stank es nur mehr nach künstlichen Aromen. Trotzdem würden hier keine Sündenböcke gesucht werden, ehe die wahren Schuldigen verurteilt wären. Die Politik hatte die Region schon vor langer Zeit ihrem Schicksal überlassen. Zig Bewohner hatten sich gezwungen gesehen wegzuziehen. Und dann plötzlich dämmerte es ihnen in ihren Amtsstuben, dass diejenigen, die hier den billigen Dreck verkaufen sollten, auch irgendwo wohnen mussten. Nur leider hatten die Norweger die Immobilienpreise komplett versaut. Aber diese Art von vulgärem Konsum war nun mal ansteckend. Man konnte alles mit einem Preisschild versehen, sogar Menschen.

Sorina hieß mich am Empfang ihres Massagesalons willkommen. Ihre langen dunklen Haare, die sie mit weißer Spitze zu einem Dutt hochgebunden hatte, wippten wie eine Dekokugel zuoberst auf ihrer üppigen Erscheinung.

»Ah, da sind Sie ja.«

»Ja, endlich.«

Ich hatte nicht damit gerechnet, dass die Straßenbauarbeiten in Rännberg immer noch nicht beendet waren.

Es roch stark nach etwas Süßlichem. Bestimmt irgendein Öl, das sie hier benutzten. Ich war mir nicht sicher, ob ich den Geruch mochte oder ob ich ihn bloß erstickend fand. Das früher beeindruckende Hochfjällhotel war zu einem Wohnhaus mit beengten Wohnungen umgebaut worden, in denen so einiges passierte. Im Massagesalon konnte man sich durchaus massieren lassen, aber ein Stück weiter, hinter einem Vorhang, warteten die Frauen, das »Spielzeug«. Ein paar Hunderter für einen Blowjob, ein paar mehr für einen Fick. Der Geschmack von Salz auf der Zunge. Die Kundschaft kam von überallher. Viele waren normale Skitouristen aus Åre. Kaum dass es sich für sie nicht mehr gelohnt hatte, vor dem Eurocash zu betteln, hatte Sorina ihr Bordell eröffnet, eine Art Partnerbörse, die sich auch aufs Internet erstreckte. Den Großteil des Verdienstes schickten sie in die alte Heimat an ihre Familien. Die Polizei war zwar schon mehrmals vor Ort gewesen, hatte aber nie jemanden in flagranti erwischt. Hier oben funktionierte die Buschtrommel noch und der Arm des Gesetzes reichte nicht annähernd so weit.

»Kommen mit mir.«

Sorina führte mich ein Stockwerk höher in eins der Zimmer, in dem eine normale Massageliege stand. Zuletzt hatten wir uns in einem Zimmer unterhalten, in dem nur eine dünne Matratze auf dem Boden lag. Sie hatte das Licht ausgeschaltet und Kerzen angezündet, die Flecken auf den Laken hatte ich trotzdem gesehen.

»Alles gut?«, fragte sie und schloss die Tür.

»Ja, danke. Wie geht es Ihnen?«

»Gut. Gut, aber kalt.« Sie strich sich mit beiden Händen über die Hüften.

»Ja, langsam wird es kalt.«

Ich sah nach draußen. Auf dem Fensterbrett stand eine große Vase mit Plastikrosen. Durch den Staub sahen die roten Blüten grau aus.

Ich zog mich bis auf den BH und den Slip aus und legte mich hin. Die Liege war hart unter meinen kantigen Hüftknochen.

»Hier, diese Seite tut weh.« Ich zeigte rechts auf mein Becken. »Vielleicht könnten Sie …?«

»Ja, ja. Ich massiere.«

Die Flasche mit dem Massageöl klang wie eine fast leere Ketchupflasche, als sie mir einen großen, kalten Klacks auf den Rücken kippte. Ihre Hände fingen an zu kneten, wussten genau, wo sie drücken sollten und welche Verhärtungen gelockert werden mussten. Wenn ich Glück hätte, würde ich zu Hause auf die Dehnübungen verzichten können. Allerdings drückte es am Kinn. Ich lag zu tief und mein Gesicht passte nicht richtig in die Öffnung in der Liege. Ich musste die Position ändern, um bequemer zu liegen.

»Sie zu dünn.« Sorina kniff mir in die Hüfte. »Müssen mehr essen.«

»Finden Sie?« Ich sprach durch das Loch in der Liege, während ich gleichzeitig den grau gesprenkelten PVC-Boden betrachtete.

Die restliche Zeit schwiegen wir. Ich schloss die Augen, versuchte, die Massage trotz allem bestmöglich zu genießen.

»Ich Ihnen helfen, hm?«

Die Frage kam erst, als ich mir bereits den Pullover über den Kopf zog.

»Wie bitte?«

»No help, only massage?«

»Nein, oder, ich meine ... Stimmt, ich brauche Ihre Hilfe bei einer Sache.«

Ich war erleichtert, dass sie mich darauf ansprach. Ich griff zu meiner Handtasche, rief auf meinem Handy Isabella Sandgrens Facebook-Profilbild auf und hielt es ihr hin.

»Kennen Sie diese Frau?«

Sorina betrachtete das Foto der Frau mit dem lila Schal. Der Wasserfall im Hintergrund toste. Dann schüttelte sie den Kopf.

»Nein.«

»Dann hat sie nie für Sie gearbeitet?«

»Nein, keine schwedischen Frauen.«

»Auch nicht im Internet?«

»Nein, sie nie gesehen. Ich kenne alle, die arbeiten. Was sie gemacht?«

»Sie hat nichts gemacht. Sie ist ermordet worden.«

Sofern Sorina erschrocken war, ließ sie es sich nicht anmerken. Sie nickte nur und nahm das Schutzpapier von der Liege, das ich zerknautscht hatte. Sie riss einen frischen Bogen von der Rolle unter dem Fenster ab und breitete ihn bedächtig auf der Liege aus. Der Nächste war dran.

Die Info kostete mich sechshundert Kronen, aber die waren es wert. Isabella Sandgren war jedenfalls nicht für Sorina anschaffen gegangen. Natürlich bestand die Möglichkeit, dass sie in Eigenregie oder für jemand anderen gearbeitet hatte, aber auch da hätte Sorina Bescheid gewusst. Auf der Prostitutionsspur kam ich zumindest fürs Erste nicht weiter. Im Übrigen konnte es genauso gut nur üble Nachrede gewesen sein, mehr nicht.

Ein Mann mit nacktem Oberkörper und glasigem Blick wartete draußen. Er lehnte mit seinem haarigen Rücken am Treppengeländer – dichte Büschel zwischen den Streben. Der Bauch hing über seinen Cowboygürtel. Ich fragte mich, ob er bereits einen Ständer hatte, eine vor Vorfreude pochende Erektion. Hier herrschte immer noch der gute Glaube, dass Skitouristen lediglich herkämen, um durch Pulverschnee zu pflügen. Sorina nickte dem Mann beiläufig zu, während sie mein Geld in die Kasse legte. Zwischen ihren Brüsten schimmerte Schweiß. Eine Quittung bekam ich nicht.

Als ich mich zum Gehen umdrehte, entdeckte ich endlich die Quelle des süßlichen Geruchs. Auf einem Regalbrett stand ein Teller. Eine ausgestreckte Keramikhand hielt ein qualmendes Räucherstäbchen.

Vor dem Eingang zündete ich mir eine Zigarette an. Ich blieb im Dunkeln stehen, rauchte, ließ den Blick über die Ferienhäuser schweifen und betrachtete die moosbewachsenen Dächer, die mit der Landschaft verschmolzen. So was kriegten die norwegischen Besitzer gut hin.

Aus heiterem Himmel fiel mir ein Abend in den Achtzigern ein, an dem ich als Saisonaushilfe im Fjällcenter in Storvallen gearbeitet hatte. Mein Auto war nicht angesprungen, alle anderen waren im Le Ski feiern gewesen und niemand hatte mich abholen können. Damals war ich die E14 entlang bis nach Storlien gelaufen, im Licht der Sterne und des Mondes der Schlaflosen hatte ich wie ein scheuer Fuchs den Straßengraben gewählt, während die Sattelschlepper an mir vorbeigedonnert waren.

»Alle, die eine gute Ausrede oder Entschuldigung haben, wenden sich bitte an Vera. Die anderen kommen mit mir.«

Der Sportlehrer Lars Hernander scheuchte die Klasse vor sich her. Er sah aus wie ein Weihnachtsbaum: Über dem rechten Arm hingen gelbe Trikots, links grüne; Trillerpfeife und Schlüsselband baumelten ihm um den Hals. Er teilte die Klasse in zwei Mannschaften auf: Eins, zwei, eins, zwei ... Für den Sozialkundezweig stand heute Fußball auf dem Stundenplan, allerdings wollten einige die Stunde anscheinend lieber auf der Bank verbringen.

»So, und was ist hier los?«

Ich hatte nicht amüsiert klingen wollen. Also hörte ich auf zu lächeln. Vor mir saßen ein Schüler und zwei Schülerinnen, ließen den Kopf hängen und sahen sich unsicher um. Viktor Norlén, der mit seinen gescheitelten Haaren und der Baseballkappe wie ein typischer Eishockeyspieler aussah, machte den Anfang.

»Kaputtes Knie. Der Arzt hat mir abgeraten.« Er fasste sich ans rechte Knie.

Ich nickte und wandte mich an Moa Ragnarsson. Sie war Teil jener Mädchentruppe, die nur in Schwarz, Markenjacke und hautengen Jeans herumlief.

»Pfeiffersches Drüsenfieber. Darf mich einen Monat lang nicht anstrengen.«

Ich schrieb knappe Notizen hinter ihre Namen in der Klassenliste.

»Okay. Und du?«

Lisa Sjölund saß leicht gekrümmt da. Im Licht der Leuchtstoffröhren sah ihr Make-up streifig aus. So etwas nannte sich Contouring, wenn ich mich recht erinnerte. Bei ungünstigem Licht sah man trotzdem aus, wie man eben aussah.

»Bauchweh.«

Sie sah zu mir hoch. Solches Bauchweh also.

»Yes. Lars will trotzdem, dass ihr hierbleibt und zuschaut. Vielleicht lernt ihr ja was dabei.«

Das konnten auch nur Erwachsene glauben. Mir war klar, dass keiner von ihnen auch nur eine Sekunde lang alledem, was auf dem Spielfeld vor sich ging, Beachtung schenken würde. Stattdessen würden sie Dutzende Snapchats erstellen und sich lustige YouTube-Clips ansehen. Trotzdem setzte sich das Trio artig ein paar Reihen hinter mir auf die Tribüne. Ich stellte die Füße auf den Sitz vor mir und lehnte mich bequem zurück. In meiner Hosentasche vibrierte es. Eine SMS von Katta, die fragte, ob ich zur Besprechung wegen des Daches ins Gemeindehaus kommen würde. Hätte ich vor, schrieb ich zurück. Verdammt, jetzt musste ich wohl Wort halten.

Die abgehalfterte Sporthalle ertrank in Gelb und Braun. In den Siebzigerjahren waren die Farben bestimmt schick gewesen, heutzutage jedoch erinnerten sie eher an benutzte Windeln. Die Halle hätte zu Beginn der Neunziger renoviert werden sollen, allerdings hatte der Schimmelschaden in den Duschräumen das Budget verschlungen, und um einen neuen Anlauf hatte sich seither niemand mehr gekümmert. Draußen auf den Laufbahnen tummelte sich nur mehr das Moos. Wenn auf dem Stundenplan Leichtathletik stand, fuhren alle nach Mörsil.

Das Spiel wurde angepfiffen. Der Ball entwickelte im Nu ein Eigenleben. Ich folgte den Sportschuhen mit dem Blick. Mal tororientiert, mal zaudernd – und dann plötzlich das Quietschen einer geriffelten Sohle. Gab es etwas Schlimmeres als das schrille Quietschen eines Sportschuhs auf Hallenboden? Mir fiel nichts ein. Das Geräusch zeugte davon, dass ein Match ausgetragen wurde, aber kein normales, an dem alle unter vergleichbaren Voraussetzungen und freiwillig teilnahmen. Als ich noch zur Schule gegangen war, hatte ich Sport nie als Fach für alle gesehen, sondern als eins für diejenigen, die ohnehin sportlich waren.

Lars Herlander blies in seine Trillerpfeife und brüllte irgendwas. Die Sportstars der Klasse gaben wie immer alles. Klatschten sich ab und riefen einander zu: »Auf jetzt, Jungs!« Die Mädchen in ihren Schultrikots sahen sich ratlos um, gingen aber wieder in Position. Allzeit bereit. Hier und da kam der Ball sogar in ihre Richtung. Jemand mit Spaß an Mannschaftssport würde ich nie werden.

Jemand tippte mir auf die Schulter. Ich drehte mich um.

»Kann ich schon gehen? Ich schreib nachher Mathe und müsste noch was nachschlagen.«

Viktor Norlén hatte seine Sporttasche bereits geschultert. Immer das Gleiche, immer wollte einer früher gehen. Ich sah auf die Uhr. Noch zwanzig Minuten, bis die Stunde vorbei war, andererseits würde Lars Herlander wohl kaum bemerken, wenn jemand fehlte. Der hopste in seinen Shorts am Spielfeldrand herum und erleuchtete die Klasse mit Fußballregeln. War total in seinem Element.

»Okay, meinetwegen.«

Viktor Norlén strahlte. Triumphierend. »Cool. Also – saucool.«

Ich lächelte. Die saucoole Schulbegleiterin.

»Übrigens hab ich gesehen, dass Sie etwas über diesen Mord geschrieben haben. Dieser letzte Artikel war echt interessant, fand meine Oma auch. Dass der sich verändert hat, also, Krister Arvidsson.«

»Ja. Ach, schön.«

Ich wollte schon weiterreden, überlegte es mir dann aber anders. Es kam einer kleinen Sensation gleich, dass ein Siebzehnjähriger Zeitung las und obendrein mit seiner Großmutter darüber sprach.

»Ist sie Abonnentin?«, fragte ich stattdessen.

»Was?«

»Ich meine, hat sie die Zeitung abonniert?«

Er zuckte mit den Schultern. »Glaub schon.«

Ich glaubte es auch. Unsere sogenannte Kernzielgruppe ging mit langen Schritten auf ihr Ableben zu. Ich wollte gar nicht darüber nachdenken, was da aus der *Jämtlandsposten* oder aus mir werden sollte. Und schlagartig war ich mir wieder meines eigenen Alters und der Schatten bewusst, die sich in die Konturen meines Gesichts gelegt hatten, der ersten Altersflecken auf meinen Händen, der Zeit, die verstrich. Sicherheitshalber wandte ich mich wieder dem Spielfeld zu. Viktor wollte schon gehen, blieb dann aber stehen und trommelte auf seinen Taschengurt.

»Wissen Sie, ob die sich von früher kannten?«, fragte er dann.

»Wer?«

»Krister Arvidsson und die Ermordete.«

Ich zog die Brauen hoch. »Keine Ahnung.«

»Okay. Ich hab nur …« Er starrte zu Boden.

»Hast du an etwas Bestimmtes gedacht?« Ich gestattete mir ein aufmunterndes Lächeln.

»Nein. Oder … Meine Oma glaubt, die könnten sich gekannt haben. Sie meinte, Isabella hätte eigentlich Maria geheißen und wäre in Järpen aufgewachsen.«

Wie von der Tarantel gestochen sprang ich auf. Viktor sah mich erstaunt an.

»Wie kommt deine Oma darauf?«

Trommelwirbel. Nur dass bloß ich ihn hörte.

»Na ja, von dem Bild ... Sie meinte, sie hätte sie an den Augen wiedererkannt.«

»Weißt du, wo genau sie aufgewachsen ist?«

Er biss sich auf die Lippe. »Nein. Aber anscheinend ist da irgendwas passiert, als sie fünfzehn war. Weshalb sie dann wegziehen musste. Ist zu Pflegeeltern gekommen und solcher Scheiß.«

Ich atmete scharf ein. »Kannst du mir die Telefonnummer deiner Oma geben?«

Er dachte kurz nach. Gut. Ich hatte Leute, die nicht ständig und überall mitreden wollten, immer gemocht.

»Ja ... Ist okay, glaub ich.«

Ich atmete auf, als er mir die Nummer vom Display seines Handys diktierte.

»Sie heißt Sonja Norlén. Sie wohnt unten am Angelcampingplatz.«

»Ach, Sonja ist deine Oma? Dann weiß ich genau, wer das ist.«

Es war einer jener ungewöhnlichen, vollkommen windstillen Herbstnachmittage. Da rochen die Kiefern auf eine ganz spezielle Art, warm und herzhaft, wie ein Julitag. Ich hätte nicht sagen können, warum, aber mit einem Mal war ich traurig. Vielleicht weil der Duft mich an eine alte Postkarte erinnerte. Vielleicht weil Mama damals, zu Beginn der Ferien, immer so traurig ausgesehen hatte. Jene Stillstandssommer der Kindheit im Hinterland, im kondenswasserfeuchten Zelt, mit Campingkocher, heruntergekurbelten Autofenstern, von Klimaanlage war da noch keine Rede. Irgendwas war verschwunden und würde nie mehr wiederkommen.

Die braunen Hütten schienen alle frei zu sein, die Campinggäste zogen offensichtlich ihre Wohnmobile vor. Die Besitzer hatten riesige Vorzelte mit dekorierten Folienfenstern aufgestellt und Wäscheleinen zwischen den Bäumen gespannt. Ihr Lager aufgeschlagen.

In einigem Abstand gluckste das Wasser, allerdings war es vom Empfangsgebäude aus nicht zu sehen. Um runter zum See Liten zu gelangen, musste man erst durch ein Brennnessel- und Distelfeld waten. Warum fühlten sich Brenner und Stecher eigentlich so wohl miteinander? Ich war einmal im Badeanzug an den See gegangen und an Armen und Beinen regelrecht gehäutet worden, alles war angeschwollen, und nicht mal Wasser hatte noch geholfen. Mama hatte mich mit einer kühlenden Salbe eingecremt, aber meine Haut war ganz hart und von der Reibung der Bettlaken hellrosa gewesen.

An der Rezeption wirbelte Staub durchs Sonnenlicht. Eine aufgeschlagene *Allers*-Illustrierte lag auf dem Tresen. Ich überflog ein Rezept für einen Eintopf mit Schweinefilet und einen Hausfrauenputztipp ehe mir dämmerte, dass es zwecklos wäre, länger hier zu warten. Also ging ich wieder nach draußen und sah mich um. Schließlich entdeckte ich Sonja: Sie wischte die Tische auf der Veranda ab, der Lappen war schon ganz schwarz. Als sie meine Schritte hörte, hob sie den Blick.

»Ach, Sie sind das.«

Sie zog Klopapier aus der Tasche und tupfte sich über die Nase, verwischte ihre getönte Tagescreme und die Nase wurde ganz hell.

»Wie laufen die Geschäfte?«

Sonja hatte in der Gegend Berühmtheit erlangt, als sie den Staat verklagt hatte, und in diesem Zusammenhang hatte ich sie damals als Lokalreporterin kennengelernt. Nachdem die Bank ihr einen Kredit verweigert hatte, den sie gebraucht hätte, um ein kleines Campingplatzrestaurant aufzuziehen, hatte sie stattdessen ein Stück Wald verkaufen wollen. Dagegen hatte die Forstverwaltung mit Verweis auf die Rechtslage Veto eingelegt.

Die natürlichen Ressourcen des Landes müssten bewahrt bleiben. Daraus war eine lange, verbitterte Fortsetzungsgeschichte geworden. Als Sonja gegen den Staat verloren hatte, hatte das niemanden sonderlich überrascht. Leute wie sie hatten wir in der Redaktion Opfer der Forstpolitik genannt. Davon hatte es immer mehr gegeben. Die alte Außenküche stand immer noch, als unbrauchbarer, nutzloser Körper mit nur mehr einem funktionierenden Daumen – dem Kaffeeausschank auf der Veranda. Die Terrassenmöbel aus den Siebzigern sahen immer noch gut und gepflegt aus, allerdings ließen sich darauf fast nur noch die Gnitzen nieder.

»Ach, es könnte schlimmer sein. Besser natürlich auch. Mit den Wohnmobilen können wir uns zumindest über Wasser halten. Inzwischen scheint die ganze Welt so was zu haben. Aber allmählich habe ich dann doch das Gefühl, dass es Zeit wird, in Rente zu gehen. So ist es nun mal. Es wird alles nur schwerer, seit Nisse nicht mehr da ist, und im Winter muss ich jemanden fürs Schneeräumen kommen lassen.«

Ich nickte.

»Und gibt es da Leute?«

Sonja widmete sich wieder den Tischen.

»Dürfte schwierig werden. Die Gemeinde findet ja auch niemanden. Die Fahrer nehmen mittlerweile so viele andere Jobs an – aber wer will auch für einen Hungerlohn arbeiten? Ich denke darüber nach zu verkaufen, sowohl den Campingplatz als auch das Haus.« Sie neigte den Kopf leicht zur Seite. »Und wie läuft's bei der Zeitung?«

»Läuft. Ich arbeite inzwischen sowohl dort als auch in der Schule. Die perfekte Kombi für eine Selbstständige.«

»Hm.«

»Ich will Sie auch gar nicht lange stören, ich bin nur gerade dabei, ein bisschen in der Isabellasache zu wühlen.«

»Zu wühlen?«

»Na ja, nicht zu wühlen, aber ich würde gern wissen, wer sie war. Ich hab gehört, dass sie eigentlich Maria hieß und hier aus dem Dorf stammte.«

Sonja wirkte schlagartig angespannt.

»Das Mädchen konnte einem leidtun.« Sie streckte sich nach ihren Zigaretten aus. Auf der Schachtel Blå Blend lag ein Feuerzeug. »Wollen Sie auch eine?«

»Gern.«

Wir setzten uns einander gegenüber. Sonja nestelte am Feuerzeug. Ihr blauer Kajal sah im grellen Licht fast phosphoreszierend aus.

»Warum konnte Isabella einem leidtun?«

»Maria«, korrigierte sie mich.

»Maria.«

Dann war der Rufname also Maria gewesen. Das würde ich Strömmen erzählen, aber noch nicht gleich. Der würde sonst erst mal nur seine Arme in den karierten, aufgekrempelten Ärmeln hochreißen und sagen: »Ach, Bergström, heutzutage benennt sich doch jeder um.«

»Ihr Vater, Johnny, starb, als sie zwölf war, ist mit dem Schneemobil betrunken in ein Eisloch geraten und wurde nie gefunden. Die Mutter, Rakel, hat vor Trauer quasi den Verstand verloren. Der Bruder, Magnus, konnte irgendwann nicht mehr und hat auf einer Bohrinsel in Norwegen angeheuert. Da haben Sie die Familiengeschichte.«

Wolken schoben sich vor die Sonne. Ich schluckte. Was für eine Tragödie. Aber dann hatte Maria irgendwo noch eine Mutter und einen Bruder. Weshalb kümmerte sich dann das Jugendamt um Tochter Liv, wenn es eine Oma und einen Onkel gab? Oder waren das die Angehörigen, die die Polizei immer noch nicht informiert hatte? Und warum nicht? Weil die Mutter nach wie vor verrückt war? Und was war mit dem Bruder? Ich würde mich vorsichtig vortasten.

»Hat die Familie denn Hilfe bekommen, also damals?«

Sonja schnaubte verächtlich.

»Maria musste sich sowohl um ihre Mutter als auch um sich selbst kümmern. Rakel hatte immer wieder Psychosen. Die Behörden waren damit ziemlich überfordert.«

»Wovon haben sie gelebt?«

»Das Mädchen war oft hier zum Angeln, damit sie überhaupt etwas zu essen hatten. Ich hatte manchmal Jobs für sie, damit sie sich hier etwas zu essen nehmen konnte. Das waren allerdings nur Tütensuppen oder ein Päckchen Rosinen, wissen Sie? Kein richtiges Essen. Eines Nachts hat Maria dann bei Nisse und mir zu Hause an die Tür gehämmert. Sie war barfuß durch den Neuschnee gelaufen, wusste nicht, wo sie sonst hinsollte. Das war das letzte Mal, dass ich sie gesehen habe.«

»Wann war das?«

»Vor siebenundzwanzig Jahren.«

»Warum hat sie später ihren Zweitnamen benutzt, was glauben Sie?«

»Ändern heutzutage nicht alle alles?«

»Schon, aber seinen Namen zu ändern ist immerhin ein guter Anlass, auch alles andere um einen herum zu verändern.«

Sonja antwortete nicht. Gedankenverloren schnippte sie ein wenig Asche von ihren Jeans und folgte mit dem Blick den grauweißen Flocken, die im Wind davonwirbelten. Ich senkte ein wenig den Kopf – wie ein Tier, das weniger bedrohlich aussehen wollte – und fragte mit leiserer Stimme: »Sie wissen nicht zufällig, wo sich die Mutter oder der Bruder, Magnus, inzwischen befinden? Haben Sie gelesen, dass die Polizei immer noch nach weiteren Angehörigen sucht?«

»Ja, hab ich.«

»Die Tochter ist inzwischen untergebracht, aber die Polizei wollte uns nicht erzählen, wer die übrigen Angehörigen waren, aber dann wären das …«

Sie winkte irritiert ab.

»Ich verstehe, dass die Polizei vorsichtig ist, wenn es um derart labile Menschen geht. Und das sollten Sie von der Zeitung ebenfalls sein«, legte Sonja unfreundlich nach.

Über diesen Seitenhieb konnte ich hinweghören, trotzdem musste ich mich kurz wegdrehen und ins Krähenbeerkraut starren, das an der Veranda entlangwucherte. Wann hatte der Vertrauensverlust gegenüber etablierten Medien eigentlich eingesetzt?

Sonja stand auf und zupfte mitsamt Zigarette im Mundwinkel eine Weile an dem Wandwimpel mit Eiswerbung herum. Der Rauch wehte ihr in die Augen und sie verzog das Gesicht.

»Magnus ist vor Jahren bei einem Arbeitsunfall ums Leben gekommen, bei einer Explosion auf der Bohrinsel.«

Ich schloss für ein paar Sekunden die Augen. Hatte das Leid dieser armen Familie denn niemals ein Ende?

»Und die Mutter?«

Sonja nahm die Zigarette wieder in die Hand. Sie hielt den Filter zwischen Daumen und Zeigefinger. Die Glut reichte fast bis zu ihren rissigen Nägeln.

»Soweit ich weiß, wohnt Rakel immer noch in ihrem Haus in Järpen. Das letzte Haus vor dem Industriegebiet.«

Ich holte tief Luft.

»Da wohnt sie? Also direkt vor meiner Nase?«

Sonja zuckte mit den Schultern.

»Die Polizei scheint bislang nichts Brauchbares aus ihr herausbekommen zu haben, aber man weiß ja nie. Sie hat auch gute Tage. Hab gehört, dass die Diagnose inzwischen wohl Schizophrenie lautet. Aber was weitere Verwandte angeht, dürfte es schwierig werden. Die zwei hatten nur sich. Wenn Rakel schon damals Medikamente gekriegt hätte, als Maria noch klein war, wäre vielleicht nichts von all dem passiert, was danach kam.«

Ich war sofort hellhörig. Dann war die Mutter also tatsächlich nicht zurechnungsfähig.

»Was ist denn passiert?«

Aus der Ferne war ein kaputter Auspuff zu hören. Sonja drehte sich nach dem Geräusch um, wandte sich dann aber wieder mir zu.

»Das erzählt Rakel Ihnen vielleicht besser selbst. Aber grüßen Sie sie bloß nicht von mir, ich will da nicht reingezogen werden.«

»Wenn sie nichts erzählen kann ... gäbe es noch jemand anderen?«

Sie verzog den Mund.

»Klar. Aber die meisten in Marias Alter sind inzwischen weggezogen, und die Älteren haben sie nicht wiedererkannt, als sie zurückkam. Lassen Sie die Sache auf sich beruhen, die Leute zerreißen sich nur das Maul und die Wahrheit kriegen Sie doch nicht zu hören.«

Es bestand kein Zweifel, auf wessen Seite sich Sonja geschlagen hatte. Die Wolken verrutschten ein Stück und machten erneut der Sonne Platz. Diesmal blendete mich das Licht.

»Stimmt es«, fragte ich mit zusammengekniffenen Augen, »dass Maria weit weg von Järpen bei einer Pflegefamilie untergebracht wurde?«

»Darüber weiß ich nichts.«

Sie wirkte plötzlich abweisend.

*Klar weißt du das. Du willst es mir nur nicht erzählen.* Aber mir war klar, dass es zwecklos wäre zu betteln. Dafür war Sonja viel zu integer.

»Gut. Dann muss ich woanders weiter wühlen gehen.«

»Ich mag diesen Ausdruck nicht. Wühlen. Wir reden hier schließlich von Menschen.«

»Das stimmt. Entschuldigung. Da bin ich einfach berufsgeschädigt. Ich mache mich dann wohl wieder auf den Weg. Viel Erfolg bei allem!«

Ich lächelte, drückte hektisch meine Zigarette aus und stand auf.

Und dann ließ Sonja sich doch noch erweichen. Sie sah jünger aus, als die Anspannung aus ihren Mundwinkeln wich.

»Es ist ja nicht so, als … Ich will ja selbst, dass der Mord aufgeklärt wird. Fangen Sie mal bei Rakel an«, sagte sie.

Ich nahm den Trampelpfad runter zum See, wollte das Wasser sehen. Kollidierte mit wenig gastfreundlichem Grünzeug, ehe vor mir der Steg und eine Mülltonne mit grünem Deckel auftauchten. Bald würde der See wieder zufrieren, dann kämen die Schneemobilfahrer. Die meisten hier im Dorf wussten genau, wo sie fahren durften und wo nicht, selbst im Frühling. Meist ging das Eis Jahr für Jahr an denselben Stellen auf. Das hatte auch Johnny, Marias Vater, gewusst. Der habe den See seiner Kindheit in- und auswendig gekannt, aber mit Alkohol im Blut werde man unachtsam und müde, hatte Sonja erzählt.

»Der Schnaps im Kaffee bei Börje am Küchentisch am anderen Ufer muss irgendwann zugeschlagen haben. Als Johnny losfuhr, war er noch richtig gut drauf, zumindest haben die, die dabei waren, das später so den Fjällrettern erzählt.«

*»Hä? Das ist doch total leicht!«*

*Nach ihrer Verwandlung sagt Elisabeth das immer wieder – und lächelt. Immer dieses Lächeln. Als wäre sie auf einmal irgend so ein Barbiepüppchen. Sie wirft ihre Haare herum, Kopf erst nach rechts, dann nach links. Die Ohrringe glitzern. Ihr fester Hintern wölbt sich unter dem Jeansstoff, genau im richtigen Winkel, den hat sie geprobt. Es ist Showtime. Maria steht am Bühnenrand, sieht sich alles auf Abstand an. Genau wie für alle anderen ist für sie eben die letzte Stunde zu Ende gegangen, sodass ihr Publikum entsprechend groß ist. Auf dem Flur die typische Freitags-Rushhour: wie eine leere Straße, die plötzlich vor Durchgangsverkehr, Staub und Dreck nur so flirrt. Im Werkraum gegenüber ist es still geworden, das Werkzeug liegt unbenutzt herum. Elisabeth schließt ihren Spind auf und legt, ohne zu überlegen, ihr Mathebuch hinein. Sie ist ohnehin viel weiter, schon mehrere Seiten.*

*Maria versteht das nicht. Mathe für die Neunte ist doch viel schwerer als für die Achte, und der neue Lehrer kann nicht gut erklären, er redet zu schnell und kehrt ihnen die ganze Zeit den Rücken zu. Während er an der Tafel vorrechnet, kann keiner mehr Fragen stellen. Es ist fast, als wäre er dort vorn nur mit sich selbst beschäftigt. Im Klassenzimmer fühlt sie sich von Elisabeths konzentriertem Gesichtsausdruck gestresst und davon, dass deren Finger so selbstsicher über die Taschenrechnertasten fliegen. Sie will es nicht zugeben, aber in den anderen Fächern läuft es inzwischen auch nicht mehr so gut. Besonders in Schwedisch, das sie sonst immer gemocht hat. Sie glaubt, dass sie im*

*Schlaf auch wieder mit den Zähnen knirscht. Morgens tun ihr die Kiefer weh.*

*Maria holt tief Luft, sieht sich um und zückt dann erst ihren Schlüssel. Vorsichtig schließt sie auf. Klara und Nina sehen ihr die Angst an, eindeutig. Die beiden sind jetzt ihre Verbündeten. Klara macht eine Geste, schreibt etwas mit dem Finger in die Luft, eine stumme Frage. Maria schüttelt den Kopf. Nein, heute keine Nachricht.*

*Die erste kam zwei Wochen zuvor.* Keiner mag dich, keiner kann dich leiden, okay? Verpiss dich, du bist das Ekligste, was es überhaupt gibt.

*Es hatte ihr den Atem verschlagen, sie sank komplett zusammen, war ein einziges Wrack. Dann kamen weitere, jeden Tag ein Stück Hass in ihrem Spind.* Hör endlich auf, so potthässlich zu sein. Keiner will dich. Dein Arsch ist größer als meine Zukunft. Du wirst genauso fett wie deine Mutter.

*Allein kam sie damit nicht klar. Eines Tages, als Elisabeth krank war, hat sie Klara und Nina aus ihrer Klasse die Nachrichten gezeigt, das karierte Papier, das aussah wie Seiten aus einem Collegeblock. Die beiden waren ebenfalls schockiert von den Beschimpfungen, die in einer leicht kindlichen Handschrift geschrieben waren – in einer Handschrift, die Maria kannte. Und dann erzählte sie, dass sie Elisabeth im Verdacht habe.*

*»Aber ihr seid doch beste Freundinnen!«, entgegnete Klara. Sie legte Maria die Hand auf die Schulter, wie zur Andeutung einer Umarmung.*

*»Nein, wir* waren *beste Freundinnen.«*

*Sie weiß, dass Klara und Nina es auch mitbekommen haben. Dass sie fallen gelassen wurde wie eine heiße Kartoffel. Aber sie ist selbst schuld, niemand mag Leute, die klammern, und sie hat nun mal geklammert. Nach und nach hat Elisabeth Maria mit anderen Augen gesehen. Durch Johannas Augen. Damit sieht sie Maria von Kopf bis Fuß an, fährt wie ein Aufzug an deren Körper, der Haut und der Kleidung auf und ab und gibt ihr zu verstehen, dass sie ihr nicht mehr genügt, mehr noch, dass sie das Ekligste überhaupt ist. Und jetzt hat sie es schwarz auf weiß vor sich. Obwohl Elisabeth es niemals zugeben würde, liegen die zusammengeknüllten Nachrichten in Marias Rucksack, wie Beweise aus Rotz und Tränen.*

*Klara und Nina sind auf ihrer Seite. Wer wäre das nicht? Sie weiß genau, was sie denken. Früher oder später schießt sich Elisabeth auf jemand Neuen ein. Die anderen sollten alle erfahren, was sie für eine ist. Wie ihr wahres Ich aussieht.*

*Heute machen sie früher Schluss, wie immer am Freitag. Maria überlegt, ob sie das Mathebuch übers Wochenende mit nach Hause nehmen soll, pfeift dann aber darauf. Zu Hause ist sowieso niemand, der ihr helfen könnte. Irgendwie muss es auch so gehen.*

*»Du musst nur die richtige Einstellung haben«, sagt Elisabeth.*

*Weshalb ist sie neuerdings immer so widerlich positiv? Als hätte sie sich mit einem Virus angesteckt. Liegt es an der Reise – daran, dass sie in sämtlichen Meeren gebadet hat –, dass sie jetzt glaubt, so fucking weltgewandt zu sein?*

*Elisabeth feuert wie mit einer Schleuder ein weiteres Lächeln ab. Diesmal ist es noch einschmeichelnder und es scheint jemand anderem zu gelten. Maria dreht sich weg. Ein paar Jungs aus der 9B – sie hat vergessen, wie sie heißen – streifen sie mit dem Blick, grinsen und konzentrieren sich wieder auf Elisabeth.*

*»Oh noooo, es gibt Ofenpfannkuchen!«*

*Elisabeth verdreht demonstrativ die Augen und streckt die Zunge so weit raus, dass sie bis hoch zu ihrer Stupsnase reicht. Die Jungs aus der 9B lachen sich fast tot.*

*So lustig war das nun auch wieder nicht. Überhaupt nicht. Maria zieht sich das Flanellhemd vom Bauch weg. Es ist zu klein, der Stoff kriecht ihr schon in die Speckfalten. Außerdem sind die Bündchen verschlissen und fransen aus, aber ein neues kann sie sich gerade nicht leisten.*

*Elisabeth nimmt beide Hände hoch, um ganz langsam das breite Haargummi abzuziehen, das ihren blonden Pferdeschwanz zusammengehalten hat. Sie legt den Kopf in den Nacken und massiert sich die Kopfhaut. Es sieht aus wie sexy Shampoo-Werbung. Dann schlüpft sie in ihre Jacke und versucht, die Spindtür zu schließen, doch ein Bleistift ragt aus einem der unteren Fächer und blockiert sie. Elisabeth schubst ihn mit ihrem eleganten Finger zurück. Kinderleicht. Sie sieht kein bisschen irritiert aus, einfach nur zufrieden, auf diese pappsatte Weise. Maria fragt sich, was wohl passiert wäre, wenn der Bleistift nicht gehorcht hätte.*

*»Komm, gehen wir Johanna suchen.«*

*»Und das Mittagessen?«*

*Maria hat die Stimme ihrer Mutter im Ohr: Iss in der Schule, so viel du kannst.*

*»Vergiss es, das schaffst du. Live a little.«*

*Sie ziehen zusammen los und doch wieder nicht; Maria schlurft mit ihrem Rucksack hinterher, während Elisabeth regelrecht vornewegschreitet. Sie ist mit ihren Tennissocken seit dem Sommerurlaub kein einziges Mal gestolpert. Es ist fast, als hätte sie plötzlich einen besseren Überblick. Mit der Schultertasche aus Marokko an der Hüfte und wackelndem Po wie ein verdammter anmutiger Pavian schreitet sie vorneweg und die Jungs starren ihr hinterher. Alle.*

*»Genau!«*

*Johanna sagt es immer wieder. Sie berührt Elisabeth auf eine Art, die weder Elisabeth noch Maria vertraut ist, hakt sich bei ihr unter und flicht ihr die Haare, in der Schule, sodass jeder es sieht. Statt Geheimnissen in einem Keller ist das hier ein Krieg, den alle mitverfolgen können. Maria liegt bereits sterbend auf dem Schlachtfeld.*

*Das Haus am Olérsbacken hat keinen Keller. Dort gibt es nichts, was schwer nach unten zieht. Natürlich nicht, das wäre kontraproduktiv. Sie sind jetzt, da die Beckmans endlich richtig eingezogen sind, öfter dort. In der terrakottaroten Küche stehen eine Saftpresse wie aus einem Café und ein Vitrinenschrank mit Kristallgläsern. Daraus trinken Maria, Elisabeth und Johanna Orangensaft, wenn sie auf der verglasten Veranda sitzen, und bringen mit bunten Cocktailstäben das Glas zum Singen. Sie lassen den Blick übers Fjäll schweifen. Die Landschaft kommt einem fast neu vor, als hätten sie sie zuvor nie gesehen. Elisabeths Mutter lacht nur. »Gut, dass wir die Beckmans haben, jetzt wo im Fernsehen kein* Dallas *mehr läuft.« Oft geht sie nach der Arbeit im Sägewerk noch Johannas Mutter besuchen. Sie sitzen auf der Glasveranda, trinken Kaffee und tuscheln.*

*»Meine Mutter war zu Tode gestresst. Sie will sich hier draußen wieder erholen und frische Luft atmen, während mein Vater noch ein bisschen mit seiner Werbeagentur in Åre weitermacht.«*

*Wenn Johanna von Åre spricht, könnte man glatt glauben, dass Åre eine Stockholmer Schäreninsel wäre, auf der sie eine kleine Auszeit machen. Ihrer Ansicht nach ist es völlig egal, ob ihr Vater dort oder in Stockholm arbeitet. Die Kundschaft sei die gleiche. Und auch der Abstand zwischen ihrem Haus in Järpen und der Agentur in Åre sei überhaupt kein Problem.*

*»Das ist wie eine Haltestelle mit der U-Bahn. Pendeln sind wir ja gewöhnt. Nächster Halt Slussen …« Sie macht einen stocksteifen Hals, spricht wie ein Roboter, und Elisabeth lacht sofort beifällig. Maria weiß natürlich, dass Johanna den U-Bahn-Halt meint, all das hat sie schon mal im Fernsehen gesehen, wie*

*die Räder kreischen, der Zug hält und die Menschen durch die Türen strömen. Aussteigen, einsteigen, so lautet das ungeschriebene Gesetz, so geht es am schnellsten. Aber so ein Halt kann auch lang und einsam sein. Noch liegt kein Schnee. Noch ist es nicht glatt. Hier und da verschwinden Bremsspuren im Straßengraben.*

*Maria hat Johannas Mutter noch nie ruhig erlebt. Sie trocknet Rosen, als Deko, und hat neben der Werbeagentur ihres Mannes ein Yogastudio eröffnet. Das Ehepaar pendelt gemeinsam, er im schwarzen Anzug, sie in knallbunten Yoga-Tights mit der magischen Matte unter dem Arm. Sie sind immer noch nicht zurück, obwohl es allmählich Zeit fürs Abendessen wird. Johanna mault.*

*»Mir ist langweilig. Los, gehen wir raus.«*

*Sie ziehen oft zu dritt draußen herum. Anfangs war es noch cool, Johanna alles Mögliche zu zeigen, was für sie neu war, für Elisabeth und Maria aber altbekannt.*

*Sie gehen fast fünf Kilometer, bis Järpbyn, Elisabeth und Johanna immer ein Stück voraus. Maria sieht deren schlanke Beine über jeden Anstieg verschwinden. Auf der Kuppe warten sie dann. Maria kann nie stehen bleiben, sie keucht und ihr läuft die Nase.*

*»Meine Mutter sagt, man muss durch die Nase atmen, das ist gesünder, sonst entzünden und verengen sich die Atemwege.«*

*Johanna sieht Maria herablassend an.*

*Maria wischt sich die Nase mit dem Ärmel ab und setzt sich die Kapuze auf.*

*»Komisch, dass sie trotzdem immer so fertig ist, deine Mutter.«*

*»Die ist ausgebrannt. Das ist was anderes.«*

*Ausgebrannt. Ein neues Wort für Maria.*

*»Man kann nicht ausbrennen, ohne zu brennen. Denk immer daran.«*

*Johanna schnalzt mit der Zunge.*

*Kurz herrscht Stille. Alle drei denken nach. Elisabeth ergreift als Erste wieder das Wort, sie klingt übereifrig, will Eindruck machen.*

*»Also wie Kurt Cobain, der brennt auch, obwohl er gleichzeitig irgendwie todtraurig wirkt. Das ist echt sexy.«*

*»Jaaa«, ruft Johanna, als hätte Elisabeth gerade beim Fußball ein Tor geschossen.*

*Maria muss an ihre eigene Mutter denken, die durch den Mund atmet, während sie ihre Wurstbrote isst. Die Trauer nach einem Tod ist weder sexy, noch brennt man. Sie ist einfach nur traurig.*

*Vor ihnen ragt das Wasserkraftwerk am Järpströmmen in den dunstigen Himmel auf. In dieser Jahreszeit hat ihr Vater immer vom Staubecken gesprochen.*

*»So viel, wie es in diesem Jahr geregnet hat, muss das Staubecken zum Platzen gefüllt sein – wie der Schwanz eines Teenagers«, sagt sie und kichert.*

*Elisabeth starrt zu Boden und kickt in den Schotter. Johanna guckt erst verdattert, dann verzieht sie hämisch das Gesicht. Und lacht.*

*»Ach so? Da denkst du wohl gerade an Jörgen? Vögelt ihr? Ich weiß, dass ihr vögelt.«*

*Sofort geniert sich Maria. Ihr wird ganz mulmig. Als hinge plötzlich alles in der Luft. Doch insgeheim hat sie auch gar nicht erwartet, dass Johanna es begreifen würde. Für den Verbrauch von solchen wie Beckmans spielt das Kraftwerk, ob das Staubecken voll oder leer ist, überhaupt keine Rolle. Kurzer Halt, langer Halt – total egal. Maria hört wieder die Stimme ihres Vaters.*

*»Es ist zum Kotzen. Unser Strom landet ja doch direkt im Rachen des Löwen.«*

*Sie versucht, in Elisabeths Blick so etwas wie Gemeinschaftsgeist zu erkennen, aber da ist nichts mehr, woran sie sich festklammern könnte.*

*»Sehen wir uns heute Abend?«, fragt sie stattdessen.*

*Mal schauen. Vielleicht. Mittlerweile erhält sie nur noch ausweichende Antworten.*

Ich war auf dem Weg nach Kall und nach Silva gleich mehrmals an Marias Elternhaus vorbeigekommen. Mal wieder typisch. Was immer ich suchte, lag des Öfteren in unmittelbarer Sichtweite, nur leider im toten Winkel. Schutzlos wie ein Elefantenkalb, das von der Herde getrennt worden war, stand das rote Holzhaus aus den Siebzigern am Ortsrand. In mir brodelte es – nicht im Kopf, sondern tief unten im Bauch. Was hatte ich überhaupt hier verloren? Mein Job hatte von Anfang an gelautet, über diejenigen zu schreiben, die noch am Leben waren, die immer ängstlicher wurden, weil sie nicht wussten, ob sich vor Ort ein Irrer herumtrieb. An welchem Punkt hatte sich das verändert? War ich jetzt hier, weil ich mich mit Maria identifizierte? Mitunter fühlte es sich an, als wären wir beide aus dem Leben gespült und an einem verlassenen Strand angeschwemmt worden.

Hinter dem Haus erstreckten sich Moor und Wald. Im Sommer garantiert unerträglich viele Mücken. Die zugezogenen Vorhänge und das ungemähte Gras vor der Haustür erweckten fast den Eindruck, als wohnte hier niemand. Hopfen wucherte über die vermoosten Treppenstufen, ansonsten war die Vorderseite auffällig kahl, kein Blumenbeet, nirgends Bäume oder Büsche, die den Blick auf sich gezogen hätten.

Ich stolperte die Stufen hoch und klingelte. Es dauerte ewig, bis ich von drinnen Geräusche hörte. Durch das Milchglas in der Tür sah ich, wie jemand langsam näher kam. Es klang, als würde die Person die Füße nicht vom Boden heben. Die Tür ging auf, allerdings nur einen dunklen Spalt weit.

»Wer ist da? Bist du das schon wieder, Jörgen?« Die Person klang geistesabwesend.

»Nein, ich bin nicht Jörgen. Ich heiße Vera Bergström und komme von der *Jämtlandsposten*. Dürfte ich vielleicht kurz reinkommen?«

Die Tür schwang weiter auf und Licht fiel in den Flur. Eine Frau im Bademantel, der womöglich mal rot gewesen war, kaute an einer Haarsträhne. Langsam drehte sie sich um und schlurfte denselben Weg zurück, den sie gekommen war. Ich warf noch einen Blick über die Schulter, dann folgte ich ihr. Mehrmals musste ich stehen bleiben, weil sie Mühe hatte weiterzugehen. Etwa auf halber Strecke führte eine breite, braun verkleidete Treppe in den Keller. Was immer dort runtersollte, passte auch dort durch. Ein Horrorfilmanblick, bei dem es mir eiskalt den Rücken hinunterlief.

Als Rakel die Küche erreicht hatte, ließ sie sich auf ihren Rollator sinken und legte die Hände an die Griffe. Sie war wahnsinnig dick. Das grüne Kleid, das sie unter dem Bademantel trug, glich einem Zelt, trotzdem zeichnete sich der schlaffe Bauch unter dem Stoff ab. Das komplett verdunkelte Haus roch nach Müll und Trauer. In den Ecken und entlang der Fußleisten überall Staubmäuse und Dreck. In der Spüle stapelten sich schmutzige Teller, Besteck und Pfannen. Ich empfand nicht den Hauch von Mitgefühl, nur Ekel.

Auf dem Küchentisch stand überraschenderweise eine Vase mit Heidekraut. Allerdings waren die helllila Blüten inzwischen eher braun, schienen schon eine Zeit lang vor sich hin zu trocknen. Wer hatte die wohl gepflückt und sich die Mühe gemacht, eine hübsche Vase dafür aus dem Schrank zu nehmen? Meine Mutter hatte immer gesagt, wer sich einen Blumenstrauß ins Haus hole, winke auch gleich den Tod mit herein.

Eine Weile saßen wir schweigend beieinander. Rakel starrte ins Leere.

»Jörgen war neulich hier«, sagte sie dann wie benebelt. »Kommt er noch mal?«

»Ich weiß nicht.«

»Wär schade, wenn Jörgen nicht wiederkommt. Sie hatten solchen Spaß zusammen«, sagte sie verächtlich.

»Das glaube ich gern. Ich würde mich mit Ihnen gern über Maria unterhalten, Ihre Tochter.«

Beim Namen ihrer Tochter zuckte sie sichtlich zusammen.

»Sie gehen jetzt besser wieder.«

»Wieso? Ich bin doch gerade erst gekommen. Wollen Sie nicht über Maria sprechen?«

»Nein. Ich hab Schmerzen. Bestimmt Gebärmutterhalskrebs.«

Sie machte dicht, kehrte mir den Rücken zu. Irgendwas knisterte an der Spüle. Die massigen Arme bewegten sich auf und ab, es sah aus und klang, als würde sie Kekse zermalmen. Die Frau wirkte vollkommen weggetreten. Ich fragte mich, ob sie Unterleibsschmerzen hatte, weil zumindest ihr Körper begriffen hatte, dass sie ihr Kind verloren hatte. Hier würde ich nichts ausrichten können. Da konnte ich mich genauso gut wieder verziehen.

Im Flur schlüpfte ich in meine Schuhe. Mein Blick blieb an einer Handvoll Fotos neben dem Spiegel hängen und ich ging darauf zu. Es waren Schulfotos eines lächelnden Mädchens im Teenageralter. Man konnte sie wirklich nicht als niedlich, geschweige denn als hübsch bezeichnen. Strähnige Haare und ein von starker Akne gezeichnetes Gesicht. Nichts an dem Mädchen ähnelte der schlanken Blondine, deren Bild ich auf Facebook gesehen hatte. Die sich Isabella genannt hatte. Nur die Augen, die leicht schräg stehenden, grün irisierenden Augen erkannte ich wieder. An diesen Augen hatte auch Sonja sie wiedererkannt. Wenn man den Rest ausblendete, waren sie schön. Marias Augen.

Urplötzlich wurde es hinter mir dunkler. Als ich mich umdrehte, zeichnete sich hinter der Milchglasscheibe eine Silhouette ab. Ich rührte mich nicht, rechnete aber damit, dass die Person, die den Schatten warf, an der Tür klingeln würde. Doch nichts dergleichen passierte. Sie stand einfach nur da, und nach ein paar Minuten ging sie wieder, ohne einen Mucks von sich gegeben zu haben.

Ich drückte die Klinke nach unten und trat über die Schwelle. Nirgends eine Menschenseele. Die Straße war verwaist. Ich umrundete das Haus. Auch auf der Rückseite – nichts, bloß ein erstarrter, erodierter Streifen Erde, der wie ein Grab im Schatten der dunklen Baumkronen lag. Was hatten sie hier einst angebaut? Irgendwo in Hörweite wurde anscheinend Metallschrott abgeladen. Das Geräusch schnitt durch den stillen Nachmittag wie ein Teppichmesser durch ungegerbtes Leder.

Ich ging zurück nach vorn und zu meinem Wagen. Als ich gerade die Fahrertür öffnen wollte, hörte ich hinter mir eine Stimme.

»Waren Sie bei Rakel?«

Ich drehte mich um. Ein älterer Herr mit Dackel. Wo kamen die denn auf einmal her? Der Mann hatte einen gelben Stoffbeutel in der Hand, mit der anderen hielt er den Hund an der kurzen Leine. Der Dackel kläffte, wedelte wie verrückt und wäre am liebsten vorwärtsgeprescht.

»Ja, richtig.« Ich lächelte ihn an.

»Schön. Sie kriegt inzwischen so selten Besuch. Ich wohne nur ein paar Häuser weiter.«

Er wies in die entsprechende Richtung. Ein Nachbar also.

»Eva-Britt und ich können uns immer noch gut daran erinnern, wie Maria hier auf der Straße Fahrrad gefahren ist, mit ihrer Puppe im Fahrradkorb, kaum dass der Schnee geschmolzen war. Manchmal kam sie vorbei und wollte ein Schleifchen für die Puppe, meine Frau hat ja unten das Schneidewerk.«

»Schneidewerk?« Ich konnte nicht ganz folgen, auch wenn ich das vage Gefühl hatte, hier im Dorf wäre es bestimmt jedem ein Begriff.

»Den Friseursalon.«

»Natürlich! Guter Name!«

Der Hund jaulte und japste.

»Svante ist immer ganz außer sich, wenn er nicht Hallo sagen darf. Darf er? Dann beruhigt er sich wieder. Er ist wirklich sehr freundlich.«

Ich nickte, wich aber instinktiv zurück, als Svante mit seinen Stummelbeinchen und dem gedrungenen Körper auf mich zustürzte. Er sabberte und hinterließ dunkle Flecken auf meiner Hose. Ich streichelte ihn brav. Von seinem fettigen, strähnigen Pelz wurden meine Finger schmierig.

»So, Svante, jetzt reicht's aber.« Der Mann zog den Hund wieder zu sich und ging in die Hocke, um ihn hinter den Ohren zu kraulen. »Wie geht's Rakel denn, jetzt nach dem Mord?«

»Sie ist leider ziemlich verwirrt.«

Er nickte. »Aber gut, dass sie endlich Hilfe in Sachen Pflege kriegt. Das war lange überfällig, so wie es dadrin ausgesehen hat.« Dann fuhr er in Babysprache fort: »Komm, Svante, dann gehen wir mal weiter. Ja, komm! Jetzt geht's nach Hause, da gibt's Kaffee, Frauchen wartet schon auf uns!«

Die zwei zogen weiter. Ich stieg ein und wendete auf der Garagenauffahrt. Als ich wieder in Richtung Ortsmitte fuhr, sah ich im Rückspiegel, wie ein schwarzer Wagen, ein alter Toyota Corolla, in einigem Abstand aus einer leer stehenden Werkstatthalle rollte. Er blieb bis Ånn ein gutes Stück hinter mir. Ich bog auf den Bahnhofsparkplatz ab und stieg erst aus, als er an mir vorbeigefahren war. Oben in meiner Wohnung legte ich mich am Schlafzimmerfenster auf die Lauer – und siehe da, er kam zurück. Der Fahrer hatte gewendet, hatte anscheinend kein anderes Ziel gehabt als ... Plötzlich spürte ich, dass ich schwer atmete. Mein Herz hämmerte wie wild. War ich von Rakels Haus bis hierher verfolgt worden?

Mir tat von Kopf bis Fuß alles weh, Nerven, Muskeln, und ich brachte die übliche Aufwärmroutine in der Wohnung nicht zustande. Ich hätte Körperwärme gebraucht, jemanden, der sich von hinten an mich schmiegte, mich streichelte und beruhigte. Neuerdings hatte ich wieder Schlafprobleme – der wiederkehrende Albtraum, ein anhaltender Druck auf der Brust. Ich war diesen einsamen Körper, der Unterhosen verfleckte und immer faltiger wurde, so unendlich leid; die Dehnungsstreifen, obwohl ich nie schwanger gewesen war; meinen Körper, der nicht kapierte, dass er bereits als aufgebraucht galt. In dem die Sehnsucht trotzdem nie versiegte.

Ich musste mit jemandem reden und all das, was ich in Erfahrung gebracht hatte, loswerden, um nicht zu implodieren. Der Einzige, der mir einfiel und der mich verstehen würde, war Strömmen. Also rief ich ihn an und erzählte ihm alles: dass Isabellas Rufname Maria lautete, dass sie in Järpen aufgewachsen war, dass aber Mitte der Neunziger etwas passiert sein musste, was alles verändert hatte. Es gab Gerüchte, sowohl über eine Pflegefamilie in Stockholm als auch darüber, dass sie in die Prostitution abgerutscht war, wobei ich beides nicht hatte verifizieren können. Ich erzählte ihm von Esther, die immer noch in Marias Haus wohnte, von Marias totem Bruder, von der kranken Mutter, von der einjährigen Tochter Liv und von dem bis dato unbekannten Mann mit dem weißen Volvo 242. Ich erwähnte, dass Maria in ihrer letzten Nacht barfuß im Schnee vor Sonjas Haustür gestanden hatte, und ich beschrieb ihm den Tod in Rakels Küche. Als ich fertig war, musste Strömmen zuallererst lachen.

»Hallo übrigens, Vera.«

»Oh. Entschuldigung. Hallo. Da sind wohl die Pferde mit mir durchgegangen.«

»Verstehe ich. Aber Schande noch mal, was für ein Durcheinander! Das schreit geradezu nach *Die unbekannte Identität des Opfers – hier lesen Sie die ganze Geschichte.*«

»Ich weiß – oder vielleicht auch *Die dunkle Vergangenheit des Mordopfers.*«

»Ja, das würde ebenfalls passen.«

»Aber?«

»Das hilft uns zurzeit leider alles nicht weiter. Zu viele offene Fragen. Wenn das Hand und Fuß haben soll, musst du mehr Fakten heranschaffen. Außerdem sollten wir erst einmal abwarten, wie es mit Krister Arvidsson weitergeht. Hast du mitgekriegt, dass er heute dem Haftrichter vorgeführt wurde?«

Ich murmelte etwas Unverständliches und Strömmen ging darüber hinweg.

»Es ist also genau, wie ich dachte. Aber setz dich an deine Reportage, schreib sie. So was liebt die Leserschaft. Allerdings werden sie eine Art Abschluss dieser Geschichte wollen – eine Antwort auf die Frage, was tatsächlich mit Isa… Maria … Ach Scheiße, schon wieder ein neuer Name … Also, was da in ihrer Jugend vorgefallen ist. Was glaubst *du* denn, was da passiert ist?«

»Keinen blassen Schimmer. Könnte alles gewesen sein. Ich hab den Verdacht, dass sie vor etwas geflohen ist. Vielleicht ist die Mutter ja während einer ihrer Psychosen durchgedreht.«

»Ja, in einer Familie können schreckliche Sachen passieren. Und dann wird sie auch noch ermordet. Was für ein beschissenes Schicksal.« Strömmen schmatzte.

»Was isst du gerade?«

»Eine Banane. Hab ich von Jönssons Schreibtisch geklaut. Schmeckt widerlich.« Er schluckte. »Dann hat also Sonja Maria zuletzt vor siebenundzwanzig Jahren gesehen?«

»Ja, das behauptet sie jedenfalls.«

»Dann können wir wohl davon ausgehen, dass ungefähr zu diesem Zeitpunkt irgendwas vorgefallen ist.« Ich konnte hören, wie er auf seinen Taschenrechner eintippte. »Was hast du damals gemacht, Bergström?«

Vor siebenundzwanzig Jahren? Da war ich dreißig. Allmählich waren die Jahre schneller vergangen. Mittsommer, Silvester, Ostern, die Feiertage waren immer dichter aufeinandergefolgt. In mir zog sich alles zusammen. Levan und ich hatten ein möbliertes Apartment in Östersund bezogen, damit ich in der dortigen Redaktionszentrale arbeiten konnte. Was im Übrigen ein Grund sein mochte, warum ich mich nicht mehr daran erinnern konnte, dass damals in Järpen einem Teenager irgendetwas zugestoßen war. Ich hatte nicht darüber berichtet – sofern die Zeitung überhaupt darüber berichtet hatte.

»Damals war ich noch nicht in der Lokalredaktion Åre.«

Ich hatte die Wohnung in Östersund nie gemocht, wie mir jetzt wieder einfiel. Sie hatte direkt an der lauten Fußgängerzone gelegen. Die Besoffenen auf dem Heimweg von der Kneipe waren mir mit ihrem Gebrüll und all dem aufgestauten Testosteron nie geheuer gewesen. Wenn ich Nachtschicht hatte, hatte ich Angst gehabt, auch nur die Tür aufzumachen.

»Dann war das Jesper Orsa Olssons letztes Jahr als Lokalreporter in Järpen. Rede mit ihm, wenn du willst. Der war doch immer ein wandelndes Nachschlagewerk.«

»Ich weiß nicht … Der kannte sich ja wohl vor allem mit dem Wetter aus.«

Strömmen prustete vergnügt.

»Ich weiß, was du meinst. Die Alternative wäre, mal das digitale Zeitungsarchiv in der Bibliothek zu durchforsten. Damals haben wir über alles und jeden geschrieben, weißt du noch? Da musste man nur einen fahren lassen und es stand in der Zeitung.

Irgendwas wirst du finden, da bin ich mir sicher. Wie alt war Maria damals?«

»Fünfzehn. Aber war das jetzt ein offizieller Auftrag?«

»Nope. Das war fürs Erste nur ein wohlmeinender Hinweis. Aber es könnte ein Auftrag daraus werden, Bergström. Könnte.«

»Du hinterlistiger Zeitungsschmierer.«

»Das musst gerade du sagen, Wallraff. Aus dir wird doch nie so eine Däumchendreherin im Lehrerzimmer, das ist dir doch auch klar.«

Ich erwähnte mit keiner Silbe, dass mich möglicherweise jemand von Rakel bis zu mir nach Hause verfolgt hatte.

»Finde ich so auch einen Artikel aus den Neunzigern?«

Ich sah den eifrigen Bibliothekar erneut an, der mir soeben erklärt hatte, was ich tun musste, um die Datenbank zu benutzen.

»Gute Frau, das kann ich Ihnen nicht beantworten. Aber eins weiß ich: Wir haben es hier nicht mit einem staubigen Keller voller vergilbter Zeitungen zu tun. Das hier ist das größte Medienarchiv im Norden – mit Abermillionen verschlagworteter Zeitungsartikel von den Achtzigern bis heute.«

Er hatte unnatürlich weiße Zähne. Über seinem engen schwarzen Polohemd wirkten sie fast fluoreszierend. Garantiert gebleicht. Ich fuhr mir mit der Zunge über die Schneidezähne, auf denen Rotwein, Kaffee und Zigaretten ihre Spuren hinterlassen hatten.

»Das klingt natürlich super. Dann hab ich also noch Hoffnung.«

»Gute Frau, die Hoffnung stirbt zuletzt«, sagte er mit einem selbstbewussten Lächeln. Seine Stirn regte sich nicht und auch um die Augen keine einzige Falte. Eindeutig Botox. Er zwinkerte mir zu und verschwand in Richtung Zeitschriftenabteilung.

Strömmens Vorschlag, das digitale Zeitungsarchiv zu durchsuchen, war durchaus einen Versuch wert. Draußen fiel schon wieder Schneeregen. Meine Jacke hing nass und schwer über der Stuhllehne. Ich versuchte, meine Gedanken zu sortieren. Mir war schon am Eingang eine laute Schulklasse begegnet, die jetzt hier drinnen weiterlärmte. Andere Besucher unterhielten sich lautstark zwischen den Regalen, und an einem der Tische saß eine Gruppe, die ihre Lehrbücher gegen laute YouTube-

Clips eingetauscht hatte. Aus der Cafeteria nebenan waren Geschirrklappern und Babygeschrei zu hören. Ich betrachtete die Leute in den Lesesesseln, die versuchten zu lesen; Bibliotheken waren von stillen Oasen für Intellektuelle zu ausgelassenen Treffpunkten für diejenigen geworden, die nicht wussten, wo sie sonst hingehen sollten. Es waren seltsame Zeiten. Ich fühlte mich konservativ.

Ich starrte den Monitor an. Überlegte, welcher Suchbegriff mich wohl weiterbringen würde. Dann schrieb ich *Maria Sandgren* in die Suchmaske und klickte auf Suchen. Achtundsiebzig Artikel. Ich scrollte die Trefferliste durch. Nichts von Interesse. Anscheinend hatte es in den Neunzigern eine erfolgreiche Handballspielerin namens Maria Sandgren gegeben. Die meisten Artikel handelten von ihr und von ihrer Mannschaft. Ich versuchte es mit *Järpen*, *Teenager*, *Verbrechen*, *Mutter* und *Psychose* in zig Kombinationen, aber es führte zu nichts.

Ich fühlte mich, als triebe ich in einem Ozean, als trudelte ich durch einen Zeitschacht. Das hier war genauso aussichtslos, als müsste ich nach der Stimme oder dem Lachen einer fremden Person suchen. Sofern es hier im Archiv wider Erwarten Hinweise auf Marias traurige Vergangenheit gab, dann hatte ich keinen Schimmer, wie ich sie dort finden sollte. Ich hatte keinen Anhaltspunkt. Womöglich müsste ich Jesper Orsa Olsson, dem alten Lokalredakteur, tatsächlich einen Besuch abstatten. Da würde ich dann auch gleich erfahren, wann der Kallsjön in den vergangenen zehn Jahren zugefroren war.

Eigentlich war es doch lächerlich, dass ich überhaupt hier saß. Was hatte ich mir nur dabei gedacht? Mal abgesehen von Rakel und Liv war in Sachen Verwandtschaft anscheinend nicht einmal die Polizei auf Anhaltspunkte gestoßen, denen sie hätte nachgehen können.

Ich musste an den Dreck in Marias Elternhaus denken. An

das düstere Moor, das dahinterlag. Dort war alles so freudlos gewesen. Da wäre jeder durchgedreht.

Ich ließ die Suche Suche sein, surfte ein bisschen vor mich hin und klickte von einer Zeitungs-Website zur nächsten. Was immer da gemeldet wurde, war unendlich weit weg. In den Großstädten weitere Explosionen.

Ein paar Leute, vermutlich Rentner, versammelten sich am Infobrett neben mir. Ich wollte nicht lauschen, bekam aber mit, dass sie jetzt Suppe essen und anschließend zu einer Lesung mit Lars Kjellvander gehen wollten.

»Aber auf dem Plakat steht gar keine Zeit, das ist ja blöd, wirklich blöd«, beklagte sich eine Frau. Ihre Absätze klapperten auf dem Steinboden.

»Es fängt um sieben an«, erwiderte eine andere.

»Und woher willst du das wissen?«, fragte die Erste.

»Steht auf Facebook«, antwortete die Zweite mit einem Seufzer.

Ich sah aus dem Fenster und ließ den Blick über die nassen Straßen schweifen. Heutzutage musste man sich mit so vielen Welten auseinandersetzen. Wenn man sich nur in einer bewegte, entging einem etwas an anderer Stelle. Da halfen auch keine Abermillionen Artikel. Ich wollte wissen, was ich übersehen hatte. Nein, ich *musste* wissen, was ich übersehen hatte. Ich würde so lange Sand und Laub wegschieben und Maria Dreck vom Gesicht wischen, bis ich es wüsste. Solange es immer noch Unklarheiten gäbe, würde ich von diesem Fall nicht ablassen können.

Vielleicht versuchte ich sogar gerade, wieder zu mir selbst zu finden.

Im selben Moment fiel mir draußen der Wagen auf. Derselbe schwarze Toyota, der am Vortag hinter mir hergefahren war, parkte gegenüber am Straßenrand. Vielleicht nur ein Zufall, dass er sich schon wieder an ein und demselben Ort befand wie ich, aber es konnte genauso gut …

Die Wände kamen langsam auf mich zu. Das Auto war doch wohl echt? Ich schloss die Augen, schlug sie wieder auf. Ja, es stand immer noch da. Irgendwer saß dort am Steuer und hatte die Sonnenblende heruntergeklappt, sodass ich nicht sehen konnte, ob es sich um einen Mann oder eine Frau handelte.

Ich beschloss, es darauf ankommen zu lassen, stand mit weichen Knien auf und verließ die Bibliothek, blieb auf dem Gehweg stehen und zündete mir eine Zigarette an. Zu weit weg, um das Kennzeichen abzulesen. Musste näher heran. Musste mir eine Brille zulegen. Das Auto parkte noch immer. Ich trat die Zigarette aus, doch statt zu meinem eigenen Wagen zurückzugehen, hielt ich auf den Toyota zu. Der Toyota fuhr sofort an, nicht mit quietschenden Reifen, einfach nur ruhig und leise, trotzdem bestand kein Zweifel: Jemand hatte dort gewartet und mir aufgelauert. Hing das mit Maria zusammen und, wenn ja, inwiefern? Mein Brustkorb schnürte sich zusammen, ich rang nach Luft.

Sollte ich die Polizei rufen?

*Vera, tu ausnahmsweise, was jeder sonst tun würde. Mach es einfach.*

Andererseits hatte ich mir geschworen, die Wahrheit ans Licht zu bringen. Dazu musste man auch mal die Zähne zusammenbeißen und durfte nicht alle naselang nach Mama rufen.

Das Gemeindehaus war das Stiefkind im Dorf. An sich wollte es dort jeder nett haben, aber sich wirklich kümmern und Liebe hineinstecken wollte dann doch niemand. Im Eingangsbereich tropfte es in diverse Eimer, die unter dem leckenden Dach standen. Die diesbezügliche Besprechung sollte im Café stattfinden. Der große Saal mit der Bühne wurde nur zu besonderen Anlässen geheizt. Früher hatten die Anwohner dort im Herbst und Winter jedes Wochenende gefeiert und das Tanzbein geschwungen. Mittlerweile zogen die Tanzkapellen an unserem Dorf vorbei rüber nach Norwegen.

Katta und Björn hatten bereits Kaffee gekocht und Selbstgebackenes bereitgestellt. Björn schnappte sich mich am Karottenkuchen.

»Drüben in der Kneipe hat heute einer nach dir gefragt.«

Sofort wieder dieser Druck auf der Brust.

»Ach, und wer?«

Björn schüttelte den Kopf.

»Kannte ich nicht.«

»Und was hast du gesagt?«

»Dass du bei der Arbeit bist. Ich konnte ja schlecht so tun, als wüsste ich nicht, von wem er spricht, das wäre komisch gewesen. Ich hab ihn gefragt, ob ich was ausrichten könnte, aber das wollte er nicht. Er meinte, er würde noch mal wiederkommen.«

Björn legte Teelöffel in ein Körbchen.

Ich schluckte und sah nach draußen, wo ein paar dürre Birken und das Weidengestrüpp im Straßengraben auf den Eingang zuzurücken schienen. Nicht mehr lange und wir würden davon verschluckt werden.

»Wie sah er denn aus?«

Björn zuckte mit den Schultern.

»Dunkelhaarig. Ungepflegt. Gute vierzig.«

»Hast du sein Auto gesehen?«

»Nein, tut mir leid.«

Ich nickte und versuchte mich an einem Lächeln, obwohl meine Muskeln im Kiefer vor Anspannung schon wieder wehtaten. Ab sofort würde ich zu Hause die Eingangstür abschließen.

Immer mehr Leute trudelten ein und nahmen sich Kaffee und Kuchen. Alles in allem dreiundfünfzig Personen, die meisten von ihnen älter als ich. Und ich kannte fast alle. Allerdings waren weder Linda und Nicklas noch Åsa und Simon gekommen. Weshalb hatte ich nicht einfach wie sonst auch Nein gesagt?

Der Raum war im Handumdrehen von gemütlichem Gemurmel angefüllt. Teelichter flackerten in billigen Teelichthaltern. Als Björn aufstand, verstummten die Gespräche. Er trug eine Strickjacke, die selbst gestrickt aussah.

»Gut, dann möchte ich euch jetzt alle willkommen heißen zu dieser Versammlung, bei der es um das Dach unseres Gemeindehauses gehen soll. Schön, dass ihr so zahlreich gekommen seid! Wie ihr bestimmt alle wisst, geht es darum, einem Kulturdenkmal das Leben zu retten. Wir müssen das Dach erneuern, die Frage ist nur, ob wir bereit dazu sind, alles Nötige zu tun – wie üblich gibt es nämlich niemanden, der uns das abnehmen würde.«

Er ließ den Blick schweifen. Niemand reagierte. Einige duckten sich regelrecht weg und versteckten sich hinter ihren Kaffeetassen. Die Erleichterung war fast mit Händen zu greifen, als sich der pensionierte Lehrer Kalle Sund räusperte.

»Könntet ihr vielleicht kurz ausführen, was genau benötigt wird?«

Diesmal ergriff Katta das Wort. »Kurz gesagt: Geld und Arbeitskraft. Aber zuallererst müsste jemand – oder müssten mehrere – ein paar Vorarbeiten leisten. Bei der Bezirksverwaltung Mittel zu beantragen wäre das eine. Das andere wäre, mehr Veranstaltungen auf die Beine zu stellen, mit denen wir Geld einnehmen könnten.«

»Finden denn alle, dass Veranstaltungen eine gute Idee sind?«, hakte Björn nach. Er sah in seinen Nokia-Gummistiefeln merkwürdig dünn aus.

Eine berechtigte Frage. Mir war allerdings klar, dass den meisten darauf gar keine andere Antwort als Ja einfallen würde.

Und mal Hand aufs Herz: Wenn wir unsere Gemeinschaft, unseren Dreh- und Angelpunkt behalten wollten, dann gab es keine Alternative, das wusste hier jeder. Eine weitere Frage, die dauerhaft im Raum stand, galt dem Nachwuchs und wie man ihn zum Mitmachen bewegen konnte – gerade diejenigen, die wussten, wie man auf Facebook Veranstaltungen promotete. Wir mussten mehr begeisterungsfähige Leute mobilisieren. Davon gab es nie genug.

»Wir brauchen mehr Leute, die mit anpacken: beim Kartenabreißen, in der Küche, im Service, als Hausmeister und für den Putzdienst.«

Katta warf ihren langen Zopf nach hinten. Björn lächelte sie an und hob den Daumen.

Ein Murmeln ging durch die Reihen. Eine Frau, die ich noch nie gesehen hatte, rückte ihren Stuhl nach hinten und stand auf. Björn bat um Ruhe und nickte ihr zu.

»Aber entschuldigt bitte … Findet ihr es denn okay, dass wir hier immer selbst Hand anlegen, Kerzen anzünden und Zimtschnecken backen müssen, wenn es um Kultur geht? Glaubt ihr ernsthaft, die Besucher des Moderna Museet in Stockholm würden das machen?«

Sie hatte unüberhörbar einen norwegischen Zungenschlag. Ich beugte mich vor und fragte Thomas, ob er die Frau kannte.

»Sissel Loe aus Trondheim«, flüsterte er. »Ist gerade erst hergezogen, fährt Hundeschlitten.«

Richtig, die Frau mit den Siberian Huskys, die das Haus der Rådströms gekauft hatte.

Björn lachte.

»Guter Vergleich. Und die Antwort auf beide Fragen ist natürlich Nein. Nein, es ist nicht okay, dass wir uns hier um das kulturelle Leben selbst kümmern müssen – und nein, in Stockholm würde das nie jemand tun. Aber nun ist auch nicht Stockholm von der Verelendung bedroht – und im Augenblick bleibt uns nichts anderes übrig, als uns mit der Lage zu arrangieren.«

Ulf Oskarsson schüttelte den Kopf und haute mit seiner Fjällretterfaust auf den Tisch.

»Niemand hier muss sich verdammt noch mal mit der Lage arrangieren. Das traut sich jetzt vielleicht keiner zu sagen – aber in Wahrheit sitzen wir hier doch im Vorstellungsgespräch für einen Nebenjob, der uns bloß Zeit und Kraft kostet. Ich bin da raus, mich zwingt hier keiner, begeisterungsfähig zu sein. Das Elchfest einmal im Jahr reicht mir schon, schönen Dank auch. Meldet euch wieder, wenn es irgendwo brennt.«

Er stand auf und riss seine Jacke von der Stuhllehne.

»Ich sehe es genau wie Ulf«, sagte Sissel Loe.

Gemeinsam verließen sie den Raum, dann fiel die Eingangstür draußen ins Schloss. Es war fast, als wäre mit ihrem Abgang die Luft aus dem Treffen entwichen; irgendwas hatte sich verändert, und zwar nicht nur die Stimmung. Jeder wartete nur mehr darauf, dass irgendwer ihm den rettenden Strohhalm hinhielt. Björn hatte den Faden verloren. Ich versuchte, seinen Gesichtsausdruck zu deuten. War das Enttäuschung oder etwas anderes? Als Katta aufstehen wollte, um den beiden hinterherzulaufen, schüttelte er den Kopf.

»Lass gut sein.«

Katta nickte.

»Allerdings frage ich mich, was Berit dazu sagt. Sie hatte anscheinend keine Zeit zu kommen, weil sie sich zu Hause um Ulfs ganzen Scheiß kümmern muss«, murmelte sie halblaut. Dann hob sie die Hand, dass die Tulpen auf ihrer Tunika einen Satz machten. »Na dann. Weg sind sie. Wenn noch jemand gehen will, dann bitte jetzt gleich.«

Sie legte eine Kunstpause ein und sah einen nach dem anderen an. Niemand sagte etwas, alle saßen bloß reglos da. Ich auch.

»Also gut. Für den Rest von uns ändert das nämlich nichts. Wir müssen endlich weiterkommen. Hat irgendwer einen konkreten Vorschlag, mit dem wir weitermachen könnten?«

Sie selbst sei bereit, die Anträge bei der Bezirksverwaltung zu übernehmen. Außerdem wolle sie gleich im Oktober einen Flohmarkt veranstalten.

»Wir könnten einen Comedyabend mit Berta Karlsson organisieren – die ist pfiffig und würde eine Menge Leute ansprechen. Sie ist derzeit sowieso auf Tournee durchs Hinterland und hat zig Termine in Gemeindehäusern.«

Kalle Sund klang richtig begeistert. Über die Tische hinweg waren beifällige Kommentare zu hören.

»Super Idee, Kalle. Kannst du dich darum kümmern?«

Er nickte.

»Und Lesungen? Lars Kjellvander ist gerade auf Lesereise, hab ich gehört. Er war diese Woche in der Bibliothek in Järpen.«

Es war einfach so aus mir herausgeplatzt. Ich biss mir auf die Zunge. Katta sah mich verblüfft an.

»Auch das könnte funktionieren. Leserinnen und Leser gibt es ja zuhauf. Vielleicht gäbe es dafür sogar einen Zuschuss der Region Jämtland-Härjedalen? Das könntest du doch herausfinden, Vera? Dann sehen wir uns in ein paar Wochen wieder.«

Die Leute applaudierten. Ich sah mich um und verzog die Lippen zu einem süßlichen Lächeln. Irgendwann klappte es sogar. Ohne es zu wollen, hatte ich Katta ein Versprechen gegeben, dabei hatte ich mir doch geschworen, nie wieder im Leben etwas zu versprechen.

Nach der Versammlung trat Thomas vor der Tür auf mich zu.

»Soll ich dich mitnehmen?«

Er trug seine gelbe Warnkluft und hatte die typische Mützenfrisur. Er nickte in Richtung seines Lkw.

»Nein danke, ich bin mit dem Fahrrad da.« Ich zeigte in die entsprechende Richtung. »Habt ihr die Quote schon erreicht?«

»Noch nicht. Komm das nächste Mal halt wieder mit.«

»Mal sehen.«

»Heute früh war übrigens das Moos rund um ein paar umgestürzte Bäume zerwühlt.«

»Du klingst schon fast wie mein Vater.«

Er lachte und strich sich über den Bart.

»Tja. Trotzdem: Achtung vor dem Bären.«

»War bestimmt nur ein Dachs, der seinen Bau auspolstern wollte.«

»Kann natürlich sein. Hoffen wir es.«

Katta rief von drinnen nach uns. Wir gingen wieder rein.

»Wollt ihr euch nicht was von dem Karottenkuchen mitnehmen? Es ist so viel übrig geblieben.«

Thomas sagte sofort Ja. Katta nahm zwei gespülte Eisschachteln und legte je zwei große Stücke hinein, bevor sie sich wieder der Spülmaschine widmete. Ein kompletter Servierwagen voller gebrauchter Tassen und Teller wartete darauf, eingeräumt zu werden.

Thomas verabschiedete sich. Ich gähnte.

»Müde, Vera?«, fragte Katta. »Ich hab gesehen, dass du wieder für diesen Parasiten gearbeitet hast. Hat Krister Arvidsson inzwischen gestanden?«

»Nein, noch nicht, aber da fehlt bestimmt nicht mehr viel. Immer vorausgesetzt, er war es wirklich.«

Ich rückte meine Mütze zurecht.

»Glaubst du, es könnte jemand anders gewesen sein?«

»Ich glaube gar nichts. Aber noch ist er nicht verurteilt.«

»Nein, das nicht.« Katta kratzte Kuchenreste von einem Teller in den Komposteimer. »Die arme Frau. Sie wirkte so … fromm.«

Ich musste lachen. »Was für ein Wort! Aber wie, fromm?«

Auch Katta musste lachen. »Ja, ja, nenn es, wie du willst, aber Isabella Sandgren war anscheinend oft in der Kirche.«

»Wie bitte? Wo hast du das denn her?«

»Aus der Gemeinde in Kall. Ich war gestern dort Kaffee trinken, weil ich ein Bild für die Ausstellung im Gemeindehaus abgeliefert habe. Die tun, was sie können, um Besucher anzulocken ... Julia Evertsson hat sie erwähnt.«

»Julia Evertsson?«

»Die Kantorin – und eine talentierte Landschaftsmalerin. Sie stellt auch aus, zusammen sind wir zwölf. Großartig, dass sich der Pfarrer dort, Reidar Lind, traut, auf Kultur zu setzen. Von der Sorte gibt es nicht mehr allzu viele.«

Katta wühlte in einer Tüte unter der Spüle nach einem Spülmaschinentab und schloss dann die Klappe. Der Geschirrspüler fing an zu brummen.

»Ach. Und was hat Isabella in der Kirche gemacht?«

»Was man so in Kirchen macht, nehme ich an: zu Gottesdiensten gehen und so weiter. Julia meinte, sie habe sich oft lange mit dem Pfarrer unterhalten.«

Katta wrang ihr Spültuch aus.

»Und worüber?«

Sie zuckte mit den Schultern. »Woher soll ich das wissen?«

Ich musste an Sonja vom Campingplatz denken, an ihr Schweigen und den finsteren Blick, als ich mich nach jener letzten Nacht erkundigt hatte, bevor Maria verschwunden war. Mit einem Mal fürchtete ich, dass ich zu forsch vorgegangen sein und einige Aspekte in Marias Vergangenheit übersehen haben könnte. Die Verletzlichkeit.

»Wann ist denn Vernissage?«

»Am Samstag. Das Thema lautet: ›Den Tag einfangen‹. Es gibt sogar eine Facebook-Seite.«

»Okay, vielleicht komme ich ja vorbei.« Ich pustete eine Haarsträhne weg, die mir ins Gesicht gefallen war. »Übrigens hieß Isabella mit erstem Namen Maria.«

»Ja, hab ich gestern auch gehört. Aber ich hab mich irgendwie schon an Isabella gewöhnt.«

Ich lächelte. Es las zwar niemand mehr Zeitung, aber die Buschtrommel würde für alle Zeiten funktionieren.

Ich verabschiedete mich, hängte die Tüte mit dem Karottenkuchen an den Fahrradlenker und zündete mir eine Zigarette an. Rauchte auf dem Weg den Hang hinauf. Auf der Straße waren die ersten heimtückischen Eisflecken aufgetaucht und mein Hinterrad rutschte im Dunkeln weg. Vor dem alten Rådström-Haus, in dem inzwischen anscheinend Sissel Loe wohnte, kam mir Eskil Eriksson in seiner Warnweste entgegen. Ein ganzes Rudel Siberian Huskys kläffte uns an.

»Hast du gar keine Warnweste, Vera? Oder willst du unter die Organspender gehen?«

Er schüttete sich aus vor Lachen und sein Gebiss klapperte.

Bevor ich mich schlafen legte, machte ich mich über Lars Kjellvander schlau. Er schien schon in allen möglichen Städten der Welt gewohnt zu haben, immer mittendrin, hatte den jeweiligen Spirit gierig in sich aufgesaugt. Ein produktiver Autor mit einem spannenden Leben, aus dem er schöpfen konnte. Ich schickte der Ansprechperson auf seiner Website und sicherheitshalber auch gleich dem Verlag per E-Mail eine Anfrage wegen einer Lesung. Der tröstlichen automatischen Antwort zufolge würde man sich schnellstmöglich zurückmelden.

Ich klickte weiter. Irgendwann – in welchem Jahr genau, stand da nicht – habe Lars Kjellvander die Großstadt hinter sich und sich in Norrbotten niedergelassen. In der kargen Landschaft fühle er sich zu Hause. Ja, inzwischen seien die Stille und das dünn besiedelte Land seine Heimat, behauptete er in einem Interview. Meine Neugier war geweckt und ich las weiter. Aha. Natürlich hatte er auch noch eine Wohnung in der Stockholmer Altstadt. Als eine Art Hintertürchen.

Seufzend sah ich aus dem Fenster. Dort draußen war alles still. Wer war der Mann, der sich heute im Haus nach mir erkundigt hatte? Der Toyotafahrer oder jemand anders? Ich erhaschte eine flüchtige Bewegung und zuckte zusammen. Eine Elster war vom Dach zur Straßenlaterne unter meinem Fenster geflogen. Bloß eine Elster – aber schlagartig hatte ich weiche Knie. Angst machte den Menschen schwach, machte ihn klein. Ich schloss meinen Waffenschrank auf. Solange mein Elchstutzen dort drin stünde, wäre er wohl kaum von Nutzen. Ich lud ihn – Kammerverschluss zurück, fünf Patronen in die Kammer, Kammerverschluss nach vorn. Alles in nur fünf Sekunden.

*Heute Abend wollen wir den Schnaps aus Persas Hütte trinken. Jörgen hat den Inhalt in größere und kleinere PET-Flaschen umgefüllt. Schon den ganzen Abend thront er wie ein Gutsherr auf seinem Küchenstuhl. Die meisten wollen einen halben Liter kaufen. Jörgen, der ein Glas nach dem anderen kippt, türmt Geldscheine aufeinander.*

*»He, jetzt wird gefeiert, hört ihr?«*

*Nina lässt sich neben Maria aufs Sofa fallen. Ihre kleinen Brüste stecken in einem schwarzen Push-up-BH unter einem tief ausgeschnittenen weißen Pullover mit Schnürung. Sie lehnt sich zurück und nestelt an der glitzernden Piercingkugel in ihrem Bauchnabel. Ein Kinderbauch – immer noch rundlich. Maria zieht den großen Hoodie über ihrem Bauch zurecht und nimmt sich ein Kissen, für den Schoß. Manchmal leiht sie sich für Feiern Klamotten von Elisabeth, aber diesmal ging das nicht. Elisabeth und Johanna sind ins Kino gegangen und haben nicht mal gefragt, ob Maria mitkommen will, nicht einmal der Form halber, obwohl sie zuvor darüber gesprochen hatten. Als Maria anrief, um Elisabeth zu fragen, ob sie mit auf die Party kommt, hat Elisabeths Mutter es ihr erzählt.*

*»Nein, sie und Johanna sind unterwegs ins Kino. Dieser neue Film mit Jack Nicholson, wie hieß er gleich wieder?«*

*»*Wolf.*«*

*»Ja, richtig. Wenn du dich beeilst, holst du sie bestimmt noch ein.«*

*Elisabeths Mutter klang fröhlich. Kein bisschen so, als würde bald etwas Schlimmes passieren.*

*Aber Maria braucht die beiden nicht. Sie dürfen mit ihren schlanken Körpern gern in ihren Kinosesseln sitzen und mit ihrem Popcorn rascheln. In zueinander passenden Kunstpelzjacken. Total unoriginell. Als Maria noch jünger war, war sie oft neidisch auf Elisabeth, wenn die mit ihrer Familie zum Einkaufen nach Östersund fuhr – nur dass der Neid jedes Mal schnell verflog, weil Elisabeth gern teilte. Maria kann sich noch gut an die Zeit in der vierten Klasse erinnern, als sie jeden Morgen erst bei Elisabeth zu Hause vorbeiging und sich deren Parfüm auslieh. Elisabeths Mutter sagte damals, es reiche, wenn man sich ein bisschen von der teuren Flüssigkeit auf die Handgelenke sprühe, doch sie besprühten sich von Kopf bis Fuß. Sprüh, sprüh. Dann fuhren sie wie eine einzige riesige Duftwolke zur Schule.*

*»Was ist? Schmollen kannst du zu Hause.«*

*Nina rutscht näher. Sie hält ein großes Glas mit einem orangefarbenen Getränk in der Hand. Selbstgebrannter plus Orangensaft, vermutet Maria. Die Musik ist so laut, dass sie fast schreien müssen, um sich zu verständigen.*

*»Ich schmolle nicht. Ich bin nur müde.« Maria lässt den Fernseher nicht aus den Augen.*

*Es läuft ein alter Bruce-Willis-Film, an dessen Titel sie sich nicht mehr erinnern kann.*

*»Mann, reiß dich mal zusammen. Soll ich dir einen Drink machen?«*

*Maria ist hin- und hergerissen. Mit einem Glas in der Hand wird sie vielleicht eher in Ruhe gelassen.*

*»Okay, meinetwegen.«*

*Doch Nina kommt nicht weit, weil Klara wie eine Primadonna hereinspaziert.*

*»Schatzi!«*

*Sie riecht zugleich süßlich und säuerlich, nach Parfüm und nassem Hund. Ihr rotfleckiges, kindliches Gesicht und der hoch sitzende Dutt beißen sich mit den mascaraverschmierten, benebelten Augen. Nina springt vom Sofa auf und sie fallen sich kreischend um den Hals. Dann will Nina sich wieder aufs Sofa setzen.*

*»Nein, nein, nicht – der Norweger, du weißt schon, der aus Meråker, kommt gleich mit Nachschub. Komm, wir gehen ihm entgegen.«*

*Klara zieht ihre engen Jeans hoch.*

*»Aber die ganze Küche ist doch voll mit Schnaps.«*

*»Schon, aber nicht mit Sechsundneunzigprozentigem. Ich sag doch – Meråååker.«*

*Sie legt den Zeigefinger kokett an die Lippen, eine pummelige Marilyn Monroe.*

*Die beiden kreischen abermals, als würden sie soeben durchs Fenster ihren Lieblingsstar kommen sehen. Klara legt Nina den Arm um die Schultern.*

*»Und Maria ist heute sterbenslangweilig. Komm, wir ziehen weiter ins Lägdan.«*

*Sie tun betont beleidigt und als würden sie Maria zwischen ihren tuscheverklebten Wimpern hindurch niederstarren.*

*Maria lächelt angestrengt und sieht ihnen hinterher. Sie kann die beiden nicht ausstehen, aber im Augenblick ist es nur gut, dass sie da sind. Es kommen wieder Hassnachrichten. Das hätten sie Elisabeth nie zugetraut, sagen die beiden immer wieder.*

*Die Haustür geht auf und knallt zu. Maria stellt die Musik ab, Bruce Willis redet weiter. Von ihrem Platz auf dem Sofa kann sie bis in die Toilette mit den leeren Klorollen am Boden sehen. Sie lässt den Blick durchs Wohnzimmer schweifen. Es ist nur spärlich möbliert, Tim hat nur eine Handvoll Habseligkeiten auspacken können, ein paar Videokassetten in einem trostlosen Regal und ein Rollerplakat an der kränklich gelben Wand. Der Rest liegt immer noch in den Umzugskartons draußen auf dem Flur.*

*Sie steht auf und geht in die Küche. Der Dunstabzug läuft auf Hochtouren, damit er so viel Rauch wie nur möglich absaugt. Jörgen sitzt mit nacktem Oberkörper und einer Zigarette in der Hand am Küchentisch. Langsam bewegt sich die Hand zum Mund hin und wieder weg. Tim sitzt neben ihm. Die beiden sind sternhagelvoll, das sieht sie auf einen Blick.*

*»Na, wie geht's?«*

*Jörgen sieht sie mit glasigen Augen an. Inzwischen hat er die Deckung runtergelassen. Er trinkt nie, um Spaß mit anderen zu haben, sondern immer nur, um in seiner eigenen Welt zu versinken.*

*»Fährstu heim?«, lallt er und schiebt sich eine Haarsträhne hinters Ohr.*

*Seine Haare sind so fettig, dass die Strähnen an seiner Kopfhaut kleben. Die Bauchmuskeln zucken unter der dünnen Haut. Sie will ihn anziehen, ihn waschen, ihn beschützen.*

*»Ja, ich geh dann jetzt.«*

*Jörgen nickt und blickt fast verdattert drein, als er sein Glas vor sich auf dem Tisch entdeckt. Er hebt es an die rissigen Lippen und trinkt ein paar große Schlucke. Sie nimmt all ihren Mut zusammen.*

*»Komm doch mit.«*

*»Warum sollte ich?«*

*Da ist eine unvermittelte Schärfe in seiner Stimme. Tim reißt den Arm hoch, tut so, als wäre er eine Registrierkasse. Katsching.*

*»Keine Ahnung, ich dachte nur …«*

*»Denk nicht so viel.« Der Alkohol schimmert auf Jörgens Zähnen.*

*Maria wird flammend rot im Gesicht. Aber wie kam sie auch darauf? Es ist lange her, dass er zuletzt mit ihr mitgegangen ist und umgekehrt. Es ist vorbei, war nie etwas Ernstes.*

*Es fühlt sich an, als würde jemand anders ihre Füße in Richtung Toilette ziehen. Von allein schaffen sie es nicht mehr, so müde ist sie. Sie muss eine Zeit lang auf der Klobrille sitzen, ehe sie Wasser lassen kann. Es ist fast, als wollte sie auch dies unbedingt bei sich behalten. Anschließend spritzt sie sich kaltes Wasser ins Gesicht. Statt sich abzutrocknen, starrt sie sich im Spiegel an. Die Wassertropfen auf der Haut sehen aus wie Tränen.*

*Ihre Sneakers findet sie auf einem Haufen in der Ecke im Flur. Als sie gerade gehen will, hört sie Jörgens Stimme.*

*»Ich bin schon seit Wochen an einer Tussi dran, die ich vögeln will.«*

*»An wem? Soll ich raten?«*

*»Brauchst du verdammt noch mal nicht.«*

*»Sag schon, wer ist es?«*

*»Elisabeth. Aber die will nicht. Der sitzt unten was quer oder so.« Er lacht gehässig.*

*Maria schnürt es die Kehle zu und ihr wird schwindlig. Durch ihren Hals kommt kaum noch Luft, irgendwas Hartes ist da im Weg. Sie kann jetzt nicht allein sein.*

*Der harte Kloß im Hals treibt sie zum Lägdan. Zum letzten Tanzabend des Jahres unter freiem Himmel. Dann wird wieder drinnen im Gemeindehaus getanzt. Die Espenzweige am Eingang rascheln, bald dürften sie ihr Laub verlieren. Die tiefen Rillen im Schlamm sind nach dem nassen Sommer endlich getrocknet. Wie immer sitzt Sune an der Kasse, allerdings hat sie nicht vor zu bezahlen. Auf dem dunklen Parkplatz wird es allmählich voll. Viele sind nur zum Trinken hier und nicht wenige kommen von weiter her. Irgendwer spielt im Auto laut Judas Priest. Die besoffenen Unterhaltungen versuchen, Halfords Metal-Screams zu übertönen.*

*Klara und Nina sitzen bereits mit je einer Flasche in der Hand in einem offenen Kofferraum. Klara zittert, obwohl der Alkohol doch wärmt. Ihre Jacke ist viel zu dünn. Niemand findet es komisch, dass Maria dazukommt, aber es schert auch keinen. Eine Flasche geht herum. Maria setzt sie an die Lippen. Es brennt, aber der Kloß im Hals wird damit ein wenig weicher. Im Handumdrehen ist sie von einer leichten, hellen Schutzhülle umgeben.*

*Sie wacht auf, weil ihr Fuß eiskalt ist. Auf der Zunge der Geschmack von Erbrochenem, ein Schuh ist ihr abhandengekommen. Wo ist sie? Sie hört Wasser rauschen und dann bleibt ihr Blick am Steg runter zu dem kleinen Wasserfall hängen. Sie liegt im erstarrten Schlamm direkt am Ufer des Indalsälven. Mühsam stemmt sie sich hoch und sieht sich um. Nein, sie muss beide Schuhe verloren haben und eine Socke. In den kleinen, abgesplitterten Nagellackflecken auf ihren Fußnägeln sitzt noch immer der Sommer. Sie krümmt die Zehen und knetet sie durch, um sie aufzuwärmen.*

*In einigem Abstand läuft immer noch Tanzmusik. Wenn dort immer noch gefeiert wird, dann kann es noch nicht Morgen sein. Als sie an sich hinabblickt, sind ihre Hosenbeine komplett eingesaut – die Haare ebenfalls. Es hat ihr niemand die Haare nach hinten gehalten, als sie sich übergeben hat.*

*Sie und Elisabeth haben sich das geschworen.*

*Mit einem Mal erhascht sie im Augenwinkel einen Schatten, und noch bevor sie sich wehren kann, schießt eine Elster mit gestreckten Flügeln direkt auf ihren Kopf zu, sie kneift die Augen zusammen und schreit, spürt den Windzug der Flügel, doch nichts passiert. Es war nur eine Warnung. Sie kommt auf die wackligen Beine. Alles dreht sich. Sie fängt an zu weinen. Die krampfhaften Schluchzer tun richtig weh.*

*Erst glaubt sie, dass sie es nicht schafft, aber dann läuft sie den ganzen Weg nach Hause. Mit lauten Rufen und Getöse fährt ein Auto nach dem anderen an ihr vorbei, keins davon hält. Irgend-*

*wann nähert sie sich dem alten Industriegebiet, da wird es still. Sie ist so müde, dass sie die Treppe zur Haustür fast schon hinaufkriechen muss. Trotzdem kann sie nicht einschlafen. Ihre Gedanken geben keine Ruhe, in ihrem Kopf singt ein ganzer Chor, manchmal einstimmig, aber genauso oft kommen die Stimmen aus unterschiedlichen Richtungen, und Maria kann sie nicht ausblenden, kann sich nicht fallen lassen und entspannen. Die Stimmen werden immer lauter, und als sich die alkoholbefeuerte Panik dazugesellt, wird es umso schlimmer. Alles wächst in dieser Nacht, alles wächst ihr über den Kopf und wird ungestalt.*

*Irgendwo zwischen Traum und Wirklichkeit sieht sie den tiefen Graben auf dem Weg zu dem leer stehenden Haus vor sich. Sie muss auf die andere Seite kommen, doch plötzlich ist Jörgens Hand nicht mehr da. Als es ihr endlich gelingt, über das schmutzige Wasser zu springen, ist die Erleichterung überwältigend. Triumphierend blickt sie auf die breite Kluft hinab, die sie soeben hinter sich gelassen hat. Dann hört sie ein Kichern und dreht sich zum Waldrand um. Dort stehen Elisabeth und Jörgen, hacken auf einen Kadaver ein. Als sie näher herangeht, erkennt sie, dass sie selbst der Kadaver ist.*

*Maria setzt sich im Bett auf und macht Licht. Unter ihren schweren Brüsten sickert der Schweiß hervor. Von oben immer noch kein Mucks. Die Finsternis zwischen den Treppenstufen liegt hinter dem roten Samtvorhang, trotzdem weiß sie, dass sie da ist. Sie denkt an ihre Mutter, die allein und übel riechend und mit delligen Oberarmen in ihrem Bett liegt. Sie denkt an die Trauer, die Schuppenflechte, die Einsamkeit und an alles andere, was in der Dunkelheit immer übermächtiger wird. Nichts wird je wieder so wie im letzten Sommer, das hat sie inzwischen begriffen. Doch Jörgen und sie sind immer befreundet gewesen, und das soll weiter so bleiben. Das soll nicht so werden wie mit Elisabeth.*

»Marias Mutter Rakel ist vergangene Nacht gestorben.«

Strömmens Stimme am anderen Ende der Leitung grollte wie ein Gewitter in der Ferne und meine Vitalfunktionen drohten außer Kontrolle zu geraten: Mein Herz fing vor Aufregung an zu hämmern, während ich gleichzeitig keuchte wie ein Blasebalg. Mein Vater saß über das Grablicht auf seinem Schoß gebeugt in seinem Rollstuhl, der sich im Gegenwind schwer wie Blei anfühlte.

»Was? Ist das dein Ernst?«

»Leider ja.«

»Was ist passiert?«

»Sie wurde von einem Zug erfasst.«

»Wie bitte? Was hatte sie denn an den Gleisen zu suchen? Die Frau kam kaum die eigene Treppe runter, das schwöre ich dir.«

»Ich glaube dir ja. Trotzdem geht die Polizei nicht von einem Verbrechen aus. Sie war verwirrt, ist mit ihrem Rollator ohne Jacke dort draußen rumgeirrt. Bestimmt obendrein depressiv. Fällt höchstwahrscheinlich unter Selbstmord oder Unfall.«

»Nicht unter Verbrechen? Das Ganze klingt aber doch nach einem echt merkwürdigen Zufall. Erst die Tochter, dann die Mutter. Hat nicht Leif G. W. Persson gesagt, dass man dem Zufall nicht trauen darf?«

»Schon. Aber der gute G. W. sagt so einiges, wenn der Tag lang ist.«

»Klar, trotzdem … Weißt du, was ich glaube?«

»Keine Ahnung, aber ich rechne mit dem Allerschlimmsten.«

»Ich glaube, dass bei der Polizei ein Haufen Blindfische arbeitet, nur im Schwarm unterwegs ist und Bullshit erzählt. Habt ihr schon mit Rakels Pflegehilfe gesprochen? Er oder sie dürfte das eine oder andere erzählen oder erklären können.«

»Genau daran haben wir auch schon gedacht. Jönsson sollte etwas darüber schreiben, ob die Pflege bei Rakel gepatzt haben könnte. Dann hat sich gezeigt, dass sie gar keine bewilligt bekommen hat, weil sie halbwegs allein klarkam.«

»Aber ich hab doch mit eigenen Ohren gehört, dass sie jemanden hatte?«

»Hörfehler, Bergström. Die Gemeinde hat uns Auskunft erteilt.«

Ich blieb stehen, musste erst wieder zu Atem kommen und schnäuzte in den Straßengraben. »Du, ich ruf später noch mal an, Papa und ich sind auf dem Weg zum Friedhof. Brauche gerade beide Hände am Rollstuhl.«

Ich schob und zerrte weiter. Der Schneematsch legte sich auf die Räder.

»Ich mag G. W.«, sagte mein Vater, der mit einem Mal hellwach zu sein schien. »Dann schreibst du also wieder?«

Ich starrte auf seinen kahlen Schädel hinab.

»Hab ich dir doch erzählt. Allerdings nur vorübergehend.«

»Pfff. Um der Schüler willen solltest du damit weitermachen. Für den Lehrerberuf bist du doch sowieso viel zu ungeduldig.«

»Hm, vielleicht hast du recht.«

Der Grabstein meiner Mutter war schlicht, hell und mit Wacholderzweigen und Erika geschmückt. Ich stellte das Grablicht ab. Die Flamme kämpfte im Wind. *Hier ruht Paula Bergström* war in den Stein eingraviert. Ich fuhr mit der Hand über ihren Namen. Über den Kieswegen hing feiner Nebel. Ich war gern auf dem Friedhof, es war hier nie unbehaglich gewesen, immer nur still und wehmütig. Aber ich spürte auch, dass sich hier irgendetwas zu verändern schien. Wie viel Gewalt hier wohl begraben lag, auf ewig zum Schweigen gebracht und verscharrt. Ich zitterte. Mit Maria durfte das nicht passieren, ich würde ihre Geschichte, ihre Stimme ausgraben und mir anhören, was sie flüsterte. Insgeheim befürchtete ich, dass sie mir erzählen könnte, dass auch Rakel umgebracht worden war und Krister Arvidsson somit fälschlicherweise in Haft saß.

Was, wenn der Mörder nach wie vor irgendwo dort draußen war, sei es weit weg oder in nächster Nähe? In den letzten Jahren schien nur eine Handvoll Leute eine Verbindung zu Maria und Rakel gehabt zu haben: Marias Tochter Liv natürlich, Livs bislang unbekannter Vater, Esther und … dieser Typ, von dem Rakel die ganze Zeit gefaselt hatte, als ich bei ihr zu Besuch gewesen war. Jörgen. Wer war er? Vielleicht der Pfleger? Oder Livs Vater? Nein. Dass Maria ihrer Mutter einen neuen Mann in ihrem Leben vorgestellt hatte, bezweifelte ich.

»Da geht's doch bestimmt nur darum, an Geld oder Wertsachen zu kommen«, sagte mein Vater unvermittelt.

»Wie bitte?«

»Diese Pflegehilfe. Es gibt Leute, die geben sich als Polizisten oder jemand von der Bank oder sonst was aus und rauben alte, hilflose Menschen aus. Schlimm ist das. Als ich allein gewohnt hab, hat das Personal vom Pflegedienst mich immer davor gewarnt, jemand Fremden ins Haus zu lassen.«

»Stimmt, ich erinnere mich.«

Eine Weile herrschte Stille. Ganz gleich, wie der Tod kam – er schien immer unbegreiflich zu sein.

Meine Mutter, die gerade erst angefangen hatte, schwimmen zu gehen und online meine Artikel zu lesen, auch wenn sie die nicht mehr ausschneiden konnte, war nicht mehr da. Es war so schnell gegangen. Ich hatte nie erlebt, dass sie bettlägerig gewesen wäre, bis sie auch schon gestorben war. Eine Schande, wenn man sich nicht krumm und bucklig schuftete und so weiter – nur dass sie darüber komplett vergessen hatte, sich um sich selbst zu kümmern. Der Knoten wurde zu spät entdeckt. Ich betrauerte nicht nur den Umstand, dass sie nicht mehr da war, sondern auch, dass ich mir nie genug Mühe gegeben hatte, sie zu Lebzeiten richtig kennenzulernen. Auch diese Erkenntnis war zu spät gekommen.

Wörter waren unsere gemeinsame Leidenschaft gewesen. Geschichten. Ich schrieb sie und meine Mutter übersetzte die Geschichten anderer Leute. Ich war nicht wie sie, hatte nie diese aufopfernde Art besessen, und das hatte sie mir auch nie vorgeworfen, allerdings hatte uns das durchaus getrennt; meinen Vater und mich hatten die praktischen Dinge verbunden: Wühlmäuse schießen, dem Hundegebell lauschen. Das war immer einfacher gewesen.

»Wo kommt der Wind heute her? Muss Nordwesten sein.«

Er sagte es eher zu sich selbst. Wollte immer noch ständig wissen, aus welcher Richtung der Wind kam, obwohl es inzwischen, seit er sein Zimmer in der Sonnenlichtung bezogen hatte, eigentlich keine Rolle mehr spielte. Früher, als der Sturm an unserem Haus in Ånn gezerrt hatte, war das anders gewesen: Da waren wir nachts aufgewacht und hatten befürchtet, der Sturm könnte die Fenster eindrücken. Damals suchten die Elche oft Schutz auf unserer Veranda. Mein Zimmer lag direkt daneben, und ich konnte sie durch die Wand hören: wie sie mit den Hufen aufstampften und sich dann auf den Bretterboden fallen ließen, den mein Vater jeden Sommer imprägnierte. Irgendwann hatten die Elche und ich im Gleichklang geatmet.

»Frierst du?«, wollte ich wissen.

»Nein, nein, es ist angenehm. Die Luft auf dem Gesicht zu spüren.«

Trotzdem steckte ich die Decke über seinen Beinen im Rollstuhl fest.

»Aber du frierst bestimmt«, stellte mein Vater fest und beäugte meine dünne Softshelljacke.

»Ein bisschen. Aber ich kann mich ja bewegen.«

Demonstrativ klopfte ich mir Wärme in die Oberarme und hüpfte kurz auf der Stelle.

»Und warum hast du keine wärmere Jacke an?«

»Die liegt noch im Umzugskarton im Wartesaal. Da steht noch so viel herum, dass ich gar nicht weiß, wo ich anfangen soll zu suchen.«

»Sind die Sachen aus dem Haus auch noch da?«

»Ja.«

»Wirf den ganzen Mist einfach weg.«

»Ist das dein Ernst?«

»Warum immer alles aufheben? Das Zeug kommt doch irgendwann sowieso weg. Mach einen Flohmarkt draußen auf dem Parkplatz.«

»Und die Andenken?«

»Ja, die sind nett, solange sie einen nicht belasten. Aber die besten Erinnerungen bleiben einem ja.«

Ich nickte. »Dann werfe ich ein paar Sachen weg und räume auf. Darüber habe ich schon länger nachgedacht. Ich hab's nur nicht geschafft, nachdem Levan …«

Mein Vater fing meinen Blick auf.

»Levan hat *dich* gebraucht. Das ist dir doch klar? Du warst immer die Stärkere von euch beiden. Schon als ihr zwei noch klein wart. Das fand deine Mutter übrigens auch.«

»Wirklich?«

»Immer schon.«

Es klang wie ein Echo vergangener Tage. Eine Erinnerung an etwas, was lange her war. Fast rechnete ich damit, dass gleich Gespenster auf den Kieswegen zu tanzen begannen. Um meine Dr. Martens waberte der Nebel.

Wir nahmen den Aufzug nach oben. Er gab ein trauriges Quietschen von sich. Oben erwartete uns gemeinschaftliche Verlassenheit, eine Art künstlicher Atem, der nach Schulfluren roch. Womöglich roch es so überall dort, wo Menschen verwahrt wurden. Die verspiegelte Kabine zeigte eine in die Jahre gekommene Tochter und ihren alten Vater. Im grellen Licht sahen wir beide fahl aus, mit Altersflecken im Gesicht und geäderter Nase. Trotzdem zwinkerte mein Vater mir zu.

»Roy Andersen kann mich mal«, sagte er. »Der kann Filme drehen, so viele er will – der echte Film ist das Leben.«

Wir mussten beide lachen. Ja, so richtig laut und erlösend lachen.

Was hatte Rakel wohl gefühlt, als sie in der Nacht die Lok auf sich hatte zurasen sehen? Hatte sie in ihrem kranken Gehirn noch Erinnerungen gehabt oder war der Kopf nur noch leer gewesen? Und was hätte ich in jenem Augenblick getan? Obwohl ich eigentlich auf direktem Weg nach Hause fahren und den Bahnhofsparkplatz hätte freischaufeln sollen, fuhr ich nach Järpen. Der Ort wirkte still und andächtig wie eine Kirche. Der Schnee dämpfte jedes Geräusch und es schneite immer weiter. Jetzt würden alle davon reden, wie schön hell alles war.

Die Feuerwehr hatte Rakels Leiche und den Rollator geborgen, allerdings waren im Schnee an den Gleisen immer noch rote Flecken zu sehen. Blut, aber auch noch etwas anderes. Ich beugte mich vor und hob es auf. Ein roter Polyestergürtel.

»Sie hatte einen Bademantel an, als der Zug sie erfasst hat.«

Ich blickte auf. Ein Bahnarbeiter mit einer Brechstange.

»Ja, hab ich auch gehört.«

Er machte sich wieder an die Arbeit. Hielt die Brechstange mit beiden Händen fest und donnerte sie gegen die Gleise, dass das Eis nur so splitterte. Ich rief Strömmen an, der erst nach dem achten Klingeln ranging und mich davon in Kenntnis setzte, dass er gerade zum Pinkeln aufs Gästeklo hatte gehen müssen.

»Die Enkel haben das Bad in Beschlag genommen. Da ist überall Badeschaum und Badekreide. Die Wände sehen aus wie in irgend so einem Hip-Hop-Viertel in der Bronx. Aber sie sind süß, wenn sie schlafen.«

Am liebsten hätte ich mir mein Kissen geschnappt und hineingeheult. Verdammter Glückspilz, so gut wie du haben es nicht viele.

»Fast die ganze Familie ist ausgelöscht, Strömmen. Jetzt ist nur noch Liv, Marias Tochter, am Leben.«

Er seufzte. Sein Atem rasselte.

»Ich weiß. Hoffe, es findet sich jemand, der sich um sie kümmern will. Ich meine, irgendwen muss es doch geben.«

Ich wusste es besser. Es *musste* gar niemanden geben. Manchmal gab es eben keinen, besonders dann nicht, wenn um einen herum alle starben. Noch war Liv zu klein, um zu verstehen, dass gerade die zwei Generationen vor ihr ausgelöscht worden waren. Dass die Erbfolge lange vor der Zeit abgerissen war. Was würde das für ihr Leben bedeuten? Zu was für einem Menschen würde sie jetzt heranwachsen? Wer würde ihre Tränen wegküssen, auf Schürfwunden pusten und Pflaster daraufkleben? Sofern das Mädchen noch in der Obhut des Jugendamts war, dann hatte sich der Vater immer noch nicht zu erkennen gegeben; ich hoffte sehr, dass er eine verdammt gute Erklärung hatte.

»Strömmen, mal angenommen, dass die Blindfische aufs falsche Pferd gesetzt haben und Krister Arvidsson wieder auf die Weide schicken müssten …«

»Vera …«

»Überleg doch mal. Lass einfach mal für ein paar Sekunden

deiner Fantasie freien Lauf.« Ich sprach lauter als nötig, aber manchmal musste das sein.

Womöglich hielt er sich gerade das Telefon vom Ohr weg und verzog das Gesicht – so wie er es immer in der Redaktion getan hatte, wenn irgendein Hobbyschreiberling anrief und schwadronierte, die Zeitung müsse einen fragwürdigen Leserbrief abdrucken, über Einwanderung oder die Haltung der Politik zum Umgang mit Wölfen –, aber das war mir gerade egal.

»Das hier ist wichtig. Sonst haben wir es vielleicht bald mit einem weiteren Mord zu tun«, beharrte ich.

Für einen Moment war er still. Ich wusste genau, dass er nur zu gern über unwahrscheinliche Szenarien nachdachte. Und es kam wie erwartet.

»Ach du Schande ... Du glaubst, dass irgendwer der Familie an den Kragen will? Dass irgendein Irrer einen nach dem anderen ausschalten will? Dann könnte Liv jetzt in Lebensgefahr schweben.«

Meine Finger waren eingeschlafen, und ich klemmte das Handy zwischen Ohr und Schulter, rieb mir die Hände und blies warme Atemluft darüber.

»Genau das glaube ich, Strömmen. Und in diesem Fall sind immer noch zu viele Fragen offen.«

Wir legten auf. Was diese Pflegehilfe anging, hatte ich nicht vor, einfach so klein beizugeben. Was genau hatte der Nachbar mit dem Dackel noch mal gesagt, als wir uns vor Rakels Garage begegnet waren? Ich brauchte seine Telefonnummer. Seine Frau führte einen Friseursalon, das Schneidewerk, in ihrem Wohnhaus ... Ich googelte und stieß auf eine Adresse, die mich zum Ziel führen würde – und zwar zu Åke und Eva-Britt Nilsson. Ich sah auf die Uhr. Bestimmt saßen die beiden gerade beim Nachmittagskaffee. Åke war sicher mit Svante Gassi gewesen, hatte bei den Nachbarn nach dem Rechten gesehen, während sein Hund das Beinchen an Bäumen und Laternenmasten gehoben hatte. Er ging beim zweiten Klingeln ran.

»Åke?«

»Ja, am Apparat.«

Ich beschloss, ihm die Wahrheit zu sagen: dass ich nicht als Freundin, sondern als Journalistin bei Rakel zu Besuch gewesen war. Womöglich wäre er enttäuscht von mir, er hatte immerhin aufrichtig froh gewirkt, weil sie ausnahmsweise Besuch bekommen hatte; doch Åke schien es mir nicht krummzunehmen. Erleichtert erklärte ich ihm, dass die *Jämtlandsposten* vorhabe, die Behörden wegen Rakels Tod zur Rechenschaft zu ziehen.

»Wenn Sie Fragen haben, bin ich gern behilflich«, erwiderte er.

Normale Leute. Hilfsbereit – so waren die meisten von ihnen. Als Lokalreporterin hatte ich sie oft für diese Eigenschaft bewundert: dass sie sich Zeit nahmen, Rede und Antwort stehen wollten. Als Zeitung hatten wir diese Bereitschaft wenig gewürdigt und somit jetzt im Nachhinein das dementsprechend verdiente – zu distanzierte – Verhältnis zu diesen Leuten.

Ich schluckte. »Sie haben erwähnt, dass Rakel eine Pflegehilfe hatte.«

»Das ist richtig.«

»Wer hat Ihnen das erzählt?«

»Die Frau selbst. Nette Person. Wir haben uns unterhalten, als Svante und ich mal frühmorgens dort vorbeikamen. Sie mochte Hunde, das war deutlich zu spüren, aber sie hatte es natürlich eilig. Dass in der Pflege immer solcher Stress herrscht – das wird uns noch alle das Leben kosten. Aber mir ist auch selbst schon der Gedanke gekommen, dass Rakel vielleicht die falsche Medizin gekriegt hat und deshalb dort draußen herumgeirrt ist.«

Eine Frau also. Dann konnte ich diesen Jörgen zumindest in diesem Zusammenhang von meiner Liste streichen.

»Hat die Frau sich Ihnen vorgestellt?«

»Bestimmt, aber na ja, Sie wissen schon, mein Gedächtnis funktioniert zwar noch, allerdings nicht zuverlässig. Da müssen Sie schon bei der Gemeinde anrufen und dort nachfragen, die haben doch bestimmt einen Dienstplan. Ich fürchte, was das angeht, bin ich ein echt schlechter Zeuge. Meine Frau behauptet immer, es könnte glatt einer nackt vor mir herlaufen, und ich würde es nicht bemerken.«

Ich lachte pflichtschuldig.

»Aber Sie sind sich sicher, dass die Frau sich als Pflegehilfe vorgestellt hat?«

»Da bin ich mir sicher. Sie hat erwähnt, dass sie dort putzt und sicherstellt, dass Rakel ihre Tabletten nimmt und zwischendurch auch mal an die frische Luft kommt. So oft kam sie ja nicht mehr raus.«

»Haben Sie sehen können, was für ein Auto die Frau hatte?«

»Oh, bei Automarken bin ich schlecht, aber es war schwarz und kein Kombi. Eine Zeit lang stand es öfter mal da, allerdings nicht regelmäßig, wenn ich jetzt darüber nachdenke. Ich glaube, Regelmäßigkeit wäre bei Rakel wichtig gewesen. Vielleicht könnten Sie das bei den Verantwortlichen vorbringen?«

»Wird gemacht, definitiv. Danke, Åke.«

Ich hatte das ungute Gefühl, dass ich nicht vollends verstand, was hier gerade vor sich ging. Schnee trudelte vom Himmel und ich trudelte ebenfalls. Entweder hatten sie bei der Gemeinde keinen Überblick, oder die Frau, die sich als Pflegehilfe vorgestellt hatte, hatte tatsächlich gelogen, um an Rakels Geld zu kommen, genau wie mein Vater vermutet hatte. Aber das Auto habe dort öfter geparkt, hatte Åke gesagt. Gingen derlei Verbrecher wirklich so offen vor?

Der schwarze Wagen konnte gut und gern derselbe sein, der

mir hinterhergefahren war. Aber was konnte ich tun, um mir diesbezüglich Gewissheit zu verschaffen? Außerdem stellte sich die Frage, wer etwas davon hatte, ins Haus einer Schizophrenen einzudringen. Ich konnte es einfach nicht greifen, die Antwort entzog sich mir, wie Blut, das von Wasser weggespült wurde.

Ich musste schreiben, um mir diverser Sachen klar zu werden, ich musste mit meiner Reportage über Maria loslegen. Warum ich immer noch nicht damit angefangen hatte, war mir selbst nicht klar.

Sobald ich zu Hause war, setzte ich mich an den Rechner, doch meine Finger schwebten nur über der Tastatur. Ich bekam keine einzige Zeile zustande, irrlichterte bloß umher und versuchte vergebens, einen brauchbaren Zugang zu finden. Am Ende gab ich auf.

Laut P4 Jämtland waren fünfzehn Zentimeter Schnee gefallen. Die Schneeschaufel stand im Treppenhaus und wartete auf mich, völlig unwissend, dass in der Zwischenzeit Frühling und Sommer vergangen waren. Allerdings war es wärmer geworden, der Schnee blieb an der Aluschaufel kleben. Ich machte die Schaufel voll, ehe ich sie zur Seite trug und umkippte. Rund um den Bahnhofsparkplatz bildeten sich kleine Schneewälle. Als ich die letzte Schaufel auskippte, spürte ich, dass meine Softshelljacke innen schweißnass geworden war, dabei hatte der Verkäufer behauptet, sie wäre ganz wunderbar atmungsaktiv. Zwei Stunden Schneeschaufeln hielt sie jedenfalls nicht aus. Echt schwach. Ich fing an zu bibbern.

Zurück in meiner Wohnung zog ich mir trockene Sachen an. Fehlten nur noch eine Tasse Tee und eine nervige Fernsehserie mit Konservengelächter, damit ich wieder auf Touren kam. Doch als ich den Wasserkocher auffüllen wollte, kam nur ein dünnes Rinnsal aus dem Hahn. Es tropfte noch kurz, dann kam überhaupt kein Wasser mehr. Verdammt noch mal, die Leitung war eingefroren. Ich öffnete den Schrank unter der Spüle und nahm die Kupferrohre in Augenschein – wie damals die Frauenärztin meinen Unterleib, als ich wieder nicht schwanger geworden war. Äußerlich. Das würde ich ihr nie verzeihen. Eis bildete sich innen. Immer innen.

Meine Heißluftpistole lag dort, wo sie immer lag: im Brotkorb. Ich steckte den Stecker ein und regulierte die Temperatur, blies dann warme Luft auf die Wasserrohre und stellte mir vor, wie sich die Blockaden im Innern lösten, sodass wieder Wasser fließen konnte. Nach einer halben Stunde fing der Wasserhahn an zu röcheln und ließ durch, was hindurchwollte.

Im selben Moment, als ich mich vom Boden hochstemmte, entdeckte ich den Mann auf der Straße. Ich zuckte zurück und sofort schoss mein Puls in die Höhe. Vor fremden Häusern und fremden Wohnungsfenstern zu stehen, weil man vielleicht gerade über etwas nachdenken musste oder auf jemanden wartete – so etwas tat man nur in der Großstadt, aber doch nicht in Ånn. In Ånn fiel man damit auf. Im nächsten Moment entdeckte ich das Auto. Einen weißen Volvo 242. Auf meiner Oberlippe bildeten sich Schweißperlen.

Ich schlich zur Eingangstür und vergewisserte mich, dass abgeschlossen war. Anschließend löschte ich das Deckenlicht und nahm meine Kameratasche aus dem Schrank. Inzwischen war der Deckel staubfrei. Ich wechselte das Standardobjektiv gegen ein Tele und stellte mich hinter den Vorhang. Als ich sein Gesicht näher zoomte, war endgültig klar, dass er zu meinem Fenster hochguckte: ein unrasierter Mann mit eingefallenen Wangen, die langen Haare zu einem strähnigen Zopf zusammengebunden. Das Äußere stimmte mit Björns Beschreibung des Mannes überein, der sich neulich bei ihm nach mir erkundigt hatte, und mit Esthers Beschreibung des Mannes mit dem Volvo, der ein Jahr zuvor bei Maria zu Besuch gewesen war.

Bestimmt war er der Typ mit dem *Situation-Stockholm*-Stoffbeutel gewesen.

Was wollte er hier? Ich ließ die Kamera sinken. In meinem Bauch tat sich ein schwarzes Loch auf. Die Frage war, ob er auch den Toyota gefahren hatte oder ob zwei verschiedene Leute hinter mir her waren. Mir ging die Kraft in den Armen aus, ich war drauf und dran, die Kamera fallen zu lassen, und sank aufs Bett.

Einige Zeit später hörte ich einen Motor aufjaulen und sich dann grollend entfernen – ein Raubtier, dem das Opfer entwischt war. Ich klopfte die Kissen auf und setzte mich bequemer hin. In meinem Rücken wölbte sich die Tapete, als würde sich jemand dahinter verstecken.

Die Zwischenblutung kühlte in meinem Slip ab und nach einer weiteren schlaflosen Nacht tanzten schwarze Punkte durch mein Gesichtsfeld. Ich taumelte durch die Flure und war zu nichts zu gebrauchen. Die Neuntklässler waren zu Schnuppertagen in die gymnasiale Oberstufe eingeladen worden. Auf Plakaten hieß das Tag der offenen Tür. Schüler führten Schüler herum und kümmerten sich selbst um das meiste. Ich mochte es nicht, wenn die Dinge anders liefen als sonst, da wusste ich nie, was von mir erwartet wurde; ob ich mich einfach unter die Leute mischen oder irgendwie behilflich sein sollte. Ich hatte weder Arbeitsaufträge bekommen, noch schien irgendwer etwas von mir zu wollen. Ulla war nirgends zu sehen. Am Ende spürte ich sie bei den anderen im Lehrerzimmer auf. Anders als sonst war die Stimmung dort ausgelassen. Man saß auf den Sofas, redete durcheinander und trank Kaffee. Lars Hernander erzählte von einer bedauernswerten Schülerin, die am Dienstag während des Sportunterrichts ihre falschen Wimpern im Schwimmbad verloren hatte.

»Die war kreuzunglücklich! Da dümpelten diese Fliegenbeine im Wasser … Aber ich hab sie mit dem Kescher rausgefischt – und dann klebt sie die einfach wieder an, als wäre nichts passiert!«

Es folgte lautes Gelächter.

So ging es munter weiter, als wollten sie sich gegenseitig übertrumpfen, indem sie sich über ihre Schülerinnen und Schüler lustig machten. Oh ja, jetzt zeigte die Erhabenheitsmafia ihr wahres Gesicht.

Ich tat kurz so, als würde ich ein paar Unterlagen auf meinem Schreibtisch durchgehen, ehe ich einen Stoß mit unkorrigierten Aufsätzen zum Thema »Pro und kontra Todesstrafe« in meinen Rucksack stopfte. Die würde ich als Ausrede anführen, um von hier wegzukommen. Im selben Moment klopfte es an der Tür. Die Kollegen auf dem Sofa sahen mich auffordernd an, immerhin stand ich bereits und war schon halb auf dem Weg.

Ich kannte den Mann, oder besser: Alle kannten ihn. Mats Sjölund. Es war noch nicht lange her, dass er selbst hier das Abitur gemacht hatte. Inzwischen saß er phasenweise in der Wartehalle im Bahnhof Järpen, ohne je wirklich auf einen Zug zu warten. Ich hatte ihn mal interviewt, als der Warteraum bei fünfundzwanzig Grad minus geschlossen war. Im Augenblick roch er mal wieder nur mehr nach Alk und Zorn. Er hatte einen Urinfleck auf der Hose und einen wilden Blick.

Er nickte mir knapp zu und sah sich fahrig um. Als er die Kaffeegesellschaft auf dem Sofa entdeckte, ließ er die Plastiktüte fallen, die er in der Hand gehalten hatte, marschierte mit schwingenden Armen auf die Gruppe zu und stieß dabei einen Stuhl um. Die Stimmung im Lehrerzimmer war augenblicklich umgeschlagen. Etwas, was nicht hergehörte, musste sofort entfernt werden.

»Kurt, du Wichser! Ich komm wegen Hanna«, brüllte er und in seinem schlaffen, geröteten Gesicht lief ihm der Speichel übers Kinn.

Kurt stand auf und wich mit blanker Angst im Blick zurück. Die anderen erhoben sich ebenfalls.

»Mats, was ... Deine Schwester kommt doch wunderbar allein klar.«

Mehr bekam Kurt nicht mehr zustande, weil Mats ihn an der Gurgel packte und gegen die Wand drückte. Ulla und Märit kreischten auf, klammerten sich aneinander und pressten das Gesicht an die Schulter der jeweils anderen.

»Sie kriegt gefälligst eine Eins und keine Vier! Hanna *kann* Bio, kapiert? Jetzt ist Schluss mit Lieblingsschülern, sonst …«

Alle warteten auf die Fortsetzung, aber sie kam nicht. Mats drückte Kurt nur noch fester den Hals zu. Kurt verdrehte bereits die Augen.

»Mats! Mats, lass ihn los! Kurt weiß genau, was er tut. Er unterrichtet und benotet seit vierzig Jahren, das weißt du doch.« Lars' Stimme, aus Richtung Kopierer. Er hielt ein Blatt Papier in die Höhe. »Hier, guck dir ihren Test an. Hier steht's – Hanna Sjölund.«

Ich konnte fast hören, wie Ånns Fitisse jenseits der Sahara ihr Klagelied auf den Biologieunterricht sangen. Und urplötzlich ging alles ganz schnell: Ich stürzte mich auf Mats, seine grobporige Nase rammte in der Küchenecke eine herausgezogene Schublade und dann schleuderte ich den Typen auf den Linoleumboden. Dort lag er nun auf dem Rücken und strampelte wie ein Käfer, während ihm das Blut aus der Nase in den Mund lief. Er leckte es weg und rollte sich zusammen, machte sich klein. Es sah aus, als würde er kapitulieren.

»Meine Schwester hat eine bessere Note verdient«, stieß er mit brüchiger Stimme hervor, als würde er jeden Moment anfangen zu heulen.

»Bestimmt. Aber nun mal nicht in Biologie«, erwiderte ich immer noch außer Atem.

Er sah zu mir hoch, spuckte aus und drohte mir mit der Faust.

»Und dich fick ich auch noch!«

»Ach ja?«

»Hör endlich auf rumzuschnüffeln und Leute auszufragen!«

Ging es hier gerade um Maria? Anscheinend.

»Die Leute zeigen auf ihn, als wär er ein verdammter Mörder, dabei hat er nur den Weg zu ihrem Haus geräumt!«

Und endlich fiel bei mir der Groschen. Mats musste der verlorene Sohn dieses Preppertypen Sixten sein.

»Ich habe keinerlei Interesse daran, jemanden an den Pranger zu stellen. Es bleibt alles respektvoll, ich will ja auch Maria schützen«, versicherte ich ihm.

Er schnaubte und stemmte sich mit einiger Mühe und wenig würdevoll hoch.

»Ich finde ja« – ächzend kam er auf die Füße –, »dass Sie sich mal fragen sollten, wen Sie da eigentlich schützen. Das Opfer oder den Täter.«

»Was soll das denn heißen?«

»Wenn Sie das nicht kapieren, dann haben Sie vielleicht immer noch nicht genug im Dreck gewühlt. Vollpfosten!«

Auf wackligen Beinen hielt er auf die Tür zu, hob seine Plastiktüte vom Boden auf und verschwand auf demselben Weg, den er gekommen war.

Ich sah mich um.

»Was hat er damit gemeint?«

Niemand schien darauf eine Antwort zu haben. Ulla schüttelte den Kopf. Ihr Hals war von der Aufregung immer noch rotfleckig.

»Ich bin mir nicht sicher, ob das gerade gut war, Vera. Oft ist ein deeskalierendes Gespräch in so einem Fall besser.«

Märit nickte.

Kurt hatte die Hände vors Gesicht geschlagen und murmelte, vielleicht solle er wieder in Åkessons Werkstatt anfangen, wo er Anfang der Achtziger mal gearbeitet habe; in jedem Fall könne er künftig keine Rücksicht mehr nehmen auf den Lehrermangel in den Naturwissenschaften.

»Kann ich verstehen«, erwiderte Lars Hernander. »Sogar ein Werkstattlüfter behandelt einen besser. Ist doch wahr!«

Er war der Ansicht, es sei an der Zeit, dass die Politik die Samthandschuhe ablegte. Außerdem müsse mehr Sport im Lehrplan stehen.

Märit und Ulla indessen wussten genau, wie sie die Stimmung retten konnten. Märit löffelte Kaffee in den Filter, nahm sieben Tassen aus dem Schrank und klopfte die Sofakissen auf. Ulla schnitt einen Zimtkuchen auf und zupfte ein paar gelbe Blätter von der Mårbacka-Pelargonie im Fenster. Die hatte sie tapfer am Leben erhalten, obwohl andere Pelargonien so spät im Jahr längst halb tot in irgendwelchen Kellern lagerten.

Ich war schlagartig ratlos. Ich war Schulbegleiterin, die sich zwar auf Säufer stürzen, aber weder jemanden trösten, über den Kopf streichen noch Wunden verarzten konnte. Bestimmt irgendeine Störung. Der chinesische Arzt, bei dem ich mal gewesen war, hatte mit seiner Diagnose unter Garantie recht gehabt. Kalte Gebärmutter, hatte er gesagt.

Levan und ich hatten uns damals einem Busausflug angeschlossen, in einen der ältesten Stadtteile Pekings, um die traditionellen Hutongs zu sehen, die inzwischen zusehends abgerissen wurden. Hinter einer Tür neben einem Loch in der Wand, an dem wir uns Fleischsuppe kauften, befand sich eine Arztpraxis, die geöffnet war. Eigentlich sollte es bloß ein Spaß sein, allerdings saß die Erinnerung daran bis heute wie ein Stachel in meinem Fleisch.

Die kleinen Pillen, die bei kalter Gebärmutter helfen sollten, sahen aus wie Kaninchenkötel. Man schluckte täglich mehrere davon. Levan lachte darüber, für ihn war chinesische Medizin der reinste Hokuspokus, ihm konnte keiner erzählen, dass man Unfruchtbarkeit mit pflanzlichem Scheiß behandeln konnte. Mich, die ich es ernst nahm – die ich alles so ernst nahm –, nannte er lächerlich. Trotzdem kaufte er zwei Pillendosen, um mir eine Freude zu machen. Am Abend heulte ich in der Dusche und ging früh ins Bett.

Märit war mit den Kaffeetassen zugange. Ich brummelte, ich müsse kurz telefonieren. Sie folgten mir mit dem Blick. Zimtkuchen möge doch jeder? Ich nicht. Ich ging lieber mit der Wünschelrute herum und suchte nach Wasseradern. Irgendwo *musste* eine sein. *Vor bestimmten Sachen kann man eben nicht fliehen, Maria.*

In dieser Nacht wachte ich erstmals seit Langem von der Bahn auf. Die Wände wackelten, die Fenster klirrten und knacksten. Ich stand auf, holte mir ein Glas Wasser und machte das Fenster auf, sah im Dunkeln den ratternden Waggons hinterher, die auf irgendeine spezielle Weise aneinandergekoppelt waren; ein Moment im Leben eines Dorfes, das drauf und dran war unterzugehen. Gamla Ånnsjöbua, die Schule und die Tankstelle waren schon jetzt nur mehr Ruinen.

Statt mich wieder hinzulegen, ging ich hinunter in die Wartehalle, um meinen grünen Merinomantel zu suchen. Der hatte zwar bestimmt schon zehn Jahre auf dem Buckel, trotzdem liebte ich ihn heiß und innig. Wenn ich ihn nicht zumachte, flatterten mir die Schöße um die Beine, er sah fast aus wie ein Designerstück, obwohl ich ihn bei Kappahl gekauft hatte, und wäre jetzt genau das Richtige.

Er lag im allerersten Umzugskarton, den ich aufmachte. Unglaublich. Vielleicht sollte ich drüben bei Björn gleich ein Rubbellos kaufen. Und direkt auch noch den Koffer auspacken. Das dunkle Ungetüm im Flur stand ohnehin nur im Weg. Ich hatte eigentlich einen gemusterten Koffer haben wollen, damit ich ihn auf dem Gepäckband leichter wiederfinden könnte, aber Levan hatte für einen schwarzen plädiert, der aussah wie alle anderen. Mittlerweile ärgerte ich mich darüber.

Widerwillig legte ich den Koffer auf den Boden und öffnete den Reißverschluss. Mein geerbtes petrolblaues Kleid lag ganz oben und grüßte leicht geknickt; sofern ich mich überwinden könnte, würde ich dieses Kleid zu Kattas Geburtstagsfeier anziehen. Es roch immer noch nach meiner Mutter.

Ich holte mir ein Glas Rotwein und stellte mich mitten ins Zimmer. Von hier hatte ich einen besseren Überblick. Und es sah aus, als hätte eine Feuersbrunst gewütet. Meine Sachen verrieten kein bisschen darüber, zu welchem Menschen ich geworden war. Wer ich in diesem Augenblick war. Unwillkürlich erinnerte mich meine Wohnung an Marias Haus, allerdings schien bei ihr die Zeit mit *Gulla*, den *Kindern der Erde* und mit Nirvana eher ... vor siebenundzwanzig Jahren stehen geblieben zu sein. Egal, wie ich es drehte und wendete: Immer wieder verwies alles dorthin zurück, wie ein Bumerang, der einen zum Narren hielt. Hier und da fragte ich mich, ob ich vielleicht nicht mehr imstande war, die Spur zu wechseln und neue Blickwinkel einzunehmen. Ob ich tatsächlich der Vollpfosten war, der nicht hinreichend im Dreck wühlen konnte, wie es Mats Sjölund formuliert hatte.

Ich balancierte das Glas in der Hand. Nahm noch einen großen Schluck. Die Tapete im Wohnzimmer fing an, sich von der Wand zu lösen. Dagegen sollte ich schleunigst etwas unternehmen. Sie herunterreißen, spachteln, schleifen, malern. Sachen in Angriff nehmen. Einfach diese blaue Farbe kaufen, die ich schon lange haben wollte, kein Babyblau, sondern ein Taubenblau, genau die richtige Schattierung. Die alten Béarnaise-Flecken von der Wand wegschrubben. Warum tat ich das nicht einfach – ich, die ich früher so entscheidungsstark und tatkräftig gewesen war? Wie viele Leute ich ausgerechnet zu diesem Thema interviewt hatte – Menschen, die sich selbst nicht wiedererkannten, die aus verschiedensten Gründen aus der Bahn geraten waren, die krank, einsam geworden oder verarmt waren und in der Folge ihre Tatkraft eingebüßt hatten. Die zu Menschen geworden waren, die die Herde verachtete.

Ich kippte den Koffer auf den Boden aus. In sämtliche Falten und Winkel war Sand gekrochen. Dann trug ich ihn zum Spülbecken und schüttelte ihn aus. Der Kleiderberg roch säuerlich nach Meer, vom Salzwasser wellig gewordenen Büchern und alter Sonnencreme. Das musste alles gewaschen werden. Die Sachen säuberlich zu sortieren schaffte ich nicht, ich machte einfach zwei Haufen, einen hellen und einen dunklen, stopfte die dunkle Wäsche in die Waschmaschine und stellte sie auf sechzig Grad ein.

Der Koffer kam auf den Kleiderschrank im Schlafzimmer.

Obwohl ich mich fast erleichtert fühlte, krampften meine Hände. Als ich auf sie hinabblickte, hatte ich die Fäuste geballt. Vorsichtig spreizte ich die Finger, doch die Unruhe in mir wollte sich nicht legen. Ich konnte nicht länger in der Wohnung bleiben, es fühlte sich an, als würde der Boden sich neigen. Raus, los, nur weg.

War nicht heute die Vernissage in der Kirchengemeinde in Kall? Hatte Katta nicht Samstag gesagt? Laut Facebook fing »Den Tag einfangen« in ein paar Stunden an.

Dort würde ich mal nachhorchen, warum Maria so oft in der Kirche gewesen war.

Altfrauenparfüm und höfliches Nicken. Im Gemeindehaus waren die ersten Besucher eingetroffen, die meisten davon vermutlich Verwandte der Künstlerinnen und Künstler. Nicht mal die Topausstellungen in Järpen lockten darüber hinaus ein großes Publikum an. Katta war noch gar nicht da. Sie wäre bestimmt enttäuscht, wenn wir uns verpassten.

Ich drehte eine Runde und sah mir die Bilder an. Das Thema »Den Tag einfangen« hatte Sahnetorten in Gartenlauben und spielende Kinder hervorgebracht; einen Angler. Katta hatte eine Frau gemalt, die zwischen Pinseln tanzte, unter Garantie ein Selbstporträt. Helle Erinnerungen. Nirgends schattiger Nadelwald oder eine Landstraße, die hinterm Horizont endete, sodass man Zeit hatte, einen Gedanken fertig zu denken. So ein Bild hätte ich haben wollen.

Vor einem Aquarell stand ein Mann mit Priesterkragen und unterhielt sich mit einer älteren Frau in einer rosa Daunenjacke. Bis die beiden fertig wären, stattete ich dem Kuchentisch eine Stippvisite ab. Die junge Aushilfe erklärte, es gebe Schokokuchen und Brötchen mit Schinken und Käse. Mir reichte ein Kaffee.

»Ist das Reidar Lind?«, fragte ich leise und zeigte auf den Priesterkragenmann, der mit dem Rücken zu mir stand.

Sie nickte. Kicherte. Reidar drehte sich um. Seinen heiligen Öhrchen schien nichts zu entgehen. Oder er hatte Augen im Hinterkopf. Als er meine Kamera sah, wurde er ganz hektisch.

»Oh, die Presse, wie toll! Herzlich willkommen!«

Er strich die Falten in der Anzughose glatt, ehe er ein wenig zu lange meine Hand schüttelte, als wäre er es gewöhnt, Oberwasser zu haben. Ich fragte mich, wie Pfarrer im Bett waren, bestimmt am versautesten von allen.

»Ich muss Sie leider enttäuschen, leider bin ich nicht der Kunst wegen hier.«

Als ich ihm anschließend mein Anliegen vortrug, verrutschte etwas in seinem Gesicht. Er richtete sich den Kragen und schien leicht den Kopf einzuziehen. Beim Namen Maria Sandgren sackten die Schultern nach vorn und er neigte den Kopf.

»Maria war zu Seelsorgegesprächen bei mir, das kann ich bestätigen. Aber wie Sie bestimmt wissen, fallen die unter die Schweigepflicht.«

»Das ist mir bewusst, aber ich …«

Er schüttelte den Kopf.

»Selbst wenn Maria sich ausdrücklich gewünscht hätte, dass ich über unsere Gespräche berichte, dürfte ich nicht darüber reden. Ein Geistlicher ist ausnahmslos der Verschwiegenheit verpflichtet. Nicht mal vor Gericht dürften wir uns über Dinge äußern, die wir bei der Beichte oder Seelsorgegesprächen gehört haben.«

Er nahm die Hände hoch und hob wieder die Stimme, damit alle ihn hörten. Nahm die Pfarrersrolle an. Ein rechtschaffener Mann, zu dem alle aufblickten. Sein Publikum spitzte die Ohren, ich ebenfalls.

»Statt über all das Negative sollten Sie über diese fantastischen Künstlerinnen und Künstler schreiben. Nie steht etwas Positives in der Zeitung, immer nur Elend.«

»Ja, ich dachte mir schon, dass Sie das finden.«

Ich sah mich um, begegnete den erwartungsvollen Blicken ringsum mit einem steifen Lächeln, während mich gleichzeitig eine Hitzewelle vom Kopf bis runter zu den Füßen überrollte. Unter meinem Fleece juckte die Wollunterwäsche, meine Unterhose schnitt mir ins Fleisch, am liebsten hätte ich sie mir vom

Leib gerissen oder alternativ laut geschrien, aber ich nahm mich zusammen.

Ich würde ja doch bloß alle enttäuschen. Artikel über Kunst wurden im Netz nicht angeklickt, geschweige denn bezahlt, Strömmens KPI würde in den Komaschlaf verfallen, aber das konnten sie ja nicht wissen. Wirklich schade um all die Kulturschaffenden, die ständig irgendwelchen Verschwörungstheorien zum Opfer fielen.

»Als ich mal bei einem Basketballspiel war, hat es dort von Reportern nur so gewimmelt. Die waren mindestens zu dritt. Ist schon ein Unterschied. Aber natürlich fließt das Geld immer nur in den Sport.«

Leicht verächtlich reckte die Dame in der rosa Daunenjacke ihr Kinn in die Höhe.

Mir war klar, dass tags darauf ein Shitstorm auf die *Jämtlandsposten* warten würde: Nie kommen Reporter zu unseren Veranstaltungen, in sämtlichen Zeitungen stehen dieselben Sachen, die Zeitung spiegelt die Gesellschaft überhaupt nicht mehr wider, Kultur wird doch gar nicht mehr ernst genommen.

Ich hatte das alles schon zigmal gehört. Ein paar spitze Bemerkungen lagen mir schon auf der Zunge, doch die spuckte ich draußen in den Schnee. Die Sonne war von ein paar düsteren Wolken verschluckt worden, die so tief hingen, dass der Kirchturm verschwunden war. Da war ein Unwetter im Anmarsch, womöglich sogar ein Schneesturm.

»He, Reporterin!«

Das Mädchen vom Kuchentisch holte mich an meinem Auto ein. Ihr Atem umwehte sie wie ein weißer Wolkenbruch. In Stockholm würde man so etwas wahrscheinlich Kälteschlag nennen.

»Supernervig.se, oder?«

Ich musste lachen.

»Ist schon okay, das bin ich gewöhnt.«

»Ich hab gesehen, dass sie auf der Facebook-Seite der Schwedischen Kirche etwas geschrieben hatte. So tiefgründige Sachen …«

»Maria?«

»Ja, nur dass sie sich da natürlich Isabella genannt hat. Wenn das irgendwie hilft?«

Ich nickte.

»Hast du sie mal hier in der Kirche getroffen?«

»Ja, öfter. Ich leite den Kinderchor, und da …«

»Wie war sie so?«

»Verdruckst. Schüchtern. Einige haben versucht, mit ihr ins Gespräch zu kommen, aber das ging quasi nicht. Allerdings haben Sie das wahrscheinlich auch schon von anderen gehört.«

Ihr Blick blieb an der Mauer und dem Motorzuheizer mit der Aufschrift *Nur Personal* hängen.

»Tja, hab mir von Gott ein bisschen Wärme stibitzt«, sagte ich.

Sie kicherte erneut – wie das Klimpern eines Windspiels, das in den bleistiftgrauen Tag hinausgeweht wurde. Im selben Moment begannen im Gemeindehaus ein paar Schülerinnen und Schüler, Geige und Klavier zu spielen. Die Kultur war immer zur Stelle, auf die Kultur konnte man sich verlassen.

Ich zog den Stecker raus und bedankte mich bei dem Mädchen für den Hinweis. Der war definitiv eine genauere Recherche wert.

Das Leben von Frauen war wirklich durch und durch von Scham und einem Gefühl der Unzulänglichkeit durchdrungen. An sich nichts Neues – trotzdem hatte ich einen Kloß im Hals, als ich es schwarz auf weiß vor mir sah. Die Facebook-Seite der Schwedischen Kirche kam für mich einer fremden Welt gleich, einer Orgie aus schwierigen Themen und zugleich kostenfreier psychologischer Hilfe. Ich hatte keine Ahnung gehabt, dass die Kirche in sozialen Netzwerken derart aktiv war. Auf der Seite schien irgendein Redakteur, oftmals ein Pfarrer, täglich zu einem Thema zu posten. Das mochte Besorgtheit sein, Engel des Alltags, Einsamkeit, die Sehnsucht nach Ruhe oder Liebe. Die Kommentarfelder quollen nur so über von Menschen – hauptsächlich Frauen –, die zum entsprechenden Thema entweder eine persönliche Erfahrung beitrugen oder in dieser oder jener Hinsicht einen Ratschlag brauchten. Das vorherrschende Thema, dämmerte es mir, nachdem ich ein bisschen herumgescrollt hatte, war Vergebung.

Es dauerte nicht lange, bis ich unter den zahlreichen Namen den von Isabella Sandgren entdeckte. Mein Puls beschleunigte sich. Eine Spur. Tagesthema war die Möglichkeit, sich von einer Schuld zu befreien. Ein Bild zeigte ein zartes Pflänzchen, das unter einem grauen Felsmassiv hervorspross.

Isabella hatte ins Kommentarfeld geschrieben: »Ich habe einen furchtbaren Fehler gemacht und die Scham ist nur schwer zu ertragen. Ich habe immer das Gefühl gehabt, dass man es mir sogar ansehen könnte. Kann es da Vergebung und Versöhnung geben?«

Eine Pfarrerin namens Amina hatte ihr geantwortet: »Wer bereut und sich Vergebung wünscht, kann sie auch bekommen. Gott ist IMMER bereit zu verzeihen, allerdings muss man sich auch selbst verzeihen. Ich rate dir, deine Gemeinde zu kontaktieren und dort im Gespräch Hilfe zu suchen.«

Isabella Sandgren: »Danke, das mache ich. Ich will es einfach endlich hinter mir lassen.«

Vielleicht hatte sie sich an genau diesem Punkt an Pfarrer Reidar Lind gewandt. Und sechs Monate später hatte jemand sie umgebracht.

Amina: »Du wirst es hinter dir lassen können. Denk immer daran, dass du darüber hinaus sonntags im Gottesdienst Vergebung bekommen kannst.«

Irgendwas an dem Tonfall der Pfarrerin störte mich. Dass

man Vergebung bekommen konnte, klang für mich in etwa so, als würde man immer am Wochenende Schweineschwarte im Sonderangebot bekommen. Aber wer war ich, darüber zu urteilen? Frauen hatten auch so schon hinreichend zu leiden. Da durfte irgendwas auch mal einfach sein. Ich überlegte, ob die Antwort auf die Frage, was Religion so attraktiv machte, genau hier zu finden war: Gott als schnelle Lösung.

Hatte Maria ihren »furchtbaren Fehler« als Kind gemacht oder als Erwachsene? Sie hatte geschrieben, es habe sich immer so angefühlt, als könnte man ihr die Scham äußerlich ansehen. Das klang, als wäre es schon ein Weilchen her. Ihr Leben glich einem Rätsel, das ich zu lösen versuchte, allerdings machte es mir den Zugang nicht gerade leicht und nahm ständig eine andere Gestalt an.

Ich rief die Notizen-App auf meinem Handy auf. Vielleicht ging das Schreiben ja leichter, wenn ich mit ein paar Stichworten begann. Ich starrte das weiße Display an. Die Jahre bei der *Jämtlandsposten* hatten mich gelehrt, dass es so etwas wie Inspiration nicht gab. Das Einzige, was wirklich zählte, war harte Arbeit, in die Tasten zu hauen und den Abgabetermin vor Redaktionsschluss einzuhalten. Trotzdem saß ich da wie gelähmt, sobald es um meinen Text über Maria ging.

Oder konnte ich nur deshalb nicht anfangen, weil es immer noch keinen Anfang gab?

Ich machte das Fenster zu den Gleisen auf und zündete mir eine Zigarette an. Nahm ein paar tiefe, bedächtige Züge und blies Rauchringe in die Luft. Sie schwebten in Richtung der Oberleitungen, ehe sie sich in Wohlgefallen auflösten. Draußen war es vollkommen still, nicht mal Ågrens Laufhund bellte. Ein Stück weiter unterhalb begann der Wanderweg runter ins Moor und zum See. *537 Meter über Normalnull* stand auf einem Schild am Bahnhofsgebäude. Genau da befand ich mich.

Ich musste wieder daran denken, wie ich Levan immer hoch-, während er mich runtergezogen hatte. Sicher nicht in böser Absicht, sondern rein reflexhaft. Meine Schuld bestand darin, dass ich den intellektuell anspruchsvolleren Job mit dem besseren Gehalt gehabt hatte, und diese Schuld hatte immer schwerer gewogen als seine Unzulänglichkeiten. Seine groben Hände, sein Einwanderer-Background. Ich war dabei immer schlechter weggekommen, obwohl es andersherum hätte sein müssen.

Aber Frauen urteilten immer besonders hart über sich selbst. Hatte Maria sich selbst verzeihen können, ehe sie starb – ganz gleich, was sie angerichtet hatte?

*Der Nebel verzieht sich nicht. Er kriecht über das schwarze Wasser, eine undurchdringliche Zeltplane, die zu dieser Tageszeit zwischen Erde und Himmel hängt. Maria hat sich entschieden. Sie will mit Jörgen reden. Bestimmt liegt er noch im Bett und schläft, aber dann weckt sie ihn eben. Der Kater pulsiert in ihren Schläfen, trotzdem ist sie ganz klar im Kopf, glasklar.*

*Zu ihrer Verwunderung brennt Licht in der Werkstatt. Sie macht die Tür auf, atmet den wohlbekannten Geruch von Abgasen, Benzin und Zitronenwunderbaum ein. Auf der Wanduhr ist es 05:16. Eine braun gefleckte Katze kommt ihr entgegen und eilt auf die Tür zu.*

*»Lass sie nicht raus! Ich pass auf die auf. Die gehört meiner Schwester.«*

*Jörgen steht über seinen EPA gebeugt da und füllt Öl nach. Seine Haare fallen wie ein Wasserfall über den Motor. Die schmutzige Armeehose schlackert an seinen dünnen Beinen.*

*»Wie geht's?«, fragt sie.*

*Die Katze reibt sich an ihrem Bein und maunzt kläglich. Sie wirkt nervös und unruhig.*

*»Kann nicht schlafen.« Jörgen blickt auf. »Aber was machst du schon so früh hier? Du siehst scheiße aus.«*

*»Ich weiß.«*

*Sie muss an ihr gerötetes Gesicht denken. War echt eklig im Spiegel.*

*»Hab auch echt schlecht geschlafen. Was machst du gerade?«, fragt sie und versucht, unbekümmert zu klingen.*

*»Nichts Besonderes. Muss hier nur Ordnung machen, sonst wird mein Alter stinksauer. Er ist schon unterwegs.«*

*Mit einem Mal sieht Maria, wie durcheinander und dreckig alles ist. Das Werkzeug hängt nicht, wo es hängen soll, die Benzinkanister stehen nicht im Regal, überall Haufen aus altem, verschmiertem Küchenpapier.*

*»Mein Alter ist krank. Krebs.«*

*Er wischt sich die Hände an der Hose ab, nimmt einen Lappen von der Werkbank und zieht die Scheibenwischer damit ab.*

*»Oh, das wusste ich nicht.« Sie weiß nicht recht, was sie sagen soll. »Tut mir leid.« Es klingt armselig, aber besser als nichts.*

*»Ach, du weißt ja, was man sagt. Scheiße zieht Scheiße an.«*

*Maria glaubt nicht, dass Jörgen immer meint, was er sagt, aber sie fragt sich doch, wann er diese Art endlich ablegt. So ist er seit seinem dritten Lebensjahr.*

*Es kracht laut. Die Katze ist aufs Regal gesprungen und hat einen von Jörgens brandneuen Scheinwerfern runtergeworfen. Der ist jetzt hin. Einige Scherben sind ein gutes Stück weit geflogen.*

*»Ach, Fuuuuuck!«*

*Maria sieht, wie es in seinen Augen flackert. Wie die Ader, die von seiner linken Augenbraue bis zum Haaransatz verläuft, dick wird und pulsiert. Ein sicheres Zeichen. Sie schluckt. Weicht zurück in Richtung Tür.*

*»Dich bring ich um, verdammt!«*

*Ohne die Katze aus den Augen zu lassen, legt Jörgen in aller Seelenruhe den Lappen weg.*

*Dann nimmt er eine Decke von der Ladefläche. Maria erkennt sie wieder, aus dem Sommerhaus – die karierte, in die er den Videorekorder gewickelt hat. Jörgen hält sie vor sich, geht langsam auf das Tier zu. Als er sie fast erreicht hat, ergreift die Katze die Flucht. Vielleicht hat sie die Gefahr gewittert.*

*»Komm schon, Jörgen, das war doch nur ein Unfall«, versucht Maria, ihn zu beschwichtigen.*

*Aber Jörgen hört nicht auf sie. Er jagt die Katze kreuz und quer durch die Werkstatt. Am Ende erwischt er sie mit der Decke, rafft sie um das zappelnde Tier zusammen. Maria kann hören, wie panisch die Katze ist. Wie sie kämpft, kratzt und schreit. Ja, schreit.*

*Als Jörgen den Sack hart gegen die Wand schmettert, muss sie die Augen schließen, genau wie früher, als Kind, wenn sie sich einen Gruselfilm angeguckt hat und niemand sehen sollte, dass sie Angst hatte. Sie schließt die Augen und hält den Kopf still. Hört nur, wie das Bündel mehrmals gegen die Wand schlägt. Dunk, dunk. Nach einer Weile verändert sich das Geräusch, wird schwächer, als hätte sich der Inhalt des Sacks in einen harten, tonlosen Kern eingekapselt.*

*Jörgen steht mitten in der Werkstatt und zittert. Erst zeitversetzt sieht sie, dass er weint. Vorsichtig geht sie auf ihn zu, legt ihm erst die Hand auf die Schulter, und als das okay ist, streckt sie beide Arme aus und zieht ihn an sich. Sie umarmt ihn, wie einen Freund, nicht als wären sie ein Paar. Sie weiß, dass er das ebenfalls weiß. Alles wird wieder wie früher, sie stehen da wie zwei Bäume mit ineinander verschlungenen Wurzeln und finden Nahrung beieinander, wo die Erde nichts mehr zu geben hat. Nein, dieser karge Boden hier hat noch nie ausgereicht. Sie werden einander auch weiterhin festhalten, wenn die anderen längst verschwunden sind. Sie will ihm alles geben. Und in diesem Moment sagt sie es.*

*»Ich weiß, wie du es hinkriegen könntest, mit Elisabeth zu schlafen.«*

Das Geräusch schnitt durchs Zimmer, zerriss die Dunkelheit. War das der Handywecker? Nein, das Handy klingelte. Das Display leuchtete und das Gerät vibrierte. Ich streckte mich nach dem Nachttisch aus, ließ aber den Kopf auf dem Kissen liegen, als ich ranging. Ich kam einfach nicht hoch.

»Hallo?« Es war kaum zu hören. Ich atmete tief durch, räusperte mich und wiederholte ein wenig lauter: »Hallo?«

»Sind Sie Vera?«

Eine knarzende, verwaschene Stimme. Kein Junge, aber auch kein alter Mann. Es war zwei Uhr nachts.

»Ja, das bin ich.«

Ich setzte mich auf die Bettkante und knipste die Lampe an. Auf dem Nachttisch tauchten in der Insel aus Licht meine Nasentropfen, der Urlaubskrimi aus dem Koffer und ein verstaubtes Wasserglas auf. Ich beugte mich vor und schob die Hand unters Bett, bis ich etwas Hartes ertastete. Den Elchstutzen. Den hatte ich für alle Fälle in Reichweite haben wollen. Fünf Sekunden Stille.

»Ist was mit Papa?«

»Papa?«, wiederholte der Mann verwirrt. »Nein, nein. Ich will über den Mord an Maria reden.«

Schlagartig war ich hellwach.

»Ja?«

Ich strich mir die Haare aus dem Gesicht. War das ein Zeitungsleser? Einer von der alten Garde, der seinem Ärger nicht wie alle anderen auf Facebook Luft machte? Jemand, der kein Internet, dafür aber ein paar Gläschen intus hatte und jetzt jemanden brauchte, auf den er einschimpfen konnte? Die Sorte kannte ich, die war früher recht gängig, als die Lokalzeitung so wichtig gewesen war wie heutzutage die sozialen Netzwerke.

»Was wollen Sie von mir?«

Er atmete stoßweise.

»Ich hab Angst.«

Ich ächzte in mich hinein. Dann war dieser Mann womöglich keiner vom Dorf, der zu viel gebechert hatte, sondern ein Fall für die Klapse. Mein Blick blieb an der Wand hängen. Die Beule dort war tags zuvor noch nicht da gewesen. Aus heiterem Himmel fiel mir ein Artikel ein, den ich mal gelesen hatte, über *le blob*, einen zig Jahrmillionen alten Organismus, der im Naturhistorischen Museum Paris ausgestellt war. Keiner wusste, was dieser Blob eigentlich war, vielleicht ein Tier, vielleicht auch ein Pilz, wie der Museumsdirektor vermutete. Kurz verspürte ich den Impuls, die Beule in der Tapete aufzuschneiden und nachzusehen, ob dahinter Blobs herumkreuchten.

Stattdessen fragte ich: »Wovor haben Sie Angst?«, war mir allerdings nicht sicher, ob ich die Antwort darauf wirklich hören wollte.

»Ich glaube, dass jemand Marias Mutter auf die Gleise geschubst hat, dass Rakel ermordet wurde, genau wie Maria, und dass ich als Nächstes dran sein könnte.«

Mit einem Mal waren meine Hände schweißnass. Da war es wieder: Misstraue dem Zufall. Was, wenn mein Bauchgefühl doch richtig gewesen war, als ich dort draußen an den Gleisen in Järpen gestanden hatte? Nichtsdestoweniger musste ich objektiv bleiben und Professionalität an den Tag legen.

»Wie Sie wahrscheinlich wissen, sitzt bereits jemand für den Mord an Maria in Untersuchungshaft.«

Der Mann lachte verbittert.

»Dieser Loser! Krister Arvidsson ist definitiv der Falsche.« Plötzlich klang er fast schon selbstbewusst.

»Wie kommen Sie darauf?«

»Lange Geschichte. Aber hier geht es um Rache. Ich kann nur so viel sagen, dass sowohl Maria als auch ich unsere Tat gesühnt haben.«

»Rache? Tat? Wovon reden Sie?« Ich sprach zu hektisch. »Wer sind Sie überhaupt?« Letzteres klang einen Hauch säuerlich.

»Ich bin ein alter Freund von Maria. War ein alter Freund von ihr«, korrigierte er sich matt. »Ich heiße Jörgen.«

Jörgen! Endlich tauchte der Name im Zusammenhang mit einer realen Person auf.

»Sie waren nach Marias Tod zu Hause bei Rakel«, platzte es aus mir heraus.

»Na und? Ist das vielleicht verboten? Ich wollt einfach nur dort vorbeischauen und nach dem Rechten sehen, aber mit ihr konnte man ja nicht mehr reden. Sie schien nicht mal kapiert zu haben, was da passiert war, verdammt.«

Er schluckte. Dann klang es, als hielte er sich den Hörer näher an den Mund.

»Ich ... Ich bin außerdem der Vater von Liv.« Beim Wort »Vater« klang seine Stimme noch matter, als fiele es ihm schwer, es überhaupt auszusprechen.

»*Sie* sind Livs Vater? Warum haben Sie sich denn nicht zu erkennen gegeben? Die Polizei sucht doch nach Angehörigen!«

Jörgen seufzte.

»Hören Sie schon auf. Ich war eine Zeit lang in einer Entzugsklinik. War nicht gerade in der Verfassung, auf ein Kind aufzupassen. Keine Ahnung, ob ich das jemals sein werde, aber zumindest will ich ab jetzt mein Leben wieder auf Spur bringen. Da ist ja auch noch anderer Scheiß passiert.«

»Und warum rufen Sie nicht direkt bei der Polizei an?« Meine Hand war zu schwitzig, um das Handy zu halten.

»Bei den Bullen? Nie im Leben. Denen trau ich nicht über den Weg. Das würden Sie auch nicht, wenn Sie das Gleiche mitgemacht hätten wie ich.«

Ich legte mir die Decke um die Schultern und stand auf. Trat ans Fenster und zog die Jalousien hoch. Draußen im Licht der Straßenlaterne wirbelten die Schneeflocken.

»Haben Sie Anfang der Woche hier vor meinem Haus gestanden? Mit einem 242er?«

»Ja. Ich wollt Sie nicht erschrecken. Ich dachte mir, na ja, dass ich vielleicht genauso gut direkt mit Ihnen sprechen könnte, dann hab ich aber gekniffen. Dachte mir, mit so einem würden Sie sowieso nicht reden. Aber ich brauch Ihre Hilfe.«

»Haben Sie noch ein anderes Auto?«

»Nein, warum?«

»Äh, vergessen Sie's.«

Inzwischen strömte es nur so aus Jörgen heraus. Er wollte, dass ich in Östersund bei Gericht anriefe und ein altes Urteil anforderte. Wenn ich das gelesen hätte, würde ich verstehen, warum er Angst hatte, weil Maria nämlich aufgrund dieser alten Sache ermordet worden sei. Dann diktierte er mir sowohl das Datum des Urteilsspruchs als auch das Aktenzeichen.

»Ich bin nicht gerade stolz auf das, was Maria und ich da gemacht haben, alles andere als das, aber ich will endlich einen Schlussstrich ziehen. Das bin ich meiner Tochter schuldig. Ich hab zum ersten Mal überhaupt einen Grund weiterzuleben – und da will ich doch jetzt nicht sterben! Die Geschichte muss endlich ein Ende haben. Es reicht.« Letzteres sagte er gleich zweimal. »Es reicht.«

»Haben Sie Maria an dem Tag, als sie gestorben ist, noch eine SMS geschickt?«

»Ja, aber auf die hat sie nicht mehr geantwortet, und jetzt ist es dafür zu spät. Es ist alles zu spät.«

»Nein, nichts ist zu spät.«

Keine Ahnung, warum ich das sagte. Am ehesten aus egoistischen Gründen. Marias Geschichte konnte mein Freifahrtschein zurück in die Branche sein, mein Neustart. Im Prinzip hatte Strömmen schon zugesagt, dass er die Story bringen würde.

Ich machte das Fenster einen Spaltbreit auf. Kalte Luft strömte ins Zimmer. Irgendwie hatte ich das Gefühl, dass im selben Moment etwas Altes, Überlebtes nach draußen zog. Irgendwo gab es also ein Urteil, eine Strafe, was bedeutete, dass ein Verbrechen verübt worden war. Und Jörgen hatte mir den entscheidenden Hinweis geliefert.

Kurze Zeit später schlief ich tatsächlich ein. Und in meinem Traum sah ich eine Tote nackt in einem finsteren Wald liegen. Sie blutete stark. Der Täter beugte sich über sie. Oder war es eine Täterin? Die Silhouetten – Opfer und Täter oder Täterin – verschwammen miteinander, ich konnte sie nicht mehr auseinanderhalten.

Ich meldete mich krank und hatte nicht mal ein schlechtes Gewissen. Die Schule machte etwas mit einem, redete einem ein, dass man ein Recht auf gewisse Dinge hätte. Sowohl Kurt als auch Ulla waren alle zwei Wochen mindestens einen Tag krank. Bei Kurt war es der Rücken, bei Ulla Migräne. Dabei lag es womöglich am Leben. Ich selbst hatte am meisten Angst davor, was passieren würde, wenn ich mal einen Tag nicht vor die Tür ginge und keine Beschäftigung hätte.

Um zehn Uhr war ich in Östersund. Dort wirbelte die Dekadenz des Wochenendes durch die Straßen. Alte Fast-Food-Verpackungen und leere Plastiktüten. Halb leere Bierflaschen und Pisse im Rinnstein.

Über dem Juwelierladen befand sich die Wohnung, in der Levan und ich siebenundzwanzig Jahre zuvor gewohnt hatten. Ich war damals jung und ehrgeizig gewesen, hatte mich in der Redaktion profilieren wollen und quasi Tag und Nacht durchgearbeitet, während Levan arbeitslos und die meiste Zeit zu Hause gewesen war und sich in seinen Büchern vergraben hatte. Wenn ich abends müde und ausgepowert heimgekommen war, wollte Levan – unterbeschäftigt und orientierungslos – meinen Puls spüren, meinen Herzschlag. Damals fand ich ihn nicht im Geringsten attraktiv, ich sah ihn plötzlich mit anderen Augen. Mit einem Mal waren da zu viele Leute um uns herum, die zu viel konnten, verdammte verfluchte Besserwisser. Warum ließen sie ihn nicht einfach mit seinem Wissen über Ingmar Bergman glänzen? Meine Sehnsucht, die Stadt wieder zu verlassen, wurde übermächtig. Mir war klar, dass Levan besser ins Hinterland passte.

Im selben Moment, da mein Blick an unserer alten Torklinke hängen blieb – damals wie heute aus Bronze –, hatte ich wieder Hüftschmerzen. Sie waren inzwischen mitunter so schlimm, dass ich humpelte. Ich nahm mir vor, am folgenden Morgen als Erstes im Ärztehaus anzurufen.

In meiner Jackentasche surrte es. Katta, die herumfragte, wie viele am Ende des Monats am Flohmarkt teilnehmen wollten. Ich sagte zu. Allmählich machte ich ständig Sachen, die mich selbst überraschten – und andere ebenso. Nur ein paar Sekunden, nachdem ich meine SMS abgeschickt hatte, rief sie zurück.

»Wie geht's?«, erkundigte sie sich.

»Bin in der Stadt, aber ansonsten ist alles bestens.«

»Ach, also Gedränge und Getöse und Leute wie ich, die immer in Ladeneingängen stehen bleiben, sodass man wahnsinnig wird.«

Ich grinste.

»Ja, so in etwa.«

Sie lachte ihr heiseres Lachen, fragte aber nicht, warum ich in Östersund war. Ganz bestimmt hatte sie mich auf Lautsprecher gestellt, während sie nebenbei malte. Da rief sie gern Leute an. Ich sah sie förmlich vor mir, wie sie mit der Leinwand auf der Staffelei redete. Mit ihrem Therapeuten. Wir tauschten uns kurz darüber aus, was ich für den Flohmarkt herauslegen könnte. Katta wollte gern auch ein paar besondere Sachen dabeihaben.

»Wie wäre es mit Paulas alter Schreibmaschine? Ich kenne einen Maler, der auf der Suche nach so einer wäre.«

»Ja, vielleicht«, antwortete ich.

Allerdings wusste ich nicht, ob ich es wirklich fertigbrächte, sie wegzugeben. Das Andenken an meine Mutter, an ihre Hände.

Ein Müllwagen rumpelte auf mich zu. Vor einem Geschäft wurden Waren entladen.

»Entschuldige, was hast du gerade gesagt?«

»Nur dass ich froh bin, wenn es dir gut geht, Vera.«

Ein Wasserhahn rauschte. Womöglich wusch sie ihre Pinsel aus. Ich hätte gern etwas Nettes erwidert, aber wie immer brachte ich nichts Vernünftiges zustande, deshalb sagte ich einfach, was mir spontan durch den Kopf schoss.

»Ich weiß. Ich mag dich ja auch.«

Dass ich das wirklich gesagt hatte! Manchmal musste man etwas nur in ein bisschen Verkehrslärm kleiden, um sich zu trauen.

Wir legten auf, und trotzdem war mir Katta für einen Augenblick näher denn je. Mein Vater hatte immer gesagt, dass man aus Liebe keine so große Sache machen solle, dass die Leute ohnehin wüssten, ob man sie mochte oder nicht. Aber ich war mir nicht mehr ganz sicher, ob das stimmte.

Die Frau hinter der Glasscheibe setzte die Brille auf, die an knallpinken Kordeln vor ihrer Brust gebaumelt hatte, und tippte auf ihrer Tastatur.

»Ah, Sie waren das, ja. Das Urteil in dem alten Järpen-Fall.«

Sie rollte auf ihrem Schreibtischstuhl auf einen Schrank zu und nahm einen A4-Umschlag zur Hand.

Das Amtsgericht stand mitten in der Innenstadt von Östersund. Von hier konnte man den Verkehr über die Brücke nach Frösön rauschen hören und roch die Kläranlage in Lugnvik. Hinter der roten Backsteinfassade und unter dem leuchtend pistaziengrünen Dach herrschte die typische Behördenatmosphäre. Flüsterton und dunkelgelbes Buchenmobiliar – eine perfekte Kombination, wenn man depressiv werden wollte.

»Sie haben Glück, solche alten Urteile lagern inzwischen eigentlich im Reichsarchiv, aber den hier hatten wir tatsächlich noch im Keller.« Die Frau lächelte.

»Ja, das meinte Ihre Kollegin, die mich zurückgerufen hat, auch.«

Die Frau überreichte mir erst den Umschlag und dann ein Klemmbrett mit einem Dokument.

»Das müssten Sie bitte unterschreiben.«

Zwei Minuten später verließ ich das Gebäude und nach weiteren fünf betrat ich Wayne's Coffee und bestellte mir einen Espresso. Ich setzte mich an einen Zweiertisch und öffnete das Kuvert. Das Gerichtsprotokoll, das von Marias und Jörgens Verbrechen berichtete, umfasste gute vierzig Seiten.

Ich fing an zu lesen – und fühlte mich umso unbehaglicher, je tiefer ich in die Vergangenheit eintauchte. In der Beschreibung des Tatorts war von Blutlachen die Rede, von ausgeschlagenen Zähnen, die dort im Blut gelegen hatten, von zerrissener Unterwäsche und einem Büschel ausgerissener Haare. Ich sah Maria und Jörgen als Teenager vor mir. Die ausgewachsene Gewalttätigkeit zweier noch nicht erwachsener Menschen. Sie hatten jemandem das Schlimmste angetan, das man sich nur vorstellen konnte. Und es war kein beliebiges Opfer gewesen, ganz im Gegenteil. Gemeinsam hatten sie eine Grenze überschritten, was sie für alle Zeiten aneinanderschweißen sollte.

Keiner von ihnen hatte während der Vernehmungen geweint. Einer der Beamten, die Maria und Jörgen noch in der Tatnacht festgenommen hatten, sagte vor Gericht aus, dass sie während der ersten Befragung lediglich stumm dagesessen hätten.

Warum hatten sie nicht geweint? Für den Polizisten ließ dies auf eine auffällige Gefühlskälte der beiden Angeklagten schließen. Auf völlige Empathielosigkeit.

Ich kam mir betrogen vor. Musste ich eher Mitleid mit Maria haben oder sie vielmehr für ihre Tat verabscheuen? Was wusste ich überhaupt noch? Wusste ich überhaupt nichts mehr? Doch. Eine Sache wusste ich. Womöglich hatte ich endlich herausgefunden, wann ein gewisses Ereignis ins Rollen gekommen war.

»Entschuldigung?«

Ich blickte auf. Eine Frau, hochgesteckte, lange braune Haare. Sie sah mich beinahe auffordernd an, fast als würden wir uns kennen. Hatte ich sie mal interviewt? Manchmal vergaß ich Gesichter, Stimmen, sogar Artikel, die ich selbst verfasst hatte.

»Ja bitte?« Ich hörte selbst, wie verwirrt ich klang. Ich schob die Unterlagen zusammen und presste sie an meine Brust wie ein Neugeborenes.

Die Frau kam einen Schritt auf mich zu und zeigte auf meinen Tisch. Drängte sich richtiggehend körperlich auf.

»Das Salz. Kann ich das Salz haben?«

»Oh. Natürlich.« Ich fuhr mit der Hand über den Tisch. Das Salz. Da stand es. Mit einem Lächeln drückte ich ihr das Glasgefäß in die Hand.

»Danke.« Sie erwiderte mein Lächeln und an ihrem Mundwinkel bildete sich ein Grübchen. Als sie an ihren Platz zurückkehrte, sah ich ihr hinterher. Ihre Haare reichten bis zur Taille. Sie sah durchtrainiert aus, muskulös.

Der Stapel Unterlagen in meiner Hand zitterte leicht, als ich Strömmens Nummer aufrief. Wenn ich Glück hatte, war er in der Redaktion. Das Redaktionsgebäude war nur wenige Minuten von Wayne's Coffee entfernt. In Östersund war alles nur wenige Minuten entfernt. Er ging sofort ran.

»Wir müssen uns treffen«, sagte ich.

»Hast du das Urteil?«

»Ja. Ich bin in Östersund.«

»Ich leider nicht. Bin gerade unterwegs nach Trondheim. Sämtliche Chefredakteure des Bonnier-Konzerns sollen sich dort über die norwegische Zeitungslandschaft schlaumachen. Aber ich bin in meinem eigenen Wagen unterwegs und gerade auf Höhe des Kreisels in Krokom. Fährst du zurück nach Ånn?«

»Ja, muss nur erst zurück zum Auto. Ich hab am Badhusparken geparkt.«

»Dann sehen wir uns in Storlien. Sagen wir, in gut zwei Stunden?«

»Okay. Ich beeile mich. Wir könnten im Le Ski zu Mittag essen.«

Bis Krokom käme ich gut voran, bis dorthin war die Straße zweispurig, und man durfte hundert fahren. Dahinter war das Tempolimit geringer und es gab keine Wildzäune mehr.

Draußen polterte ein Kurierdienst vorbei. Ich sah ihm nach und kippte meinen Espresso.

*»Aber das hast du doch selbst gesagt. Du meintest …«*

*»Klappe. Ich weiß, was ich gesagt hab. Wir sind beide schuld.«*

*Maria keucht. Vor ihrem Mund bilden sich Wölkchen. Die nasse Wärme aus der Dusche spürt sie noch immer äußerlich wie innerlich. Die Sonne steht inzwischen tief, ihre Schatten auf der Hauswand werden immer länger. Wenn alles wie immer wäre, würden sie jetzt Schattenfiguren mit den Fingern werfen und lauthals darüber lachen. Aber nichts ist mehr wie immer. Sie weiß nicht mal mehr, was sie sich gedacht hat, als sie in den Umkleideraum geschlichen sind – aber* so *hätte es jedenfalls nicht ausgehen sollen.*

*Jörgen nickt.*

*»Wir gehen jetzt jeder heim. Es wird ein bisschen dauern, bis jemand sie findet. Und dann kommt bestimmt auch die Polizei.«*

*Sie ballt die Fäuste, traut sich nicht, Jörgen anzusehen. Es wird alles nur realer, wenn sie ihn ansieht – seine scharfen Eckzähne, die blutigen Jeans. Der offene Gürtel. Die Schnalle baumelt über dem Hosenschlitz und klappert, sobald er die Hüfte bewegt. Er sieht so schmutzig aus. Als wäre er von Kopf bis Fuß in Muschisaft getaucht. Sie stehen unter den kahlen Baumwipfeln in braunem Laubmatsch. Sie selbst kann sich nicht mal mehr daran erinnern, wie sie sich die Schuhe angezogen hat. Eben noch waren ihre Füße nackt, inmitten der nackten Füße anderer Leute und sich verdunkelnden Klopapiers. Das schmierige Papier vermischte sich mit all dem Leuchtenden, Roten. Blut strömte in Richtung Abfluss. Ja, strömte. Elisabeths BH war in Fetzen gerissen, die Körbchen ganz schlaff und leer ohne die Polsterung.*

*Diese kümmerlichen Brustwarzen. Wer bitte schön will so was haben? Davon kann man vielleicht noch Fotos an den Meistbietenden verkaufen – oder an den verschenken, der am meisten gesabbert hat. Ha, aber sie werden schon sehen. Eine Missgeburt.*

*Als Maria Elisabeth festhielt, führte die sich auf wie eins der Schweine von Jörgens Opa. Erst kreischte sie, als Jörgen in sie eindrang, dann wurde es eher ein Wimmern und am Ende hauchte sie nur noch.*

*»Aufhören.«*

*»Was hast du gesagt?«*

*Elisabeth wiederholte es ein wenig lauter.*

*»Aufhören.«*

*»Ja, ja, wir hören ja schon auf. Aber du hast angefangen. Wir hören auf, wenn du aufhörst, zu glauben, dass du was Besseres wärst.«*

*Maria spürte rein gar nichts, bloß Härte, die alles hätte zerschlagen können. Ihr Herz hämmerte so heftig, dass die Schläge den Herzschlag der anderen übertönten. Von Denken war keine Rede mehr. Erst jetzt dämmert ihr, was sie getan haben. Und was das nach sich ziehen könnte. Elisabeth war so still, als sie sie liegen gelassen haben, fast als wäre sie …*

*»Kapierst du es nicht? Wir kommen ins Gefängnis.«*

*Sie stampft mit dem Fuß auf. Inmitten des Laubmatsches ergibt das bloß ein dumpfes, stumpfes Geräusch. Dann geht ein Ruck durch Jörgen, er packt sie an den Händen und schüttelt sie. Ihr tun die Handgelenke weh.*

*»Jetzt reiß dich endlich zusammen!«*

*Der Bluthund in ihm ist zurück, urplötzlich, wie der Ton aus einer Geburtstagsklappkarte.*

»Sie war ja wohl supernervig! Hat gekratzt, um sich geschlagen und gebissen. Ein Glück, wenn ich keine Blutvergiftung davon kriege!«

Er lässt Marias Hände los und streckt seine Unterarme aus. Sie sind total zerkratzt.

»Du musst deine Sachen waschen. Wir müssen unsere Sachen waschen – und die Hände, die Hände abschrubben, Jörgen«, sagt sie.

Praktische Anweisungen sind gut. Ihre Mutter war seit drei Jahren nicht mehr im Waschkeller, dort ist sie ungestört. Zum ersten Mal fühlt es sich beinahe gut an, dass ihr Vater nicht mehr da ist, dass er im Eis verschwunden ist.

Jörgen fuchtelt wild mit den Händen.

»Beweise sind egal. Vergiss nicht, dass wir unter Jugendschutz fallen. Du bist fünfzehn, ich sechzehn. Wir sind noch Kinder, Maria.«

»Aber was passiert dann mit uns?«

»Das entscheidet wahrscheinlich das Jugendamt.«

»Ach, da weißt du auf einmal Bescheid.«

Elisabeths Anblick hat sich ihr in die Netzhaut eingebrannt. Genau so werden andere sie finden: erst den Pelzmantel, der ordentlich an einem Haken im Umkleideraum hängt, dann sie selbst. Einen rötlichen, unförmigen Haufen auf weißen Fliesen. Maria wird Elisabeths flachen Brustkorb nie wieder mit ihrem Atem füllen.

Sie trennen sich. Maria bleibt noch kurz stehen und sieht Jörgen nach, der in die entgegengesetzte Richtung verschwindet. Seine schlaksige Gestalt geht erst an der Lokalredaktion der Jämtlandsposten vorbei und biegt beim Blumenladen um die Ecke. Dann wird es still. Kein einziges Auto ist unterwegs. Järpens grauweiße Straßen wirken wie erstarrt, als sie sich auf den Heimweg macht. Die Straßenlaternen brennen, die Leuchten *sind von feinem Dunst umgeben. Maria kann den Schnee bereits riechen. Jetzt dauert es nicht mehr lange, dann kommen die Skitouristen mit ihrem Getöse. Die halten in Järpen lediglich zum Tanken, trotzdem machen sie mit ihren Dachboxen und lauten Forderungen nach Espresso, Lungo und Ristretto Wunder was einen Lärm, dass man schier taub davon wird.*

*Die alte Sportanlage hat sie schnell hinter sich – den schwarzen Schimmel in den Fliesenfugen, die Haare in sämtlichen Ecken und die abgenutzten Laufbahnen, auf denen keiner mehr läuft. Sie geht am Industriegebiet vorbei und versucht, so tief einzuatmen, dass die Pyritasche aus der alten Sulfitfabrik sie genauso vergiftet wie den Boden und den Järpströmmen, aber nicht einmal das will ihr gelingen. Die Luft dringt nicht bis in ihre Lunge, hängt oben in ihrer Kehle fest und stockt, ihre Atmung wird flach und ungleichmäßig.*

*Der Geruch ungewaschenen Geschlechts dringt aus dem Zimmer ihrer Mutter. Der Fernseher läuft wie sonst auch. Anders als sonst gibt Maria nicht Bescheid, dass sie zu Hause ist, sondern geht wie in Trance direkt nach unten. Die Zwischenräume zwischen den Treppenstufen raunen und atmen. Sie steigt aus ihren nassen Klamotten, schafft es aber nicht, sie in die Waschküche zu tragen, obwohl sie weiß, dass Eile geboten ist. Die Jeans und das Flanellhemd bleiben auf einem Haufen am Boden liegen. Stattdessen kramt sie einen grauen Collegepullover und eine karierte Schlafanzughose heraus. Schafft es nicht mal, sich die Hände zu waschen. Sie setzt sich auf die Bettkante, wartet, drückt sich gegen die Wand im Partykeller. Sie kann den Duft immer noch riechen. Elisabeths Duft. Ihr dreht sich der Magen um. Sie will einfach nur noch vergessen.*

*Einige Zeit später Schritte auf der Vordertreppe. Die Stufen hoch, wo die Sonne nie hinscheint. Irgendwer tritt sich die Schuhe ab.*

*Dann hat es also geschneit.* So, endlich keine Mücken mehr. *Sie will die Stimme ihres Vaters nicht hören.*

*Auf ihrem Radiowecker ist es 02:12 Uhr. Sie wollen hereinkommen, klingeln und klopfen abwechselnd an. »Aufmachen, Polizei!« Sie fragt sich, ob sie schon bei Jörgen waren oder ob sie zuerst dran ist.*

*Die Mutter oben fängt an zu rumoren. Das Bett knarrt, dann ein dumpfes Geräusch, als sie die Fersen aufs Linoleum setzt. Die gelben, rissigen Fersen. Vermutlich zieht sie sich den roten Bademantel über, dann langsame Schritte über den Flur. Es klingt nicht, als würde sie den Rollator benutzen. Sie schlurft über die knarzende Stelle am Boden und weiter, bis sie die Haustür erreicht. Die Stimmen sind leise, klingen ernst. Eine tiefe und eine hellere. Zwei Männer. Maria hört nur Satzfetzen.*

*Die tiefe: »Spieler haben sie gefunden.«*

*Die hellere: »... eiskalt, weil die Heizung nicht an ist ... nachts Minusgrade ... letztes Training der Fußballer, bevor die Anlage saniert wird.«*

*Ihre Mutter murmelt etwas, was Maria nicht versteht. Es klingt nach einer Frage.*

*»Ja, sie war tanzen.«*

*Die Mutter klingt immer wütender. Ausgerechnet sie, die von den Medikamenten immer leicht benebelt ist, sagt jetzt klar wie ein sprudelnder Gebirgsbach: »Dafür muss Maria geradestehen. Natürlich.«*

*Maria flüchtet hinaus in die Kälte und rennt.*

»27. September 1994, 18:00 Uhr.«

Ich musste husten und Strömmen war sofort ungehalten. Ich setzte noch einmal an, wollte das, was ich dem Gerichtsprotokoll entnommen hatte, klar und deutlich wiedergeben.

»Am 27. September 1994, 18:00 Uhr, beginnt das Tanztraining von Maria Sandgrens bester Freundin Elisabeth Lundholm in der Sporthalle Järpen. Sie hat bei der Weihnachtsvorführung ein Solo und darf deshalb die Halle dreimal allein benutzen, um zu trainieren. Und nach dem Training passiert es. Um 19:07 Uhr betritt Elisabeth den Umkleideraum. Dort fallen Maria und Jörgen Elofsson über sie her und schleppen sie in die Dusche. Jörgen vergewaltigt sie und Maria prügelt auf sie ein, bis Elisabeth das Bewusstsein verliert. Dann fotografieren sie deren kleine Brüste, wohl um sie zu erniedrigen: Elisabeth stopft immer Klopapier in ihren BH, was Maria weiß. Nach dem Überfall lassen sie sie einfach liegen, nackt, blutüberströmt, allein, obwohl sie nicht wissen, ob irgendwer sie dort findet. Die Sporthalle soll tags darauf wegen Sanierungsarbeiten geschlossen werden. Die Heizung ist bereits seit einer Woche abgestellt. Am selben Abend fällt der erste Schnee. In dem gefliesten Duschraum wird es bitterkalt. Doch Elisabeth hat einen Schutzengel. Noch am selben Abend soll dort das letzte Training der Fußballmannschaft stattfinden. Einer der Spieler hat seiner Freundin versprochen, in der Damenumkleide nach einem Pulli zu suchen, den sie dort womöglich vergessen hat. Er folgt der Blutspur, findet Elisabeth in der Dusche und ruft den Notarzt und die Polizei. Als sie ins Krankenhaus eingeliefert wird, ist sie vollkommen durchnässt, schwer unterkühlt und wird ins Koma versetzt. Ihr Leben hängt am seidenen Faden.«

Ich hielt inne. Strömmen starrte auf die Tischplatte und fuhr sich durch die ergrauten Haare, die ohnehin in alle Richtungen abstanden. Wir saßen im roten Zimmer im Le Ski mitten in Storlien: dicke Deckenbalken, Skiplakate aus den Fünfzigern an den Wänden. Restaurant, Nachtclub und Bahnhofshotel waren 1882 eröffnet worden und hatten mit angesehen, wie aus Gästen, die der guten Luft halber kamen, norwegische Vielverdiener mit Yamaha auf dem Rücken geworden waren. Ich war damals in der Übergangszeit oft dort gewesen. Als die Skitouristen noch Waffeln mit Moltebeeren essen wollten.

Mitten im Raum war das Mittagsbüfett aufgetischt worden. Wir hatten bezahlt, uns aber noch nichts genommen. Strömmen knetete sich das Gesicht, ehe er die Beine ausstreckte, jeden Lederstiefel in eine andere Richtung. Er verschränkte die Hände im Nacken. Außerhalb der Redaktionsräume sah er immer irgendwie fehl am Platz aus.

»Dann hat Elisabeth überlebt?«

»Ja.«

»Und die Polizei konnte sowohl Maria als auch Jörgen festnehmen?«

»Ja, noch in derselben Nacht. Sie waren vor der Sporthalle beobachtet worden, wie sie sich unterhielten, ehe sie sich verabschiedeten, und die Polizei hat eins und eins zusammengezählt.«

»Scheiße.« Strömmen blies Luft durch den Mundwinkel. »Aber warum? Warum haben sie das gemacht?«

»Den Vernehmungen zufolge wollte Jörgen mit Elisabeth Sex und Maria wollte ihm dabei helfen. Elisabeth hatte ihn wohl zuvor abblitzen lassen. Außerdem scheint Maria enttäuscht gewesen zu sein, weil Elisabeth sich mit einem neu zugezogenen Mädchen, einer gewissen Johanna, angefreundet hatte.«

»Nicht leicht, wenn es in einem Dorf nur drei Mädchen gibt und zwei davon beste Freundinnen sind. Hinterwäldleridyll in Reinform … Sowohl Maria als auch Jörgen waren also die Loser. Klingt, als hätten sie Elisabeth eins auswischen und ihre Überlegenheit demonstrieren wollen. Wozu sind sie verurteilt worden?«

»Weil sie nicht volljährig waren, Maria erst fünfzehn und Jörgen sechzehn, kamen sie beide in staatliche Obhut statt ins Gefängnis. Sie kamen in Jugendeinrichtungen – in welche genau, geht aus den Unterlagen nicht hervor. Maria kehrte erst siebenundzwanzig Jahre später zurück. Und hier endet die Spur.«

»Geht aber woanders weiter.«

Strömmen zog einen Kugelschreiber aus der Brusttasche seines Karohemds und drehte ihn zwischen den Fingern.

»Könnte es sein, dass sie wegen dieser Tat ihren Rufnamen geändert hat und deshalb als Erwachsene Einzelgängerin war?«

»Ja, scheint so. Als ich in ihrem Haus war, ist mir aufgefallen, dass sie in der Entwicklung quasi stehen geblieben war – dass sie irgendwie aufgehört hatte zu leben. Das gleiche Gefühl hatte ich bei Jörgen – dass er sich in Drogen geflüchtet und dann, tja, aufgehört hatte zu leben.«

»Könnte durchaus so gewesen sein. Gewisse Dinge lassen uns eben über die Zeit nicht mehr los und scheinen alles zu überschatten – auch wenn die beiden juristisch gesehen ihre Strafe abgebüßt haben.«

Genau so war es. Strafe und Schuld waren nun mal zwei Paar Schuhe. Wie lange musste ein Mensch eine Schuld abbüßen? Reichten siebenundzwanzig Jahre? Es gab sicher Leute, die der Ansicht waren, dass nur der Tod ausreichte, dass Maria ihr Schicksal verdient hätte. Und zugegebenermaßen hatte auch ich den Mord mit anderen Augen gesehen, kaum dass ich erfahren hatte, aus welchem Grund Maria in der Kirche nach Vergebung und Gnade gesucht hatte.

Strömmen schob seinen Ärmel hoch, um auf die Uhr zu sehen, und wickelte seinen Snus-Tabak in eine Serviette.

»Sollen wir noch was essen? Ich müsste allmählich weiter, nach Trondheim, bevor Bonnier auch noch die letzten Provinzredaktionen dichtmacht.«

»Bist du nicht mehr auf Quinoadiät?«

»Scheißt der Bär in den Wald?«

Es gab Lasagne und Tomate-Mozzarella, verschiedene Brotsorten sowie Dips. Wir luden uns die Teller voll. Im Kamin prasselte Birkenrinde und eine trockene Hitze breitete sich im Speisesaal aus. Ich zog meine Fleecejacke aus. Strömmen biss von seinem Sauerteigbrot mit Tapenade ab und ließ mich zappeln, während er kaute.

»Dann hat Jörgen jetzt also Angst, dass er der Nächste sein könnte? Dass irgendwer für diese Sache mit Elisabeth auf dem Rachefeldzug ist, vielleicht sogar Elisabeth selbst? Die Frage ist aber doch – warum erst jetzt? So viele Jahre nach der Tat in der Sporthalle? Da muss eine alte Wunde frisch aufgerissen sein.«

»Stimmt. Allerdings verstehe ich nicht, wie Jörgen darauf kommt, dass Rakel ebenfalls umgebracht wurde. Ich selbst fange langsam an, daran zu zweifeln. Sie hat doch überhaupt nichts getan.«

»Nein, das ist wirklich schräg. Andererseits könnte dieser Fall komplexer sein als bislang angenommen.«

Ich zuckte zusammen, als mir wieder einfiel, dass auch ich guten Grund hatte, um mein Leben zu fürchten – ich, die ich in der Vergangenheit wühlte wie eine Besessene. Der schwarze Toyota war zwar nicht wieder aufgetaucht, aber vielleicht hieß das nur, dass ich mittlerweile auf andere Art observiert wurde.

Ich ließ den Blick schweifen. Die übrigen Gäste waren allem Anschein nach nur mit sich selbst beschäftigt.

»Gleichzeitig dürfen wir nicht vergessen, dass Krister Arvidsson immer noch unter Mordverdacht steht – unter dringendem Mordverdacht. Und dass Rakel gestorben ist, kann immer noch ein Unfall gewesen sein. Die Polizei weiß da natürlich mehr, als sie uns erzählt.« Strömmen kratzte sich am Kinn.

Ich nickte.

»Ja, aber was genau wissen wir eigentlich darüber, was die Polizei weiß?«

»Nicht wesentlich mehr als das, was in deinen und Jönssons Artikeln stand: dass an Marias Leiche die DNA von Krister Arvidsson nachgewiesen wurde und eine Zeugin ihn gegen Mitternacht aus Marias Richtung hat kommen sehen – auch wenn seine Ehefrau Ubolratana behauptet, er sei zu dem Zeitpunkt zu Hause gewesen. Und bevor ich hierhergefahren bin, hat Jönsson noch erwähnt, dass die Polizei derzeit unter Hochdruck nach der Tatwaffe sucht.«

»Nach dem Messer ... Tja, wenn das auftauchen würde ...« Ich beugte mich vor. »Soll ich mal meine alten Kontakte bei der Polizei anzapfen?«

Strömmen schüttelte den Kopf.

»Noch nicht. Besser, wir warten noch ab und sehen erst mal, was als Nächstes passiert.«

Für einen Moment widmeten wir uns stumm unserem Essen.

»Weißt du eigentlich, wo Elisabeth inzwischen wohnt?«, fragte er dann.

»Keine Ahnung. Aber darum kümmere ich mich so schnell wie möglich.«

»Hat bestimmt keine Eile. Hast du schon mit deiner Story angefangen?«

»Nein, ich laufe immer nur hin und her wie ein Huhn mit Legenot.«

Strömmen schenkte uns Wasser nach und neigte den Kopf leicht zur Seite.

»Mach auch mal frei zwischendurch.«

»Frei?«

»Na ja, du weißt schon: Mach nichts Besonderes, erhol dich, dann fügt sich ganz plötzlich alles zusammen.«

Strömmen lächelte dümmlich. Er sah ohne die Snus-Beule unter der Oberlippe wirklich nicht normal aus.

»Du bist in letzter Zeit ein bisschen blass um die Nase.«

Ich sah nach draußen. Aus dem alten Konsum-Supermarkt Storlien war ein Taxfree-Shoppingcenter mit Süßigkeiten zum Kilopreis und Energydrinks geworden. Das mochten sie anscheinend, diese unkultivierten Norweger.

»Ich bin immer blass. Außerdem hasse ich Nichtstun. Wenn ich nichts zu tun habe, laufe ich bloß Gefahr, mich zu betrinken.«

»Ja, und das ist auch nicht gerade erholsam.«

»Nein.«

Gar nichts fügte sich von allein zusammen, gar nichts. Eher musste ich noch viel mehr arbeiten, noch viel mehr nachdenken, um die Zusammenhänge zu erkennen.

Vom roten Teppichboden wehte der Geruch von abgestandenem Bier auf. Die Westernfigur aus Holz im Dunkeln hinter der Bar stand dort schon, solange ich denken konnte. Die geschmiedeten Sättel vor der Bar erinnerten an sorglose Nächte. Damals war es noch kinderleicht gewesen, einfach aufzusteigen und ein Bier zu bestellen. Ein Bein rüberschwingen, die andere Wange hinhalten. Damals hatte mir nichts etwas anhaben können, nichts.

*Sie rennt, ohne Schuhe, wie ein wildes Tier auf abgehärteten Ballen. Ihre Füße dürften bald taub werden und nie wieder die alten sein, das ist ihr klar, aber so ist es jetzt eben. Sie werden alles vorzerren, rausreißen, aufdecken. Und ihr alles nehmen, was ihr gehört.*

*Aber sie ist erst fünfzehn, das müssen sie doch verstehen, oder? Es ist so, wie Jörgen gesagt hat.* Wir sind Kinder, Maria. Jugendschutz. *Und sie ist im Wald. Der Wald hat sie immer willkommen geheißen, selbst wenn er der Einzige war. Entspann dich, Herr im Himmel. Sie muss an den Aufkleber denken, der auf der Heckscheibe des Autos ihres Vaters geklebt hat, als noch alles normal war: eine Comicfigur mit einem verlegenen Lächeln, zusammengekniffenen Augen und rot leuchtenden Wangen. Ihre Schultern sacken nach unten.*

*Trotzdem sieht sie überall Beweise für den Irrsinn, der hier manchmal herrscht. Umgestürzte Bäume. Der Schlamm, der alles verschlucken will, einfach nur, weil er es kann. Derzeit hängen die gewalttätigen Greifarme der Forstmaschinen schlaff herab, aber normalerweise …*

*Auch der Tod ist hier allgegenwärtig. In unförmigen Haufen zwischen den Blaubeersträuchern. Der erste Schnee hat sich die letzten geholt. Sie hat die Schlachtabfälle am Parkplatz und die Krähen gesehen, die an dem fauligen Fleisch picken. Morgen geht die Jagd weiter, vielleicht hat sie auch nie aufgehört.*

*Sie rennt zum Campingplatz. Dort ist es heimelig, es brennt Licht im Fenster, ein Leuchtfeuer in der Nacht. Völlig außer sich hämmert sie gegen die Tür. Mit beiden Fäusten schlägt sie dagegen, dann mit den flachen Händen. Sonja macht auf. Maria fällt ihr um den Hals. Sie ist so warm, so weich und Maria so müde. Sie klammert sich an ihr fest, krallt sich an deren Körper und weint. Auch Sonja weint. Sie hält sie so fest umschlungen, als wollte sie sie nie wieder loslassen. Schon gut, schon gut, murmelt sie in ihr Haar. Dann sieht Maria, dass die Polizei ebenfalls da ist. Sie entkommt ihnen nicht.*

Lars pfiff auf den Fingern und stemmte die Hände in die Hüften wie ein Kompaniechef.

»Okay, dann gehen wir jetzt drei Kilometer. Wir nehmen den ausgeschilderten Wanderweg und bleiben schön zusammen. Ich weiß, ihr seid zweiundzwanzig, und ich zähle immer wieder durch. Sich absetzen ist nicht, kapiert?«

Vereinzelt wurde genickt. Viktor verkniff sich eine Grimasse und kratzte mit der Schuhspitze über eine Birkenwurzel, die sich über den Weg wölbte. Ich hatte gute Lust, es ihm gleichzutun.

»Die Steigung beträgt 345 Meter«, fuhr Lars fort, »aber es ist die Mühe wert. Die Aussicht vom Suljätten ist ganz fantastisch.«

»Ich finde ja, es sieht neblig aus«, wandte jemand ein.

»Nur hier im Tal. Manne, du kommst doch aus Baksjönäset, du musst doch wissen, wie es im Fjäll ist.«

»Sind das drei Kilometer einfacher Weg oder hin und zurück?«, fragte jemand anders.

»Einfacher Weg.«

Lars ging über das kollektive Aufstöhnen hinweg.

»Tilda, hast du gar nichts für den Kopf?«, fragte er stattdessen. »Sonst hätte ich noch ein paar Leihmützen im Bus.«

Tilda lächelte betreten und zog eine rosa Bommelmütze aus ihrer Innentasche. Sie fuhr sich mit den Fingern durchs Haar und drapierte ein paar Locken entlang ihrer Wangen, ehe sie sich die Mütze aufsetzte, doch die nächste Windböe machte ihre Frisur sofort wieder zunichte.

Die Damen aus der Kantine hatten zugesagt, Burger und alles, was dazugehörte, für den Wandertag vorzubereiten. Ich ärgerte mich, dass ich nicht auf Ulla gehört und einfach nur Nudelsalat bestellt hatte. Bei dem Wind würde es eine Herausforderung werden, Feuer zu machen. Ulla und Kurt hatten sich pünktlich zum Wandertag krankgemeldet. Zum Glück hatte Kalle Sund einspringen können. Wir nickten einander knapp zu.

»Hast du seit der Dachbesprechung noch mal irgendetwas gehört?«, wollte er wissen.

»Nein. Ich glaube, Katta und Björn haben im Haus gerade zu viele Gäste, als dass sie noch zu etwas anderem kämen. Aber Kattas Flohmarkt findet auf jeden Fall statt.«

Zwischen den Grassoden lag Schneematsch. Ich sprang über Wurzeln und Steine und schlängelte mich an schlammigen Stellen vorbei. Es roch nach nasser Erde und nassem Nadelgehölz. Ich keuchte und ständig rutschte ich aus.

Lars sprang wie eine Gämse vorneweg. Ich ertappte mich dabei, wie ich seine strammen Waden anstarrte und die Zähne zusammenbiss. Hier und da wehte der Wind Kalles Stimme aus der Mitte der Gruppe zu mir herüber. Der pensionierte Naturkundelehrer schwadronierte von Blumen, die hier sonst wuchsen, von den Namen der Gebirgszüge um uns herum. Ich selbst musste an all die Wanderungen denken, die ich mit meinem Vater unternommen hatte, und ein klein wenig verflüchtigte sich meine Anspannung.

Auf dem Gipfel lag die fantastische Aussicht hinter breiigem Nebel. Wir standen vorn auf einem Vorsprung, sahen uns in alle Richtungen um und versuchten, irgendwo den Kallsjön, den Åreskutan oder die Skäckerfjällen auszumachen – vergebens. Überall nur Wolken und Dunst.

»Da haben wir jetzt Pech mit dem Wetter, aber was will man machen«, stellte Kalle fest. »Kommt, suchen wir uns einen windgeschützten Picknickplatz und hoffen darauf, dass es besser wird.«

Lars brummelte bloß zurück. Er war fassungslos, dass das Wetter die Chuzpe hatte, nicht auf seiner Seite zu sein.

Eine Zeit lang suchten wir nach einer windgeschützten Stelle. Lars entdeckte einen Absatz im Fels, der wie ein Dach über Heide- und Krähenbeerkraut hinausragte. Dort konnten wir uns niederlassen. Måns und ich rollten ein paar Isomatten aus.

»Tilda und William, ihr sammelt ein paar Steine für die Ecken, damit die Matten liegen bleiben.«

Wir schichteten die trockenen Scheite auf, die wir mit nach oben gebracht hatten. Kalle kramte aus seinem Rucksack heraus, was wir sonst noch brauchten, um Feuer zu machen, eine Zeitung sowie Birkenrinde. Dann buddelte er eine Kuhle und säumte sie mit Steinen. Ich schnitzte mit meinem Mora-Messer Späne aus den Scheiten und bedeckte den Boden der Feuerstelle. Der Wind war immer noch stark, pfiff in den Ohren. Kalle versuchte, ein Stück Zeitungspapier anzuzünden. Lars seufzte.

»Bei Lillvallen gibt es einen Unterstand. Vielleicht gehen wir einfach da runter.«

»Ach was, das schaffen wir schon«, sagte Kalle. »Und die Kinder müssen doch auch was zu essen bekommen, bevor sie noch mal drei Kilometer gehen.«

»Die Burger sind vorgebraten, die müssen eigentlich nur noch auf dem Rost aufgewärmt werden. Warte, ich hab noch einen Tampon in der Tasche!«

Lars tat so, als hätte er mich nicht gehört, aber sein Blick flackerte.

»Tampons sind die reinste Wunderwaffe, wenn man Feuer machen will.« Ich musste es ihm einfach reinreiben.

Und tatsächlich: Der Tampon flammte auf und riss den ganzen Holzhaufen mit ins Verderben. Rettung durch Wechseljahre. Wer hätte das gedacht.

Nach dem Essen sah sogar Lars ein wenig entspannter aus.

Wir starrten in die hypnotisierenden Flammen. Es knisterte und fauchte. Allmählich verzog sich der Nebel und ein gutes Stück unterhalb tauchten aus der grauen Suppe die ersten Baumwipfel auf. Ein schöner Moment.

Sobald die Schülerinnen und Schüler unruhig wurden, erwachte auch Kompaniechef Lars wieder zum Leben. Breitbeinig führte er das Kommando und erteilte mit Nachdruck Befehle.

»Wir nehmen denselben Weg zurück. Versucht, nicht auf der südlichen Seite zu gehen, dort ist es zu steil. Geht mir nach, Kalle und Vera gehen hinten, sobald sie hier alles eingepackt und sich vergewissert haben, dass das Feuer gelöscht ist.«

Dann stellten sie sich auf. Wir sahen die Kolonne über den Bergkamm verschwinden. Ihr Geschnatter nahmen sie mit. Kalle und ich sammelten Schnee, den wir ins Feuer warfen. Es brauchte ein paar Ladungen, ehe die orangefarbenen Flammen kapitulierten. Anschließend war alles nur noch schwarz, grau und traurig. Der Zauber des Feuers war erloschen.

Zu guter Letzt machten auch wir uns auf den Weg. Nachdem wir alles verzehrt und verbrannt hatten, waren die Rucksäcke zwar leichter, allerdings war der Abstieg an sich fast schwieriger als der Aufstieg. Meine Knie zitterten und ich trat in Rentierscheiße. Vor mir Kalles Rücken. Er drehte sich zu mir um.

»Und, Vera? Wie gefällt dir dein Job als Schulbegleiterin?«

»Du meinst wohl: Wie lange ist es jetzt her, dass das Arbeitsamt so viel Druck gemacht hat, dass ich mich auf diese Stelle bewerben musste?«

Kalle lachte. »Wenn du das so sagst …«

»Ein gutes Jahr. Ich bin ja eigentlich Journalistin, aber wie du vielleicht weißt, ist das nicht gerade die allerverlässlichste Einkommensquelle.«

Er nickte. »Überall wird gespart. Es ist grässlich.«

»Ich muss zugeben, ein bisschen schreibe ich noch frei nebenher. Gerade arbeite ich an einer Sache über den Mord drüben in Kall, an einer Reportage über das Opfer.«

Karl blieb stehen, um seinen Hüftgurt straffer zu ziehen.

»Schau an. Ja, die war damals in meiner Klasse, allerdings hieß sie da noch Maria.«

Mein Puls schoss in die Höhe. Am liebsten hätte ich ihn augenblicklich mit Fragen bombardiert, aber ich riss mich zusammen. Wenn man derart vorpreschte, wurden die Leute sofort misstrauisch.

»Ja, ich hab schon gehört, dass sie ihren Namen geändert hat.«

»Tragische Geschichte. Krister Arvidsson muss einen totalen Blackout gehabt haben. Den kenne ich von damals noch als ruhigen Typen. Aber er hat immer Probleme gehabt, eine Freundin zu finden.«

»War Elisabeth auch in deiner Klasse?«

»Die ganze Clique, erst nur Maria und Elisabeth, aber dann ist ja auch noch Johanna hergezogen, in das neue Haus am Olérsbacken. Das war nicht gut. Mädchen sind, wie du weißt, nicht sonderlich gut darin, zu dritt zusammen zu sein. Ich hab Elisabeth immer als unglaublich ichbezogen erlebt und Maria blieb irgendwann außen vor.«

»Stimmt. Aber sie hatte Jörgen, oder?«

»Soweit man Jörgen *haben* konnte. Immer mit einem Fuß in kriminellen Machenschaften – und dumm. Aber die Mädchen flogen auf ihn. Er hat das Schlimmste in Maria zum Vorschein gebracht. Der hat sie verdreht, wenn du mich fragst.«

»Ja, ich weiß, was damals dort in der Sporthalle passiert ist.«

»Wenn ich nur daran denke, wird mir ganz anders. Bei der Sache haben alle verloren … alle verloren …« Kalle schüttelte den Kopf. »Maria ist nie wieder an die Schule zurückgekehrt. Damals haben wir uns alle gefragt, was nach dieser Heimunterbringung mit ihr passiert ist. Es ging das Gerücht, dass sie schwanger geworden war und ein Kind gekriegt hatte.«

Ich klappte mehrmals den Mund auf und wieder zu, ehe ich einen sinnvollen Satz zustande brachte.

»Ein Kind? Bringst du da jetzt nicht etwas durcheinander? Du weißt, dass sie vor einem Jahr eine Tochter bekommen hat?«

»Ja, ja, nee, das muss vor sechsundzwanzig Jahren gewesen sein. Bei so etwas irre ich mich ganz sicher nicht.«

»Und wer soll damals der Vater gewesen sein?«

»Auch Jörgen.«

»Du machst Witze! Dann hatten Maria und Jörgen damals schon etwas miteinander? Ich dachte, sie wären nur befreundet gewesen?«

Kalle nahm beide Hände hoch, als wollte er nichts mehr davon hören.

»Ob das stimmt oder nicht, weiß bis heute kein Mensch. War sicher nur ein Gerücht. Wahrscheinlich hatten sie im Dorf nichts anderes, worüber sie reden konnten, und dann war das wie stille Post: Da wurden Sachen missverstanden und verdreht. Du kennst das doch.«

Letzteres klang leicht missmutig und er wand sich sichtlich.

»Ja, ja, ich weiß schon, blödes Gerede.«

Andererseits kannte ich überdies *Kein Rauch ohne Feuer*.

Wenn dieses Kind wirklich existierte, dann hatte Marias und Jörgens Tochter Liv irgendwo noch einen Bruder oder eine Schwester. Verrückt – allerdings nicht sehr wahrscheinlich. Da hätte Jörgen doch etwas erwähnt? Andererseits war es gar nicht sicher, dass er darüber Bescheid wusste – dass er je davon erfahren hatte. Vielleicht hatte Maria das Kind zur Adoption freigegeben, ohne es jemandem zu erzählen, und ihr Geheimnis letztlich mit ins Grab genommen.

Aber was für eine saftige Story für die Zeitung, wenn sie sich als wahr erweisen sollte! Da würde ich den Fuß noch in andere Redaktionen als nur in die der *Jämtlandsposten* bekommen. Prompt ärgerte ich mich, dass ich gerade draußen im Fjäll war. Am liebsten hätte ich auf der Stelle beim Finanz- und Meldeamt angerufen und ihnen dort ein paar Fragen gestellt.

Ein Rentier gesellte sich zu uns. Es zuckelte eine Zeit lang neben uns her, ehe es wieder in den Nebel abtauchte.

»Weißt du, was anschließend mit Elisabeth passiert ist?« Ich schob meine Schulterriemen zurecht.

»Die Familie ist weggezogen. Sie haben das Sägewerk und ihr Haus verkauft – dieses babyrosa Schlösschen mit der großen, verglasten Veranda direkt neben dem alten Gemeindehaus, das hast du bestimmt schon mal gesehen – und sind nach Stockholm gezogen. Für Elisabeth ist die Sache am Ende ganz gut ausgegangen, zumindest von außen betrachtet. Ich meine, sie arbeitet irgendwo in Danderyd als Ärztin. Aber im Innern sieht es womöglich anders aus. Hab gehört, dass sie an einer posttraumatischen Belastungsstörung leidet.«

»Das kann ich mir denken. Und Johanna?«

»Die Beckmans? Die waren nicht lange hier, schienen von Anfang an nur auf Durchreise zu sein, waren hier mehr oder weniger nur zu Gast. Ich meine, die sind nach Bali gezogen. Johannas Mutter hat dort ein Yoga-Retreat eröffnet, der Vater hat weiter seine Agentur betrieben. Das Letzte, was ich diesbezüglich gehört habe, war, dass Johanna in den USA gewohnt hat und Hausfrau war.« Er verzog das Gesicht. »Es heißt ja immer, dass nichts so wird, wie man denkt. Aber manchmal wird es dann doch genau so.«

Wer immer in einem Lexikon nach einer Art Gegenteil von Maria Sandgren gesucht hätte, wäre auf Elisabeth Lundholm gestoßen, man konnte es einfach nicht anders sagen. *No more fucks to give*, trotzdem urteilte die Außenwelt immer noch erbarmungslos. Auf ihrem Foto auf der Team-Website des Krankenhauses in Danderyd war eine lächelnde flachsblonde Frau zu sehen, wie man sie sonst hauptsächlich in amerikanischen Werbeclips zu Gesicht bekam. Die Haut strahlte, als wäre sie gerade erst von einem erfrischenden Spaziergang zurück, und die Lippen schimmerten hell kirschrot. *Fachärztin für Endokrinologie* stand unter dem Foto.

Ich konnte sie auf den ersten Blick nicht ausstehen.

Auf dem Weg zum Ärztehaus war ich an ihrem rosa Elternhaus vorbeigefahren. Hinter den weißen Sprossenfenstern hatte Licht gebrannt, vor der Haustür – mit Rampe – hatte ein Rollator gestanden. Anscheinend wohnten dort mittlerweile alte Leute.

Als ich mich im Wartezimmer auf einen Stuhl gesetzt hatte, hatte der noch die Körperwärme eines anderen abgestrahlt, inzwischen jedoch war es meine eigene. Nur dass der Stuhl furchtbar hart war. Ich rutschte in einem fort hin und her, schlug die Beine übereinander, stellte die Füße wieder auf den Boden. Der Arzt schien von seinem Zeitplan abgekommen zu sein, es wurde immer später. Der alte Mann auf der Bank gegenüber hatte sich die Nachrichten zu Gemüte geführt und die *Jämtlandsposten* anschließend beiseitegelegt. Im Augenblick erzählte er einem anderen alten Mann irgendetwas von seiner Prostata, während der andere über Blutdruck monologisierte. Die Stimmen verschwammen miteinander.

Ein weißer Kittel tauchte in der Tür auf.

»Dagny Svensson?«

Die beiden Männer verstummten.

»Dagny Svensson?«

Das war keiner der beiden, und weiter ging es mit den Wehwehchen.

Ich konnte hier nicht sitzen bleiben, ich hatte keine Zeit herumzusitzen, ich musste raus und weiterforschen. Musste schreiben, ein Wort nach dem anderen, eine schwarz-weiße Flut erzeugen. In Erwartung besserer Zeiten schrieb ich eine E-Mail ans Meldeamt und forderte aus deren Register Informationen zu Maria an. Ich wollte wissen, ob sie sechsundzwanzig Jahre zuvor wirklich ein Kind zur Welt gebracht hatte und ob dieses Kind zur Adoption freigegeben worden war.

Es kribbelte am ganzen Körper. Irgendwann musste ich aufstehen und schlenderte zur einen Wand des Wartezimmers. Aus zwei Papierkörben leuchteten mir benutzte und unbenutzte Schuhüberzieher entgegen. Ich wanderte ans gegenüberliegende Ende und betrachtete die Efeutute, die an einem weißen Spalier am Durchgang zu den Psychologen emporrankte. Tristesse vom Feinsten, vom Allerfeinsten.

Der Arzt gab mir die Hand und stellte sich als Johan Erlandsson vor. Auf der Wanduhr waren es fünfundvierzig Minuten nach dem vereinbarten Termin. Statt sich zu entschuldigen, forderte er mich auf, meine Hose auszuziehen und mich auf die Pritsche zu legen. Ich knöpfte meine Jeans auf, während er sich im Waschbecken neben der Tür die Hände wusch. Wie alle Ärzte schäumte er sich die Seife bis hoch zu den Ellenbogen. Anschließend drückte er mir mit kalten, weichen Händen auf der Hüfte herum. Ich fragte mich, wie er meine Unterhose fand. Sie reichte fast hoch bis zum Nabel.

»Tut das weh?« Er drückte ein wenig fester in die Seite und ich verzog das Gesicht.

»Au. Ja.«

Er setzte sich an seinen Rechner und scrollte, suchte nach irgendwas.

»In Ihrer Krankenakte steht, dass Sie vor fünf Jahren gestürzt sind und sich das Becken gebrochen haben. Kann schon sein, dass das immer noch damit zusammenhängt. Sie kriegen eine Überweisung zum Orthopäden.«

Dann sah er mich bekümmert an.

»Haben Sie in der anderen Sache Hilfe bekommen?«, fragte er sanft.

»In der anderen Sache?« Ich starrte auf meine Fleecejacke hinab. Sie hatte Knötchen gebildet und ihre besten Jahre eindeutig hinter sich.

»Mit Ihrer Lebenskrise. Mit der Scheidung, der Kinderlosigkeit, der Arbeit ... Hier steht, dass die Kollegen mehrmals versucht hätten, Sie zu kontaktieren. Sie hatten einen Termin bei Eva Persson, sind aber nicht erschienen.«

»Ich brauche keine Psychologin.«

Johan Erlandsson schlug die Beine übereinander, angelte einen Kugelschreiber aus seiner Kittelbrusttasche und klickte die Mine raus und wieder rein, während er mich aufmerksam ansah.

»Das sagen Sie.«

Musste der jetzt in der Wunde stochern?

»Ja.«

»Dann haben Sie keine Selbstmordgedanken mehr?«

Ich schüttelte den Kopf.

»Das ist nichts, wofür man sich schämen müsste.«

Musste der mich so anstarren?

»Nein, ich weiß. Aber mir geht's wieder besser.«

Ich kratzte mich an der Nase und hielt den Blick auf den flirrenden Monitor gerichtet.

Er stand auf.

»Hier, meine Karte, falls Sie es sich anders überlegen sollten. Ich bin zurzeit nur hier, weil Personalmangel herrscht, habe aber eigentlich eine eigene Praxis. Viele warten zu lange, bis sie sich Hilfe hinsichtlich ihrer Depression suchen.«

Johan Erlandsson entließ mich. Psychiater Johan Erlandsson. Schau einer an. Die Visitenkarte brannte in meiner Hand. Ich schob sie in meine Jackentasche. Vor mir erstreckte sich die E14 wie ein schwarzer Spiegel.

P3 berichtete darüber, dass irgendwelche Bankvorstände ihre eigenen Bonuszahlungen hochgesetzt hätten. Ich schaltete um auf P4 Jämtland. Im Sameby Tåssåssen waren sieben Rentiere von Wölfen gerissen worden. Eine Verkehrsmeldung unterbrach die Nachrichten: Der Busverkehr auf der Kyrkgatan in Östersund sei zum Erliegen gekommen, ein Sattelschlepper am Rännbergsbacken liegen geblieben und am Åskorset seien drei Pkws im Straßengraben gelandet. Tödliche Unfälle derzeit noch nicht, aber Vorsicht wegen Eisglätte.

Vorsicht vor tiefster Trauer. Ich ging sofort unter die Dusche, obwohl mich in meiner Wohnung 537 Meter über Normalnull niemand hätte sehen können, ganz gleich wo ich heulte. Aber vielleicht brauchte ich diesen nahtlosen Übergang, ich wusste ja nicht einmal selbst, wo die Tränen aufhörten und das Duschwasser anfing. Die Tränen strömten nur so aus mir heraus und der Kloß im Hals gab nach. Was sollte man sonst als verlassener Mensch tun? Man konnte schließlich niemanden zwingen, einen zu lieben. Ein verlassener Mensch war chancenlos.

Zurückgewiesen und allein gelassen mit seiner Verzweiflung, in der nur der Hass wachsen konnte.

Ich setzte mich also in die Wanne und heulte. Heulte mich wund, heulte mich geschwollen, heulte mich hässlicher und einsamer, als ich es je gewesen war.

Kattas Karottenkuchen von der Versammlung im Gemeindehaus hatte im Kühlschrank geschimmelt. Ich schnitt die grünen Flecken einfach weg und aß die Reste. Sie schmeckten genau so, wie aufgetaute Hundescheiße im Frühling roch. Dazu passte Levans alter Whisky ganz hervorragend. Ich zerrte so energisch am Korken, dass er gegen die Wand donnerte. Peng. Nahm die Flasche hoch und setzte an. Es blieb nur ein kleiner Schluck darin übrig. Mir brauchte keiner zu sagen, wie ich zu trauern hatte.

Ich ging wieder nach draußen, raus auf die E14, raus zwischen die kahlen Gärten, die andere am liebsten mit Tipp-Ex überpinseln wollten, raus in die karge Landschaft, die mein Zuhause war. Hier gab es kein Hintertürchen zu einer Wohnung in der Stockholmer Altstadt, und das wollte ich auch gar nicht. Ich war sechsundfünfzig, ein großes Mädchen und kam im Großen und Ganzen allein klar. Zäh wie eine Fjällbirke.

Auf der Straße kam jemand auf mich zu. Ab da konnte ich mich an nichts mehr erinnern.

*Das Gesicht der Fahrerin sieht wächsern aus. Sie seien unterwegs zu einem Heim für solche wie Maria, sagt sie. Nicht alle gewalttätigen Mädchen, die ihren besten Freundinnen so etwas antäten, bekämen einen Akutplatz in einem Heim – aber solche wie sie kriegen ihn im Handumdrehen. Ist doch total leicht.*

*Trotzdem weint sie nicht. Sie ist seit Langem ausgedörrt. Braucht auch nicht gegossen zu werden, wächst trotz alledem.*

*Wolken rasen über den Himmel, dann wird es schwarz. Maria weiß es noch nicht, aber diese Nacht ist die letzte, die sie für lange Zeit zu sehen bekommt. In der Stadt wird es nie dunkel, und daran wird sie nie Gefallen finden. Die Lichter sind künstlich, schlaflos, sie selbst ist verlassen und lässt sich auch nicht ändern.*

*Zwei Stunden. Acht Stunden. Strecke sind Stunden, immer nur Stunden.*

*Eines Tages wird sie zurückkehren.*

Irgendwer hatte wohl befürchtet, dass ich mich übergeben müsste, und mir einen Eimer hingestellt. Ich lag auf einem Küchensofa in einer gelben Küche, die mir bekannt vorkam, jedoch konnte ich sie nicht zuordnen. Meine Erinnerung war wie ausgelöscht. Allerdings musste ich dringend aufs Klo.

»Bist du endlich aufgewacht.«

Ich riss die Augen auf. Thomas in Jeans und weißem T-Shirt, ohne seine übliche Arbeitskluft gewissermaßen nackt.

»Ja, bin ich wohl …«

Er wühlte durch Schränke und Schubladen. Toastete Brot und kochte Kaffee. Ich stemmte mich hoch. Auf dem Küchentisch standen ein Teller mit zwei gebutterten Mariekeksen, ein Glas Saft und ein weiteres Glas mit trübweißem Inhalt.

»Aspirin. Ich bin davon ausgegangen, dass du bestimmt Kopfschmerzen hättest.« Unter seinem dunklen Bart schien er zu schmunzeln.

Ich nickte, kippte erst die aufgelöste Kopfschmerztablette in mich hinein, dann das andere. Rhabarbersaft.

Als ich die Decke beiseiteschob, knisterte sie elektrisch. Das Geräusch wanderte an meinen nackten Beinen empor und zwischen die Schenkel. Ich zog das Oberteil ein Stück von mir weg – ein riesiges T-Shirt mit *Abschlepp- und Räumdienst Martinsson* auf der Brust. Hatte er mich etwa aus- und wieder angezogen? Himmel, war mir so schlecht gewesen? Dann hatte er mich ja vollkommen in seiner Gewalt gehabt … Warum dachte ich immer so über andere? Dass sie mich in der Gewalt hätten, sobald ich die geringste Schwäche zeigte, sei es körperlich, sei es gefühlsmäßig? Damit musste jetzt Schluss sein.

Meine Blase tat inzwischen richtiggehend weh. Ich setzte die Füße auf die Holzdielen auf, was für den Elchhund einem Kommando gleichzukommen schien: Er kam sofort schwanzwedelnd auf mich zugerannt. Ich nahm die Füße wieder hoch.

»Ab ins Körbchen, Argos. Vera will dich jetzt nicht streicheln.«

Der Hund trollte sich, ließ Kopf und Rute hängen.

Es rauschte nur so in die Kloschüssel, so viel Druck hatte ich auf der Blase. Unter Garantie war es bis in die Küche zu hören. Ich beäugte die Farbe, als ich mich abwischte. Dunkelorange mit einem Hauch Whisky. Dann war ich jetzt wohl mariniert.

Auf dem Fußboden lag kein Teppich mehr und in der Ecke stand ein Putzeimer mitsamt nassem Mopp. Meine Klamotten hingen zum Trocknen in der Duschkabine. Ich starrte mein aufgedunsenes Gesicht im Spiegel an. Irgendwas Fremdes in meinem Blick hatte die Kontrolle übernommen.

Ich spielte gerade auf Zeit. Dabei zählte jeder Tag. Irgendwie musste ich mit Elisabeth Kontakt aufnehmen. Gleichzeitig hatte ich das Gefühl, dass ich zuvor erst noch andere Lücken würde schließen müssen. Andererseits war ich so müde, so unendlich müde …

Ich presste die blassen Lippen zusammen. Sie sahen aus wie zwei durchsichtige Quallen. Was sollte das werden? Es war doch nur Thomas. Wir waren zusammen aufgewachsen. Hatte er nicht sogar meine Haare zurückgehalten, als ich bei dem Klassenfest in der Achten hinter der Schule gekotzt hatte? Ja, das war er gewesen. Und hatte er mir nicht seinen Pulli geliehen, als ich damals während des Wandertags in Duved meine Hose durchgeblutet hatte? Zwanzig Kilometer von zu Hause entfernt und keine Binde in der Tasche. »Wickel dir den um die Hüften, dann sieht das keiner«, hatte er gesagt. Ja, das war er gewesen.

Ich ging wieder in die Küche und zog das T-Shirt ungelenk nach unten, aber er schien es gar nicht zu bemerken. Schien meine nackten Beine in seiner Küche nicht als Fremdkörper zu betrachten. Das wusste ich zu schätzen. Andererseits passte es zu meiner Altfrauenunsichtbarkeit. Auch irgendwie traurig. Ich ließ mich wieder auf die Küchenbank fallen, drückte meinen Whiskyschoß ins Polster und zog die Decke über allem zurecht.

»Meine Klamotten …?«

»Die sind bald trocken. Ach, richtig, fast hätte ich es vergessen. Nimm die hier solange.«

Er hielt mir eine lange Unterhose mit Eingriff hin – in Blau. Ich legte sie neben mich aufs Sofa.

Die Küche leuchtete bei Sonnenlicht noch viel gelber. Thomas' Gesicht leuchtete ebenfalls – als würde ich es gerade zum ersten Mal sehen. Etwas Vertrautes, was es urplötzlich neu zu entschlüsseln galt. Aber kein Gesicht war je einfach zu lesen. Thomas mochte auf den ersten Blick grobschlächtig wirken, doch wer hinter die Fassade blickte, entdeckte bald mehr. Die Unterlippe mit den verletzlichen Rillen, die leicht abfallenden Augen, die immer einen Hauch traurig aussahen. Er hatte nie um Aufmerksamkeit gebuhlt. War es diese Zurückhaltung, die dazu geführt hatte, dass niemand ihm je die Rolle des Ersten Liebhabers zugeteilt hatte? Nein, das stimmte so sicher nicht. Manchmal war es einfach so, wie es nun mal war.

Er schien zu spüren, dass ich ihn musterte.

»Was?«

»Ach, nichts. Wie schlimm war ich?«

Thomas schenkte uns Kaffee ein.

»So schlimm warst du gar nicht. Ich war mit dem Laster unterwegs und hab dich vor dem Konsum aufgelesen. Du hattest dich auf die Streusandkiste gelegt und wolltest dort schlafen.

Da dachte ich mir, vielleicht schläfst du besser hier. Ich hab einmal die Stunde nach dir gesehen.«

»Das ist echt nett. Bist du sehr müde?«

»Ach was. Ich wollte mir sowieso einen Film angucken. Auf Netflix gab es einen neuen mit Robert De Niro.«

»Hab ich gekotzt?«

»Ja, hast du. Dir war ziemlich übel, aber hauptsächlich warst du niedergeschlagen, und das kann ich gut verstehen.«

Wir sahen einander an. Sein Blick sagte eindeutig, ich könnte gern weiterreden, wenn ich wollte, er selbst ließe es jedoch auf sich beruhen. Thomas kannte Levan, er kannte mich, er hatte uns als Paar gekannt. Ich brauchte ihm nichts zu erklären.

»Was steht heute an?«, fragte ich ihn stattdessen.

Er fuhr mit der Hand durch sein unbändiges Haar.

»Albin Sundin aus Handöl hat heute Bereitschaft, trotzdem wird heute nichts aus der Jagd. Einmal im Monat hab ich Spanischkurs, online, übers Internet.«

Ich musste lachen. »Spanisch?« Von allen Dingen, mit denen sich Thomas Martinsson an seinem freien Tag beschäftigten konnte, war ein Spanischkurs wohl das, womit man am wenigsten rechnete.

»Ja, Spanisch. Nicht übel für einen alten Burschen wie mich, was?« Er lächelte. »Ich hab vor, nach Buenos Aires zu fliegen und dort Tango zu tanzen. Seit dem Herbst mache ich an der VHS einen Tanzkurs und bald komme ich auch halbwegs mit dem Spanischen zurecht. Und dann fliege ich hin. Wollte immer schon durch Argentinien reisen. Soll dann ein längerer Aufenthalt werden.«

»Wie lang ist denn länger?« Ich biss in mein Butterbrot.

»Ein halbes Jahr? Ein ganzes?« Er schlürfte seinen Kaffee.

»Da schau an.«

Dass er mehr wollte, war nicht verwunderlich, sondern einfach nur überraschend. Doch nicht mehr lange, und uns liefe die Zeit davon, um Träume zu verwirklichen. Sowie ich den Spanischkurs und den Tanzkurs zusammengebracht hatte, klang all das völlig plausibel. Thomas war immer schon ein begeisterter Tänzer, und die Mädels standen bei ihm Schlange, wann immer Tanzabend im Gemeindehaus war. Ich selbst hatte dort meist nur herumgesessen und getrunken oder war draußen auf dem Parkplatz mit Levan herumgetaumelt, weil ich nie begriffen hatte, wie man so intim mit einem Mann umgehen konnte, mit dem man keinen Sex wollte. Ich wollte meinen Körper nicht anbieten, fremde Hände an meinem BH-Träger im Rücken spüren und jemandes Schenkel an meinem Schritt wärmen. Wollte nicht spüren, was hart und was weich wurde.

Wir schwiegen beim Essen, genau wie wir es auch als Kinder getan hatten. Ich wusste noch gut, wie wir draußen auf der Veranda nebeneinandergesessen und – ohne ein einziges Wort zu wechseln – Äpfel gefuttert hatten, bis nur noch die Kerngehäuse übrig gewesen waren. Ich erinnerte ihn daran und er musste lächeln.

»Hast du in letzter Zeit mal mit Åsa oder Linda gesprochen?«, fragte er.

»Nein. Wir haben nichts mehr gemeinsam. Nichts mehr, worüber wir reden könnten.«

Dann erzählte ich ihm von der Mallorcareise, von den Yogaübungen, für die ich zu unbeweglich gewesen war, und von all den schicken Restaurants und den gesunden Gerichten aus Datteln und Grünkohl, bei denen ich hauptsächlich das Gefühl gehabt hatte, eine verhinderte Bridget Jones zu sein. Am Ende hatte ich auf Gesundheit gepfiffen. Sobald die beiden anderen losgezogen waren, um Mitbringsel für ihre Kinder und Ehemänner zu suchen, hatte ich mich in eine Bar gesetzt, Bier getrunken und Hamburger gegessen. Die Einsamkeit in Ånn fühlte sich leichter an als jene in Mallorcas *pulsierender Großstadt*, wie die Stadt in meinem Reiseführer hieß; in Palma war die Einsamkeit ein Geraune aus Gemeinschaft gewesen, an der ich nicht hatte teilhaben können. Gelächter und Gesprächsfetzen, Schritte und Gläserklirren. Die anderen hatten auf mich so überzählig gewirkt – wie eine riesige Summe aus Stimmen –, während ich selbst wie unter einem massiven Helm davon abgeschirmt gewesen war. In Ånn war die Einsamkeit still und oftmals reiner Selbstzweck, die Landschaft ringsum meine stumme Seelenruhe.

»Seither haben wir nichts mehr voneinander gehört, wenn man so will.«

Thomas sah mich aufmerksam an.

»Und?«

»Was, und?«

»Na ja, zum einen verbindet euch wahnsinnig viel. Ihr habt eine gemeinsame Geschichte. Ihr wisst genau, was früher war und was nicht. Wenn ihr inzwischen im Alltag nicht mehr allzu viele Berührungspunkte habt, ist das doch völlig egal. Allein nicht erklären zu müssen, wer man mal war, ist doch echt einiges wert. Ist *alles* wert. Wir brauchen alle jemanden, der unsere Erinnerungen versteht – also: richtig versteht. Es müssen sich ja nicht alle Beziehungen aneinander fortentwickeln. Man kann sich doch auch einfach auf das beziehen, was man schon hat.«

Ich dachte darüber nach. So hatte ich es noch nie gesehen.

»Du magst recht haben«, sagte ich.

Ich zog seine lange Unterhose an und legte mich aufs Wohnzimmersofa. Der Eingriff wölbte sich vor. Vereinzelt drangen Wörter und ganze Sätze auf Spanisch aus dem Nachbarzimmer. Ich verstand zwar kein Wort, aber ich genoss es, Thomas' Stimme zu lauschen und ließ sie den Fernseher übertönen. Er, wie er in Argentinien braun gebrannt eine kurvenreiche Frau mit dunklem Teint über die Tanzfläche führte. Ihr die gelernten Wörter ins Ohr flüsterte, während draußen die Sonne unterging. Natürlich hatte er *Ich liebe dich* längst gelernt. *Ich liebe dich*, *Hallo* und *Prost*. Damit beherrschte man in einer Fremdsprache das Allerwichtigste. Der ewige Junggeselle würde sie alle um den Finger wickeln.

Seine Einrichtung kannte ich überwiegend noch aus seinem Elternhaus: die Teakmöbel, den Knüpfteppich und die Kerzenhalter aus Zinn. Die ganze Clique hatte ihm beim Umzug geholfen – Levan und ich, Åsa, Simon, Linda und Nicklas. Obwohl die Möbel riesig waren, hatten wir sie tragen müssen statt ziehen, doch ich hatte das Gewicht gemocht, heutzutage musste ja alles ganz leicht sein, und das sorgte für ein Ungleichgewicht. Die Seele mochte das Stabile – etwas, was Halt gab, was standhielt. Ich spielte eine Weile auf meinem Handy herum, scrollte durch Facebook und durch meine Mails. Ich hatte eine Antwort vom Meldeamt bekommen. Sie hätten meine Anfrage geprüft, Marias Daten fielen unter Geheimhaltung, sie dürften sie nicht offenlegen. Egal.

Ich schob mir ein besticktes Kissen in den Nacken, schaltete den Handyton ab und zog mir die Decke bis unters Kinn. Dann schlief ich ein, während vor dem Fernseher die Sonne Tango tanzte. Zum ersten Mal seit einer Ewigkeit schlief ich tief und ohne Albträume. Meine Kiefer entspannten sich und mir lief die Spucke aus dem Mundwinkel.

Argos winselte und Thomas leinte ihn an. Die E14 war überfroren, sah fast aus wie ein Meer. Der Wind hatte überall Fichtennadeln, Zweige und allen möglichen Mist verteilt. Vielleicht war Argentinien gar keine so blöde Idee.

Björn stand mit dem Rücken zum Fenster des Hauses am

Grill. Ich glaubte unter einer der Borkenlampen Sissel Loe und Ulf Oskarsson zusammensitzen zu sehen. Anscheinend hatten sie noch mehr Gemeinsamkeiten gefunden als nur den Unwillen, im Dorf mitzuhelfen.

Thomas zog die Schultern bis hoch an die Ohren.

»Dass die sich trauen, sich so offen zu zeigen!«

»Wer?«

»Ulf und Sissel.«

»Was? Geht Ulf fremd?«

Hatte er deshalb sein Motorrad im Wald geparkt? Weil er und Sissel in der Gegend herumfuhren und – aufgegeilt durch Heimlichtuerei – an allen möglichen Orten vögelten? Verdammter Verräter. Ich wusste, wie sich so was anfühlte.

»Berit kann froh sein, dass sie den los ist. Hoffentlich setzt sie ihn endlich vor die Tür«, sagte Thomas.

»Stimmt. Sie hat etwas Besseres verdient.«

Ich schlug den Blick nieder. Ich hätte es Berit erzählen müssen, mich einmischen müssen, es hinterfragen müssen. Stattdessen hatte ich bei ihr in der Tankstelle gestanden und Small Talk betrieben. Ich verdammte Verräterin.

Wir näherten uns dem Bahnhofsgebäude. Auf dem Parkplatz schimmerte das Eis.

»Warte hier.« Thomas lief auf den früheren Konsum zu, wo wie ein grüner Altar die Streusandkiste am Straßenrand stand. Ich sah weg. Mein Vater würde sich in Grund und Boden schämen, wenn er wüsste, dass seine Tochter wie eine waschechte Säuferin im Dorf umhertaumelte.

Thomas kam mit einem Eimer voll Sand zurück. Vorsichtig arbeitete er sich rückwärts über die heimtückischen Eisbuckel hinweg und streute hinter sich her einen Sandweg, eine Art Rettungsleine. Dann hatte er den Eingang erreicht und ich schloss zu ihm auf.

»Ach du Scheiße!«

»Was ist?«

»Du scheinst Besuch gehabt zu haben. Und verdammt noch mal, sie haben sie aufgekriegt!«

Thomas schob die Tür auf und fuhr mit der Hand am Türrahmen entlang.

»Wie bitte?!«

Mir schoss das Blut in die Schläfen. Ich zwängte mich an ihm vorbei, um es mir anzusehen, und ja: Da waren deutliche Spuren eines Werkzeugs, womöglich eines Stemmeisens, am Türschloss. Irgendwer hatte die Tür aufgebrochen und war in mein Reich eingedrungen.

Wir traten über die Schwelle. Ich schlich Richtung Wartesaal, als würde ich jeden Moment mit einer Tretmine rechnen.

»Was, wenn sie noch da sind?«, flüsterte ich und sah zu Thomas.

Er antwortete nicht, griff sich jedoch im Vorbeigehen einen Spaten und hielt ihn auf Brusthöhe wie eine Kalaschnikow. Meine Augen fühlten sich ausgetrocknet an. Nach ein paar Sekunden zwang ich mich zu blinzeln.

Der Wartesaal war verschont geblieben. Die Bananenkisten schienen nicht angerührt worden zu sein. Wir liefen die Treppe hoch. Meine Wohnungstür stand sperrangelweit offen, und dahinter herrschte das reinste Chaos: herausgezogene Schubladen im Flur, in der Küche und im Schlafzimmer.

Ich selbst war wie gelähmt, während Thomas anfing, meine Sachen auf Kleiderbügel und alles zurück in den Schrank zu hängen. Wie lange stand ich so da? Sicher nur ein paar Minuten. Mit dem Fuß stocherte ich in einem Kleiderhaufen – und entdeckte meine Softshelljacke. Diese Jacke hatte ich angehabt, als Matti Myllämäki mir den Leichenfundort gezeigt hatte. In mir stieg Übelkeit auf, ebbte ab, kam wieder, ebbte ab. Meine

Nerven drohten zu zerreißen. Ich spürte bereits, wie sie nachzugeben drohten. Dass ich so etwas zuletzt hatte wegstecken können, war lange her, aber in diesem Irrenhaus, in dem ich gelandet war, konnte man gar nicht gesund werden. Ich kotzte in die Küchenspüle und wischte mir den Mund mit dem Geschirrtuch ab. Es stank nach saurer Milch.

Ich ließ mich auf den Sessel sinken und schlug die Hände vors Gesicht.

Thomas ging neben mir in die Hocke und legte mir seine Hand auf die Schulter. Die Wärme seiner Finger setzte sich fort bis in meinen Ellenbogen.

»Das tut mir so leid, Vera! Kannst du erkennen, ob etwas fehlt?«

Immer noch mit den Händen vor dem Gesicht schüttelte ich den Kopf.

»Da fehlt nichts.«

»Trotzdem müssen wir die Polizei rufen.«

»Nein.«

Der Kerzenständer auf dem Couchtisch war umgekippt. Das Wachs war voller Staub. Ich stellte ihn hin und rückte auch gleich leicht unbeholfen die Fernbedienungen gerade, ehe ich die Hände auf die Knie stemmte und aufstand. Thomas sah mich überrascht an und erhob sich ebenfalls.

»Und warum nicht?«

»Ich will nicht, dass sie sich einmischen. Komm.«

Ich ging voraus in den Flur. Dort zeigte ich auf die Softshelljacke und Thomas nahm sie hoch. Der rote Stoff hatte Löcher und Risse über der Brust und sah aus, als hätte jemand in wilder Wut mit einem Messer darauf eingehackt.

Thomas schluckte trocken.

»Was hat das zu bedeuten?«

Er keuchte, als müsste er sich schwer beherrschen, um ruhig

zu bleiben, und sein Keuchen klang gruselig. Ich stand erneut reglos da. Argos stupste mich an, wie um mich zu trösten.

»Vera, jetzt mal raus mit der Sprache. Was geht hier vor?«

»Nicht wütend werden. Damit komme ich nicht klar.«

Ich war ein Grashalm, der abgeknickt war. Eine dumme Idiotin. Ich hörte ein Wimmern. War ich das gewesen?

»Wütend? Warum sollte ich wütend werden? Ich mache mir Sorgen, das verstehst du doch wohl? Komm.«

Er nahm meine Hand und zog mich zum Sofa. Mein hässliches, liebloses Sofa ohne bestickte Kissen. Ich brach in Tränen aus. Und dann hörte er mir zu.

»Dass die Jacke durchlöchert wurde, ist eine Drohung. Irgendwer scheint zu glauben, dass du deine Nase zu tief in gewisse Dinge steckst. Außerdem hat er dich anscheinend schon eine Weile beobachtet.«

Thomas hatte die zerstörte Jacke in einen Müllsack gestopft, damit ich sie nicht mehr sehen musste. Ich stellte mir vor, wie ich sie trug – und tot war. Die Jacke als Leichensack.

»Ja, sieht ganz danach aus.«

»Ich verstehe schon, dass du gerade an einer spannenden Reportage dran bist, Vera. Trotzdem wäre es am besten, wenn wir die Polizei rufen würden. Das ist es doch nicht wert ...«

»Doch, ist es.«

Ich spreizte die Finger und fing an, mit dem Daumen an der Nagelhaut zu knibbeln.

Er verstummte. Ich wusste genau, dass er nicht nachbohren und weitere Erklärungen fordern würde. Aber musste ich mir wirklich Sorgen machen? Vielleicht rutschte ich gerade in eine Art Selbstzerstörungsverhalten hinein. Thomas sah aus, als würde er fieberhaft nachdenken. Sein Blick huschte hin und her. Der Kühlschrank brummte. Argos lief nervös auf und ab.

»Wenn wir Glück haben, war der Einbrecher hier, bevor draußen alles überfroren ist. Hast du Fußspuren im Eis gesehen?«, fragte er.

»Nein, hab aber auch nicht darüber nachgedacht.«

Wir gingen nach draußen. Der Boden rund um die Eingangstür war nieder-, aber nicht komplett platt getrampelt. Eine der Spuren sah ich mir genauer an und setzte meinen Fuß hinein. Die Schuhgröße passte, aber ich war auch die Einzige, von der ich sicher wusste, dass sie hier ein und aus gegangen war. Thomas und Argos waren erst hergekommen, als der Boden schon gefroren war, deshalb hatten sie keine Spuren hinterlassen können. Allerdings waren in der Nacht mehrere Tiere mit Hufen um das Haus herumgelaufen. Kleine, spitz zulaufende Abdrücke.

»Rehe.« Thomas sah sich um. »Und womöglich war auch noch ein Fuchs hier. Ja, sicher. Guck mal, da, die gespreizten Ballen. Das sind eindeutig Fuchsspuren.«

»Mhm.«

Ich hatte noch etwas anderes entdeckt. Einen Fußabdruck, der kleiner war als der, den ich selbst hinterlassen hatte.

»Guck dir das da an, Thomas.«

Er kam näher und beugte sich darüber.

»Setz mal deinen Fuß daneben.«

Ich tat wie geheißen. Er nickte.

»Ja, da hat dich jemand besucht, der kleinere Füße hat als du. Welche Schuhgröße hast du?«

»Neununddreißig.«

»Dann ist das hier achtunddreißig. Wahrscheinlich eine Frau – oder ein Mann mit verdammt kleinen Füßen. Scheiße, das hier entwickelt sich auf eine Weise, mit der ich echt nicht gerechnet habe. Ich dachte, man könnte das wie immer auf irgendeine Bande aus dem Osten schieben …«

Mir schwirrte der Kopf. Inzwischen war unverrückbar klar, dass mir dort draußen jemand ans Leder wollte. Ich zog den Schwanz ein, wollte von dem Fall nichts mehr wissen. Ich würde die Sache mit der Reportage bleiben lassen, mich mit meinem Job in der Schule zufriedengeben und über nichts anderes mehr nachdenken.

Unwillkürlich sah ich Elisabeths taufrisches Gesicht vor mir. Das Foto eines Mörders oder einer Mörderin sah selten so aus, wie wir es uns vorstellten, aber Elisabeth hatte einen so … erfolgreichen Eindruck gemacht. Warum sollte sie es nach so vielen Jahren urplötzlich auf Maria abgesehen haben? Eine alte Wunde, die wieder aufgerissen war, hatte Strömmen vermutet. Ich fragte mich, was sie in so einem Fall in Jämtland zu suchen gehabt hatte. Bestimmt war sie beruflich bedingt hier gewesen. Oder genauer gesagt hatte sie hier Urlaubstage oder Überstunden abgebummelt, um Dienst im Fjäll zu schieben. Ärzte trieben sich schließlich überall herum, verdienten selbst in ihrer Freizeit noch etwas dazu und jammerten dann über die Arbeitsbelastung, das wusste jeder. Aber warum auch nicht – ein kleiner Zuverdienst nebenbei? Vielleicht als Pflegehilfe?

Ich trieb über das Eismeer davon, hinaus auf den großen Vorplatz, der ursprünglich für unzählige Passagiere eines Zuges mit zig Waggons ausgelegt gewesen war, nicht für einen einzelnen Menschen, der auf seiner Reise allein unterwegs war. Trotzdem wollte ich nicht schwimmen, wollte nicht zu einem Rettungsring greifen, sondern nur mehr untergehen.

»Vera, du zitterst ja!«

Thomas legte mir die Hände auf die Schultern, zog mich aber nicht an sich. Ich wusste selbst nicht, ob ich gewollt hätte, dass er mich in den Armen hielt. Er versuchte, meinen Blick aufzufangen, aber ich wich ihm aus.

»Was machst du denn jetzt?«

»Wie, machen?« Ich sprach mit meinen Schuhen.

»In dieser Sache. Mit allem.«

»Gar nichts mache ich. Ich höre auf. Ich hör auf zu graben.« Ich zog den Reißverschluss meiner Fleecejacke runter und wieder rauf. Irgendwo in einiger Entfernung war eine Planiermaschine bei Straßenarbeiten zu hören. Allmählich wurde es dunkel, die Luft roch zusehends nach rauer Kälte. Ich sehnte mich nach drinnen, wollte mich nur noch hinlegen und mich zusammenkauern. Trinken. Mein Hals brannte, wie ich jetzt feststellte.

Thomas schüttelte den Kopf. Seine Nackenmuskeln sahen angespannt aus.

»Ich hab nachgedacht. Wenn du nicht zur Polizei gehen willst, bleibt dir nur eine Möglichkeit.«

»Und zwar?«

Ich nötigte mich, ihn anzusehen.

»Wenn die Polizei wirklich den Falschen verhaftet hat, dann musst du den wahren Täter finden, ehe er dich findet. Und ich glaube, dafür musst du tiefer in die Vergangenheit eintauchen.«

»Ach, und wie?«, murmelte ich. Ich musste alle Kraft zusammennehmen, damit meine Stimme trug.

»Fahr zu diesem Jörgen. Es ist immer besser, sich von Angesicht zu Angesicht zu unterhalten. Vielleicht kann er dir ja erzählen, was nach dem Urteilsspruch aus Maria geworden ist. Wer diese Pflegefamilie in Stockholm war. Es könnten außer Elisabeth vielleicht noch andere ein Mordmotiv haben. Außerdem …« Er sah mich unverwandt an. »Was weißt du überhaupt über Jörgens und Marias Beziehung als Erwachsene?«

Die Frage hing eine Weile in der Luft, bis ich seufzte.

»Gar nichts. Darüber hab ich auch schon nachgedacht, nur nicht …«

Thomas machte einen Schritt zurück, sah hoch zu meiner Wohnung, genau wie Jörgen es kürzlich getan hatte. Von hier sah man nur die zerknitterten Vorhänge und Zimmerpflanzen mit schlaffen Blättern, allerdings wusste ich, dass man ein Stück die Straße hoch mehr sehen konnte. Manchmal schickte mir Björn eine SMS – *Hör auf zu rauchen!* –, kaum dass ich mir unter der Dunstabzugshaube eine Zigarette angezündet hatte. Bis jetzt hatte mich das nie gestört, aber vielleicht war es allmählich an der Zeit, dass ich die Vorhänge zuzog.

»Genau. Und deshalb ist Jörgen womöglich ebenfalls verdächtig. Immerhin ist gar nicht sicher, dass Maria ihn wieder zurückhaben wollte, und du weißt selbst, was passiert ist, als er im Teenageralter bei Elisabeth abgeblitzt ist. Gewisse Männer ertragen kein Nein, so ist das eben.«

»Bist du jetzt etwa Sherlock Holmes?«

»Haha. Da ist sie wieder, die alte Vera!«

Er riss den Blick von meinem Fenster los und drehte die breite Brust wieder mir zu. Ein Windschutz. Was er da sagte, ergab natürlich Sinn, und wenn ich so darüber nachdachte, war Thomas immer schon gut darin gewesen, analytisch zu denken. Schon als Kinder, als wir in den Wäldern rings um Ånn *Rote und weiße Rosen* gespielt hatten, hatte er die Hinweise stets vor allen anderen geknackt. Angst und Durchgedrehtheit durften jetzt nicht überhandnehmen. Wenn ich Hinweise im Hier und Jetzt finden wollte, musste ich endlich verstehen, was damals passiert war. Außerdem wäre die Recherche für meine Reportage wichtig. Jörgen hatte erwähnt, dass er irgendwo hier im Bezirk bei seiner Schwester wohnte. Bestimmt hatte ich die Nummer noch, aus jener Nacht, in der er mich angerufen hatte. Ich ging die Anrufliste durch.

»Hier ist sie … Ich schreibe ihm sofort eine Nachricht.«

Allmählich ließ die Anspannung nach, und ich war dankbar dafür, dass Thomas mir half, meine Gedanken zu sortieren und die losen Enden in dem Knäuel in meinem Kopf zu finden.

Doch bis es Nacht wurde, hatte ich immer noch keine Antwort von Jörgen bekommen. Auch nicht, als der Morgen mit lautem Getöse anbrach. Ich war wie erschlagen, hatte nur leicht geschlafen und die Muskeln nicht vollends entspannt. Sicherheitshalber startete ich das Handy neu – aber nichts. Ich verfluchte diesen Jörgen. Ich verfluchte sie alle.

Die Sonnenlichtung empfing mich diesmal nicht mit der üblichen behördlichen Schläfrigkeit. Auf der Station war einiges los. Maggan stand mit einem Umzugskarton vor dem Aufzug, als die Türen aufgingen, grüßte wie immer fröhlich, hatte aber keine Zeit zu plaudern. Hinter ihr kamen noch mehr Leute mit Umzugskartons. Die Tür zum Treppenhaus stand sperrangelweit offen und irgendwas krachte gegen das Treppengeländer. Muskelmänner schleppten Möbel und das Schwarze Brett im Flur hing schief an der Wand.

Mein Vater saß allein in der Küche, alle Stühle um ihn herum waren leer, und starrte sehnsüchtig zu der luftigen Baisertorte auf der Anrichte. Als er zu mir hochsah, schien allein die Bewegung der Augen ihm Mühe zu machen. Im Alter war überall Sand im Getriebe.

»Ach, du hier?«

»Hättest du nicht gedacht, was? Die Lehrer hatten heute Planungstag.« Ich umarmte ihn.

»Ach, und was plant ihr da?«

»Nicht viel. Wir haben deswegen auch früh Feierabend gemacht.« Ich stopfte meine Mütze in die Jackentasche und zeigte auf die Torte. »Und wer gibt heute einen aus?«

»Egon, wie immer.«

Immer wenn Egons Name fiel, verdrehte mein Vater die Augen, dabei wusste ich, dass er die Gesellschaft des jüngeren Mannes durchaus zu schätzen wusste. Sie mochten dieselben Sachen im Fernsehen und Egon war immer für einen dummen Spruch zu haben. Wenn sie beide jünger gewesen wären, wären sie garantiert einen trinken gegangen, doch so war es eben meist Torte. Oder vielmehr Torten, im Plural.

»Schon wieder? Aber er kann doch nicht schon wieder Geburtstag haben?«

»Bestimmt diesmal Namenstag«, brummte mein Vater.

Ich musste lachen. Eine schöne Abwechslung bei all dem Elend.

»In der Sonnenlichtung ist das Leben wirklich eine einzige Party. Willst du ein Stück?«, fragte ich ihn.

Er nickte betont miesepetrig. Das Funkeln im Blick sah ich trotzdem.

»Maggan wollte mir gerade helfen, musste sich dann aber um was anderes kümmern. In der Thermoskanne ist Kaffee.«

»Was hast du sonst heute gemacht?« Ich nahm einen Teller vom Stapel auf dem Tisch und schnitt durch die Tortenschichten.

»Tja, was hab ich gemacht … An die Decke gestarrt? Und Maggan hat mir die Todesanzeigen vorgelesen. Die fallen alle wie die Kegel.«

»Klingt irgendwie masochistisch.«

»Was? Im Gegenteil. Freundliche Nachrufe sind doch ein Trost. Solange man noch klar im Kopf ist, da …«

»Ja.«

Ich hatte den Nachruf auf Mama geschrieben. Das Schwerste dabei war die Beschreibung der Trauer gewesen. Trotzdem war es ein schöner Text geworden – weil ihr bedingungsloses Engagement und ihre Liebe schön gewesen waren. Dass ihre Liebe auch hinterhältig gewesen war, erwähnte ich dabei nicht, aber sie hatte uns alle übers Ohr gehauen: wenn sie beispielsweise Beeren gesammelt, eingekocht oder tiefgefroren hatte. Als hätte sie vorgehabt, je davon zu essen. Als hätte sie an eine Zukunft geglaubt. Nur hatte es die nicht gegeben. Diese verdammten

Beeren, die waren nur für Papa und mich gedacht. Die Gläser standen immer noch in einem Karton im Wartesaal.

Laute Stimmen wehten vom Flur herüber, dann ein dumpfes Geräusch, als wäre etwas auf den Boden gefallen. Eine Tür schlug zu, dann wurde es still.

»Zieht jemand ein?«, wollte ich wissen und setzte mich auf den Küchenstuhl neben seinem Rollstuhl.

»Ja, da zieht eine Neue in Elsa Rehnsbos altes Zimmer drüben bei den Klos. Letzter Halt vor Sankt Petrus.« Er gluckste in sich hinein. Aus seinen Ohren ragten weiße Haarbüschel. Es sah aus, als hätte er Wattestäbchen darin stecken lassen.

»Elsa Rehnsbo?«

»Die mit dem Pudel, du weißt schon. Sie war sehr krank. Tu nicht so viel auf den Löffel! Du nimmst immer zu viel!« Er klappte den Mund auf.

»Du wieder! Natürlich weiß ich, wer das war, die mit dem Pudel. Ist sie gestorben?« Als wäre es eine Sensation, dass jemand aus dem Seniorenheim den nächsten Schritt ging.

Mein Vater nickte und kaute angestrengt.

Die Tür zu Elsas ehemaligem Zimmer war offen. Ich stand auf, ging hin, ließ den Blick durch die Leere schweifen, sah die helleren Flecken auf der Tapete, wo Bilder gehangen hatten, wie Zeichen der Trauer um eine Zeit, die nicht wiederkehren würde. Ein letztes Foto in einem Goldrahmen hing noch an der Wand. Vorsichtig nahm ich es vom Haken.

»Was machst du denn?« Mein Vater sah fast entsetzt aus, als ich mit dem Bild in der Hand wieder in die Küche kam.

»War nur neugierig. Alte Fotos sind doch etwas Nettes. Ich vermisse die Dunkelkammer in der Redaktion. Schon gut, ich gebe es Maggan, damit es zu den übrigen Sachen kommt.«

Auf dem Foto war eine kleine Familie zu sehen, Mutter, Vater, Kind. Die jüngere Elsa mit langen, dauergewellten Haaren erkannte ich wieder. Die Eltern lachten in die Kamera, während die Tochter – die etwa vier sein musste – in eine andere Richtung sah.

»Sieht ganz schön mürrisch aus«, stellte ich fest, goss Kaffee in eine Tasse und hielt sie samt Trinkhalm meinem Vater hin, damit er einen Schluck nehmen konnte.

»Tja, ist nicht leicht, klein zu sein. Groß allerdings ebenso wenig.«

Ich kniff die Augen zusammen. »Sie müssen das Kind ziemlich spät bekommen haben. Der Vater sieht schon verdammt ausgedörrt aus.«

»Ture, ja. War damals sicher schon fünfzig, womöglich ungefähr so alt wie du jetzt.« Er zwinkerte kaum merklich, ehe er fortfuhr: »Jetzt ist er fast achtzig und der Fitteste von uns allen. Er war gestern hier. War anscheinend bei dieser Wassergymnastik.«

»Und die Tochter?«

»Die hab ich noch nie gesehen.«

»Nie?«

Er fuhr sich mit der Zunge über die Lippen. Ein Rest Sahne war in seinen Mundwinkeln hängen geblieben. Baiser war rund um den Teller gekrümelt.

»Nein, nie. Elsa war oft traurig, dass sie nie vorbeigeschaut hat.«

»Ist ja auch schade.«

»Ja, aber als sie so krank wurde, war auch nicht mehr so viel von Elsa übrig. Sie ist in eine andere Zeit abgetaucht.«

»Alzheimer?«

Kauen, husten. Ich wartete und lauschte dem Wind, der Hagel gegen das Fenster peitschte, ehe ich meinem Vater mit der Serviette den Mund abwischte. Er nickte.

»Am Ende ging es schnell. Sie hat nur noch über Fehlgeburten gejammert und dass sie irgendein Mädchen aus Stockholm zu sich holen würde.«

Ich zog die Augenbrauen in die Höhe. »Ach ja?«

»Ja, eine Zeit lang hat sie über nichts anderes mehr gesprochen, als dass sie für die kleine Sandgren Milchpulver kaufen müsste, jetzt da sie bei ihnen in Hammarnäs wohnen sollte.«

Mir stieg die Hitze in den Kopf. *Die kleine Sandgren. Stockholm. Und dann doch in Hammarnäs.*

Hatte Elsa etwa von Maria gesprochen? War es deren Kind, das Elsa hatte zu sich nehmen wollen? Dann stimmten die Gerüchte, dass Maria ein Kind zur Welt gebracht hatte?

Mir schnürte es die Luft ab, und die Küche fing an, sich zu drehen. Dann wanderte die Hitze abwärts.

»Wie hieß denn die Kleine?«, wollte ich wissen.

»Das hat Elsa sicher mal erwähnt ... aber ich komm nicht mehr darauf.«

»Versuch's«, drängelte ich. Ich konnte ja nichts dafür, dass ich so eine Dränglerin war.

»Nixda. Ich komm nicht darauf.« Mein Vater lächelte. Manchmal konnte man glatt glauben, dass es ihm Spaß machte, die Journalistin in mir aus der Reserve zu locken. Neugier auf zwei Beinen, hatte er früher immer gerufen und mir mit der Zeitung einen Klaps versetzt, wenn er fand, dass ich zu viele Fragen stellte.

Im selben Moment schlug die Mora-Standuhr behäbig an.

»Ich bin wahnsinnig müde«, sagte er.

Damit riss er mich aus meiner Trance. Ich sah ihn plötzlich mit neuen Augen. Wie klein er geworden war. Zerbrechlich. Wie er gähnte, wie sich der sehnige Hals spannte.

»Ja, ich verstehe schon, du willst dich hinlegen und ausruhen«, platzte es aus mir heraus.

Ich half ihm ins Bett, breitete die Decke über seinen klapprigen

Körper aus und setzte mich in den leuchtend gelben Sessel am Fenster. Im Handumdrehen war er eingeschlafen. Ich ließ den Blick über den Totthummeln schweifen. Nebel war aufgezogen, dichter, nasser Nebel. Mein Handy vibrierte, das erste Geräusch, das es an diesem Tag überhaupt von sich gab. Vielleicht eine SMS von Jörgen? Doch dann war es nur Werbung von Kappahl. Wieder mal dreißig Prozent Rabatt. Manchmal kam der Konsumrausch einem dumpfen Unterton gleich, der sich kontinuierlich ins Unterbewusstsein des modernen Menschen bohrte. Ich seufzte. Jörgen wollte mich wohl nicht treffen.

Ich kehrte in die Küche zurück, räumte den Teller weg. Das Familienfoto lag immer noch auf dem Tisch, mit dem Glas nach unten. Erst in diesem Moment entdeckte ich die zittrige Handschrift auf der Rückseite. Ich hielt den Rahmen unters Licht, um besser sehen zu können, und augenblicklich rauschten mir die Ohren. *Ture, Elsa und Kim*, in verblasster Bleistiftschrift.

Die Tochter hieß Kim. Und wenn ich Glück hatte, Rehnsbo mit Nachnamen.

Ich schob den Bilderrahmen in meine Innentasche und ging.

Zu Hause reichte eine kurze Google-Suche aus, um sie samt einer Adresse in Huså ausfindig zu machen. Das Alter stimmte. Das Geburtsdatum Ende März verriet mir obendrein, dass sie im Sommer vor dem Verbrechen gezeugt worden war. Wenn die Gerüchte stimmten, dann war Kim Marias und Jörgens erstes gemeinsames Kind und inzwischen sechsundzwanzig Jahre alt. Das Jugendamt kümmerte sich bekanntermaßen um Liv. Aber wo steckte Kim, und vor allem – wer war sie?

Das erste Mal, dass sie Kim in den Armen gehalten hatten, war laut Ture Rehnsbo der glücklichste Tag in seinem und Elsas Leben gewesen. Als ich ihm das alte Foto überreichte, blickte er lange mit feuchten Augen darauf hinab.

»Danke. Das bedeutet mir viel. Es gibt nicht allzu viele Bilder von uns aus der Zeit, als Kim noch klein war. Damals war alles viel leichter.«

Ich fühlte mich weder willkommen noch zurückgewiesen. Der fast achtzigjährige Mann war zunächst perplex gewesen, als ich ihm von der Reportage erzählt hatte, an der ich derzeit arbeitete, und war dann schlagartig blass geworden, als ich mich nach Kim erkundigt hatte. Aber ja, es stimmte: Sie hatten sie eines heißen Sommertags im Juli bei Maria Sandgren in Stockholm abgeholt. Warum ich das wissen wolle.

Und so drängte ein weiteres Bruchstück der Geschichte ans Licht und forderte fast schon, an die anderen Scherben festgeklebt zu werden.

Ich hatte eigentlich damit gerechnet, dass er mir die Tür vor der Nase zuknallen würde. Aber dann war es, als wäre er binnen Sekunden in seine eigene Welt abgetaucht. Geistesabwesend hatte er mich hereingelassen und sich dann wieder all dem zugewandt, wobei ich ihn unterbrochen hatte: der Arbeit in seinem Wintergarten.

Ich setzte mich und sah zu, wie er wie ein Schmetterling zwischen Weinranken, Feigen- und Pfirsichbäumen, Bronzestatuen und kleinen weißen Marmorspringbrunnen hin und her flatterte. Es hatte etwas Abnormales an sich, ausschließlich Pflanzen zu ziehen, die in diesen Breiten unter natürlichen Bedingungen nie und nimmer überleben würden. Eine Art Verleugnung.

Fast fünfzig Kilometer hinter Järpen hatte ich das Haus schon von Weitem gesehen, das in Hammarnäs am Waldrand bereits im Nachmittagsdunkel lag. Erst hatte ich geglaubt, es würde drinnen brennen, aber anscheinend brannten dort lediglich die Pflanzenleuchten, zwölf Stunden am Tag. Himmelherrgott noch mal.

Das Gewächshaus lag in Richtung Süden, bloß nicht nach Norden, da hätten sie einen Architekten gefragt, ehe sie gebaut hätten, erklärte er. Und die Temperatur dürfe nicht über acht Grad steigen, zu dieser Jahreszeit mochten die Pflanzen es lieber kühl.

Ich hatte so eine Ahnung, dass er jemanden zum Reden brauchte, und ich hatte kein Problem damit, ihm zuzuhören. Während unserer gesamten Unterhaltung setzte er sich nicht ein einziges Mal. Vermutlich war er einer jener unermüdlichen Menschen, die man im Sommer öfter auf beleuchteten Laufwegen und im Winter in der Loipe antraf. Ausgemergelt und mit laufender Nase, aber immer gut drauf. Gerade griff er zur Gartenschere und erklärte, dass Wein vor dem Winter zurückgeschnitten werden müsse.

Von all dem grünen Duft und vom Wasserplätschern wurde mir leicht schwindlig. Oder vielleicht lag es auch an meinen Nerven. Ich nahm gern erwachsene Leute ins Kreuzverhör, stieß aber nur ungern geschlossene Türen zu Familien auf; dieser Bereich machte mir eine Heidenangst.

An einem Spalier wuchs eine Pflanze mit rosa Blüten empor. Die tulpenartigen Kronblätter erinnerten an gut durchblutete Schamlippen.

»Sehen Sie mal, wie schön die ist – das war immer Kims Lieblingsblume. Princess Diana, eine Klematis, die bis weit in den

Herbst hinein blüht. Elsa mochte Grünpflanzen lieber. Blüten fand sie mitunter ein bisschen schwülstig.«

Bei der Erinnerung daran lächelte er, während er sich das Hemd unter der grünen Latzhose zurechtschob. Der Moment war gekommen, da ich mit dem Grünzeug fertig war.

»Wie war sie denn als Kind?«, wagte ich mich vorsichtig vor.

»Kim?«

»Ja.«

Etwas berührte meine Wade. Eine orangerot gefleckte Katze. Sie strich einmal um mein ganzes Bein herum, ehe sie irgendwo im Dickicht verschwand.

»Willensstark. Wahnsinnig willensstark – und empfindlich. Sehr empfindlich.«

»Inwiefern?«

»Sie brauchte ständig die Bestätigung, dass wir sie lieb hatten, und hat uns trotzdem nie vollends geglaubt.«

Dass er plötzlich so offenherzig war, verblüffte mich. Vielleicht war die Gartenarbeit ja Tures Art, Anlauf zu nehmen, und er war von Anfang an darauf aus gewesen, sich Luft zu machen.

»Elsa und ich konnten nie etwas allein unternehmen. Wenn wir ausnahmsweise mal auf ein Fest gehen wollten oder zu Abend essen, bekam sie immer Fieber. Erst Jahre später ging uns auf, dass sie das Fieberthermometer unters warme Wasser gehalten hatte, weil sie sehen wollte, ob wir sie genug liebten, um unsere Pläne zu ändern.«

Ich hob beide Hände.

»Vorgetäuschtes Fieber. Ein Klassiker.«

Mit einem Lächeln nickte er und fing dann an zu husten, als würde ihm das Gesprächsthema den Brustkorb zusammenschnüren. Er entschuldigte sich, stellte die Gießkanne ab, goss sich aus einer Karaffe Zitronenwasser ein und nahm ein paar große Schlucke. Es vergingen mehrere Sekunden.

»Wie hat diese ... Empfindlichkeit Ihr Leben beeinflusst?«, hakte ich nach.

»Sie führte dazu, dass Elsa auf merkwürdige Art überbeschützend wurde. Und Kim wurde ziemlich verwöhnt.«

»Inwiefern überbeschützend?«

Auf seinen Wangen bildeten sich zwei deutlich umrissene rote Flecken.

»Alles war plötzlich gefährlich. Kim durfte nicht mit auf Schulausflüge gehen, weil sie in irgendeinem Schwimmbad ertrinken oder sich auf der Skipiste das Bein hätte brechen können. In ihrer Freizeit musste sie immer bis Punkt zehn Uhr zu Hause sein. Klar war das für sie schwierig – besonders später, als Teenager.«

Ich hatte meine küchenpsychologische Analyse sofort parat: ein Kind, das sich in den Eltern wiedererkennen wollte – nur dass das nicht gelang. Eltern, die darüber in Panik gerieten. Die Mutter überengagiert, der Vater steckte den Kopf in den Sand. Häkchen dran.

»Weiß sie, dass sie adoptiert ist?«

»Du liebe Güte, nein! Elsa und ich haben schon früh beschlossen – und zwar zusammen mit Maria –, dass wir es ihr nie erzählen würden, weder Kim noch jemand anderem, vor allem deshalb nicht, weil die leibliche Mutter ja hier ihre Wurzeln hatte, aber auch, weil wir nicht wollten, dass sie irgendwelche Schlüsse ziehen würde.«

»Was für Schlüsse?«

»Etwa dass sie die Gewalttätigkeit geerbt hätte. Von ihren leiblichen Eltern. Vor allem Maria wollte nicht, dass jemand Kim dafür verurteilte.«

Er holte tief Luft, ehe er weitersprach. In den zehn Jahren, in denen sie versucht hätten, ein Kind zu bekommen, habe Elsa mehrere Fehlgeburten gehabt. Alle naselang hätten die Ärzte ihren Babybauch abgehört und abgetastet, aber jedes Mal seien die Herztöne einfach verschwunden, beim letzten Mal erst in der fünfzehnten Woche. Da habe er sich schon nach einem größeren Auto umgesehen. Danach hätten sie aufgegeben. Elsas Körper konnte nicht mehr. Die Trauer hatte sich schwer über ihr Haus gelegt. Sonja Norléns Anruf war da einem Geschenk des Himmels gleichgekommen.

»Die kennen Sie, oder? Die den Campingplatz betreibt.«

Ich nickte. Aha, da war sie schon wieder, Frau Norlén.

»Elsa hat damals auf dem Campingplatz geputzt, und Sonja wusste, wie sehr wir uns Kinder wünschten. Auf Maria hatte sie ein bisschen aufgepasst. Aber wie auch immer … Maria hatte in Stockholm ein Kind zur Welt gebracht und brauchte jemanden, der sich darum kümmerte, bis sie wieder nach Hause ziehen und die Mutterrolle einnehmen könnte. Auf ihre eigene Mutter konnte sie schließlich nicht zählen. Und natürlich haben wir uns sofort bereit erklärt. Wir konnten es kaum erwarten.«

Nach einem Jahrzehnt der Hoffnung und Enttäuschungen hatte Sonja also Vermittlerin gespielt, Kim war zu den Rehnsbos gekommen. Sie habe alles auf den Kopf gestellt, wie Ture es ausdrückte. Die Beschreibung fand ich für ein Kind recht nett. Ich spürte, wie es erneut in meinen Eierstöcken zuckte.

»Und dann?«

Er dehnte den Nacken. »Tja, dann … Maria ist ja nie wieder zurückgekehrt.«

»Sie hat Kim nicht wieder zu sich geholt?«

»Nein. Also haben wir sie adoptiert. Darauf hatten wir insgeheim wohl schon die ganze Zeit spekuliert.« Er seufzte, streifte mich flüchtig mit dem Blick. »Ich wusste immer, dass es irgendwann herauskommen würde. Elsa hat am Ende ja nur noch in der Vergangenheit gelebt.«

»Ich habe gehört, dass sie sich einsam fühlte.« Aus den Augenwinkeln sah ich, wie ein Blumenteller überlief und Wasser sich auf die Steinfliesen ergoss.

Ture lächelte schief, wischte sich die Hände mit einem Feuchttuch ab und beseitigte sorgfältig das bisschen Erde, das unter seine Fingernägel geraten war.

»Kim war nie die Tochter, die Elsa sich so sehr gewünscht hatte. Aber seine Kinder kann man sich nun mal nicht aussuchen, weder leibliche noch adoptierte. Sie werden, wie sie eben werden. Und man kann sie auch nicht dazu zwingen, einen zu besuchen.«

Ich sah nach draußen. Jenseits des Storsjön färbten sich die Bydalsfjällen blau. So recht wollte ich nicht daran glauben, dass es wirklich so lange gedauert hatte, bis die Wahrheit ans Licht gekommen war. Obwohl in nächster Nähe keine Nachbarn wohnten, hatten die Leute bestimmt trotzdem getuschelt. Was Geheimnisse anging, waren sie wie Leichenspürhunde und rochen aus hundert Metern Entfernung, wenn irgendwo etwas im Busch war. Nur sagten sie es denen, um die es ging, niemals direkt ins Gesicht.

»Diese heimliche Adoption – ich könnte mir vorstellen, dass …«

Schlagartig lief er rot an. »Was? Wir wollten doch nur das Beste für das Kind, verstehen Sie das nicht?«

Ich verstummte. Es fühlte sich an, als würde ich mich in die Schatten zurückziehen. *Nicht, Bergström. Nicht dieses Thema.*

Ture verschränkte die Arme, allerdings wurde sein Blick wieder ein wenig sanfter. »Natürlich war es verkehrt, es ihr nicht zu erzählen. Und ganz besonders anstrengend wurde es, als wir vor drei Jahren hörten, dass Maria wieder zurück war. Wir hatten Todesangst, dass sie sich ihr gegenüber zu erkennen geben könnte. Keine Ahnung, ob Kim damit hätte umgehen können.«

Dann ist es ja nur gut, dass Maria jetzt tot ist, hätte ich am liebsten gesagt – wie eine Art Tourette, das bestimmte Situationen in mir auslösten –, aber zum Glück konnte ich mich beherrschen. Trotz alledem war es schon bemerkenswert, dass jemand Maria umgebracht hatte, kaum dass sie zu ihren Wurzeln zurückgekehrt war. Als hätte jemand die ganze Zeit nur darauf gewartet. Wenn Ture jünger gewesen wäre, hätte ich der Polizei geraten, ihm mit ein, zwei Wattestäbchen über die Innenseite der Wangen zu streichen.

Ich versuchte es anders.

»Wo wohnt Kim denn heute?«

»In Huså. Was wollen Sie noch wissen? Sie lebt allein, hat diverse Aushilfsjobs. Wir sehen uns nicht oft, sie hat mit ihren Sachen genug um die Ohren, wie es bei jungen Leuten eben so ist. Als wir uns zuletzt gesehen haben, hat sie erzählt, dass sie endlich nach Stockholm ziehen und hier ihr Haus verkaufen würde, also das alte Sommerhaus, das Elsas Vater vor Urzeiten gebaut hat.«

Irgendwas blinkte jenseits der großen Fensterscheibe. Dann war ein lautes Klirren und Splittern zu hören. Die Müllabfuhr.

»Ich flehe Sie nur ungern an, Vera, meine Generation tut so etwas nicht, und ganz sicher nicht Journalisten gegenüber. Wir haben vor Ihrer Zunft großen Respekt. Trotzdem möchte ich Sie inständig bitten, nicht über die Adoption zu schreiben. Ich verstehe schon, dass Sie Marias Geschichte erzählen wollen, aber es könnte schwerwiegende Konsequenzen haben – und wozu? Der Mord an sich war doch tragisch genug. Gucken Sie sich lieber Krister Arvidssons Vergangenheit genauer an, aber verschonen Sie uns – und wenn schon nicht mich, dann wenigstens Kim.«

Ich nickte. »Verstanden.«

Strömmen hatte mich zwar mehrmals einen Büffel genannt, aber ich wollte mir nun wirklich keinen Namen als Monster machen. Es galt also, vorsichtig vorzugehen. Natürlich wollte ich, dass Kim in der Story vorkäme, aber wenn sie nicht wusste, wer ihre Eltern waren, hielt ich mich besser fürs Erste zurück. Und es gab noch einen weiteren Grund, die Information mit Vorsicht zu behandeln: Wusste Marias Mörder über Kim Bescheid? Und wenn ja, zu welcher Familie rechnete er die Adoptivtochter? Zu den Rehnsbos? Oder den Sandgrens, die drauf und dran waren, ausgelöscht zu werden? Dieser Gefahr durfte ich Kim nicht aussetzen.

Als ich das Stadtzentrum von Åre erreichte, war die Standseilbahn gerade in Richtung Fjällgården abgefahren. Die Rushhour bei Max hatte noch nicht eingesetzt. Ich kaufte mir dort einen Hamburger to go und setzte mich draußen auf eine Bank, um eine Zeit lang den Leuten hinterherzusehen. Die lesende Frau am Tisch neben mir kam mir vage bekannt vor, allerdings konnte ich sie nicht zuordnen; diese gesunden dunklen Haare, die Lachgrübchen, die tiefer wurden, wenn sie sich leicht geistesabwesend auf die Lippe biss ... Bestimmt kannte ich sie aus der Schule. Dort begegnete man vielen Leuten. Ich spähte auf ihr Buch. *Mit Traumata umgehen lernen*. Sofort fing meine Haut an zu kribbeln, die reinste Berufskrankheit – sofern man jemand war, der etwas herausfinden wollte.

Ich ließ den Blick weiterschweifen. In mehreren Läden war Schlussverkauf, Frauen in viel zu teuren Peak-Performance-Jacken verließen die Geschäfte mit exklusiven Falttaschen. Bestimmt überwiegend halb durchsichtige, feine Tuniken von Odd Molly und bunte Unterwäsche von Kari Traa: die Uniformen erfolgreicher Menschen, von Managerinnen und Weltverbesserinnen. Tonnenweise Macht – aber ihre Vorstellungen vom Leben normaler Leute waren luftig wie Daunen.

Ich ertastete ein Zigarettensoftpack in meiner Tasche. Zuckte bei dem Gestank unwillkürlich zurück. Na gut, dann eben die halb gerauchte Zigarette. Während ich das beißende Nikotin inhalierte, musste ich an Kim und ihr Fake-Fieber denken. Ture schien nie verstanden zu haben, warum die Tochter an der Liebe ihrer Eltern gezweifelt hatte. Es war leicht, Liebe zu zeigen, indem man den anderen beschützte; umso schwerer war es, jemandem das Gefühl zu vermitteln, dass Liebe ganz einfach selbstverständlich war. Prompt kam mir eine Erinnerung.

Als wir noch als Familie – Mama, Papa und ich – in unserem Haus in Ånn gewohnt hatten, war ich eines Freitagabends wütend gewesen; ich war gerade fünfzehn geworden, und alle hatten anlässlich des Saisonauftakts in Storlien zur Liftparty gehen dürfen, nur ich nicht. Heulend war ich in den Wald gerannt, hatte mich hinter einem Baum versteckt und war eine Ewigkeit dort geblieben, hatte mitangesehen, wie meine Mutter die Terrassentür aufgemacht und in die Dunkelheit gespäht hatte. Irgendwann rief sie nach mir. Die Stimme hatte einen fremden, einen schrilleren Klang als sonst.

Ich kam erst aus meinem Versteck, als es stockdunkel war. Es hatte sich tröstlich angefühlt, dort zu stehen, wie zur Bestrafung der Schuldigen, gleichzeitig hatte ich mich wertvoll gefühlt, weil sie sich solche Sorgen gemacht hatten.

Menschen taten mitunter komische Sachen, wenn sie sich geliebt fühlen wollten. Das musste man immer im Hinterkopf behalten.

Ich nahm mein Handy zur Hand. Ich hatte eine SMS bekommen, die ich gar nicht gehört hatte. Eine Antwort von Jörgen, der mich auf den Hof seiner Schwester einlud. Die Adresse von Marias Pflegeeltern in Stockholm habe er womöglich noch irgendwo, er werde mal in seinen alten Unterlagen nachsehen, die er in all der Zeit seit seiner und Marias Untat mit sich herumgeschleppt habe. Nach dem Verbrechen hatte sich ansonsten alles und jedes in sämtliche Himmelsrichtungen zerstreut. Irrsinn, wie zwei Menschen es fertiggebracht hatten, dass alles derart auseinanderbrach …

Ihre Opfer, Elisabeth samt Familie, hatten in der Heimat die Zelte abgebrochen und alles zurückgelassen, was sie je gekannt hatten.

Die erste gemeinsame Tochter, Kim, war zur Adoption freigegeben worden – wobei nicht sicher war, ob Jörgen überhaupt davon wusste.

Aber endlich kam etwas ins Rollen. Gleichzeitig schüttelte es mich und warme, zähflüssige Galle stieg mir in die Kehle. Ich mochte diese Eigenschaft an mir nicht: immer das Schlimmste zu befürchten und es mir zugleich insgeheim herbeizuwünschen.

Der Bauernhof lag an der E45 zwischen Hammerdal und Strömsund. Genau wie Maria war Jörgen nach Jämtland zurückgekehrt, nachdem er seine Strafe verbüßt hatte, doch anders als sie hatte er sich dafür entschieden, sich in einer anderen Gemeinde niederzulassen. Ich fuhr nach Norden, durch die Dörfer. In meiner Tasche steckte Thomas' Zweitschlüssel für den Fall, dass ich mich, wenn ich später zurückkäme, in meiner Wohnung allein unwohl fühlen sollte. Zu beiden Seiten standen Bauernhöfe ein gutes Stück zurückversetzt oder so nah an der Straße, dass ich mit meinem Wagen fast die Fassaden schrammte. Aus den Schornsteinen quoll dichter grauer Rauch. Es roch säuerlich nach Holz, Ruß und Teer, als hätte das Holz auf der Erde gelegen und wäre eingeschneit worden, bevor irgendwer es ins Feuer geworfen hatte. Die Leute blieben innerhalb ihrer vier Wände; aber so war es nun mal: Dorfbewohner gingen nicht ohne triftigen Grund vor die Tür – nur wenn sie nachsehen mussten, ob etwas getan werden musste, und dann verrichteten sie wortlos ihre Arbeit.

Eine richtige Adresse gebe es nicht, hatte Jörgen gesagt. Fahren Sie bis zu dem gelben Briefkasten. Wenn man sich hier in der Gegend an irgendwas orientieren konnte, dann an solchen Dingen. Versteckte, halb eingewachsene Häuser, die bei schwindendem Tageslicht irgendwo am Ende von Auffahrten außer Sicht verschwanden. Allerdings wussten die Leute hier über andere, die an derlei versteckten Orten wohnten, genauso gut Bescheid wie in größeren Ortschaften. Man wusste genau, wie sie rochen, wenn sie einmal die Woche mit Schmutz in den Jeansfalten ins Dorf fuhren, und man wusste, wie es um die Kinder bestellt war: ob sie Essen bekamen und Liebe. Wenn nicht, verschloss man davor die Augen. Mit den eigenen Geheimnissen hatte man genug zu schaffen.

Nach fast drei Stunden sah ich den gelben Briefkasten vor mir. Ein abschüssiger Hang, dann an einer Brücke und einem Feld vorbei. Zu guter Letzt ein weißes Haus und zwei rote Stallgebäude.

Jörgen stand bereits mit gekrümmtem Rücken auf dem Hof, als ich ausstieg. Es roch stark nach Ammoniak und Urin. Ich musste das Gesicht verzogen haben.

»Das sind die Eber, die kommen gerade in die Pubertät«, erklärte er.

»Ah, und ich dachte schon, es wäre der Gülletank.«

»Ach so? Ja, der sicher auch.« Er musterte mein Auto. »Wie war die Fahrt?«

»Ganz okay. Es war gestreut.«

»Dieses Scheißsalz, davon rostet nur alles.« Er beäugte die untere Kante der Karosserie. »Nehmen Sie Kaltentfetter, um das wegzumachen.«

»Okay, danke für den Tipp.«

Er nickte. »Gehen wir ein Stück und reden? Ich kann schlecht still sitzen, konnte ich noch nie.« Er spähte zum Haus. Irgendwer hämmerte dort. Oder war das ein Specht? Nein, jemand hämmerte.

Jörgen fuhr sich übers Gesicht und strich die ungepflegten dunklen Haarsträhnen nach hinten, die ihm bis zum Mund reichten. Obwohl er bereits ziemlich licht war, trug er die Haare lang. Sein ausgemergelter Körper ertrank fast in seiner Armeehose.

»Klar, gehen wir ein Stück. Ich hole mir nur meine Mütze.«

Ich ging zum Wagen zurück. Die Mütze lag auf dem Rücksitz in einer blauen Ikea-Tasche zusammen mit meiner Thermohose und einer Decke, für den Fall, dass ich irgendwo liegen blieb. Davor hatte ich immer Angst: dass die Batterie oder irgendwas anderes den Geist aufgeben könnte. Bis zum nächsten Haus konnte es ziemlich weit sein, mitunter mehrere Kilometer, da konnte es dauern, bis jemand einen entdeckte.

Der Hof sah eher aus wie ein Autofriedhof als wie ein alter Bauernhof. Ich zählte die Schrotthaufen: fünfzig rostige, verbeulte Wracks. Ein Teil davon war schon moosüberwuchert, Türen standen wie betäubte Münder offen, und durch jede Öffnung wucherten Zweige und Gestrüpp. Wurzeln hatten die Unterböden aufgebrochen, Spinnweben lagen über Gaspedalen, fast als wäre hier alles in einen Streik getreten. Und über alledem lag eine Schwermut, die von Armut und menschlichem Aderlass zeugte. Alles, was hier seinem Schicksal überlassen worden war, eroberte die Natur sich wieder zurück. Es hatte auch etwas Tröstliches.

»Ganz schön viele Autos«, stellte ich fest.

»Ja, meine Schwester hat die Schweine und Ziegen und ich hab die Schrottkarren. Gegen die Angst.«

Jörgen lächelte fast ein wenig scheu. Er bewegte sich wie eine streunende Katze zwischen den Autowracks hindurch.

»Dass man mal wird wie der eigene Vater … Ich schraube einfach gern, und das geht nun mal nur noch mit alten Karren. Neue sind langweilig, die sind wie Computer. Allerdings ist das Ordnungsamt nicht gerade begeistert, die drohen mit Bußgeldern, wenn ich sie nicht entsorge. Ich weiß ja, dass Benzin und Öl ins Wasser läuft, aber …«

Hinter dem Wohnhaus verlief ein Bach. Von dort gluckerte es wie Fischsuppe bei niedriger Temperatur.

»Und machen Sie es? Bringen Sie sie weg?«

Ein Rückspiegel war mit einer Art Pilz überzogen. Ich konnte mich nicht beherrschen und knibbelte daran.

Jörgen zuckte mit den Schultern. »Vielleicht. Aber nicht alle. Das hier ist der Hof, auf dem mein Vater aufgewachsen ist, und die Autos sind im Grunde die einzige Erinnerung, die ich noch an ihn habe. Wir haben hier immer zusammen geschraubt. Er wollte damals aus Järpen weg und hier eine Werkstatt aufmachen, aber dazu ist es dann nicht mehr gekommen. Er ist an Krebs gestorben, als ich sechzehn war.«

»Tut mir leid.«

Er nickte und blieb stehen.

»Damals, als ich noch ein Kind war, hatten wir kein so gutes Verhältnis, aber später dann hätte ich ihn gebraucht.« Er holte tief Luft und ging weiter. »Maria ist mal mit hier gewesen, allerdings fand sie es gruselig, wenn mein Opa die Schlagader aufschnitt und sie ausbluten ließ.«

»Die Schweine ...?«

Mein Mund füllte sich mit Speichel. Ich schluckte.

»Ja. Ist ein Geräusch, das man kaum mehr vergisst. Die Schweine sind ja nicht betäubt, wenn man das macht.«

Jörgen sah fast begeistert aus.

Wir schlenderten an Scheune und Schweinestall vorbei. Jörgen würdigte die Tiere keines Blickes. Vielleicht mochte er sie lieber in Stücken auf dem Teller. Hinter den Gebäuden war alles überwuchert. Hier hatten Flieder und Stachelbeersträucher wild wachsen können.

»Gestern sind hier Kraniche durchgezogen. Hab sie in der Nacht schreien hören, als der Entzug gerade besonders schlimm war. Mein Zimmer geht raus zum Feld.«

Ich sah nach oben. Eine weiße Spitzengardine und ein weißer Lampenschirm, der leicht schief auf einem schmalen goldenen Lampenfuß saß.

»Wohnen Sie gern hier?«

Inzwischen konnte ich ihn mir genauer ansehen. Flecken aus

spärlichen Bartstoppeln auf dem zerfurchten Gesicht, ein hängendes Augenlid. Das andere Auge sah mich hart und leblos an. Komischerweise konnte man ihm immer noch ansehen, dass er mal attraktiv gewesen war. Es fühlte sich an, wie auf einer Brücke zu stehen und runter ins schwarze Wasser zu starren, abschreckend und anziehend zugleich.

»Ja, schon. Ich bin meiner Schwester sehr dankbar, dass ich hier einziehen durfte, auch wenn ich damals immer noch nicht clean war. Wissen Sie … Maria hat mit ihrer Vergangenheit ins Reine kommen wollen, deshalb ist sie auch hierher zurückgezogen. Das hat etwas mit mir gemacht. Obwohl ich nie auch nur darüber nachgedacht hatte, fing ich plötzlich an zu überlegen, ob ich das auch brauchte, um meinen Frieden zu machen. Noch mal einen Neuanfang. Klingt wahrscheinlich albern.«

Er sah mich an. Seine Kiefermuskeln waren angespannt, dabei war fast nichts übrig, was er hätte aufeinanderbeißen können. Seine Zähne waren nur noch Stummel.

»Überhaupt nicht.« Ich konnte es nur zu gut verstehen.

»Aber ich war nicht so mutig wie Maria. Ich war nie so mutig wie sie. Ich hab mich nie getraut, wieder nach Järpen zu ziehen, nicht mal in die nähere Umgebung. Wussten Sie, dass wir früher als Teenager öfter in dem leeren Haus waren, das sie dann später gekauft hat?«

»Ach, wirklich? Dann hat ihr das Haus also etwas bedeutet?«

»Ja. Dadrin hat sie ihre Unschuld verloren.«

Er grinste, erinnerte urplötzlich an einen Wolf – und Maria war sein Beutetier, dort draußen zwischen den hellen Birken vor dem Fenster, in dem das grüne Festnetztelefon stand. Ich wollte sie so nicht sehen. Warum hatte sie sich dieses Haus nur gekauft? Warum hatte sie sich daran erinnern wollen, dass sie ihre Unschuld inmitten von Mäusekot und Muff verloren hatte? Des verlorenen Kindes wegen? Es konnte nur einen Grund geben.

»Haben Sie sie auch geliebt?«

Er sah überrascht aus, als hätte er nie geahnt, dass Maria ihn geliebt hatte, und als hätte er sich selbst nie die Frage gestellt, ob er ihre Liebe erwidert hatte. Er dachte darüber nach.

»Nein, geliebt vielleicht nicht. Keine Ahnung, ob ich je eine Frau richtig geliebt hab. Aber ich mochte sie gern. War ein gutes Mädchen.«

»Kennen Sie Krister Arvidsson auch noch von früher?«

Jörgen schüttelte den Kopf.

»Nein, der war wesentlich älter als wir. Damals gehörte das Haus noch seinem Vater.«

Wir folgten den Traktorspuren den Wiesenrand entlang. Meine Hosensäume wurden schmutzig und nass. Ich wollte wissen, was passiert war, nachdem er und Maria in jener Herbstnacht in Järpen von der Polizei festgenommen worden waren, und Jörgen schien nur allzu gern davon zu erzählen, er wollte es loswerden. Sie waren in verschiedenen Heimen gelandet: er in Göteborg, sie in Stockholm. Dort hatten sie die Möglichkeit gehabt, einen Schulabschluss zu machen, aber nur Maria hatte diese Chance genutzt. Einige Zeit später wurden beide in Pflegefamilien im Großraum Stockholm untergebracht. Einer an der grünen, einer an der roten Linie. Jörgen ratterte die Ortsnamen nur so herunter; ich kannte die U-Bahn-Stationen nicht, daher sagte mir all das nichts. Aber dreiundzwanzig Jahre lang hatten sie keinen Kontakt mehr gehabt. Er hatte Drogen genommen und, wie er selbst sagte, wie ein Räuber am Rand der Gesellschaft gelebt, an der Unterkante der Großstadt. Hatte bei Freunden gepennt, war in Keller eingebrochen, um Sachen zu klauen, die sich zu Geld machen ließen. Drei Jahre zuvor hatte Maria sich plötzlich gemeldet. Sie habe sich »ihr« altes Haus gekauft, ihre »Brücke«, wie sie es nannte. Sah wieder lebensfroher aus. Oder zumindest weniger traurig. Als sie sich trafen, fühlte es sich an, als wären sie nie voneinander getrennt gewesen.

»Sie wissen schon, diese Werbung, mit den zwei Spargeln, die sich unterhalten, dann in der Kühltruhe ganz still werden und erst wieder weitermachen, als sie wieder rausgeholt werden? So als wäre nichts passiert.«

Ich nickte. Hatte ich schon mal gesehen.

»Genau so war es bei uns auch.«

Jörgen lachte laut, dann brach sich heftiger Raucherhusten Bahn.

»Wie war es ihr in der Zwischenzeit ergangen?«

»War wohl nicht leicht. Sie hatte ein hartes Leben, Maria. Wenn es einem so schlecht geht wie ihr, dann macht sich das am ganzen Körper bemerkbar. Aber sie hat sich über Wasser halten können, mithilfe von Tabletten, und hat immer gearbeitet, in einer Essensausgabe in Sköndal. Aber ich glaube, viel Anschluss hatte sie nicht.«

»Haben Sie denn die Adresse ihrer Pflegefamilie?«

»Leider nein, die konnte ich nicht finden, die muss ich wohl verlegt haben. Hatte immer eigene Nachforschungen anstellen wollen, aber dann ist nie etwas daraus geworden. Aber ich hab noch ein Bild von ihr, in einem Hochhaus in Stockholm, wo sie mit den Pflegeeltern gewohnt hat. Wollen Sie das sehen?«

Er griff in seine Innentasche und zückte eine große Brieftasche, klappte sie auf und nahm ein Foto aus einem der Fächer.

»Hier, gucken Sie mal.« Er sah fast stolz aus. »Ich meine, das wäre in ihrem letzten Jahr dort gewesen. Wo sie danach hingezogen ist, weiß ich nicht.«

Ich sah mir das Foto aufmerksam an. Maria als junge Frau, immer noch pickelig, übergewichtig und mit dunklen Haaren. Jahre später, als sie zu ihren Wurzeln zurückkehren sollte, war sie dünn und blondiert. Allerdings waren die Aknenarben auf den Wangen immer noch zu sehen gewesen – und andere Narben ebenfalls. Auf dem Foto, das auf einem Balkon mit Aussicht über eine Schnellstraße aufgenommen worden war, blickte sie ernst drein. Ihre Brüste hingen schwer unter einem beigefarbenen Opapullover.

»Darf ich das abfotografieren?«

Er nickte und hielt es mir vors Handy.

»Wissen Sie noch, in welchem Stadtteil die Familie gewohnt hat?«, fragte ich.

»Nein, das weiß ich nicht mehr, das ist so lange her ... Aber sie hießen Soller mit Nachnamen, das weiß ich noch, weil das so schick klang.«

»Haben Sie je darüber gesprochen, was damals passiert ist? Was Sie damals getan haben, Sie und Maria?«

Jörgen rieb sich übers Gesicht. »Nein. Das haben wir nicht hingekriegt. Wir haben nur darüber geredet, was danach kam und wie wir weitermachen würden. Und dann hat sie ja auch Liv bekommen und musste sich um sie kümmern. Das war ein gutes Jahr für sie, das beste in ihrem Leben, das kann ich Ihnen versichern. Bevor dieses Messer ins Spiel kam.«

Er blickte zu Boden. Durch den gebeugten Hals sah er noch gebeugter aus als ohnehin schon.

»Warum haben Sie das damals getan? In der Sporthalle?«

Jörgen zuckte mit den Schultern. Er schien mir die Frage nicht krummzunehmen. »Auf gewisse Weise würde ich immer noch meinen, dass Elisabeth es nicht anders verdient hatte. Sie hatte Maria im Stich gelassen. Eine verdammte Narzisstin, glaubte, sie wäre etwas Besseres.«

Ich versuchte, nicht laut nach Luft zu schnappen. Bei all dem Gerede darüber, dass endlich Schluss mit der alten Geschichte sein müsse und er sein Verbrechen gesühnt habe, ging es ihm also kein bisschen um Reue. Es ging ihm einzig und allein um seine Haut. Jörgen war immer noch ein egoistisches Stück Scheiße.

»Haben Sie in letzter Zeit hier in der Gegend mal einen schwarzen Toyota Corolla gesehen?«

Jörgen blinzelte kurz. »Ja, hab ich. Zweimal morgens letzte Woche, als meine Schwester verreist war, stand ein alter Toyota da oben bei den Büschen an der Straße. Beide Male war ich draußen bei den Schweinen und wollte dann die Post holen. Komische Wahl für einen Parkplatz, aber ich dachte mir, bestimmt irgendein Wanderer. Einen Fahrer hab ich nie gesehen. Warum fragen Sie?«

»Ich glaube, dass der Fahrer oder die Fahrerin des Autos mich einschüchtern will. Außerdem glaube ich, dass Sie recht haben und dass die Polizei mit Krister Arvidsson den Falschen verhaftet hat. Bis wir Genaueres wissen, sollten Sie womöglich die Augen offen halten.«

Jörgens Adamsapfel hüpfte auf und nieder. »Scheiße, ausgerechnet, wo ich auch so schon Schiss hab ... Das muss Elisabeth sein. Das ist Elisabeth, ich bin mir ganz sicher.«

Während er sich nervös nach irgendwelchen Herumtreibern umsah, schob ich die Hände in die Taschen und umklammerte meine Zigarettenschachtel wie einen Stressball.

»Wie kommen Sie darauf, dass das Elisabeth sein könnte? Entschuldigen Sie, wenn ich das jetzt sage ... aber ich habe so ein Gefühl, als könnten Sie sich in Ihrem Leben noch mehr Feinde gemacht haben. Die Unterwelt ... Haben Sie Maria in etwas hineingezogen, als Sie beide zurück waren? Drogen oder ...«

»Nein, nein, definitiv nicht. Und ich schulde auch niemandem Geld, falls Sie das glauben.« Er rieb sich erneut übers Gesicht. »Ich ... Wir ... haben ein paar anonyme SMS gekriegt.«

Ich zog die Augenbrauen hoch. »SMS? Seit wann?«

»Seit ein paar Monaten. Ich wollte das nicht erwähnen, bis

Sie die ganze Geschichte gehört hätten … also, die ganze Geschichte von damals. Aber ja, sowohl Maria als auch ich selbst haben Droh-SMS bekommen.«

»Okay, das ist … Was stand in den SMS?«

Er nestelte an den Knöpfen seines Flanellhemds. Die Wolken rasten nur so über uns hinweg.

»Verschiedene Sachen. *Ich weiß, was du getan hast. Dafür wirst du büßen. Das Kind wird ohne Mutter und Vater aufwachsen*, solcher Scheiß eben.«

»Das Kind – glauben Sie, damit war Liv gemeint?«

»Wer denn sonst?«

Tränen stiegen ihm in die Augen. Für den Bruchteil einer Sekunde sah er vollkommen wehrlos aus. Er fuhr sich mit dem Ärmel übers Gesicht. »Und jetzt ist Maria tot … und ich weiß nicht mehr, was ich machen soll.«

Liv. War sie der Grund, warum jemandes alte Wunde wieder aufgerissen war?

Ich musste an Marias Handy denken. Dort war lediglich eine einzige SMS gespeichert gewesen, und die hatte Jörgen geschrieben. Sie musste die Drohnachrichten gelöscht haben. Warum?

»Woher hatte die Person Marias Nummer? Sie steht nicht auf Eniro.«

Er zuckte mit den Schultern. »Keine Ahnung. Aber böse Menschen finden einen Weg, sich das zu holen, was sie wollen.«

»Stimmt.« *Und böse Dinge geschehen rund um böse Menschen.* »Aber könnte das nicht bedeuten, dass jemand dahintersteckt, den sie kannte? Ein eifersüchtiger Krister Arvidsson beispielsweise? Er war anscheinend schwer in Maria verliebt und glaubte wohl, er wäre Livs Vater.«

»Mhm. Von wegen.« Er verdrehte die Augen. »Aber vergessen Sie's. Der Typ hat nicht das Zeug dazu. Einen Mord zu begehen.«

In mir machte sich Unbehagen breit. »Nein, womöglich nicht.«

Ich wusste, dass ich Marias Spuren weiter folgen musste, wenn ich mich der Aufklärung ihres Falles nähern wollte. Bis jetzt waren zwei Frauen aufgetaucht – Elisabeth und Kim. Elisabeth hatte unter Marias und Jörgens Schandtat vor siebenundzwanzig Jahren am meisten zu leiden gehabt, aber auch Tochter Kim, die nicht bei ihren leiblichen Eltern hatte aufwachsen dürfen, hatte einiges entbehren müssen, ohne es auch nur zu ahnen. Ich hatte Ture versprochen, nicht mit Kim in Kontakt zu treten, aber nichts hinderte mich daran, Elisabeth aufzusuchen. Vielleicht war es langsam an der Zeit dafür.

»Haben Sie die SMS bei der Polizei gemeldet?«

»Ach was, nein. Was hätten die denn tun sollen?«

Sollte ich die SMS bei der Polizei anzeigen? Aber weshalb fragte ich überhaupt, wenn ich die Antwort doch kannte? Wahrscheinlich machten sich gerade nur die Schuldgefühle bemerkbar. Mir war klar, dass ich keine Anzeige erstatten würde. Hier ging es um einen Scoop, und den würde ich allein landen müssen, den brauchte ich, für mich allein. Und ein, zwei Gläser Wein brauchte ich auch. Auf einem Bein stand sich so schlecht. Mit zwei Gläsern dachte man besser. Dartspieler waren tatsächlich treffsicherer, wenn sie ein wenig Alkohol im Blut hatten, dazu gab es Studien.

Jörgen zog seine Hose am Bund hoch. Der Schritt hing zwischen den Beinen. Ich spürte den harten Boden unter meinen Schuhsohlen. Die Erschütterungen bei jedem Schritt setzten sich bis hoch zur Hüfte fort und trafen auf die alten Trigger- und Schmerzpunkte. Vielleicht ein paar Citodon zum Abendessen.

»Dann waren es also nicht nur die Drogen, derentwegen Sie nicht als Livs Vater in Erscheinung getreten sind.«

Jörgen blieb wie versteinert stehen.

»Ich hab mich nicht getraut. Wie denn auch? Wir haben uns ja nicht mal getraut zusammenzuziehen.«

»Aber Sie haben darüber nachgedacht?«

»Ich jedenfalls.«

»Und Maria? Wollte sie das auch?«

»Davon geh ich aus.«

Verdammter Egoist.

Im Haus wurde erneut gehämmert. Das Geräusch setzte sich fort, wehte durch die Rostkrater in den Autowracks und brachte das lange, steife Gras zum Knistern. Mit einem Mal sah Jörgen peinlich berührt aus.

»Hätten Sie vielleicht etwas trinken wollen, Kaffee oder so? Darüber hab ich gar nicht nachgedacht. Ich hab so selten Besuch.«

Ich lächelte. »Alles gut. Ich hatte gefrühstückt, bevor ich in Ånn losgefahren bin, insofern …«

Keine Ahnung, warum ich schwindelte, warum ich lächelte. Obwohl ich wusste, was Jörgen getan hatte – die Untat war schließlich Wort für Wort im Gerichtsprotokoll geschildert –, verspürte ich unwillkürlich Mitleid mit ihm. Er war ein geschlagener Mann. Die Erkenntnis fühlte sich an wie ein Boxhieb in den Bauch. Dann verflüchtigte sich das Gefühl wieder. All diese Männer mit ihren Gründen – aber stets ohne Entschuldigung.

Ich fragte ihn nicht, ob er wusste, dass er Vater zweier Töchter war. Wir befanden uns an einem Ort, an dem tagsüber die Schweine quiekten, nachts die Kraniche kreischten und wo rund um die Uhr Autos verrotteten. So einen Ort brauchte kein Kind der Welt, sei es klein oder bereits erwachsen.

Obwohl die Sache mit den SMS glaubwürdig klang, fing ich allmählich an, daran zu zweifeln, ob Jörgens Angst tatsächlich echt war oder bloß der Versuch, sich selbst zum Opfer zu stilisieren. Vielleicht stand in einer der abgehalfterten Scheunen seiner Schwester ja sogar ein schwarzer Toyota, was wusste ich schon? Instinktiv wich ich zurück, starrte jedoch weiterhin seine Schuhe an. Sie waren groß, eindeutig größer als Schuhgröße achtunddreißig. Trotzdem …

Am liebsten hätte ich ihm eine gescheuert, mit aller Macht auf ihn eingeprügelt. Über die Bedeutung des Ausdrucks »mit aller Macht« hatte ich noch nie zuvor nachgedacht. War es das wirklich – dass ich die Macht besaß, die Macht über meine Impulse –, was mich gerade davon abhielt? Eine Macht, die Maria nicht gehabt hatte, weshalb sie dem Impuls nachgegeben hatte? Im Gegensatz zu mir war sie von ihr nahestehenden Menschen in einem Moment, da sie es am meisten gebraucht hätte, kein bisschen an diese Macht, an ihre Menschlichkeit erinnert worden. Ganz im Gegenteil.

Maria war zurückgekehrt, weil sie sich ihrer Vergangenheit hatte stellen wollen, doch die Vergangenheit war nicht versöhnlich gewesen, hatte ihr nicht vergeben wollen. Hier auf dem dünn besiedelten Land schien alles wie dichtes Gewebe zusammenzuhängen, auch wenn das Land sein Bestes gab, unzusammenhängend zu wirken.

Eine Weile hatte ich darüber nachgedacht, in der Schule anzurufen und mich für ein paar weitere Tage krankzumelden, aber irgendwas hatte mich aus dem Bett getrieben, vermutlich die Ahnung, dass nichts besser würde, indem ich es hinauszögerte.

Ich aß am Tisch im Lehrerzimmer: eine welke Ica-Salatmischung, die trotzdem besser schmeckte als alles andere, was ich in den vergangenen Tagen unterwegs gegessen hatte. Ulla sah mich mitleidig an und überlegte bestimmt, welchen Ratgeber sie mir in die Hand drücken sollte. Ich streckte den Stinkefinger über der Gabel aus und Ulla verzog sich. Ich blieb allein im Lehrerzimmer zurück und machte mich an die Arbeit.

Ich wollte Marias Leben weiter zusammensetzen. Im Grunde konnte man jeden Ort der Welt identifizieren, selbst wenn man nur ein kleines Detail zur Hand hatte – und wenn es der Balkon einer Pflegefamilie irgendwo in Stockholm war, wo Maria hingezogen war, nachdem sie ihre Zeit im Erziehungsheim abgesessen hatte.

Familie Soller. Im Großraum Stockholm gab es siebzig Personen, die Soller hießen. Ich dachte darüber nach, sie alle nacheinander anzurufen. Machbar wäre es gewesen. Dann entschied ich mich für Plan B: Besser wäre es, wenn ich Maria anhand von Jörgens Foto lokalisieren könnte. Natürlich bestand die Gefahr, dass die Familie seitdem umgezogen war, aber einen Versuch war es wert. Immerhin konnte es sein, dass sie immer noch über Antworten verfügten, die ich benötigte, um in meinem Fall weiterzukommen.

Ich rief das Foto auf dem Computermonitor auf und zog es größer. Die Qualität war gar nicht schlecht. Maria über den Dächern von Stockholm. Das wievielte Stockwerk mochte es sein, bei dieser Aussicht? Das siebte oder sogar achte. In einen schwarzen Hoodie gekleidet hatte sie einen Arm auf ein von Vogelschiss bedecktes Metallgeländer gelegt. Der ganze Balkon sah heruntergekommen aus. Der Beton wies besorgniserregende Risse und Flecken auf. Das Foto war im Hochsommer aufgenommen worden: weiße Blumenkästen mit Stiefmütterchen. Trockener Asphalt, grüne Linden. Die Sonne stand im Süden, also war es mitten am Tag. Die Straße im Hintergrund war dreispurig und dicht befahren, Autos rasten wie auf eine Perlenschnur aufgereiht an riesigen Reklametafeln vorüber. Wo befand sie sich? Ich zoomte größer. Nur den Ica-Schriftzug konnte ich deutlich erkennen. Der Rest war unscharf, die Farben waren ausgebleicht. Nichts – kein Hinweis auf die Umgebung. Dann blieb mein Blick an einem anderen Schild hängen, an einem kleineren, unscharfen, allerdings sah es fast aus, als stünde dort *Industriegebiet Eriksberg*. Mein Puls beschleunigte sich. Ich rief Google auf. Ein Industriegebiet Eriksberg gab es tatsächlich, es lag im Norden der Gemeinde Botkyrka südlich von Stockholm. War dort irgendwer namens Soller gemeldet? Leise pfiff ich durch die Zähne. Im Domarebacken 101 in Alby wohnte eine Birgitta Soller. Hatte die achtzehnjährige Maria mehr als zwanzig Jahre zuvor auf deren Balkon gestanden?

Ich rief Google Earth auf und fuhr die Straßen entlang, erst ungelenk, dann immer geschickter. Die Autobahn in Richtung Södertälje. Mehrfarbiger Asphalt, grau, rot und gelb. Ansonsten sah die Trasse genauso aus wie hier daheim: Nirgends war sie schwarz und neu.

Ich bog rechts ab in Richtung Alby Centrum, kam an einer Mauer mit der Aufschrift *Thingstätte Svartlösa* vorbei. Bestimmt irgendetwas Historisches. Dann nach links, den Domarebacken hinauf. Direkt an der Kreuzung stand ein leerer Einkaufswagen. Der Anstieg führte zunächst zwischen Eichen hindurch, an blankem Fels und ein paar Grasflächen vorbei. Später würde ich nachlesen, dass Alby einst aus dem Meer emporgestiegen war. Die Formulierung gefiel mir. Die Ortschaft war bis heute geprägt von uralter Schärenlandschaft. Ich erreichte einen Wendeplatz mit grünen Containern, eine Recyclingstation. Um zu den gelb-rosa-weiß-lila-blauen Hochhäusern dahinter zu gelangen, musste man zu Fuß gehen. Das Haus am Domarebacken 101 war gelb – und sah anständig aus, kein bisschen nach Getto mit Schwerstkriminellen, von denen man so häufig las. Ich blieb vor der Tür stehen. Weiter kam ich mit Google nicht.

Ich streckte mich nach meiner Kaffeetasse aus und sah zur Kaffeemaschine. Der Schalter leuchtete rot und es war noch ein bisschen Kaffee in der Kanne. Ich füllte meine Tasse. Der Kaffee war stark und bitter geworden, fast wie in alten Zeiten bei der *Jämtlandsposten*.

Kurz entschlossen öffnete ich eine neue E-Mail und richtete sie an Inga Strandhäll, die Direktorin der Schule. In die Betreffzeile schrieb ich *Kündigung*. Es war an der Zeit, das Kaninchenloch zu verlassen. Bloß ein paar Zeilen und ein rascher Mausklick. Anschließend fühlte ich mich fast high.

Mein Handy klingelte. Im Display stand Thomas' Name.

»Was nimmst du heute Abend mit zu der Party? Ich meine, als Geschenk?«

Er klang fast schon übertrieben fröhlich. Im Hintergrund waren Stimmen und metallisches Scheppern zu hören.

»Party?« Ich versuchte, so nonchalant wie nur möglich zu klingen.

»Sag jetzt nicht, dass du Kattas Siebzigsten vergessen hast.«

»Natürlich nicht.« Hatte ich natürlich. »Äh, keine Ahnung, was bringst du denn mit?«

»Stehe gerade im Systembolaget. Ich meine, sie mag Champagner.«

»Stimmt. Kauf zwei Flaschen, eine von mir, ich überweise dir das Geld.«

Eilig klaubte ich meine Sachen zusammen und lief hinaus ins pissgelbe Licht des Schulflurs. Und tschüss, Minestroneland. Nie wieder würde jemand anders über meine Arbeitszeiten bestimmen.

»Okay. Ich soll dir übrigens ausrichten, dass du dein Fleece zu Hause lassen, dir die Wimpern tuschen und zur Abwechslung ein normaler Mensch sein sollst.«

»Ach, Katta ...«

Mist! Besaß ich überhaupt Wimperntusche? Womöglich nur die, die in Palma eingetrocknet war.

Ich hatte schlichtweg vergessen, was man für gewöhnlich machte, wenn man auf eine Party eingeladen war: wie man sich vorbereitete, wie man die Vorfreude anschürte. Das hatte sicher auch etwas mit dem Alter zu tun, zumindest hoffte ich, dass es kein reines Unvermögen war. Ich goss mir ein Glas Wein ein und kippte es in mich hinein. In meinem Magen machte sich Wärme breit. Das nächste Glas würde ich nippen, ich konnte mich schließlich nicht schon betrinken, bevor es überhaupt losging.

Ich stand so lange unter der Dusche, dass der Badezimmerspiegel beschlug. Mein Körper wies die ersten Herbstspuren auf: Die trockenen Flecken an meinem Hintern waren zurück. Ich frottierte mich sorgfältig ab und suchte anschließend im Schrank nach einer Bodylotion. Ganz hinten, zwischen Desinfektionsmittel und Klopapier, fand ich eine stark riechende Lotion von Boss. Ich schnüffelte daran. Schien noch in Ordnung zu sein. Ich cremte mir den Bauch ein. Mein kleines Fettgeschwulst stand wieder hervor wie ein Knopf, ich musste abgenommen haben. Weil ich keine Waage besaß, war dieses Fettgeschwulst mein Maßstab dafür. Wann immer es ertastbar gewesen und nicht ins Körperfett zurückgesunken war, hatte sich meine Mutter stets Sorgen gemacht. Ich würde wieder Sahne trinken müssen, weil ich Sahnesoßen nicht zubereiten konnte. Im Augenblick hatte ich nicht den Nerv, überhaupt etwas zuzubereiten.

Ich föhnte mir die Haare. Der Föhn dröhnte durch den ganzen Flur. Ohne Nachbarn war ich an Stille gewöhnt: kein Gesprächsgemurmel, kein Toilettenrauschen, keine dumpfen Geräusche von oben. Keine Streitereien, kein Sexkeuchen. Kein Babygeschrei.

In dem Jahr, in dem Levan und ich in Östersund gewohnt hatten, war ich jeden Morgen wach geworden, als der Nachbar von oben zielsicher in die Kloschüssel gepinkelt hatte. Erst hatte es geplätschert, dann in den Rohren gerauscht, wenn er die Spülung betätigt und sich die Hände gewaschen hatte. All das blieb mir hier erspart.

Das petrolblaue Kleid hing immer noch auf dem Trockenständer im Wohnzimmer, genau wie die übrige Wäsche von der Mallorcareise. Ich ließ alles andere hängen, nahm nur das Kleid, Mamas altes Kleid, in beide Hände und nahm es hoch wie ein Kind. Dann zog ich das Bügelbrett aus der Kammer und stellte es in die Küche. Der Tisch war im Weg und ich schob ihn zur Seite. Kein Wunder, dass ich mich so selten schick anzog.

Ich wanderte mit dem Bügeleisen über dem zerknitterten Viskosestoff vor und zurück. Er gab sofort nach und wurde weich. Dann probierte ich das Kleid vor dem Spiegel an. Es saß richtig gut – nicht perfekt, aber perfekt würde ich nie aussehen. Obwohl das Kleid frisch gebügelt war, würde ich wohl immer ein bisschen so aussehen, als hätte ich in meinen Klamotten geschlafen. Dieses Zweifelhafte gehörte zu mir, immer war irgendwo ein Fleck, irgendwas hing leicht schief, irgendwas war auf links gedreht.

Zum ersten Mal, seit ich aus Mallorca zurück war, schminkte ich mich. Der einzige Lippenstift, den ich besaß, war eingetrocknet und bröselig, aber zusammen mit Lippenbalsam funktionierte es. Das Endergebnis sah ich mir aufmerksam an. Mit diesen roten, schiefen Lippen sah ich richtiggehend gesund und fröhlich aus. Ein Mundwinkel von Mama, ein Mundwinkel von Papa. Einer nach oben, einer nach unten. Unwillkürlich lächelte ich den Spiegel an.

Auf der anderen Straßenseite waren die Fenster beschlagen. Die meisten waren anscheinend schon da. Ich wollte gleichzeitig schnell in die Wärme kommen und doch wieder nicht. Meine Absätze versanken im Schnee. Es waren nur dreißig Sekunden von meiner Wohnung hinüber zum Haus, doch die Stiefel scheuerten schon jetzt an den Fersen. Hinter mir die Andeutung eines Geräuschs, ein Quietschen von Scharnieren. Eine Tür? Ich blieb stehen und drehte mich um, aber da war nichts. Bestimmt bloß ein Eiszapfen, der sich vom alten Konsum-Dach gelöst hatte und auf einem der erloschenen Leuchtbuchstaben an der Wand gelandet war. Das S hing schief. Kein Wunder, wenn es knarzte.

*Alle anderen dürften heute Abend Spaß haben, Vera. Versuch du es auch. Ausnahmsweise. Versuch es wenigstens.*

Katta, die zur Feier des Tages einen flammend roten Kaftan trug, saß inmitten eines Meeres aus Geschenktüten und Blumen, hauptsächlich Orchideen. Im Blumengeschäft in Järpen musste jemand jedem Einzelnen, der reingekommen war und um eine Empfehlung gebeten hatte, zu Orchideen geraten haben. Um Katta herum scharten sich die Gäste, fast das komplette Dorf war gekommen. Ich nahm das Geburtstagskind fest in die Arme. Nur wenige umarmten so gut wie Katta.

»Herzlichen Glückwunsch, meine Liebe! Du strahlst wie die Sonne – siebzig, verflixt, das glaubt einem doch kein Mensch!«

»Ach, aber du hast mich auch nie um fünf Uhr früh gesehen, wenn ich mit dem Hund rausgehe.«

»Da irrst du dich aber. Denk daran, wo du wohnst. Wenn du in Ånn eine Großpackung Klopapier kaufst, weiß binnen fünf Minuten jeder, dass du Dünnpfiff hast.«

Katta lachte. Ich überreichte ihr die goldene Tüte mit dem Rosé-Champagner.

»Tausend Dank, Vera! Schön, dass du da bist.« Sie sah aufrichtig glücklich aus. »Und jetzt nimm dir ein Glas Willkommensschampus.«

Björn hatte die Kneipe mit goldenen Ballons und Lichterketten dekoriert. Überall entlang der Decke und der Wandpaneele aus Kiefernholz leuchtete es. Die Tische – ebenfalls aus Kiefernholz – waren zu einer langen Tafel zusammengestellt und mit weißen Tischtüchern und Kerzen gedeckt worden. Ausnahmsweise fiel die ansonsten leicht heruntergekommene Siebzigerjahre-Einrichtung nicht weiter auf, die Borkenlampen fügten sich in das Gesamtbild ein. Das Büfett war bereits eröffnet. Die ganze Dorfgemeinschaft musste Stunden am Herd verbracht haben.

»Das haben sie toll hingekriegt«, sagte ich. Die Dorfgemeinschaft konnte einem auf die Nerven gehen, aber sie hatte mir auch das Leben gerettet, davon war ich fest überzeugt.

»Haben sie wirklich. Ich bin das reinste Glückskind!« Katta strich mir über die Wange. »Und du siehst bildschön aus! Du solltest dich öfter ein bisschen herausputzen. Es ist nämlich in Wahrheit gar nicht *nur* oberflächlich, wenn man hier und da ein bisschen Lippenstift trägt.«

»Nein, fühlt sich sogar ganz gut an.«

Ich warf einen Blick auf die Schlange vor dem Büfett. Eingeklemmt zwischen Arne und Thomas stand dort Åsa mit einem Teller in der Hand. Thomas fing meinen Blick auf und ich hob mein Glas. Er lächelte.

Åsa schien sich mit niemandem zu unterhalten. Von Simon war weit und breit nichts zu sehen. Ich konnte sie nur im Profil sehen, aber irgendwie sah sie verändert aus; sie hatte sich die Haare zu luftigen Locken gedreht, trotzdem wirkte sie in sich zusammengesunken – keine Spur der sonst so weichen Bewegungen. Ihr Oberkörper wirkte steif und platt über ihren dünnen Beinen. Sie ließ den Blick durch den Raum schweifen und flüchtig über mich hinweghuschen, als hätte sie mich längst entdeckt, wollte mich aber nicht ansehen. Gerade war nicht der richtige Augenblick, auf sie zuzugehen, das war deutlich zu spüren. Garantiert hatte sie mein Verhalten seit Mallorca richtig gedeutet und wusste, dass ich mit meinen Sandkastenfreundinnen Schluss gemacht hatte, ohne ein Wort zu sagen.

»Vera, bist du das wirklich?«

Ich drehte mich um. Linda kam mit ausgestreckten Armen auf mich zu. Der Läuferinnenkörper mit der praktischen Kurzhaarfrisur warf sich mir an den Hals. Zumindest sie schien keinerlei Vorbehalte zu haben. Ich tat so, als wäre nichts. Bestimmt glaubte sie, dass ich bloß wie so oft schlecht darin gewesen war, mich zu melden. Ich rang um die richtigen Worte, doch Linda kam mir zuvor.

»Lang ist's her, viel zu lange! Aber schön, dich zu sehen! Ich hab oft an dich denken müssen. Wollen wir uns nicht bald mal wieder treffen und essen gehen, nur wir Mädels?« Sie streckte die Hand nach einem Sektglas aus.

Nicklas stand neben seiner energiegeladenen Frau und summte vor sich hin.

»Gern, essen gehen klingt super, und dann reden wir weiter. Es gibt einiges zu erzählen«, erwiderte ich.

»Aber das muss noch vor dem ersten Advent stattfinden. Danach steht an jedem Wochenende etwas im Kalender, ach, fast schon an jedem Abend! Die Kinder haben Veranstaltungen, ich hab Veranstaltungen, Nicklas hat Veranstaltungen … Na, du weißt ja, wie das ist – es wird dann einfach zu viel.«

Ich nickte beifällig, obwohl ich kein bisschen wusste, wie das war. Ich war nie vor lauter Stress und Überforderung in die Knie gegangen, so etwas passierte bloß überambitionierten Leuten und Müttern kleiner Kinder. Die mit der Stirn an der Waschmaschinenklappe lehnten und Herzrasen bekamen. Aber wir anderen?

Wir, die weder überambitioniert noch Mütter waren? Wir, die zu wenig Programm hatten? War zu wenig Programm auch ein akzeptierter Grund zum Zusammenbrechen?

Linda rauschte weiter. Die Small-Talk-Meisterin. Wenn ich so darüber nachdachte, hatte ich mit Linda immer die entspanntere Beziehung gehabt als mit Åsa. Vielleicht lag es daran, dass das meiste an Linda abperlte, während Åsa immer alles persönlich nahm und überanalysierte. Andererseits konnte man sich nie ganz sicher sein, ob Linda das, was sie sagte, auch wirklich ernst meinte, aber ausgerechnet an diesem Abend waren ein paar freundliche Worte genau das, was ich brauchte.

Allmählich wurde es spät. Das Büfett war abgeräumt und die Tafel beiseitegerückt worden, um Platz für die Coverband Darlingz aus Brunflo zu schaffen. Die Band spielte alte Schlager, für die die meisten zu begeistern waren. Kalle hatte bereits runde Flecken unter den blauen Hemdsärmeln. Als Nächstes würde sich ein weiterer Fleck auf dem Rücken bilden, der aussah wie der afrikanische Kontinent. Linda und Ulf tanzten natürlich. Ich hätte glatt ein Jahreseinkommen darauf verwettet, dass er ihr zunächst den norwegischen Swing hatte beibringen wollen, ehe sie dann doch zur klassischen Variante übergegangen waren. Um neue Schritte zu lernen, war Linda immer viel zu beschwipst. Nicklas tanzte hoch konzentriert Foxtrott mit Katta. Wie üblich hatte er die Augen geschlossen und den linken Arm ausgestreckt und boxte damit andere Paare beiseite. Dies alles hatte ich schon zigmal gesehen.

Jemand tippte mir auf die Schulter.

»Willst du tanzen?«

Thomas war hinter mir aufgetaucht. Mein Plan, mich an die Wand zu drücken und unsichtbar zu machen, hatte nicht funktioniert.

»Ja, das wäre ...«

Ich sah erneut zur vollen Tanzfläche. Voll im doppelten Sinne. Kattas roter Kaftan flatterte im alkoholisierten Atem der Gäste.

Ein amüsiertes Lächeln umspielte Thomas' Mundwinkel.

»Sag einfach Nein, Vera.«

Ich sah ihm ins Gesicht.

»Okay. Nein.«

Er brach in Gelächter aus.

»Ich hab nicht vor, dich zu zwingen, falls du das glaubst. Dann sehen wir uns später.«

»Ja.«

Ich ging aufs Klo und schlug dort ein wenig Zeit tot. Draußen spielten sie Sven-Ingvars' »Två mörka ögon«, und ich musste an Esther denken. Was machte sie gerade? Saß sie auf dem Sofa und stickte? Oder saß sie am Küchentisch und aß Fladenbrotröllchen? Nach unserer kurzen Begegnung konnte ich sie mir gar nicht anders vorstellen. Ich wusch mir ausgiebig die Hände und trocknete sie anschließend sorgfältig mit zu vielen Papiertüchern ab.

Als ich wieder nach draußen kam, hatten sich rund um die beiseitegerückten Tische unterschiedliche Grüppchen gebildet. Ich setzte mich Kalle Sund gegenüber, weil ich schon länger darüber nachgedacht hatte, ihm zu erzählen, dass das Gerücht stimmte, Maria habe ein Kind bekommen. Bislang hatte ich dazu keine Gelegenheit gehabt. Wir stießen miteinander an.

»Wie läuft's mit der Reportage?«, fragte er so enthusiastisch wie immer.

Ich erzählte ihm, was ich herausgefunden hatte. Trotz der Wärme im Lokal wurde er blass um die Nase.

»Dann ist Kim Rehnsbo Marias Tochter? Du machst Witze!«

»Kennst du sie?«

»Na klar, immer schon.« Er fuhr sich mit der Hand über

die Glatze und streckte sich nach einer Bierflasche aus. Füllte sein Glas bis zum Rand. »Ich weiß gar nicht, wo ich anfangen soll ... Du hast gerade gesagt, Ture, ihr Adoptivvater, hätte sie empfindlich genannt – und dass sie immer an der Liebe ihrer Eltern gezweifelt hätte ...«

»So hab ich's ausgedrückt, ja.« Ich lächelte.

Kalle lehnte sich über den Tisch.

»In meiner Zeit als Lehrer hatte ich hauptsächlich mit Elsa zu tun ... Aber diese Art Sensibilität oder Unsicherheit würde ich eher als einen Trick deuten, mit dem Kim ihre Eltern kontrolliert und ihnen Schuldgefühle eingeredet hat.«

Für einen kurzen Moment geriet der Boden unter mir ins Wanken.

»Was soll das heißen?«

Ich ließ Kalle nicht aus den Augen.

»Das soll heißen, dass das Mädchen von seiner eigenen Vortrefflichkeit wahnsinnig überzeugt war. Sie brauchte das Gefühl, dass alle sie anbeten.« Er schüttelte den Kopf. »Elsa hat sich abgerackert – um Kim vor der Außenwelt zu beschützen. Aber ein Kind, das in einem fort in Konflikte gerät und Dummheiten macht, braucht wohl den Schutz seiner Mutter, wenn alle anderen die Nase voll haben. Elsa wurde zur Löwenmutter. Aber am meisten hat sie sich abgerackert, um die Außenwelt vor Kim zu beschützen.«

»Oh, das klingt ernst.«

Kalle sah mich unverwandt an. »Einen Vorfall werde ich nie vergessen, nach einem Schuldiscoabend. Da kam Kim nachts nach Hause, blutverschmiert und mit Brandmalen von Zigaretten am ganzen Leib, heulte und kreischte, sie sei von ihrem Freund misshandelt worden.« Er verstummte und nahm einen Schluck Bier.

»Das ist ja schrecklich! Haben sie Anzeige erstattet?«

»Natürlich. Nur dass sich hinterher herausgestellt hat, dass Kim sich die Brandwunden selbst zugefügt hatte. Ein Mädchen aus der Schule hatte gesehen, wie sie auf nackten Knien über den Schotterweg gerutscht war, bis ihr das Blut über die Beine lief, und eine andere hatte beobachtet, wie sie sich selbst mit Zigaretten verbrannt hatte.«

Ich schluckte. Schob das Schälchen mit Nüssen auf dem Tisch von mir weg.

»Hat Kim je erklärt, warum sie das gemacht hat? War der Typ ihr gegenüber irgendwie gemein gewesen?«

»Nichts dergleichen. Allerdings wollte er Schluss machen, was sie anscheinend nicht akzeptieren konnte. Und damit war es noch lange nicht vorbei. Die Schule spaltete sich in zwei Lager: in eins, das Kim glaubte, und eins, das zu dem Jungen hielt.«

»Aber dann hatte sie immer noch Freunde?«

»Oh ja. Kim war sehr offen, schlagfertig und lustig, in jeder Hinsicht eine Erscheinung. Aber ist das nicht immer so – dass wir uns zu den Selbstherrlichen hingezogen fühlen? Der Junge wiederum war – trotz des Freispruchs in Östersund – in den Köpfen diverser Leute weiterhin der Bösewicht.«

Ein paar Sekunden lang schwiegen wir. Ich versuchte – vergebens –, die Bilder aus meinem Kopf zu verscheuchen: Kies, Zigarettenglut, die sich in Kims unversehrte Haut brannte. Der Geruch von Blut und versengten Haaren. Was war das gewesen – klassisch selbstzerstörerisches Verhalten? Ein Schrei nach Aufmerksamkeit? Oder eine Methode, jemand anderen abzustrafen? Darauf wüsste wohl nur ein Psychologe eine Antwort, doch das Mädchen schien wirklich Probleme gehabt zu haben. Gleichzeitig fragte ich mich unwillkürlich, ob dieses Verhalten womöglich im Elternhaus begründet lag. Gab es noch mehr über diese Familie zu erfahren? Dass ich darüber nicht schreiben durfte, war frustrierend, aber ich hatte Ture mein Wort gegeben.

»Wer war der Junge?«, fragte ich schließlich trotzdem.

»Er hieß Mats Sjölund.«

»Mats, der Alki?«

Kalle nickte. »Genau. Seit der Oberstufe. Ich glaube, das ging schon mit elf Jahren los. Da hat er mit seinem Vater Sixten getrunken.«

»Bist du Kim noch mal begegnet, als sie erwachsen war?«

»Nee ... ich glaube nicht.« Er sah auf die Uhr. »Verdammt, du, ich hab Björn versprochen, dass ich ihm in der Küche mit dem Nachtisch helfe. Wir reden ein andermal weiter.«

»Klar.« Ich lächelte ihn breit an. »Wir können ja auch nicht bloß herumsitzen. Immerhin ist Party!«

Ich klatschte in die Hände – nicht aus Begeisterung, eher weil ich mich jetzt unters Volk mischen musste. Meine größte Schwäche, wenn ich ehrlich sein sollte.

Wie üblich suchte ich Zuflucht am Tresen. Zu spät entdeckte ich Åsa, die mit einem Whisky auf einem Barhocker direkt vor mir saß. Hier konnte ich ihr nicht mehr aus dem Weg gehen. Als ich mich mit meinem Weinglas nach vorn drängelte, fing sie meinen Blick in der Spiegelwand hinter den Flaschen auf. Björn schenkte kommentarlos denselben Wein nach, den ich zuvor getrunken hatte.

»Wie geht's?«, fragte ich betont heiter.

»Oh, alles ganz wunderbar.«

Die Muskeln in ihrem Kiefer verspannten sich.

»Ist Simon auch hier?«

Sie lachte, aber ihr Lachen reichte nicht bis zu den Augen inmitten ihres bläulichen Teints. »Tu bloß nicht so, als wärst du die Einzige, die nicht Bescheid weiß.«

Mir zog sich der Magen zusammen.

»Was soll das heißen?«

»Ernsthaft? Das ganze Dorf redet über uns. Wir lassen uns scheiden. Ich ziehe mit den Kindern in eine Wohnung in Östersund.«

»Ihr zieht um?«

Sie nickte.

»Und Simon?«

»Tja, Simon bleibt wahrscheinlich hier und säuft sich zu Tode. Er ist immerhin der lustigste Typ hier in Ånn, wenn man jemanden zum Feiern braucht, und steht dafür ja auch immer parat. Aber heute Abend bin ausnahmsweise ich an der Reihe. Scheißleben, was?«

Sie schob sich eine blonde Locke aus den widerspenstigen Wimpern.

»Das tut mir sehr leid, Åsa.«

»Ach, wirklich? Seit dem Sommer hab ich dich nicht mehr zu Gesicht bekommen – und da warst du so misslaunig, dass man nicht mit dir reden konnte.«

»Nein, ich … Ich hab …«

Åsa fiel mir ins Wort. »Ich weiß, du warst der Meinung, dass Linda und ich dich nicht genug unterstützt hätten, als dein Leben den Bach runterging. Aber *wake up and smell the bacon.* Du bist nicht die Einzige, die es schwer hat, Vera. Ich wünschte mir, ich wäre wie Linda und könnte einfach immer weitermachen, ohne nachzudenken. Aber ich hab viel an Malle gedacht. Die Reise war nicht besonders toll – aber das lag wirklich nicht an uns. Du kannst manchmal echt so egoistisch sein.«

Sie schüttelte den Kopf. Ich starrte bloß in mein Glas. Es roch nach Maische und Pilzsud. Mir fiel nichts mehr ein, was ich noch hätte sagen können, also wandte ich mich ab. Ergriff die Flucht. Und hörte von hinten Åsas Stimme.

»Vera, hör endlich auf damit, wir müssen doch darüber reden können!«

Draußen in der sternenklaren Nacht lockte das Licht und versuchte, den Kloß aufzulösen, der sich in meinem Hals gebildet hatte. Ich huschte um die Ecke, zündete mir eine Zigarette an und lehnte mich gegen die Hauswand. Es tat gut, ein wenig auf Abstand zu gehen und den Blick auf die schiefen Fichten am Straßenrand zu richten. Die Tür ging auf, Gelächter und Stimmen folgten jemandem nach draußen. Ich starrte geradeaus. Åsa mit Linda im Schlepptau. Die Tür schlug wieder zu, das Getöse verstummte. Zwei Finger um die Glut. Die beiden stellten sich neben mich.

»Darf ich eine schnorren?«, fragte Åsa.

Ich nickte und kramte die Schachtel aus meiner Handtasche.

Sie nahm einen tiefen Zug. Als sie den Rauch ausblies, fing sie an zu kichern.

»Wie damals, als Teenies, als wir noch heimlich geraucht haben.«

Auch Linda lachte.

»Ein bisschen, ja«, pflichtete ich ihr bei.

»Eigentlich hab ich ja aufgehört«, sagte Åsa. »Jetzt als ausgebildete Krankenschwester fühlt es sich einfach nur falsch an, mich damit zu vergiften.«

»Dann hast du die Prüfungen hinter dir? Gratuliere! Da hast du bestimmt kein Problem, in Östersund einen Job zu finden«, sagte ich.

»Nein, die haben sich auf mich gestürzt.«

Ein Flugzeug dröhnte über uns. Ging bestimmt nach Trondheim. Åsa berührte mich an der Schulter.

»Du, entschuldige bitte.«

Ich schlug den Blick nieder. »Schon okay. Ich muss mich ebenfalls entschuldigen.«

Linda tat so, als hätte sie unseren gefühligen Ton überhört.

»Vielleicht sollte ich auch langsam über eine Veränderung nachdenken. Es heißt doch immer, dass man das alle drei Jahre machen soll. Aber die Sache ist die – ich fühle mich als Maklerin in Åre wirklich wohl.«

»Wenn es einem irgendwo gut geht, gibt es ja auch keinen Grund, den Job zu wechseln. Und wir dürfen nicht vergessen, dass wir schon über fünfzig sind«, erwiderte Åsa.

Linda lachte lauthals.

»Du und deine Altersphobie! Das Leben geht jetzt doch erst richtig los! Auf einmal fühlt sich alles wieder an wie früher – stimmt doch, Vera? Sollen wir drinnen noch eine Runde drehen?«

Ich spürte, dass ich betrunken war. Wenn ich noch mehr trinken würde, liefe ich Gefahr zu torkeln, außerdem hatte ich genug geredet und war hinreichend gesellig gewesen.

»Ich bin müde. Geht ihr nur, aber ich muss nach Hause.«

»Sicher?«

»Ganz sicher.« Ich gähnte.

»Oh, jetzt fängt es auch noch an zu schneien!«, stellte Linda fest.

Åsa legte den Kopf in den Nacken. Riesige Schneeflocken landeten auf ihrem Gesicht. »Das sind ja Brummer! Ich hab mal gehört, dass Schneeflocken zwei Kilometer hoch in den Wolken entstehen und dass es fast eine halbe Stunde dauert, bis sie hier unten auf der Erde landen. Heftig, oder?«

»Ja, wirklich«, sagte ich.

Dann gingen sie nach drinnen. Ich blieb draußen stehen und sah ihnen nach. Unsere Kippen verglühten auf der Erde. Rund um das Wirtshaus lagen die Häuser im Dunkeln. Touristen – oder Nostalgiker, die ihre Elternhäuser hatten behalten wollen – hatten es sich hier kuschelig machen wollen, das Dorf dann aber erkalten lassen, da war Ånn keine Ausnahme.

Aus der Vogelperspektive würden Kattas Party und alles übrige soziale Leben wie ein vereinzeltes Glühwürmchen im Wald aussehen. Es waren die Wälder, die hier miteinander in Verbindung standen, nicht die Menschen; die wenigen, die hier lebten, streckten sich punktuell nacheinander aus und umkreisten sich hier und da, wenn sie wollten – aber nur, sofern sie wollten. Aber wenn sie wollten, kamen sie sich andererseits so nahe, wie es nur ging. Wollte ich das?

Hinter mir dröhnte die Musik. Ich trat von der Wand weg, stellte mich ein Stück hinaus auf den Rasen und sah durchs Fenster. Dort tanzten sie immer noch. Nicklas war inzwischen hochrot im Gesicht und hatte blutunterlaufene Augen. Sobald die Darlingz einpackten, würde Björn sein Akkordeon herausholen und dann nähmen Trunkenheit und Tränen überhand.

Mit einem Mal ging im Obergeschoss, in einem der zwei Fremdenzimmer, eine Lampe an. Wohnte dort irgendein armer Tropf und versuchte zu schlafen? Hoffentlich hatte Björn seinen Gast vorgewarnt … Immerhin war Kattas Geburtstagsfeier schon Monate im Voraus geplant gewesen. Ich sah nach oben. Im Fenster stand ein älterer Mann. Er war nackt, umklammerte seinen Schwanz, Hand und Unterarm bewegten sich auf und ab. Die schlaffen, schrumpligen Hoden schlackerten im Takt. Er befriedigte sich selbst, wichste hinaus in die Dunkelheit, ohne zu ahnen, dass jemand ihm dabei zusah. Oder wusste er es? Ich keuchte leise auf, war angewidert und erregt zugleich.

Mein Blick wanderte zu dem dunklen Fenster daneben. Dieses Zimmer sah jedenfalls leer aus. Ich wollte gerade gehen, als ich einen schwachen Lichtglimmer dort drin bemerkte – wie ein Lichtstreifen, der durch eine sich öffnende Tür fiel. Dann sah ich einen hellen, fast durchscheinenden Schatten. Irgendwer war dort drin und uns trennte nur eine Glasscheibe. Ich versuchte, etwas zu erkennen. So standen wir da, reglos, sekundenlang, ehe die Silhouette sich plötzlich bewegte. Wo wollte sie hin? Die Treppe hinunter? Ich spitzte die Ohren. Ja, jetzt gerade fiel die Hintertür, die zu den Zimmern hochführte, ins Schloss.

Ich lief los, geriet ins Straucheln, meine Absätze waren zu hoch, Scheiße. Ich kickte die Stiefel von den Füßen, klaubte sie auf, Schneematsch drang durch meine Nylonstrumpfhose. Hinter mir näherten sich schnelle Schritte. Schotter und Kälte schnitten mir in die Fußsohlen und panisch suchte ich in meiner Manteltasche nach meinem Haustürschlüssel. Eine halbe Minute nach Hause – ich zählte die Sekunden bis zu meiner Tür, womöglich sogar laut. Ich drehte den Schlüssel, schnappte mir die Schneeschaufel von der Wand, rannte die Treppe nach oben und blieb erst stehen, als ich in meiner Wohnung war. Dort sackte ich auf dem Fußboden zusammen und schrie mir die Seele aus dem Leib.

Als ich wach wurde, glaubte ich erst, ich läge in einem OP und hätte immer noch Narkosemittel im Blut. Ich war in kalten Schweiß gebadet und versuchte verzweifelt, den Blick zu fokussieren, um mich nicht zu übergeben. Dann entdeckte ich den Blob in der Tapete. Sicherheit. Ich war den Schatten dort draußen noch mal entkommen, hatte mich aber nicht getraut, das Licht auszumachen. Grell angeleuchtet brummte der alte Achtzigerjahre-Ventilator unter der Zimmerdecke. Ich streckte die Hand nach der zweiten Betthälfte aus und ertastete ihn – den Elchstutzer, der inzwischen neben mir lag wie ein etwas steifer, aber treuer Bettgefährte. Ich war in der Nacht wiederholt aufgewacht; das petrolblaue Kleid klebte auf meiner Haut, und die Knopfleiste klaffte auf, als ich mich aufsetzte. Ich ließ das Kleid zu Boden gleiten, zog meinen BH aus und meine Brüste sackten nach unten. Oben ohne ging ich in die Küche und in der Kälte wurden meine Brustwarzen steif. Das Bügeleisen stand immer noch im Weg und nahm Tisch und Stühlen Platz weg.

Erstmals seit dem vergangenen Abend griff ich zum Handy. Ein verpasster Anruf von Thomas um zwei Uhr nachts. Als ich nicht rangegangen war, hatte er eine Nachricht hinterhergeschickt. *Wo steckst du?*

Ich war wie immer einfach gegangen, ohne mich von jemandem zu verabschieden.

Ein Geräusch. Ich erstarrte und spitzte die Ohren. Nur Klappern von drüben, vom Wirtshaus, Björn und die anderen aus dem Dorf, die nach der vergangenen Nacht Ordnung machten. Sie würden Essensreste wegwerfen, die Klos schrubben, das letzte Geschirr spülen, die Tische zurückschieben und abwischen, staubsaugen und den Boden feudeln. Ich hatte im Handwaschbecken Kotze gesehen, und die Tanzfläche, die jetzt am Morgen garantiert wieder nur normaler Boden war, hatte am Vortag unter den Sohlen geklebt.

Erinnerungen an letzte Nacht blitzten auf. Noch während ich mir ein Glas Orangensaft mit Schuss eingoss, rief ich drüben an. Björn nahm meinen Anruf entgegen.

»Wer hat gestern Abend bei euch oben gewohnt?«

»Vera, guten Morgen. Alles in Ordnung?«

»Sag schon, wer hat da gewohnt?«

Ich kippte den Inhalt des Glases in mich hinein und keuchte. Widerlich – der Alkohol und die Säure zogen in den Kiefern und Eingeweiden. Musste dringend etwas essen.

»Mal sehen …« Es raschelte und Björn summte vor sich hin. »Ein Norweger, der sich heute Ulfs Ferienhaus am Harsjön ansehen will. Er heißt Amund und war gerade hier, um sich seinen Frühstückskorb zu holen. Netter Kerl. Das zweite Zimmer, das mit der gelb geblümten Tapete, hat leer gestanden.«

»Bitte?« Ich stieß einen heiseren Schrei aus. »Ich hab dort

aber jemanden gesehen, mit eigenen Augen, und hab jemanden gehört …«

»Jetzt mal halblang, Vera. Du warst betrunken und paranoid.«

Harte Worte von Björn. Irgendwas verrutschte in meinem Bauch, und ich legte die Hand darauf, lehnte mich halb über das Bügelbrett, als wäre ich ein Vorhang, der gebügelt werden müsste. Dann behauptete er also, dass ich mir das nur eingebildet hätte? So war es also. Allmählich verlor ich die Realität aus dem Blick.

»Deine Arbeit an diesem Fall läuft komplett aus dem Ruder. Das siehst du selbst nicht. Du bräuchtest …«

»Ich brauche gar nichts außer einer Lösung«, entgegnete ich und richtete mich wieder auf. Mit einem Mal strotzte ich nur so vor Tatkraft. Öffnete den Kühlschrank – eher aus Gewohnheit, Hunger hatte ich keinen mehr. Abgesehen von einer alten süßsauren Soße, die womöglich sogar einen Atomkrieg überlebt hätte, war der Kühlschrank immer noch leer. Ich knallte die Tür zu.

Björn seufzte.

»Dann löse den Fall. Tu, was immer du tun musst. Damit das Leben wieder zur Normalität zurückkehren kann.«

Ich zog die Küchenvorhänge zu. Nicht mal die Vögel brauchten meinen weißen Arsch zu sehen. Die ruckartige Bewegung brachte mich fast aus dem Gleichgewicht. Sollte schlafen, sollte essen. Sollte endlich anfangen zu schreiben.

»Was ist denn schon Normalität?«, fauchte ich.

»Komm rüber, und dann reden wir«, flehte Björn mich an.

»Ich lege jetzt auf.«

»Nein, leg nicht auf!«

Sein Vorwurf klang mir immer noch in den Ohren, als ich das Handy beiseitelegte. Aber er hatte ja recht: Ich musste den

Fall endlich lösen, damit ich nicht vollkommen durchdrehte. Ich spürte ja selbst, wie mir allmählich der Verstand abhandenkam, die Besinnung. Ich würde die Spuren verfolgen, die ich bislang hatte: erst Elisabeth, vielleicht später dann Jörgen und Krister Arvidsson. Außerdem wollte ich Kim kennenlernen – aber was sollte ich ihr sagen?

Ich musste plausible Zeitabfolgen erstellen und Lücken in der Geschichte aufspüren. Rational an die Sache herangehen. Nachdenken.

Eigentlich war Denken doch meine Stärke.

Wie in Trance griff ich erneut zum Handy. Googelte das Krankenhaus Danderyd und dann die Nummer der Abteilung für Diabetologie und Endokrinologie. Ich war Nummer elf in der Warteschleife. Während ich wartete, suchte ich einen alten Collegeblock heraus. Dann knackste es in der Leitung.

»Äh, hallo … Ich hätte gern Elisabeth Lundholm gesprochen.«

»Die hat gerade einen Patienten. Das hier ist die Telefonnummer für die Terminvergabe und für generelle Auskünfte.«

Ungeduldige Stimme.

»Okay.«

Ich hatte erfahren, was ich hatte erfahren wollen. Derzeit befand sich Elisabeth Lundholm in Stockholm.

»Du haust ab nach Stockholm?«

Thomas setzte das Messer an dem abgebalgten Elch an. Der Muskelberg schaukelte am Haken leicht hin und her. Ich hielt die Tür zur Schlachthütte auf; hinter mir auf dem Vorplatz schlug in der Dunkelheit eine Fahnenleine an den Fahnenmast. Hier hatte ich seit meiner Kindheit Jahr für Jahr gestanden. Ehe Thomas das Zerlegen übernommen hatte, hatte sich entweder mein oder sein Vater darum gekümmert.

»Ja, morgen. Hab nur das Nötigste gepackt, es ging also schnell. Allerdings habe ich die Rückfahrt noch nicht gebucht. Womöglich dauert es ein paar Tage.«

Es knisterte, als das Messer durch die festen Häute schnitt.

»Was dauert ein paar Tage?«

»Na ja, die Leute aufzuspüren, mit denen ich reden will. Die Pflegeeltern, Elisabeth ... Vom Erziehungsheim selbst werde ich keine Informationen bekommen.«

Das Messer hielt inne und Thomas sah mich an. Im Licht der Baulampe sah sein Gesicht unnatürlich flach aus und der Abend draußen ungewöhnlich schwarz. Er löste mit den Fingern den Oberschenkel aus der Schulter, schnaubte unwillig, als er auf Widerstand traf, ehe er das Bein in die Schlachtwanne warf.

»Willst du Elisabeth wirklich treffen? Das fühlt sich alles irgendwie ungut an. Vielleicht sollte ich mitfahren. Wir könnten das Auto nehmen.«

»Ich muss das Risiko eingehen. Und du brauchst meinetwegen keinen Urlaub zu nehmen, ich komme allein klar.«

Thomas schärfte das Messer am Schleifstein, ehe er weitermachte. Seine Plastikschürze raschelte.

»Ich will morgen nach Järpen. Wenn du vor der Abfahrt noch etwas besorgen musst, kannst du mitfahren und dann dort den Zug nehmen.«

»Gern. Dann kaufe ich mir bei Ica noch einen Salat und etwas zu trinken. Und vielleicht eine Zeitung. Ich freue mich darauf, mal ein bisschen rauszukommen. Auf den Tapetenwechsel, auf Stockholm.«

Er lächelte.

»Verstehe. Trotzdem solltest du nicht ohne Sicherheitsvorkehrungen bei Elisabeth vor der Tür stehen. Besser, ihr verabredet euch an einem öffentlichen Ort.«

»Ja, das hat Strömmen auch gesagt.«

Strömmen hatte noch einiges mehr gesagt, unter anderem über »diese korrupte Journalistenclique auf Södermalm«, dem Stockholmer Stadtteil, in dem ein Drittel aller schwedischen Journalisten lebte. »Diese Hornochsen in ihrer verdammten Bubble gehen ja auch nur miteinander um« – was bei der *Jämtlandsposten* sein Standardkommentar gewesen war, wann immer er online irgendein Hauptstadtrevolverblatt gelesen hatte. Aber diesbezüglich gab ich ihm nur zu gern recht. In elf schwedischen Gemeinden wohnte kein einziger Journalist mehr.

»Und wovon willst du ab sofort leben?«, fragte Thomas.

»Keine Ahnung. Aber das wird schon. Ich hab ja nichts zu verlieren, finde ich. Ich muss schließlich nur mich selbst versorgen.«

»Stimmt.«

In der Ferne rumpelte ein Sattelschlepper vorbei. Ich hielt ein paar Sekunden lang die Nase in den Wind. Der Herbstmuff hatte sich aus der Luft verzogen, der Wetterdienst warnte für den kommenden Tag vor Schneeregen und starken Böen.

»Hast du eigentlich immer noch Algots neuen Trecker?«

»Ja, der steht oben bei Katta und Björn, unter einer Plane. Die beiden sind den Anblick bestimmt langsam leid. Warum fragst du?«

»Ich könnte ihn dir abkaufen. Damit du den nächsten Monat überlebst.«

Ich lachte.

»Thomas, ich werde den nächsten Monat schon überleben ...«

Er machte ein langes Gesicht und schien tief Luft zu holen.

»... aber wenn du ihn mir abkaufen *willst*, dann freue ich mich. Mein Vater macht damit ja ohnehin nichts mehr.«

Seine Lachfältchen waren zurück.

»Lädst du mich mal zum Essen ein, wenn ich wieder da bin?«, fragte ich.

»Logo. Ich koche sogar meine berühmte Pfifferlingsoße.«

Ich lächelte. Trotzdem machte sich in mir ein mulmiges Gefühl breit und mein Magen rumorte. Konnte ich mir wirklich sicher sein, dass ich den nächsten Monat überlebte? Die Frage hatte mit Geld rein gar nichts zu tun.

Tags darauf ließ Thomas mich vor dem Supermarkt in Järpen aussteigen. Als ich von dort zum Bahnhof gehen wollte, blies mir ein Schneesturm ins Gesicht, kroch unter meinen Mantel, fegte den Schnee von der Erde auf und legte frei, was zuvor dort gewesen war: einen letzten Rest trockenen Grases am Straßenrand, das sich nicht hatte kleinkriegen lassen. Nach wenigen Minuten taten mir die Finger weh. Nicht mehr lange, und sie wären komplett weiß und taub. Als Kind hatte ich mir so oft die Finger verfroren, dass nicht viel nötig war, bis sich die Kälteschäden von damals schmerzhaft bemerkbar machten. Der Rollkoffer schlingerte wie ein Auto vor einem auf die Straße laufenden Elch hin und her. Die Leute glaubten, dass sie im Fjäll immer alles im Griff hätten. Die wenigsten wussten, wie nah der Tod war, tagtäglich.

Ich suchte Zuflucht in der Wartehalle, stellte meine Provianttüte neben mir auf die Sitzbank und versuchte, meine Hände zu wärmen, indem ich in meine Handschuhe blies. Erst als meine Fingerspitzen zu stechen begannen, stellte ich fest, dass die meisten anderen trotz Mistwetter draußen auf den Zug warteten. Ein schneller Rundblick durch die Wartehalle, und ich wusste, warum: Sie hatte sich zur Wärmestube für eine speziellere Klientel verwandelt. Ich zog meinen Laptoprucksack näher zu mir heran.

Ein paar Jungs, die ich aus dem Einführungsprogramm des Gymnasiums kannte, lehnten neben den Klos an der Wand. Allem Anschein nach ungerührt starrten sie auf ihre Handys, trotzdem war eine gewisse Anspannung zu spüren. Nach rund einer Minute ging die Klotür auf und jemand streckte den Arm heraus. Ich nahm an, dass es sich um ein Mädchen handelte, weil der Arm – mitsamt Fake-Hello-Kitty-Tattoo – auffallend dünn war. Einer der Jungs nahm etwas aus seiner Adidas-Jogginghosentasche und drückte es ihr in die Hand, die hastig wieder in die Dunkelheit verschwand.

Auf einer Sitzbank in der Ecke saß eine ältere Frau, die sich eine Steppdecke ohne Bezug um die Schultern gelegt hatte. Sie hatte sich die Socken ausgezogen und schien etwas in ihrem Rucksack zu suchen.

»Kalt, was?«

Die Stimme kam vom Snackautomaten gegenüber. Ein Mann mit Bommelmütze und viel zu großer grüner Steppjacke kam dahinter hervorgeschwankt. Ich musste ihn verdattert angestarrt haben, weil er anfing zu lachen und seine fleckigen Zähne bleckte.

»Ich sitz immer dahinter, da ist es wärmer, da zieht's nicht so vom Eingang. Besonders an solchen Tagen«, lallte er.

»Ist gut«, murmelte ich und nahm meinen Proviant hervor. Der Thunfischsalat sah vereist aus. Ich ärgerte mich, dass ich mir stattdessen am Bahnhofsimbiss nicht einfach Würstchen gekauft hatte. Mein Lunchpaket war dürftig, sah erbärmlich aus, außerdem hasste ich es, neben Fremden zu essen.

»Gut? Also, ich weiß ja nicht, aber was soll man machen ...«

Der Mann wankte auf einen Mülleimer zu, der ein Stück weit entfernt stand, starrte hinein und fischte eine Pfandflasche heraus, in der immer noch der Rest eines grünen Energydrinks schwappte.

»Dass einer so einen Scheiß trinkt. Aber immerhin gibt's darauf Pfand. Dann fährt die Zeitung von Jämtland also irgendwohin?«

Erst jetzt dämmerte es mir – der Typ war Mats Sjölund. Dann war es also mal wieder so weit. Allerdings zeugten die wenigen Pisseflecken auf seinen Jeans davon, dass es diesmal noch eine Weile hin bis zum Abgrund war. Die Gangart ebenfalls: breitbeinig, mit vorgeschobener Hüfte. Ich wusste, wie er enden würde – als stinkendes, deprimierendes Wrack, das irgendwer mit bloßen Händen vom Boden kratzen müsste.

»Stimmt, und dann auch noch der Vollpfosten höchstpersönlich«, sagte ich und zwinkerte ihm zu.

Mats zog die Augenbrauen hoch und suchte Zuflucht in seinem Rucksack, aus dem er eine volle Bierdose angelte, die er mit einiger Mühe aufmachte. Die goldbraune Flüssigkeit schäumte über den Rand wie Lava bei einem Vulkanausbruch.

»Weißt du nicht mehr, dass du mich im Lehrerzimmer Vollpfosten genannt hast?«

»Äh ... Äh, nee. Aber dann hab ich's nicht so gemeint. Sorry.« Er nestelte an der Dose herum.

»Ist schon vergessen. Wie geht's deinem Vater?«

»Keine Ahnung. Der wartet bestimmt wie sonst auf den Krieg.

Aber immerhin ist es jetzt endlich Mode geworden, Prepper zu sein.«

Er nahm ein Taschentuch aus der Hosentasche und schnäuzte sich lautstark. Rotz schimmerte an seinem Kinn.

Am liebsten hätte ich mich nach Kim erkundigt, aber vielleicht war das unpassend; meine Mutter hatte sich immer mal wieder für mich geschämt – also, nicht für mich als Person, sondern für die Rolle, die ich beruflich spielte, das hatte sie zumindest behauptet, auch wenn es fast unmöglich gewesen war, beides auseinanderzuhalten. Bei Geselligkeiten in Ånn hatte sie mich mitunter beiseitegenommen und gesagt: »Das war aber doch wirklich unpassend, Vera.«

Das Schlimmste dabei war, dass ich womöglich unpassend sein *wollte*. Durch und durch beherrschte Menschen kamen einfach nicht halb so weit. Deshalb beschloss ich auch, Mats zu erzählen, was ich über ihn und Kim herausgefunden hatte. Aus Rücksicht auf Ture erwähnte ich die Adoption mit keiner Silbe, sondern behauptete, ich wolle eine Reportage über Gewalt, Mobbing und Schikanen an Schulen heute im Vergleich zu Schulen vor zehn Jahren schreiben.

Mats zuckte nicht mal mit der Wimper.

»Ach, diese olle Misshandlungsgeschichte – die ist doch schon lange gegessen. Diese ganzen Artikel, die darüber erschienen sind … Mit denen haben die Leute doch längst ihre Fische eingewickelt«, sagte er und rülpste.

»Ja, klar, aber hatte das für dich Nachteile? Kim hatte ja ernste Anschuldigungen gegen dich erhoben, und du musstest ordentlich kämpfen, damit die Leute dir glaubten.«

»Nachteile? Ach, keine Ahnung. Wer weiß schon, woran all das liegt, was einem später so passiert.«

Aus der Ferne hörte ich, wie die Schranken begleitet von Warntönen geschlossen wurden.

Mats hätte sich lieber über nette Erinnerungen aus seiner Schulzeit unterhalten, über die Theateraufführung, in der er die Rolle des Gustav II. Adolf gespielt hatte, und über die Leber, die außer ihm niemand gemocht hatte.

»Alle in der Klasse hätten am liebsten gekotzt, wenn die Kantinenfrauen Leber auf die Teller klatschten – war immer sauviel. Platsch.« Er lachte lauthals. »Wie sieht Kim denn mittlerweile aus? Bestimmt immer noch heiß. Aber mit der könnte man niemals zusammen sein.«

Ich lächelte.

»Keine Ahnung. Auf Facebook hat sie eine Katze als Profilbild.«

»Eine Katze? Na, das passt ja!« Erneut lautes Gelächter.

Es knackte im Lautsprecher. »Zug 832 nach Stockholm fährt ein auf Gleis eins.«

Ich war die Einzige im Wartesaal, die reagierte. Die Frau in der Ecke war barfuß eingeschlafen.

Mats ließ den Kopf hängen.

»Tut mir leid, dass ich das mit Kim angesprochen habe«, sagte ich. »Das war womöglich unpassend.«

»Ach, das ist lange her, nicht weiter wild. Sowohl, wenn sie fröhlich war, als auch, wenn sie wütend war, war sie einfach immer durchgeknallt. Mit niemandem sonst war es so lustig.«

Ich konnte ihm anhören, dass er sich Mühe gab, klar und deutlich zu sprechen.

»Schön, dass du es so siehst.«

»Immer positiv, so bin ich eben. Ich hab heute erst erfahren, dass ich kein Krankengeld mehr kriege. Als könnte ich mit meinem Rücken wieder arbeiten – so schief, wie der ist. Aber das wird schon, irgendwie. Prost, verdammt.«

»Oh, das klingt hart«, sagte ich, machte ein paar Schritte in Richtung Ausgang und warf im Vorbeigehen den Thunfischsalat in den Müll. Die automatische Tür fühlte sich mit einem Mal an wie der Durchgang in eine andere, gesündere Welt.

»Außerdem«, fuhr er ein wenig lauter fort, »war ich ja nicht der Einzige, mit dem Kim so was gemacht hat. Ich kann mich noch an einen Schulausflug erinnern, zum Storsjön, wo sie so getan hat, als wollte sie ein anderes Mädchen ertränken. Muss man sich mal geben – jemanden ertränken zu wollen, der Panik vor Wasser hat. Da ist man doch gestört.«

»Wie bitte?« Ich blieb stehen und umklammerte den Griff meines Rollkoffers.

»Obwohl das Mädchen gekreischt und gekotzt hat, hat sie immer weitergemacht. Die Lehrer mussten am Ende ihre Arme vom Hals des Mädchens wegbiegen.«

»Herr im Himmel! Was war denn da vorgefallen? Ich meine – da musste doch erst etwas passiert sein?«

Mats schüttelte den Kopf, ließ sich mit einem dumpfen Plumps nieder und hatte kurz Schwierigkeiten, die Balance zu halten, als er in den Schneidersitz ging.

»Glaub ich nicht. Kim hat mir später erzählt, dass sie das nur gemacht hat, weil sie gern die Angst in ihren Augen gesehen hat. Darauf hat sie gestanden. Auf Angst.«

Ich lauschte der Gewalt, den Sirenen und dem Geschrei aus der Ferne. Fremde und wohlbekannte Geräusche gleichermaßen. Wenn der Tag abkühlte, wurden Stockholms Geräusche immer hart und mein Bewusstsein schärfte sich. Vielleicht lag es am Tapetenwechsel, aber die Gedanken flossen nur so, verwandelten sich in Bilder, wurden aufgewirbelt wie Schnee in der Dunkelheit vor einer Windschutzscheibe.

Kim als Säugling, den Maria beschlossen hatte wegzugeben. Obwohl Ture und Elsa versucht hatten, ihre neu gewonnene Tochter vor der Gewaltsamkeit zu beschützen, hatte die sich bei ihr eingenistet. Was hatte dazu geführt, dass die junge Kim die Grenze zwischen Gut und Böse überschritten hatte? Hatte irgendetwas sie dazu getrieben? Oder ihr den entscheidenden Schubs versetzt?

Jörgen als verirrter Junkie auf der Straße – und Maria, die gezwungen war, allein zu entscheiden, welches Leben ihre Tochter haben sollte; zu jener Zeit hatte Jörgen jedenfalls nicht gewusst, dass er Vater geworden war. Er und Maria würden gut zwanzig Jahre lang keinen Kontakt mehr miteinander haben. Hätte er früher die Reißleine ziehen können, wenn er es gewusst hätte? Hätte er verhindern können, dass er immer nur näher auf den Abgrund zuhielt?

All diese Entscheidungen, zu denen gewisse Leute sich genötigt gesehen hatten, kamen gleichzeitig dem Verrat an jemand anderem gleich.

Elisabeth nach dem Übergriff, nach der Vergewaltigung. Psychologen, Albträume, die zerschlagene Sicherheit. Sich für immer umsehen zu müssen, wenn man an einem Gebüsch vorbeiging. Hass und Verbitterung, die sich im Körper breitmachte wie eine chronische Krankheit. War sie deshalb Ärztin geworden? Um sich selbst zu kurieren?

Krister Arvidsson, der immer schon Schwierigkeiten gehabt hatte, Mädchen und Frauen kennenzulernen. Seine Launen, der Alkohol. Einer, der sich ungeliebt fühlte. Und dann plötzlich jemand, der ihm für einen kurzen Moment Wärme beschert hatte …

Mein Magen knurrte, weil er seit dem Frühstück nichts mehr bekommen hatte. Ich musste allmählich richtig essen, etwas Warmes, und ausspannen. Aus der Drottninggatan war die Riksgatan geworden, die nun von der Götgatan abgelöst wurde. Ich hatte Södermalm erreicht, wo man laut Reiseführer aufgrund der tollen Atmosphäre unbedingt essen gehen sollte. Ich überlegte gar nicht erst, sondern betrat das erstbeste Lokal und fragte, ob dort ein Tisch für eine Person frei sei.

Der Maître d' schüttelte den Kopf und legte demonstrativ die Hand auf das Schild mit der Aufschrift *Please wait to be seated.* Die Einrichtung schien direkt aus einem jener Hochglanzmagazine zu stammen, die ich in Zeitschriftenregalen sah, aber nie kaufte. Schwarze und dunkelbraune Möbel, freigelegte Ziegelmauern, nackte Glühbirnen. Ich hätte mich ebenso gut in New York wie in Stockholm befinden können. Die hippen Restaurants sahen überall gleich aus. Ich beneidete all diejenigen, die immer noch darauf brannten, etwas Neues auf der Welt zu entdecken.

»Wie, voll?«, fragte ich.

»Ja. Wir haben heute keinen einzigen Platz mehr frei, die Dame … So etwas ist schwierig, wenn man nicht vorab reserviert.«

Der Tonfall war nicht mal unfreundlich. Aber *die Dame* – mal ehrlich!

Ich geriet kurz ins Schwanken, was nicht am Alkohol lag, sondern an der langen Anreise. Der Boden hatte unter meinen Füßen gewankt, als ich am Hauptbahnhof ausgestiegen war. Trotzdem hatte ich nur schnell mein Gepäck ins Hotel gebracht und war wieder nach draußen gegangen.

»Aber es ist doch Mittwoch, ein ganz normaler Werktag?«

Der Mann hob die Hände und zog die Augenbrauen hoch. Sein Gesicht war solariumbraun.

»Tut mir sehr leid, die Dame, Sie müssen leider weitersuchen.«

Hinter mir hatte sich eine Schlange gebildet. Ein paar Männer waren an der Reihe, samt und sonders das gleiche hochtourige Auftreten. Unter Garantie Vertreter. Dieser Typ Mann interessierte mich genauso sehr wie ein Glas stilles Wasser. Der Maître d' rückte seine Krawatte zurecht und hieß sie willkommen. Mit ihren teuren Hemden und Uhren defilierten sie an mir vorbei. Arschgeigen.

In der folgenden Stunde versuchte ich es in drei weiteren Restaurants, bekam aber überall die gleiche Antwort. Leider voll, wenn Sie an der Bar warten möchten, falls jemand nicht auftauchen sollte?

Ja wohl eher nicht.

Ich ging die Monopoly-Straßen entlang und dachte darüber nach, dass das Spiel angesichts von Airbnb, Menschenhandel und illegalen Untervermietungen allmählich aktualisiert werden müsste. Ich kannte womöglich nicht sämtliche Spielregeln, wenn man in Stockholm zu Abend essen wollte, aber ich wusste andere Dinge, zu viele Dinge, wenn man bedachte, wie wenig man in Stockholm über meine Gegend wusste. Auf gewisse Weise hatte ich also die Oberhand.

Es regnete und Nebeldunst hing in der Luft. Ich sah die Droh-SMS vor mir schweben. *Ich weiß, was du getan hast. Dafür wirst du büßen. Das Kind wird ohne Mutter und Vater aufwachsen.*

Und dann die Leiche im Wald, auf die wie irrsinnig eingestochen worden war. Wer hatte Maria ermordet?

Ich zog meinen Mantel enger, die feuchte Kälte lähmte mich, drang mir in Mark und Bein, wo sich bereits Traurigkeit eingenistet hatte. Auf der Straße war nicht viel los. Ein unförmiges Tierkostüm drückte mir einen Flyer in die Hand – Werbung für Mehmets Kebab. Ich folgte der Wegbeschreibung die Straße hinunter, dann war es eben so, dann gäbe es heute Abend Fast Food.

»Hereinspaziert, meine Liebe! Was kann ich für dich tun?«

Der Mann am Tresen, vermutlich Mehmet persönlich, lächelte mich in seinem T-Shirt mit *Alanya Sunset* auf der Brust breit an. Der Dönerspieß drehte sich genauso munter. Von der Decke baumelten bunte Mosaiklampen. Ich bestellte einen Döner im Pitabrot und setzte mich neben die Tür, obwohl ich mich überall hätte hinsetzen können. Sämtliche Tische waren frei. Ich lehnte den Kopf gegen das Kiefernholzpaneel, genau wie daheim im Haus. Schloss die Augen.

»Hallo? Meine Liebe?«

Ich schlug die Augen wieder auf. Mehmet lachte.

»Aufwachen jetzt, es gibt Essen. Mit oder ohne scharfe Soße?«

»Mit, danke.«

»Wird gemacht.«

Er kam mit dem Döner an den Tisch. Ich setzte mich wieder aufrecht hin und nötigte mir ein dankbares Lächeln ab, von dem ich selbst spürte, dass es nicht bis zu den Augen reichte.

»Warum so traurig, meine Liebe?«

»Keine Ahnung.«

»Keine Ahnung? Man weiß immer, warum man traurig ist. Ich spendier dir einen Kaffee.«

Dann zauberte er eine blumige Tasse mit heißem Kaffee und eine Zimtschnecke auf einer Serviette hervor. Aus den Lautsprechern in der Ecke kam Saitengeklimper. Türkische Saz, erklärte er stolz.

»Wo kommst du her?«

»Aus Ånn.«

»Ånn! Da wohnt der König!« Er wischte mit dem Spültuch den Bereich um die Fritteuse ab.

»Ånn ist dreißig Kilometer von seinem Ferienhaus weg.«

»Ich weiß, ich weiß! Hab in Storlien gearbeitet, als Pizzabäcker. Hab schon überall gewohnt. Frag mich, wo ich gewohnt hab, und ich hab da gewohnt.«

»Ich soll jetzt einfach irgendeinen Ort sagen?«

»Ja, ja, frag nur!« Mehmet ging die Plastikgefäße in der Kühltheke durch und fing an, Eisbergsalat zu schneiden.

»Okay, dann versuch ich es mit Haparanda.«

»Da war ich Taxifahrer. Siehst du? Ich war schon überall in Schweden. Überall. Schweden ist meine Heimat. Nicht Stockholm.«

Ich lächelte.

Eine weitere hungrige Seele betrat den Imbiss. Mehmet wandte sich dem Neuankömmling zu.

»Willkommen, Opa, was kann ich für dich tun? Kebabpizza? Kommt sofort!«

Ich verputzte meinen Döner und widmete mich der Zimtschnecke. Die Kohlenhydrate beruhigten. Als ich den letzten Bissen gegessen hatte, wurde ich schlagartig müde. Jetzt ging alle Energie auf die Verdauung drauf. Ich stand auf.

»Also dann. Ich muss ins Bett. Danke fürs Essen, für den Kaffee und die Unterhaltung. Ich glaube, das hab ich gebraucht.«

»Pass auf dich auf, meine Liebe! Und Grüße an den König!«

»Richte ich aus.«

Als ich zurück im Hotel war, kamen dort immer noch neue Gäste an. Zwei erschöpfte Eltern versuchten, ihre Kinder im Zaum zu halten. Die Kinder, ein Mädchen und ein Junge, rannten vorneweg, der Junge hatte eine Limoflasche in der Hand. Hier und da beugte er sich darüber und blies über den Flaschenhals. Es klang wie ein Dampfschiff. Die Eltern schleppten Koffer und Tüten in die Lobby und verschwanden dann die Treppe hinauf. So viel Leben, an dem ich nie teilhaben würde.

Mein Zimmer war kaum größer als eine Telefonzelle. Allerdings gab es morgens an der Rezeption gratis Kaffee, das reichte mir schon.

Ich rief den Routenplaner des Stockholmer Verkehrsverbunds auf, notierte mir die rote Linie in Richtung Norsborg und stellte meinen Wecker auf sechs Uhr. Wenn ich während der Rushhour unterwegs wäre, würde ich tags darauf in Alby weniger auffallen.

Ich kam annähernd drei Jahrzehnte nach Maria dort an. Damals hatte das Erziehungsheim sie gerade als austherapiert beurteilt, und man erwartete von ihr, dass sie sich von einem Tag auf den anderen erneut in eine Familie einfügen würde – eine Familie, die sie weder kannte noch mit der sie verwandt war. Hatte sie geweint? Waren endlich die Tränen gekommen, die sie während der Befragung durch die Polizei nicht geweint hatte? In Alby gab es keine Mutter mit vertrauten Händen, die ihr die Tränen wegwischen und ihr über den Rücken hätten streichen können. Dort gab es nur fremde Hände.

Im Treppenhaus roch es nach Essen und ich hörte Fernseher. Ich überflog ein Namensschild nach dem anderen – und da war es. *B. Soller*. Ich drückte mit dem Mittelfinger auf die Klingel. Es schrillte fies und ich spitzte die Ohren. Von drinnen war nichts zu hören. Ich wartete ab. Nach einer Weile beugte ich mich vor und schob den Briefschlitz auf. Der leichte Windzug durch die Öffnung wehte mir einen undefinierbaren Geruch von Zuhause entgegen. Auf dem Teppich im Flur lag keine Post.

Irgendwie fühlte sich mein Besuch nach Déjà-vu an. Die Domaregatan 101 in Alby sah annähernd so aus wie auf den Bildern, die ich auf Google Earth gesehen hatte, obwohl die Jahreszeit eine andere war: dasselbe gelbe Hochhaus, dieselben Linden vor dem Eingang. Mit meiner Systemkamera hatte ich das alles dokumentiert, und als eine junge Frau mit Kinderwagen durch die verschlossene Tür gekommen war, war ich hinter ihr ins Haus geschlüpft. Ich hoffte nur, es würde nicht zu lange dauern, bis Birgitta Soller nach Hause käme. Ihrem

Geburtsdatum zufolge war sie kürzlich in Rente gegangen, deshalb arbeitete sie bestimmt nicht mehr den ganzen Tag. Allerdings konnte Rente natürlich auch heißen, dass sie gerade irgendwo am Mittelmeer an einem Strand lag und Drinks schlürfte.

Zwei Stimmen grölten hinter der Nachbartür. Ich setzte mich auf den Boden.

Es verging eine halbe Stunde, ehe der Aufzug sich in Bewegung setzte. Er blieb ein Stockwerk unter mir stehen, fuhr dann aber weiter. Und ja, er schien sich nach oben zu arbeiten, vielleicht ja hierher. Ich stand auf. Jemand drückte die schwere Gittertür mit dem Rücken auf. Eine kurze Wildlederjacke über einer Jogginghose. Eine Frau mit Einkaufstüten in beiden Händen und geschwollenen Füßen in alten Sportschuhen.

»Birgitta Soller?«

Sie sah mich verdutzt an und nickte.

»Sind Sie dieselbe Birgitta, die sich um Maria Sandgren als Jugendliche gekümmert hat?«

»Was wollen Sie?«

Die Frage konnte nur eines bedeuten: Ich hatte die Richtige vor mir.

Ihr Schlüsselbund rasselte, als sie aufschloss. Die Wohnung ähnelte einer Höhle, niedrige Decken, dunkel, leicht muffig. Ein schmaler Flur führte in die Küche, in der ein Kühlschrank mit bunten Kühlschrankmagneten dekoriert war, wie man sie sich als Souvenirs im Urlaub kaufte. Als ich genauer hinsah, stammten sie alle aus Gran Canaria.

Birgitta Soller stellte die Einkaufstüten auf den chaotischen Küchentisch und beäugte dann ihre langen, manikürten Fingernägel, nicht dass ihr einer davon abhandengekommen war. Ich war immer von Frauen fasziniert gewesen, die Tausende Kronen für ihre Fingernägel ausgaben, ohne sich auch nur im

Geringsten um ihr restliches Erscheinungsbild zu kümmern. Oder im Übrigen um ihre Wohnung. Sie machte den Kühlschrank auf und nahm eine Flasche Fanta heraus. Rumorte durch ihre Küchenschränke, bis sie schließlich ein großes Bierglas herausnahm.

»Wollen Sie auch?«, fragte sie. »Ich hab heute wahnsinnig Durst.«

»Danke, alles gut«, antwortete ich, obwohl meine Achseln schweißnass waren.

Ich hatte mich nicht mehr getraut, Fanta zu trinken, seit ich als Teenager mal allergisch darauf reagiert hatte. Bestimmt irgendein E-Zusatzstoff, den ich nicht vertrug.

Ächzend füllte sie ihr Glas und setzte sich dann breitbeinig hin. Sie hatte Jacke und Schuhe anbehalten.

»Ja, Maria hat zwei Jahre lang hier bei Gunnar und mir gewohnt, von sechzehn bis achtzehn. Im ersten Jahr hat sie überwiegend geschlafen, wenn sie nicht gerade in der Schule war. Oft wollte sie nicht mal mit uns zusammen essen. Später wurde das besser.« Sie massierte sich das Knie.

Später habe Maria ihnen oft Gesellschaft geleistet, wenn sie ferngesehen hatten, und mitfahren wollen, wenn sie einkaufen gefahren waren oder Ausflüge gemacht hatten. Sie hatte sich ihnen gegenüber zusehends geöffnet. Pünktlich zum Achtzehnten hatten sie ihr dann geholfen, eine Einzimmerwohnung in Farsta zu ergattern, und dann zog sie aus. Der Kontakt brach direkt ab, dabei hatte Birgitta gedacht, sie wären einander nähergekommen. Maria hatte sich nie wieder gemeldet und war nicht mehr ans Telefon gegangen. Irgendwann hatten sie nicht mal mehr herausfinden können, wo sie gerade wohnte. Eine ganze Zeit lang später hieß es dann, sie habe den Namen geändert.

»Keine Ahnung, warum. Manchmal denk ich heute noch

darüber nach. Dann überrollt es mich irgendwie. Was haben wir falsch gemacht? Oder brauchte sie einfach einen Neustart?«

Sie kippte ihr Glas und hielt sich mit einer Hand an der Tischkante fest, als sie aufstand.

»Kommen Sie, ich zeig Ihnen ihr altes Zimmer.«

Wir gingen den Flur entlang, schlängelten uns zwischen ein paar hohen Bodenvasen mit Plastikblumen hindurch und an großen, mit rosa Spitze dekorierten Spiegeltüren vorbei. Ich versuchte, so gut es ging, keinen Blick auf mich selbst zu erhaschen, aber meine Augen wurden unwillkürlich von den reflektierten Schatten angezogen. Ich hatte die ganze Zeit über das Gefühl, nicht allein mit Birgitta in der Wohnung zu sein.

»Hier ist es.« Sie öffnete die Tür zu dem Zimmer gleich neben der Toilette.

Auf einer Handvoll Quadratmeter drängten sich ein Bett und ein Schreibtisch, auf dem Tüten voller Pfandflaschen standen und sich alte Zeitungen und anderes Zeug stapelten, das entsorgt werden wollte. Eine schlaffe Yuccapalme mittendrin. Das Fenster musste mal wieder geputzt werden. Ich fragte mich, was Maria wohl gedacht hatte, als sie aus dem achten Stock gesehen und sich unter ihr das fremde Stadtlicht ausgebreitet hatte. Vielleicht dass es der Sternenhimmel war – derselbe Himmel, mit dem sie aufgewachsen und der jetzt nach unten gekracht war.

Ich schoss eine Handvoll Fotos.

»Als Maria noch hier wohnte – oder einer der anderen –, sah es natürlich anders aus. Die durften an die Wand hängen, was immer sie wollten.«

»Wissen Sie noch, was Maria aufgehängt hat?«

Birgitta lachte.

»Ja. Die hat alles mit Patrick Swayze tapeziert.«

Ich musste ebenfalls lachen. Dann sah Birgitta mit einem Mal traurig aus.

»Als wir noch verheiratet waren, Gunnar und ich, hatten wir immer wieder Pflegekinder. Mit den meisten hab ich immer noch Kontakt. Die haben uns viel gegeben – das Gefühl, etwas für ihre Zukunft tun zu können ... Heute verstehe ich natürlich auch, dass das unserer Ehe den Rest gegeben hat. Die Jugendlichen kamen oft mit größeren Problemen zu uns, als wir es uns hätten vorstellen können. Vielleicht war es ein wenig naiv zu glauben, dass unsere Fürsorge für sie ausreichen würde. Jugendliche brauchen ja auch ein eigenes Leben.«

Ich nickte.

»Was hat Maria denn gern in der Freizeit gemacht?«

Birgitta runzelte die Stirn.

»Jetzt, wo Sie das fragen, kann ich mich gar nicht erinnern, dass sie überhaupt irgendwas gemacht hätte. Meistens saß sie in ihrem Zimmer. Nein, warten Sie, sie hat Steine geliebt.«

»Steine?«

»Ja, sie hatte eine Steinsammlung. Hat immer neue gesammelt, wenn wir am Strand waren. Manchmal hat sie daraus Bilder gemacht, aber meistens saß sie nur da und hielt sie in der Hand. Keine Steine mit scharfen Kanten, sondern solche, die Wind und Wetter glatt geschliffen hatten. Sie wollte immer ans Meer.«

»Hatte sie Freunde?«

»Nein. Ich weiß noch, dass ich nach ihrem Auszug einen Persönlichkeitstest in ihrer Schreibtischschublade gefunden habe. Den hatte sie noch im Erziehungsheim ausgefüllt. Auf die Frage, was sie sich am meisten im Leben wünschte, hatte sie *Freunde* geantwortet. Es war wirklich traurig.«

»Hatte sie je Besuch von ihrer Mutter oder von ihrem Bruder?«

»Nein. Nicht, als sie hier wohnte. Damals wollte sie auch absolut nicht nach Hause fahren, das wäre für sie zu stressig gewesen. Deshalb war ich auch so überrascht, als ich gehört habe, dass sie zurück in die Gegend von Järpen gezogen war.«

Sie zog die Mundwinkel nach unten.

»Ehrlich gesagt hab ich nie verstanden, was sie wieder in Jämtland wollte. Sie hatte hier doch alles, was sie brauchte, und man muss ja wohl kein Einstein sein, um zu wissen, dass einer Frau allein im Wald alles Mögliche passieren kann. Aber anscheinend wollte sie zu diesem Jörgen zurück. Der hat nie von ihr abgelassen, so viel war klar.«

»Wie Sie bestimmt wissen, sitzt jemand aus ihrer Heimat unter dringendem Mordverdacht im Gefängnis. Allerdings streitet er die Tat immer noch ab.«

»Hab ich gelesen. Tja, wenn er es nicht war, dann ein anderer unverstandener Irrer, der kein Nein akzeptieren kann. Es gibt da oben ja keine Frauen. Da glauben die Männer anscheinend, sie hätten das Recht, sich zu nehmen, was ihnen gehört.«

Ich schluckte einen Widerspruch hinunter. Birgitta Soller war sicher nie nördlicher als bis zum Dalälven gekommen. Doch ich brachte es nicht fertig, auf so jemanden meine Zeit zu verschwenden. Wenn ich jünger gewesen wäre, hätte ich den Fehdehandschuh aufgegriffen, aber inzwischen wählte ich meine Auseinandersetzungen mit Bedacht.

»Glauben Sie, dass sich ihr Mörder in ihrer Vergangenheit finden lässt?«

Birgitta schüttelte den Kopf. »Wenn Sie mich so fragen, nein. Soweit Gunnar und ich es verstanden haben, war Marias und Jörgens Opfer, diese Elisabeth, von Anfang an auf der Gewinnerspur. Ich kann nicht recht glauben, dass sie oder irgendwer aus ihrem Umkreis so nachtragend sein könnte.«

*Vielleicht nicht nachtragend, aber vergiftet.*

»Dann gab es damals niemanden, der ihr gedroht oder vor dem sie Angst gehabt hätte?«

»Soweit ich weiß nicht. Die größte Gefahr für sie war sie selbst, sie war sehr selbstdestruktiv.«

»Inwiefern?«

Birgitta Soller sah mich ernst an.

»Sie hatte Fressattacken, schon seit sie klein war, und das hatte zur Folge, dass sie ziemlich dick war. Da steckten Ängste dahinter, Scham- und Schuldgefühle, die mit ihrem Aussehen zu tun hatten. Sie hat sich auch geritzt, aber damals wusste man noch nicht so viel darüber wie heute. Sie hatte immer langärmlige Pullis an, deshalb ist es uns erst später aufgefallen.« Birgitta senkte die Stimme. »Wussten Sie übrigens, dass sie sich in der Schule selbst Drohbriefe geschickt hat?«

»Nein, das wusste ich nicht. Wie haben Sie das herausgefunden?«

»Sie hat es uns selbst erzählt.«

»Warum hat sie das gemacht? Also, die Briefe geschrieben?«

»Aufmerksamkeit. Durch die Briefe hat sie endlich jemand wahrgenommen, zumindest eine Zeit lang. Sie hätte schon viel früher Hilfe gebraucht.«

Die Wörter brannten in mir. Maria hatte um Hilfe gefleht und das Echo ihrer Verzweiflung war bis zum heutigen Tag zu hören. Die neuen Hassnachrichten, die sie und Jörgen bekommen hatten, waren gewissermaßen ein Gruß aus der Vergangenheit.

»Heutzutage wäre sie ganz eindeutig ein Fall für die Kinder- und Jugendpsychiatrie. Aber ich glaube ja, dass dieses ungesunde Verhalten nur Symptom war und nicht die Krankheit selbst.«

»Welche Krankheit meinen Sie?«

»Die Einsamkeit.«

Ich nickte. Ich war zu dem gleichen Schluss gekommen. Diese verdammte Einsamkeit. Und die Verluste.

»Maria hat ja ein Kind bekommen, das sie zur Adoption freigegeben hat. Was glauben Sie – inwieweit hat das sie beeinflusst?«

Birgitta blies sich eine Strähne aus dem Gesicht.

»Schwer zu sagen. Sie hat Kim ja noch im Erziehungsheim bekommen, und dort haben sie jemanden aus Jämtland gefunden – wenn ich mich recht erinnere, eine Putzfrau von einem Campingplatz, die Maria von früher kannte. Die Frau hatte sich sehnlichst ein Kind gewünscht. Sie und ihr Mann durften sich bis auf Weiteres um das Baby kümmern. Na ja, und anfangs war es wohl so gedacht, dass Maria Kim zu sich holen würde, sobald sie ihr Leben wieder im Griff hätte. Aber dazu ist es nie gekommen.«

»Nein. Aber warum eigentlich nicht?«

»Maria wollte nicht. Konnte nicht. Himmelherrgott, sie war noch so jung – selbst noch ein Kind. Eine tragische Geschichte, das Ganze.«

Sie alle geisterten nachts durch meine Adern: Maria, Jörgen, Kim, Krister und Elisabeth. Der schwarze Toyota samt Fahrerin oder Fahrer – bislang bloß ein Schemen hinter der Sonnenblende. Ganz gleich, wo ich mich gerade befand: Sie saßen mir im Nacken.

Ich hielt die Luft an, als ich draußen auf dem Hotelflur Schritte und Stimmen hörte. Erst nachdem sie sich wieder entfernt hatten, traute ich mich auszuatmen. Ich lag ausgestreckt auf meinem Bett und starrte meinen Laptop an, der seit meiner Ankunft in Stockholm unbenutzt auf dem Tischchen unter dem Fenster stand. Nichts hatte ich bislang zustande gebracht. Im selben Moment fing mein Handy neben dem Kissen an zu vibrieren. Strömmens Name im Display.

»Ich weiß, es ist spät, aber hier tut sich etwas, Vera. Kannst du gerade reden?«

»Klar, und neugierig bin ich jetzt auch.«

»Das solltest du auch sein. Die Polizei hat die Mordwaffe gefunden und auf dem Messer ist keine DNA von Krister Arvidsson.«

»Wusste ich's doch!« Als ich der Matratze einen Tritt mit der Ferse versetzen wollte, erwischte ich das Bettgestell. »Mir war im Grunde die ganze Zeit klar, dass er es nicht war.«

»Schon, aber es geht noch weiter«, sagte Strömmen. »Krister hat seinerseits endlich zugegeben, dass er noch am selben Abend auf dem Kahlschlag war und Maria dort entdeckt hat.«

»Wie bitte? Was soll das heißen?«

»Nach dem Streit bei Maria ist Krister nach Hause zu Ubolratana gefahren, wo er, genau wie sie gesagt hat, betrunken und müde auf dem Sofa eingeschlafen ist. Allerdings glaubte Ubolratana wohl, er wäre besoffener, als er es tatsächlich war, weil er ein, zwei Stündchen später wieder auf den Beinen war. Da hat er Maria angerufen, wollte sich mit ihr treffen und reden, und zwar diesmal ohne die ganze Aufregung. Sie war versöhnlich und hat wohl erzählt, sie könne ohnehin nicht schlafen und werde einen Spaziergang über den Forstweg machen. Dort könne er hinkommen, wenn er etwas wolle.«

»Und dann hat er sich in sein Auto gesetzt? Immer noch mit hunderttausend Promille?«

»Richtig geraten. Allerdings hat es gut eine Stunde gedauert, ehe er überhaupt loskam, und da hat er sie erst nicht finden können. Klar, im Wald war es rabenschwarz. Er wollte sie gerade anrufen, als er Licht auf dem Kahlschlag entdeckte – die Stirnlampe, die am Hochsitz hing. Er hat sich seine eigene Stirnlampe geschnappt, ist auf das Licht zugelaufen, und da lag sie.«

»Hat er versucht, sie zu retten?«

Ich brauchte eine Zigarette, auch wenn ich in Wahrheit irgendwas anderes zu tun brauchte, um wieder zur Ruhe zu kommen. Einfach nur um zur Ruhe zu kommen.

»Ja. Er hat in der Vernehmung erzählt, er sei in Panik geraten, habe sich die Handschuhe abgezogen und versucht zu ertasten, ob sie noch Puls hatte. Obwohl er keinen mehr spürt, versucht er noch, Erste Hilfe zu leisten, aber das Einzige, woran er denken kann, ist all das Blut und dass es nicht zu stoppen ist. Dann dämmert ihm, dass es zwecklos ist. Sie ist tot.«

»Warum ruft er da nicht die Polizei?«

»Du weißt doch, wie das ist: Irgendwo geht ihm wohl auf, wie das Ganze aussehen könnte – gerade weil er und Maria eine Affäre gehabt und eben erst gestritten hatten. Deshalb fährt er nach Hause und legt sich wieder hin. Ubolratana merkt überhaupt nicht, dass er zwischendurch weg war.«

»Und die Handschuhe lässt er dort liegen.«

»Japp. Aber das heißt auch, dass sowohl Ubolratana als auch die Zeugin, die ihn dort aus dem Wald kommen gesehen hat, in gewisser Weise richtiglagen. Ubolratana glaubte ja, er hätte die ganze Nacht zu Hause geschlafen. Ich halte seine Version tatsächlich für glaubwürdig, und das tut die Polizei bestimmt auch, besonders jetzt, da sie plötzlich unbekannte DNA an der Mordwaffe sichergestellt hat.«

Unbekannte DNA. Ich musste an Marias Anrufliste denken. Wer hatte sie zehn Minuten nach Krister angerufen? Hatte die Polizei das schon herausgefunden? In bestimmten Phasen einer Ermittlung war ein Täter immer erst nur eine Spur aus Zellen und ansonsten unsichtbar. Die Vorstellung machte mir Angst.

»Jetzt müssen die Blindfische noch mal ganz von vorn anfangen. Und vielleicht ist es allmählich an der Zeit, dass sie auch Ermittlungen im Fall Rakel aufnehmen, den sie sofort zu den Akten gelegt haben.«

»Bestimmt. Die Sache mit Maria schlägt eine neue Richtung ein, und ich glaube, du bist auf der richtigen Spur, Bergström. Aber vergiss nicht: Das bedeutet auch, dass es für dich brenzliger werden könnte.«

»Das ist mir nur zu klar.«

Kurz hatte ich ein schlechtes Gewissen. Ich hatte Strömmen immer noch nichts von den Einschüchterungsversuchen erzählt.

»Geht's ansonsten gut dort unten bei der korrupten Journaille?«

»Schon. Ist ganz nett hier, aber so langsam verstehe ich, warum alle über E-Roller schreiben.«

Strömmen stöhnte. »Oh, nicht du auch noch!«

Ich lachte. Ein Wärmestrahler auf die Traurigkeit in meiner Brust.

»Ehrenwort.«

»Warst du bei diesem Countrykonzert, das du gestern erwähnt hast?«

»Nein. Man denkt immer, man schafft so viel mehr.«

»Stimmt, und dann sitzt man bloß mit geschwollenen Füßen im Hotelzimmer und plündert die Minibar. Was hast du morgen vor?«

»Dachte, ich versuche mal, diese Elisabeth zu erwischen.«

»Wie gesagt, sei vorsichtig. Du hättest dein Jagdgewehr mitnehmen sollen.«

»Wie würde das denn aussehen!«

Strömmen lachte wie eine stotternde Harley Davidson.

Wir legten auf. Eine Weile tigerte ich auf und ab. Öffnete die Tür zum Badezimmer. Die Wanne sah richtig einladend aus. Ein warmes Bad, der Ruhe wegen? Nein, ich würde ja doch nur die Minuten zählen, bis ich mich als hinreichend ausgeruht betrachten und wieder herauskommen würde.

Mit einem Mal sehnte ich mich danach, zu Hause den Schnee von den Bäumen rutschen zu hören, dieses kaum hörbare Knacksen. Und urplötzlich konnte ich Maria verstehen.

Ich zog die dünnen Vorhänge auf und ließ den Blick über die Damen, die der Dunkelheit dort unten Paroli boten, und über die Freier schweifen, die ihnen die Autotüren aufhielten. Ein

Trupp Kapuzentypen eilte vorüber. Einige dort waren nonstop in Bewegung, andere schienen Wurzeln zu schlagen. Maria war nicht nach Hause zurückgezogen, um sich mit ihrem Schicksal zu versöhnen, sie war nach Hause geflüchtet, weil sie woanders nicht mit sich klargekommen war.

Ich fing an zu schreiben.

Am folgenden Morgen stellte ich mir die immer selbe Frage: Wie käme ich an Elisabeth heran? Sie war nicht auf Facebook und eine private Telefonnummer hatte ich nicht finden können. An und für sich war daran nichts komisch. Als Ärztin hätte sie keine ruhige Minute mehr, wenn sie jederzeit erreichbar wäre. Gleichzeitig kam ich nicht umhin, mir vorzustellen, wie am Abend des Mordes die Zeile *unterdrückte Nummer* auf Marias Handy aufgeleuchtet war. War das Elisabeth gewesen?

Ich trank in der Lobby stehend meinen Kaffee und brachte sogar ein Lächeln für die Rezeptionistin zustande. Obwohl ich wie eine Besessene die Nacht durchgearbeitet und nicht mehr als ein paar Stunden geschlafen hatte, war ich nicht besonders müde. Mein Text war ins Rollen gekommen, endlich.

Die Stimmen von Esther, Sonja, Jörgen und Birgitta hatten das Hotelzimmer gefüllt. Ich hatte Zitate aus meinen Interviews herausgesucht und das Puzzle zusammengefügt: ein vernachlässigtes Mädchen, eine Freundschaft, die in einer Tragödie geendet hatte, und ein Leben, das nie gelebt worden war. Allerdings fehlte noch immer das Wichtigste: Marias Mörder. Wie nah war ich an ihm dran? Die Frage saß mir wie ein Kloß im Hals. Ich räusperte mich und spuckte ins Waschbecken. Es half nicht, obwohl sogar ein bisschen Galle mitkam.

Die Rastlosigkeit trieb mich schließlich aus dem Hotel. Um neun Uhr morgens kam das Schwerste, das Hässlichste der Stadt zum Vorschein. Hundehaufen rund um Straßenlaternen, Taubendreck unter den Bäumen und die gerade erst aufgewachten Obdachlosen auf ihren Pappbetten.

Ich setzte mich auf eine Bank und googelte abermals die Nummer des Krankenhauses Danderyd. Aus Erfahrung wusste ich bereits, dass es mehr oder weniger unmöglich war, jemanden vom medizinischen Personal während der Arbeit ans Telefon zu bekommen, trotzdem wollte ich es zumindest versuchen. Nach zwanzig Minuten in der Warteschleife war ich endlich dran, bekam aber lediglich zu hören, dass Elisabeth Lundholms Schicht bis mittags dauere. Und nein, man könne sie nicht ans Telefon holen, man sei dort schwer beschäftigt – und man beantworte auch keine E-Mails von Journalisten. Die Person am Telefon riet mir, mich an die Pressestelle zu wenden, sofern ich ein Interview wollte, aber irgendwas sagte mir, dass es besser wäre, unangemeldet bei Elisabeth aufzutauchen.

Gegen halb zwölf nahm ich die U-Bahn zum Krankenhaus in Danderyd, setzte mich in den Eingangsbereich und wartete. Wenn ich Glück hätte, würde Elisabeth nach der Schicht den Hauptausgang nehmen. Die gläsernen Drehtüren rotierten in einem fort, Menschen kamen und gingen, Rollstühle, Rollatoren und Krücken wanderten aus Taxis herein und wieder hinaus. Der Geruch von Kohlrouladen erinnerte mich daran, dass ich noch nicht zu Mittag gegessen hatte.

Um zwei Uhr gab ich auf. Bis dahin hätte sie längst umgezogen, fertig und auf dem Heimweg sein müssen. Anscheinend war irgendwo anders ein Personalausgang, den sie genommen hatte. Auf wackligen Beinen stand ich auf und der Wind pfiff mir unter den Mantel. Ich brauchte Energie, etwas zu essen, um meine Beine zu stabilisieren und der Kälte zu trotzen. Ich steuerte den Imbiss an der Längsseite des riesigen Krankenhausgebäudes an. Ich hatte nur noch wenige Meter zu gehen, als ein Auto direkt vor der Tür vorfuhr. Auf dem Beifahrersitz saß eine flachsblonde Frau mit Kirschmund. Es bestand nicht der geringste Zweifel. Elisabeth. Der Fahrer, ein Mann mit dünnen blonden Haaren, stieg aus und lief mit dem Geldbeutel in der Hand auf den Imbiss zu. Ich selbst war wie versteinert stehen geblieben und brachte keinen Schritt mehr zustande.

Nach ein paar Minuten kam der Mann wieder heraus und drückte Elisabeth zwei Kaffeebecher in einem Papphalter in die Hand. Ein Kavalierstart, und weg waren sie. Keiner von ihnen hatte mich bemerkt.

Nach und nach war in der Dämmerung immer mehr Licht in den Fenstern zu sehen, hinter denen die Städter ihre Schuhkartonleben führten. Was sollte ich denn jetzt machen? Ich beobachtete ein paar abgehalfterte Skater, die auf die Rampe zum feuchten Parkhaus gegenüber zuhielten, jeder Einzelne mit Board unterm Arm und McDonald's-Tüte in der Hand.

Eine Stunde lang trieb ich mich im Einkaufszentrum von Mörby herum, nahm Kleidungsstücke zur Hand, faltete sie auseinander und wieder zusammen, war aber angesichts des Geruchs von Massenproduktion zusehends verzagt; kurz dachte ich darüber nach, ob ich einfach hinwerfen, mir Süßigkeiten und Wein kaufen und den Rest des Tages im Hotel verbringen sollte. Willie Nelson auf Spotify anstellen, mit meiner Reportage weitermachen und mich um alles Übrige erst tags darauf kümmern. Aber nein, blöde Idee.

Komm schon, Vera. Man kam immer irgendwie an Privatnummern heran, selbst wenn sie nicht auf Eniro oder Hitta standen. Bestimmt standen Elisabeth Lundholms Kontaktdaten in irgendeinem PDF oder einer Pressemeldung, und dann käme sie mir nicht mehr davon.

Mangels Arbeitszimmer schlüpfte ich bei Lindex in eine Umkleidekabine und setzte mich auf den Hocker unter dem Ankleidespiegel. Ich tippte ihren Namen und dann *filetype:pdf* in die Suchmaske ein. Journalistentrick siebzehn. Ich überflog die Suchergebnisse. Der Name Elisabeth Lundholm kam unter anderem im Putzplan eines Kinderhorts vor und im Jahresbericht eines Kunstvereins, doch das war sicher nicht die richtige Elisabeth. Aber dann – auf Trefferseite zwei eine medizinische Studie. Die könnte vielleicht etwas sein. Ich klickte den Link an, et voilà: Zehn Jahre zuvor war die Endokrinologin Elisabeth Ansprechpartnerin für ein Forschungsprojekt zu seltenen Schilddrüsenerkrankungen gewesen. Mir rauschte es in den Ohren, und meine Hände zitterten, als ich die Nummer aufrief.

Zu meiner großen Überraschung ging sie gleich beim ersten Klingeln ran. Ich stellte mich vor und erläuterte mein Anliegen. Eine Weile war es am anderen Ende still. Ich konnte regelrecht hören, wie ihr Gehirn unter dem blonden Haarschopf ratterte, bevor sie sich räusperte.

»Seit ich gehört habe, dass Maria gestorben ist – dass sie ermordet wurde –, hab ich befürchtet, dass mich jemand kontaktieren würde. Eigentlich habe ich keine Lust mehr, all das wieder hervorzuholen, was sie und Jörgen mir angetan haben.«

Ihre Stimme klang seidenweich und gleichzeitig selbstbewusst. Die schlimmste Kombination. Bei einer solchen Stimme – einer Kirschstimme – fühlte man sich automatisch unterlegen.

»Wie haben Sie von dem Mord erfahren?«, fragte ich.

»Von meiner Mutter. Eine alte Bekannte aus Järpen hat sie angerufen und es ihr erzählt. Tratschweiber gibt es ja genug. Tratschmänner im Übrigen auch.« Sie lachte kurz. »Dann wollen Sie also eine Reportage über die Vergangenheit des Mordopfers beziehungsweise der Täterin schreiben? Das klingt ... Da haben Sie sich einiges vorgenommen, Vera. So war doch der Name, oder?«

»Ja. Und ich weiß, die Angelegenheit ist komplex. Gleichzeitig macht Komplexität guten Journalismus aus, wenn die Leserschaft ...«

»Wie lange arbeiten Sie schon als Journalistin, Vera?«

»Schon lange. Gut dreißig Jahre.«

Scheiße, wie ich es hasste, wenn ein erwachsener Mensch mir das Gefühl gab, ein kleines Kind zu sein, das sich rechtfertigen musste.

»Ich stehe für Klatschreportagen nicht zur Verfügung.«

»Klatsch soll es auch gar nicht werden.«

Wieder herrschte Stille. Ich hatte das unbestimmte Gefühl, dass Elisabeth andere gern warten ließ.

»Natürlich kann ich Ihnen ein Interview geben, aber ich kann Sie nicht in irgendeinem Café treffen. Sie müssen schon herkommen, wenn wir in Ruhe reden wollen. Ich wohne in Axelsberg. Sagen wir, um vier Uhr?«

Eine rhetorische Frage. Es war ihr völlig egal, ob ich da Zeit hätte oder nicht. Sie gab mir die Adresse.

Obwohl sowohl Strömmen als auch Thomas mich davor gewarnt hatten, sie zu Hause aufzusuchen, wusste ich, dass die Reportage besser würde, wenn wir uns dort träfen und nicht an einem neutralen Ort. Trotzdem brach mir der kalte Schweiß aus.

War Elisabeth bei mir eingebrochen und hatte meine Jacke aufgeschlitzt? Würde sie diesmal mich aufschlitzen? War ich eigentlich völlig verrückt, dass ich aus freien Stücken dort hinfuhr?

Eine quengelige Stimme riss mich aus meinen Gedanken.

»Hallo? Probieren Sie dadrin noch was an? Hier draußen stehen die Leute Schlange.«

Ich schnappte mir ein paar hängen gebliebene Kleidungsstücke vom Haken und schob die Kabinentür auf. Ein paar Frauen starrten mich an, als erwarteten sie eine Erklärung. Ich hatte nicht vor, ihnen eine zu geben.

»Elisabeth kommt gleich, sie macht sich nur ein bisschen frisch. Nehmen Sie doch so lange Platz.«

Der Mann aus dem Auto hieß Otto und hatte mich überschwänglich begrüßt. Ich kannte die Sorte: weltgewandt, aber oberflächlich wie ein Politiker. Er zeigte aufs Sofa, stellte sich selbst jedoch an die Kücheninsel. Die Küche war zum Wohnzimmer offen. Vorsichtig ließ ich mich auf dem geblümten Polster nieder.

»Was für ein toller Stoff«, sagte ich, hauptsächlich der Höflichkeit halber.

Otto sah von einem Tablett auf, auf dem bereits eine Thermoskanne, ein kleines Milchkännchen und ein leerer Teller standen. Er öffnete eine Gebäcktüte und leerte den Inhalt auf den Teller.

»Oh ja. Stig Lindberg.«

Aufmerksam sah ich mich in ihrem lavendelduftenden Wohnzimmer um. Bücher in einem breiten Bücherregal an einer Wand, überall sonst Kunst und Möbel, die ich nicht einordnen konnte, die ich aber aus Zeitschriften kannte. Ein eher kulturell orientierter denn extravaganter Haushalt. Nur Eingeweihte wussten, dass hier jeder Gegenstand ein Vermögen wert war. Mir traute er dieses Wissen garantiert nicht zu.

Axelsberg. Bauklotzarchitektur aus den Sechzigern, Sitzbänke aus Gussbeton und graue Pflastersteine dominierten das Zentrum dieses Vororts, der von Hochhäusern umsäumt war. Die teuren Einfamilienhäuser standen auf der anderen Seite der Ausfallstraße in Richtung Wasser. Das Haus der Lundholms war dreistöckig. Im Garten lagen Kirschbäume und Rosensträucher bereits im Winterschlaf. Ich war überrascht gewesen, als ein Mann mir aufgemacht hatte; dann hatte er mir erklärt, dass er tatsächlich Lundholm heiße, dass er bei ihrer Heirat Elisabeths Nachnamen angenommen habe und nicht umgekehrt.

»Wohnen Sie schon lange hier?« Ich rutschte zwischen den Stoffblüten hin und her.

Otto zupfte seinen hellblauen Hemdkragen gerade, der zu seinen blassblauen Augen passte.

»Lassen Sie mich überlegen. Die Zeit vergeht so schnell. Wir haben uns vor fünfzehn Jahren kennengelernt ... Dann müssten es im Herbst dreizehn Jahre sein. Wir fühlen uns hier sehr wohl.«

»Das kann ich verstehen.«

Mit einem Mal war ein lautes, mechanisches Surren zu hören und ich zuckte zusammen.

»Der Treppenlift«, erklärte Otto.

Eine halbe Minute später rollte Elisabeth ins Wohnzimmer. Ja, sie rollte, sie saß in einem Rollstuhl. Ich konnte nicht verhindern, dass ich nach Luft schnappte. Dann hustete ich, um darüber hinwegzutäuschen. Wir gaben einander die Hand, sie hieß mich herzlich willkommen und sah sogar aus, als meinte sie es ehrlich.

In der Realität war sie noch schöner als auf ihrem Foto – Typ Gwyneth Paltrow, die in jeder Lebenslage elegant aussah, sogar im Rollstuhl. Schweiß bildete sich auf meiner Oberlippe. Otto kam mit dem Tablett, das inzwischen mit Croissants und Birnentarte beladen war, stellte den Gebäckteller, Unterteller und Tassen auf den Couchtisch, legte gefaltete Servietten aus, nahm sich Zeit, das Kissen in Elisabeths Rücken aufzuklopfen. Sie unterhielten sich leise und ich hörte weg.

Mein Gehirn arbeitete auf Hochtouren und war gleichzeitig wie leer gefegt, wie bei einem Re-Boot. Eine gelähmte Frau hätte Maria niemals im Dunkeln auf einem Forstweg überwältigen und bis zum Hochsitz jagen können. Nie im Leben. Und sie hatte wohl kaum meine Jacke zerschlitzt und gegenüber ins Haus eingecheckt, um mir Angst einzujagen.

Wenn sie trotzdem in den Mordfall verwickelt war, dann

musste sie einen Helfer gehabt haben, einen Handlanger. Aber wen? Ich dachte kurz darüber nach. Otto sah nicht nach Gewalttäter aus, ihn konnte ich mir eher im Publikum eines Konzertsaals vorstellen, in einer Galerie oder im Dramaten, nicht in einem Wald. Aber man wusste ja nie.

Ich sah mich abermals um. Keinerlei Hinweise auf Kinder. Mein Herz trommelte gegen die Rippen wie eine hysterische Fliege gegen die Fensterscheibe. Dann dämmerte mir, dass die Frau vor mir die Lippen bewegt hatte.

»Entschuldigung?«

»Möchten Sie Milch zum Kaffee?«

»Ja, gern.«

Elisabeth streckte sich nach der Kanne auf dem Tablett aus und rollte, als sie nicht ganz herankam, ein paar Zentimeter vor.

»Tja, wie Sie sehen, tanze ich nicht mehr.«

Ihr Tonfall klang leicht ironisch, allerdings nicht verbittert. Sie ging anscheinend davon aus, dass ich das Gerichtsprotokoll gelesen hatte.

»Rückenmarksverletzung. Ich habe mir damals in der Sporthalle bei dem Übergriff das Genick gebrochen. Hat das Leben der damals Fünfzehnjährigen ziemlich auf den Kopf gestellt, könnte man sagen.« Sie lächelte schief. »Aber nach langer Reha und mit viel Hilfe vonseiten meiner Familie habe ich trotz allem wieder eine Zukunft gesehen.«

Ich nickte. Irgendwo im Hintergrund erklang ein Jazzstück. Trompete und Besen auf Schlagzeug.

»Sie konnten also wieder zur Schule gehen und anschließend studieren?«

»Ja. Ich habe Medizin studiert und nach dem Abschluss in Danderyd angefangen. Nur deshalb habe ich mich für das Interview bereit erklärt. Ich finde es wichtig, denjenigen Hoffnung zu machen, die es schwer haben.«

»Haben Sie eine eigene Familie? Otto habe ich ja schon kennengelernt …«

»Keine Kinder, wenn Sie das mit Familie meinen. Wir haben uns andere Prioritäten gesetzt, Otto und ich.«

Ein Lächeln. Ich wusste nicht, ob ich es als selbstsicher oder herablassend deuten sollte. Meine Triggerpunkte in der Hüfte prickelten. *Nein, nicht nachfragen … Doch, allerdings behutsam.*

»Wussten Sie, dass Maria ein Kind bekommen hat, das sie nach der Tat weggegeben hat?«

In Elisabeths Gesicht, über das eine blonde Strähne gefallen war, rührte sich kein Muskel.

»Nein, das wusste ich nicht. Dann war Jörgen der Vater, nehme ich an? Wir wussten ja alle, was da vor sich ging, auch wenn die zwei es nie zugegeben haben. Aber ehrlich gesagt hätte Maria fünfzig Kinder bekommen können und es wäre mir egal. Jeder muss für die Folgen seiner Handlungen die Verantwortung übernehmen und leider können sich derlei Folgen auch vererben.«

»Sie meinen, dass selbst ihre unschuldige Tochter bestraft wurde, als sie zur Adoption freigegeben wurde?«

Ein knappes Achselzucken. »Ja, so könnte man es vielleicht sehen.«

Ich betrat zusehends vermintes Terrain, sah sie an, kniff die Augen zusammen.

»Maria hat vor einem Jahr noch ein zweites Kind bekommen, das sie behalten hat. Ebenfalls mit Jörgen.«

Elisabeth streckte sich nach der Thermoskanne aus.

»Ach, dann haben die zwei Idioten also wieder zusammengefunden. Sie müssen entschuldigen, aber ich bin wie gesagt nicht sonderlich interessiert an Marias Stammbaum. Möchten Sie noch?«

Vera mit dem Unpassend-Tourette beschloss, den nächsten Schritt zu wagen. Ich lehnte weiteren Kaffee ab.

»Dann verspüren Sie weder Neid noch Rachsucht?«

*Gleich kracht's.*

Sie starrte mich an, ehe sie explodierte – vor Lachen.

»Neid? Rachsucht? Was diese Kindersache angeht? So was Lustiges hab ich lange nicht mehr gehört! Man könnte glatt glauben, Sie wären Polizistin und nicht Journalistin ... Aber nein, nichts dergleichen. Ich habe nie Kinder haben wollen, warum sollte ich also auf zwei Loser und deren Nachkommen neidisch sein? Fehlt nur noch das Banjo und wir sind mittendrin in diesem Film ... wie hieß er gleich wieder?«

*»Beim Sterben ist jeder der Erste.«*

»Genau der.«

Elisabeth kicherte. Glockenhell – natürlich. Die Jazztrompete begleitete sie. Ich fühlte mich dumm, doch dann fiel mir ein, dass das Selbstwertgefühl mancher Menschen nur davon herrührte, dass sie andere dazu brachten, sich dumm zu fühlen. So was musste man an sich abperlen lassen.

Wie aus der Ferne hörte ich, wie Elisabeth weitersprach, von ihrer Reha in Stockholm erzählte, die ein ganzes Jahr gedauert hatte. Von der Lebenslust, die sich nach Monaten der Verzweiflung und Hoffnungslosigkeit schlussendlich wieder eingestellt hatte. Ich sah ihre Beine an, die das Tanzen so sehr geliebt hatten, die bestimmt immer noch tanzen wollten. Jemandem die Beweglichkeit zu nehmen, war fast, wie jemanden zu ermorden.

Die Unterhaltung versetzte mich an einen anderen Ort. Ich musste an meinen Vater denken, meinen geliebten Vater, der nie wieder durch einen Wald laufen würde. Sobald ich wieder zu Hause wäre, würde ich ihn im Rollstuhl mit rausnehmen, egal, ob es stürmte oder schneite. Mein Vater liebte Wetter jeder Art.

»Ich war in der Hölle und bin wieder zurückgekehrt.« Elisabeth nahm sich ein Stück Birnentarte. Sie biss ein winziges Stück davon ab. Ich fragte mich, ob sie ihre Bedürfnisse immer derart zügelte.

»Gleichzeitig hatten meine Eltern das Gefühl, dass wir nicht länger in Järpen wohnen bleiben könnten. Also sind wir nach Lidingö gezogen und haben noch mal ganz neu angefangen.«

»Was für eine Veränderung. Das muss auch für Ihre Eltern anstrengend gewesen sein.«

»Natürlich. Andererseits hatten sie ja nur mich, und für sie war immer das Wichtigste, dass es mir gut ging. Insofern war es keine schwere Entscheidung, glaube ich. Ich musste die Erinnerungen dort hinter mir lassen. Järpen ist so furchtbar klein, dass man dort überall und jederzeit an alles, was war, erinnert wird. Seither habe ich mit niemandem aus dieser Zeit mehr Kontakt.«

»Und haben Sie alles vergessen können?«

Vielleicht eine Klischeefrage, aber die Zeitungsleserschaft erwartete darauf eine Antwort. Ich nahm mir ein Croissant.

»Nein. Vergessen werde ich es wohl nie können, aber ich glaube, dass die Erinnerungen schneller verblasst sind, als ich nicht mehr mittendrin sein musste. Ich kann auch nicht verzeihen – aber inzwischen kann ich zumindest verstehen, wo der Hass herkam. Marias Hass.«

Elisabeths Stimme hatte an Kraft eingebüßt.

»Und was glauben Sie, wo er herkam?«

Sie sah mich verwundert an.

»Das war natürlich der blanke Neid. Maria war immer schon neidisch gewesen, allerdings wurde es umso schlimmer, als ein neues Mädchen ins Dorf zog ...«

»Johanna?«

»Genau. Dann haben Sie sich schlaugemacht. Johanna. Sie und die ganze Familie waren wie frischer Wind, aus einer anderen

Welt. Cool, kultiviert, inspirierend. Ich wollte wahnsinnig gern so sein wie sie.« Elisabeth lachte fast verzückt. »Sie haben sich tatsächlich gefragt, wie ich mich so weltgewandt verhalten konnte, obwohl ich doch in Järpen geboren und aufgewachsen war. Aber im selben Moment war es wohl leider so, dass ich zu Maria auf Abstand ging.«

Sie verstummte und reichte mir eine Serviette. Das Croissant hatte auf meine Bluse gebröselt. Elisabeth sah aus, als würde sie darüber nachdenken, was sie gerade gesagt hatte. Ich hob die Kamera an und schoss genau in diesem Augenblick ein Foto von ihr: mit der Kaffeetasse auf ihren nutzlosen Beinen, mit entrücktem Blick.

Otto kam zurück ins Zimmer. Unter den dünnen Haaren sahen seine Geheimratsecken aus wie schimmernde Maiskolben.

»Entschuldigt die Störung ... Aber das Blå vindar hat gerade angerufen. Sie hätten morgen einen Tisch am Fenster für uns. Soll ich reservieren?«, raunte er Elisabeth zu.

Sie sah aus, als müsste sie darüber nachdenken, und antwortete dann in ihrem selbstsicheren Tonfall: »Mach das. Bis dahin dürftet ihr das Boot doch an Land haben. Sonst sollen sie ihn für uns frei halten.«

»Krebs oder Bückling?«

»Krebs. Oder ... nein, diesmal den Bückling. Krebs können wir am Wochenende mit Gunilla und Stefan essen.«

»Gute Idee. Ich sag dort Bescheid.«

Elisabeth sah ihrem Ehemann nach. »Otto, Schatz, könntest du heute Nachmittag noch den Kolani und mein blau-weiß gestreiftes Kleid von der Reinigung holen?«

»Ahoi.«

Sie schüttelte lachend den Kopf.

»Er ist einfach so lustig!«

Schwachköpfe. Ich fragte mich, wann sich der posttraumatische

Stress bei Frau Stinkvornehm endlich Bahn brechen würde. Vielleicht war er ja nur ein Gerücht. Elisabeth schien immerhin das allermeiste, was sie sich als Teenager ersehnt hatte, bekommen zu haben. Manchmal war das Leben eben doch vorherbestimmt. Das stimmte mich leicht melancholisch.

»Segeln Sie?«, fragte Elisabeth, sobald Otto aus dem Bild geschwommen war.

»Nein, ich hatte auch nie das Bedürfnis. So weltgewandt war ich nie.«

Keine Ahnung, ob sie die Spitze zur Kenntnis nahm, aber zumindest brachte es sie wieder auf Spur. Sie warf ihre Haare zurück.

»Klar war es tragisch, das mit Maria. Der Ansicht waren wir alle. Und falls Sie sich das fragen: Ich bin weder froh noch traurig darüber, dass sie sterben musste, aber ein klein wenig glaube ich dann doch an Karma. An Karma und an französisches Gebäck. Dagegen kann man sich einfach nicht wehren.«

Sie zwinkerte mir zu und nahm noch einen Bissen von der Birnentarte.

»Und Jörgen?«

Elisabeth lachte freudlos.

»Jörgen ... Ich glaube, Jörgen hat all das damals genossen. Aber darauf will ich nicht weiter eingehen. Gewisse Menschen sind einfach von Grund auf böse.«

Das Interview war vorbei. Ich schien es hinter mich gebracht zu haben und immer noch am Leben zu sein. Ich schaltete die Diktier-App auf meinem Handy aus und hob meine Bluse an, um darin die Croissantkrümel zu sammeln. Mit einem Schmunzeln bot Elisabeth an, ich könne mich in der Küche abklopfen. Sie rollte vor mir her. An der Kühlschranktür neben der Spüle hing ein Foto von ihr, aufgenommen an einer Küste. Das türkisfarbene Wasser hatte die gleiche Farbe wie ihre Augen.

»Antibes«, erklärte sie. »Wir lieben die französische Riviera.«

»Das kann ich gut verstehen.«

Dabei hatte ich das Meer noch nie leiden können. Auf Mallorca hatte ich oft am Ufer gestanden und dem Rauschen gelauscht, nur um meinen eigenen Atem nicht hören zu müssen, der an meinem Gehirn scheuerte. Die Lautstärke, die Kraft der Wellen, die wie verrückt gegen die Kaimauer geschlagen hatten, und der Wind um mich herum hatten mir eine merkwürdige Unruhe beschert.

Ich verließ das Haus im selben Moment, da die letzten Sonnenstrahlen hinterm Horizont verschwanden. Als ich noch einen Blick über die Schulter warf, saß sie am Fenster und sah mir nach.

Der Zug fuhr pünktlich um vier Uhr morgens ab. Mehr als zehn Stunden Reise lagen vor mir. Zweimal umsteigen, in Sundsvall und in Duved. Ein Wunder, dass überhaupt jemand nach Jämtland nach Hause fuhr, der Zug war inzwischen nur noch für Touristen vorgesehen. Ich wuchtete meinen Koffer ins Gepäckfach. Schön, einen Fensterplatz zu haben. Ein paar Minuten im Internet, dann würde der Zug mich in den Schlaf wiegen.

Draußen rasten Hochhäuser vorbei. In meiner Inbox lagen zwei ungelesene Nachrichten, eine von Ulla, die geschrieben hatte, dass ich in der Schule vorbeikommen und meinen Stundenzettel ausfüllen müsste, wenn ich mein letztes Gehalt bekommen wollte. Die andere kam von Lars Kjellvanders Literaturagent. Der Kalender platze aus allen Nähten, aber möglicherweise könne der Autor im März zu einer Lesung ins Gemeindehaus in Ånn kommen. Ich schrieb zurück, er sei jederzeit herzlich willkommen und könne sich einen Tag aussuchen. Das dankbare Hinterland stehe stets zu Diensten, hätte ich am liebsten hinzugefügt, konnte mich dann aber beherrschen.

Meine Mitreisenden tippten auf ihre Laptops ein und raschelten mit ihren Zeitungen. Ich setzte mir Kopfhörer auf und lehnte mich zurück. Emmylou Harris' »Red Dirt Girl«.

Hatte ich mich in Sachen Maria verrannt? War ich in einer Sackgasse gelandet? Strömmen klang enttäuscht, als ich ihm erzählte, dass Elisabeth im Rollstuhl saß und trotzdem nicht sonderlich auf Rache aus gewesen zu sein schien. Ob sie da nicht geschauspielert habe, wollte er wissen, quasi als letzter Strohhalm, worauf ich antwortete, dass ich das nicht glaube, dass man da jedoch nie sicher sein könne. Dann unterhielten wir uns darüber, dass es schließlich noch jemand anderen im Dunstkreis der Teenager Elisabeth, Maria und Jörgen gegeben hatte – Johanna. Die hatte ich immer noch nicht durchleuchtet. Sollte ich das tun? Aber wohnte sie nicht in den USA? Ich seufzte. Im Augenblick bekam ich nichts mehr zusammen – trotzdem war da eine gewisse Zwangsläufigkeit, ich musste bloß die Zusammenhänge finden. Geduld haben. Meine größte Schwäche.

Außerdem kreisten meine Gedanken um die SMS-Drohungen. Vielleicht waren die ja einer Art Paranoia von Jörgen entsprungen? Irgendwo hatte ich einmal gelesen, dass Junkies auf Entzug einen krankhaften Verfolgungswahn und Halluzinationen entwickeln konnten. Vielleicht hatte es die SMS in Wahrheit nie gegeben? Vielleicht war das auch der Grund, warum ich – außer der von Jörgen – keine einzige Nachricht auf Marias Handy gefunden hatte? Weil er sich alles eingebildet hatte? Was, wenn er Maria während einer Psychose ermordet hatte?

Irgendwo da musste ich ansetzen.

*Denk jetzt nicht weiter darüber nach.*

*Du platzt, wenn du weiter darüber nachdenkst.*

Kaffeeduft wehte über die Sitze hinweg. Ich spürte, wie sich mein Nacken verspannte, wie die Erschöpfung hinter meinen Lidern vibrierte. Ich brauchte etwas anderes als Koffein.

Strömmen und ich einigten uns darauf, mit der Reportage zu warten, bis wir wüssten, welche Karte die Polizei nach Krister Arvidsson als Nächstes ausspielen würde. Hoffentlich gäbe es mehrere Verdächtige – und das Allerbeste wäre, wenn wir der Zeitungsleserschaft auch gleich den Täter präsentieren könnten. Ich fühlte mich wie ein Pferd in den Startlöchern, das nicht losgaloppieren durfte.

Natürlich bestand die Möglichkeit, dass die Tat nie aufgeklärt werden würde, dass daraus eins jener Vorkommnisse würde, über die man anfangs wild spekulierte, die dann aber in Vergessenheit gerieten. Die gab es bei der Polizei haufenweise. Darüber hinaus würde Krister Arvidsson niemals vollends rehabilitiert werden. Ich konnte die Leute bei Ica fast schon wispern hören: »Ihr wisst doch, wie es ist. Kein Rauch ohne Feuer.«

Gleichzeitig würde jemand anders ungeschoren davonkommen.

Ich schlief ein. In Sundsvall stieg ich quasi zwischen Traum und Wirklichkeit um. Irgendwer kam und setzte sich neben mich, aber ich drehte mich bloß weg und schlief weiter.

Als ich das nächste Mal wach wurde, hatten draußen Wald und Dunkelheit überhandgenommen. Der Schaffner teilte jemandem hinter mir mit, dass wir nicht mehr pünktlich ankommen würden; die Bremsen seien festgefroren, als wir auf einen anderen Zug hätten warten müssen. Ich sah auf die Uhr. Eine Stunde Verspätung. Aber jetzt kannte ich mich wieder aus, wäre bald zu Hause. Der Platz neben mir war wieder leer.

Dann hielt der Zug in Åre. Ein Großteil der Reisenden stieg hier aus, die meisten hatten sich schon bereit gemacht und ihre Jacken angezogen. Jetzt standen sie mit ihren Ellenbogen und Koffern und Stimmen im Mittelgang. Ich sah ihnen nach, wie sie raus auf den Bahnsteig taumelten. Zwei Touris Mitte vierzig in Pelz rauschten mit Louis-Vuitton-Taschen an mir vorbei. Gloss auf aufgespritzten Lippen. Graue Mäuse mit Duckface – eine besonders erfolgreiche Spezies. Nicht mehr lange, und wir Einheimischen wären die von Raubtieren, Parasiten oder Krankheiten verdrängte Art.

Stille senkte sich auf das Abteil herab. Neue Reisende stiegen nicht zu. Schließlich ruckte der Zug wieder an. Im selben Moment entdeckte ich ihn. Levan. Es war das erste Mal seit Monaten, dass ich ihn vor mir sah. Er stand mit ausgestreckten Armen am Gleis und drückte jemanden an sich. Langes Haar wallte ihr über den Rücken. Das hätte ich sein können, doch das war sie, die andere. Er sah glücklich aus. Ein paar Sekunden, dann war er aus meinem Blickfeld verschwunden. Einfach so.

Komischerweise machte mein Herz keinen Mucks. Es schlug einfach ruhig weiter. Am Ende waren es doch fünfunddreißig Jahre Liebe gewesen.

»Hör endlich auf damit, Vera. Nein, außer einer gelähmten Narzisstin, einer durchgeknallten Adoptivtochter und einem Schrottsammler hast du nichts in der Hand – aber was willst du denn dagegen machen? Du bist doch keine Drehbuchschreiberin, die selbst entscheidet, was als Nächstes passiert? Kannst du nicht einfach mal Ruhe geben und mit mir frühstücken, wo ich doch extra vorbeigekommen bin und Brot mitgebracht habe?«

Thomas lag auf dem Sofa und zappte durch die Sender. Kirchenchöre, Nachrichtensprecher, hupende Autos, Schüsse, Klaviermusik. Lebensgeräusche. Alle mit einem Mal in meiner Wohnung. Ich musste an ein Filmzitat denken: *Nur wer einmal geliebt hat, weiß, was Einsamkeit ist.*

Mir war klar, dass Thomas recht hatte. Ich konnte nicht allzu viel tun, nur machte das die Niederlage nicht wirklich leichter. Nur Fehltritte und Sackgassen, überall. Ich sah mein Spiegelbild im Fernsehbildschirm. Wer versteckte sich hinter mir? Was hatte ich übersehen? Was sich auf der Rückreise von Stockholm noch schwierig angefühlt hatte, fühlte sich jetzt regelrecht hoffnungslos an. Ich dachte ernsthaft darüber nach, ein Feuer zu machen – draußen im Matsch, sicherheitshalber – und meinen halb fertigen Text zu verbrennen. Eine fertige Reportage brächte ich niemals zustande. Frustriert schlug ich auf den Tapetenblob ein. Die Schwellung platzte auf wie eine faulige Wassermelone.

»Na, entschuldige bitte, wenn ich nicht finde, dass das Leben ein Kinderspiel ist. Wahrscheinlich muss ich jetzt an die Schule zurück. Wenn die mich dort überhaupt zurücknehmen.«

Es vergingen ein paar Sekunden. Stille. Bestimmt wollte Thomas mir die Möglichkeit geben, langsam bis drei zu zählen.

»Das wird schon wieder«, sagte er dann. Ein Sonnenfleck wanderte über die Sofalehne, als er sein Handgelenk mit der Uhr bewegte. »Ist das Geld für den Traktor schon auf deinem Konto?«

»Ja. Danke.«

Eine Erleichterung. Wenn ich ein bisschen aufpasste, würde das Geld bis Weihnachten reichen, vielleicht sogar bis in den Januar hinein. Ich brauchte ja nicht viel und wollte noch viel weniger. Aber was wäre dann?

»Der Kaffee ist durchgelaufen.«

Er machte Anstalten aufzustehen.

»Nein, ich gehe. Ich muss mich bewegen«, entgegnete ich.

Thomas hatte Teelichter angezündet und im Wohnzimmer Brot, Käse, Butter und Tomatenscheiben aufgetischt. Ich ging in die Küche. Die Kaffeemaschine ächzte immer noch vor sich hin. Angesichts des starken Strahls, der durch den Filter lief, sah mein Pulverkaffee plötzlich unpassend aus. Noch ein, zwei Minuten. Unterdessen hielt ich das Geschirrtuch unter den Wasserhahn und rubbelte den Béarnaise-Fleck weg. Ich musste auf einen Küchenstuhl steigen, um bis ganz hinauf zu kommen, aber dann gab er nach. Ich war überrascht. Ich hatte mit mehr Widerstand gerechnet. Damit, dass alles, einfach alles, nicht so wollte wie ich.

Als ich ihm die Kaffeetasse hinhielt, setzte Thomas sich aufrecht hin. Ich nahm den Sessel. Schweigend tranken wir unseren Kaffee.

Mir ging so einiges durch den Kopf. Wie sollte ich an Jörgen herankommen – an denjenigen, von dem er selbst nichts erzählte? Denn den musste es geben. Irgendwo in seinen kranken Adern, die nach Befriedigung schrien.

Vielleicht über seine Schwester?

Ich brauchte lediglich einen schwachen, schmalen Lichtstrahl, der auf eine neue, schwache Spur fiel. Gerade so viel, dass ich an den losen Fäden zu ziehen vermochte. Irgendwo musste es doch eine Unstimmigkeit geben. Warum sah ich sie nicht? War ich wirklich so beschränkt?

»Ich will deine Probleme nicht kleinreden, Vera, aber ich mache mir Sorgen. Du bist seit Wochen quasi nicht mehr ansprechbar, und jetzt ist mal genug. Du siehst schon eine Weile ziemlich blass aus.«

Wie durch einen Tunnel war ich wieder da. Swoosh.

»Ich bin immer blass.« Ich hörte selbst, wie trotzig ich klang. Kindische Bergström. »Entschuldige, Thomas, es ist nur, dass ich ...«

»Nee, nee, nee, jetzt fängst du schon wieder damit an! Lass endlich gut sein!« Er schnitt eine Scheibe Brot ab und nahm einen großen Bissen. »Hmm, das ist lecker! Ich bin heute Morgen an dieser neuen Bäckerei in Storlien vorbeigekommen. Netter Laden – da sollten wir mal zusammen hinfahren.«

»Mhm.«

Ich sah ihn an, und mit einem Mal spürte ich, wie gern ich ihn hierhatte. Sogar um acht Uhr morgens. Er hatte mich geweckt. Wie viel Uhr war es gerade in Argentinien? War dort immer noch heiße, schwüle Nacht und sie tanzten? Wehte noch immer der Geruch von Schweiß und Leidenschaft über die Tanzfläche? Ich wollte nicht weiter darüber nachdenken. Der November in Schweden roch jedenfalls nach nichts Besonderem.

Er schluckte und sah sich um.

»Hattest du übrigens nicht blaue Farbe gekauft?«

Ich nickte.

»Dann streichen wir dein Wohnzimmer. Ich hab noch ein paar Stunden, bis ich wieder rausfahren muss, und so kommst du auf andere Gedanken.«

Typisch Thomas – hatte immer eine praktische Lösung für sämtliche Probleme der Welt parat.

Wir legten Pappkarton entlang der Fußleisten aus und schliffen die zugespachtelten Löcher ab. Dann legten wir los. Thomas – der deutlich mehr Geduld hatte – nahm sich die schwierigen Stellen vor, strich die Pinselhaare glatt, um hinter die Heizung zu kommen, und ich rollerte die Farbrolle über die Wände. Im Hintergrund lief Gram Parsons' »Love is like a cloud, holds a lot of rain«. Eine Runde Taubenblau. Echt schön.

Ich zwang meine Gedanken weg von Marias Fall, weg von allem, was je einen Fuß in die Tür zu meinem Glück gestellt hatte. Aber was war überhaupt Glück? Je älter ich wurde, umso sicherer war ich mir, dass Glück so etwas wie selbstverständliche Zusammengehörigkeit war. Mit einem anderen Menschen zusammenzugehören, mit einer Landschaft oder einem Job, ohne groß darüber nachzudenken. Deshalb war der Rausch des Glücks auch so unberechenbar und konnte einen überkommen, wenn man am wenigsten damit rechnete, als hätte das Gehirn ganz plötzlich Glück gewittert.

Über Unglück wusste ich wesentlich besser Bescheid. Wenn es einem drohte, ging eine gewisse Art ja auch nicht unbemerkt an einem vorbei, da sah man es meist schon gefährlich nah am Straßenrand balancieren. Und dann fiel es. Zog Tischtuch und Geschirr mit, riss Kerzen um, und was nicht zu Bruch ging, verbrannte.

In den Jahren, in denen ich am meisten gearbeitet hatte, hatte ich nur noch Kraft für Levan und unsere gemeinsame Sehnsucht nach einem Kind gehabt. Die Hoffnung hatte es einmal im Monat aus mir herausgespült. Dann saß ich auf dem Klo und heulte, während Levan immer verkniffener wurde. Nach einer Weile kam er auch nicht mehr angelaufen, wenn er mein Schluchzen hörte.

»Womöglich müssen wir uns darauf einstellen, dass es nur wir beide bleiben.«

Ich hatte diesen Satz nie akzeptieren können. Ihn zu akzeptieren wäre gewesen, wie über die Unendlichkeit des Weltalls nachzudenken: Ohne Kind wäre ich bloß ein einsamer Planet, der für alle Zeiten jenseits des Sonnensystems vor sich hin kreiste. Die Trauer vegetierte nur mehr einsam vor sich hin, in einem verlassenen Haus, wo die Stromleitungen ringsum längst umgeweht worden waren.

Thomas berührte vorsichtig die Wand.

»Das ist noch nicht trocken genug. Die zweite Schicht machen wir ein andermal, aber so sieht es doch schon richtig gut aus.«

Ich nickte, konnte mich an den blauen Wänden überhaupt nicht sattsehen.

»Genau wie ich es mir vorgestellt habe. Ich will ein paar Sachen aus dem Wartesaal nach oben holen und es mir hier drin ein bisschen gemütlicher machen.«

»Gute Idee.« Thomas gähnte. Bestimmt machte sich gerade die Nachtschicht mit dem Schneepflug bemerkbar, und dann wäre es ja auch schon bald wieder an der Zeit für seine nächste Schicht. Trotzdem war ich es, die jammerte.

Ich packte das Hochzeitsbild meiner Eltern aus und stellte es fürs Erste auf die Fensterbank. Sobald die Farbe getrocknet wäre, würde ich dafür einen Platz im Regal finden. Ein eingerahmtes Plakat des Bluesfestivals in Hell wanderte ebenfalls aus der Umzugskiste, genau wie der Långe Jan in Miniatur. Obwohl ich nicht gern am Meer war, hatte ich Leuchttürme immer gemocht – oder vielleicht gerade deshalb. Leuchttürme waren immerhin der Trost des Meeres für die Verirrten. Auf vielfache Weise erinnerte der Leuchtturm an den Bewohner einer dünn besiedelten Gegend: stur, stolz und hilfreich. Die Reisen mit Levan waren nie bloß gemeinsame Erlebnisse gewesen, sondern auch meine eigenen, nur allein meine. Wir Verirrten mussten schließlich unsere Erinnerungen behalten dürfen, auch wenn diejenigen, mit denen wir sie geteilt hatten, mitunter beschlossen, uns nicht zu behalten.

In einer Kiste fand ich einen alten Kassettenrekorder und mehrere Kassetten. Eine Kassette steckte sogar noch. Ich drückte auf Play und lauschte meiner eigenen Stimme. Wovon redete ich da? Es klang, als würde ich einen Landwirt interviewen. Ja, ein Interview, das ich vor einer Veranstaltung geführt hatte, vor irgendeinem Viehtrieb. Ich lächelte. Legte eine andere Kassette ein. Durchs Zimmer wehte ein Stück über eine Dansband-Kapelle, die ihr vierzigjähriges Jubiläum feierte.

»Wusstest du, dass deine Mutter sich deine Interviews immer zigmal angehört hat, nur um deine Stimme zu hören, als du damals in Östersund gearbeitet hast?«

Ich musste lachen.

»Ist nicht dein Ernst. Wirklich?«

»Ich finde das sehr schön.«

Mein Lachen verebbte. Ein schmerzhafter Stich.

»Ja, das ist wirklich schön.«

Immerhin wusste ich, wo ich zu Hause war, und hatte mich nie entwurzelt gefühlt. Meine Rastlosigkeit lag lediglich an meiner Neugier, nicht an Heimatlosigkeit.

Thomas reckte einen Finger in die Luft.

»Psst. Klingelt da was?«

Wir spitzten die Ohren.

»Ja, es klingelt – mein Handy am Ladegerät.«

Ich kam auf die Füße, lief ins Schlafzimmer und ließ das Handy am Kabel hängen, während ich ranging.

»Hallo? Spreche ich mit Vera?«

Eine bekannte Stimme.

»Ja, am Apparat.«

Himmel, wie steif meine Gelenke beim Malen geworden waren. Armer missachteter Körper. Ich dehnte die Wade am Bettrahmen und spannte die Muskeln an wie eine Geigensaite, ehe ich den Fuß wieder absetzte.

»Hier ist Birgitta Soller.«

»Ach, hallo, Birgitta!«

»Sind Sie schon wieder abgereist?«

»Ja, ich bin seit gestern wieder zu Hause. Warum?«

»Sie haben Ihre Lederhandschuhe hier liegen gelassen. Tut mir leid, dass ich mich deshalb erst heute melde, aber sie waren von der Hutablage hinter den Regenschirmständer gerutscht. Habe sie eben erst beim Staubsaugen entdeckt.«

Ich musste lachen und rieb mir die Augen.

»Da müssen Sie mich verwechseln. Das wäre mir nie passiert, weil ich meine Handschuhe nie auf eine Hutablage legen würde. Die stopfe ich mir immer in die Jackentaschen, eine Unsitte, weil ich keine Handtasche besitze.«

Und dann sehe ich immer aus wie ein Uhrenverkäufer auf der Strandpromenade von Alcúdia, hätte ich fast hinzugefügt.

»Dann müssen die Kim gehören …« Ein lautes *Hmm.* »Nur wie erreiche ich die? Haben Sie ihre Nummer?«

»Kim? Was … Hat Kim Sie besucht? Wollen Sie das damit sagen?«

Ich versuchte, mich am Riemen zu reißen, aber wenn Birgitta gerade vor mir gestanden hätte, hätte ich sie vermutlich geschüttelt.

»Ja. Ich dachte, Sie wüssten darüber Bescheid, weil Sie doch nach der Adoption gefragt haben?«

Als meine Knie weich wurden, war das Bett zur Stelle. Ein fester Druck auf den Schädel, der wie eine Eierschale zu zerbersten drohte.

»Ich hatte ja keine Ahnung … Wann war sie da?«

»Vor zwei Monaten ungefähr. Sie hatte nach dem Tod ihrer Mutter in irgendeiner Schublade in ihrem Elternhaus Adoptionsunterlagen gefunden. Sie wirkte wahnsinnig verzweifelt, muss ich sagen. Nachdem sie gelesen hatte, dass Maria eigentlich immer zurückkommen und sie von Ture und Elsa zu sich holen wollte, dann aber nie kam, tja, da war sie untröstlich. Ich verstehe auch nicht, wie man so etwas geheim halten kann. Es kommt am Ende ja doch alles raus. Alles.«

Nach dem Telefonat saß ich eine Zeit lang reglos da und hatte fast das Gefühl zu träumen. Als kochte ich, als hätte ich Fieber. Innerlich fühlte es sich an, als wäre ich im freien Fall. Gleichzeitig rührte sich etwas an den Außenrändern meines Bewusstseins, etwas, was unklar gewesen war, klarte auf und nahm eine konkrete Form an. Fragmente fügten sich zu einem Ganzen zusammen.

»Wer war das?«, rief Thomas aus dem Flur. Es klang, als würde er sich gerade anziehen.

»Nur Maggan aus der Sonnenlichtung. Mein Vater ist erkältet. Nichts Schlimmes.«

Gerade war nicht der richtige Augenblick, um es ihm zu erklären.

»Gut. Dann haue ich jetzt ab und fahre streuen. Bis später!«

»Okay«, antwortete ich geistesabwesend. Wischte mir den Schweiß von der Oberlippe. Die feuchte Farbe sorgte dafür, dass sich die ganze Wohnung dampfig und ungelüftet anfühlte.

Die Tür fiel ins Schloss.

Kim wühlte in ihrer Vergangenheit, kannte inzwischen ihre Herkunft, hatte dieselben Wege beschritten wie ich, um Dinge in Erfahrung zu bringen, war mir aber eindeutig einen Schritt voraus. Mit einem Mal trat alles deutlich aus einem schwarzweißen Raster hervor: Die Mörderin hatte sich dort in der Dunkelheit unter Garantie sicher gefühlt, aber jetzt kam alles ans Licht. Jetzt würde ein Sturm losbrechen.

Ich rief Strömmen an.

»Dann glaubst du also, Kim ist die Mörderin?«

Strömmen schnappte vor Aufregung förmlich nach Luft. Er hatte anderthalb Stunden nach Ånn gebraucht, musste die ganze Strecke mit einhundertzwanzig Sachen zurückgelegt haben. Mittlerweile saßen wir im Haus am Tresen und aßen Würstchen mit Kartoffelbrei. Hinter der Schwingtür werkelte Björn in der Küche. Ich spürte die Milchsäure in meinen Muskeln, obwohl ich mich kaum bewegt hatte. Bestimmt mein Gehirn, das sich zum Narren halten ließ – es war inzwischen mehrere Dutzend Kilometer gelaufen.

»Alles, aber auch wirklich alles deutet darauf hin. Weißt du noch, als ich gefragt habe, wer irgendwas davon haben könnte, die Pflegehilfe zu spielen – außer Diebe, die auf Geld aus wären?« Ich drückte mehr Senf auf die Wurst, die auch so schon vor Fett triefte.

»Ja, ich erinnere mich.«

Strömmen krempelte die Ärmel hoch, ehe er die Gabel in den Berg Kartoffelbrei schob. Bei der Bewegung wackelte die Kerze auf dem Tresen und die Flamme flackerte.

»Bei ihrer Suche nach Hintergrundinformationen hat Kim einiges zutage gefördert. Als sogenannte Pflegehelferin konnte sie in aller Ruhe sämtliche Schubladen und Schränke nach Unterlagen, Telefonnummern und alten Fotos durchsuchen. Sie muss sich in Rakels Leben eingeschlichen haben wie eine Schlange.«

»Verdammte Hacke.« Strömmen kratzte sich im Nacken. »Aber das macht sie noch nicht zu einer Mörderin – und wenn sie noch so durchgeknallt ist. Hast du beispielsweise je herausgefunden, ob sie den Toyota fährt?«

Der Hocker drückte gegen mein Steißbein. Mein Hintern war zu knochig. Mein ganzes Ich war zu knochig. Mir war der Appetit vergangen. Ich schnitt die restliche Wurst in der Mitte durch und überließ beide Stücke ihrem Schicksal, erwartete fast schon, dass sie gleich anfangen würden, sich zu winden wie ein verletzter Regenwurm.

»Nein, hab ich nicht, aber ich glaube fest daran, dass sie die Fahrerin war. Åke, Rakels Nachbar, meinte doch, die Pflegehilfe würde einen schwarzen Wagen fahren.«

Strömmen holte bereits tief Luft, doch dann wandte ich mich ihm auf meinem Hocker zu und kam ihm zuvor.

»Ja, ja, ich weiß. Glauben soll man in der Kirche. Bla bla.«

Er nickte. »Ist leider so.«

Das Glöckchen über der Tür schlug an. Katta kam in einem weiten roten Cape und Nokia-Gummistiefeln herein. Sie hatte gerötete Wangen, war außer Atem und hielt zielsicher auf die Schwingtür zu, schob sie weit auf und schrie in Richtung Küche, die Decke des Gemeindehauses sei runtergekracht. Dann trat sie hinter den Tresen und schenkte sich einen Whisky ein.

Björn kam mit gehetztem Blick nach draußen und wischte sich die Hände an der Schürze ab.

»Die komplette Decke?«

»Nein, nur ein Stück. Scheiße, ich hätte dabei draufgehen können – zum Glück war ich gerade in der Küche, als es passiert ist. Ich habe ein Krachen gehört … Wenn wir am Sonntag den Flohmarkt abhalten wollen, müssen wir das sofort provisorisch reparieren, heute Abend soll nämlich ordentlich Schnee kommen.« Katta verzog das Gesicht. »Genau davor hab ich seit Jahren gewarnt …«

»Okay, ich mache hier zu. Muss mich nur erst umziehen. Hast du Thomas schon angerufen?«

»Ja, er und Ulf sind schon unterwegs.«

»Gut.«

Björn warf seine Schürze beiseite und mir einen Schlüsselbund zu.

»Schließ hinter euch ab, Vera, und lass die Schlüssel am üblichen Ort.«

Ich nickte. So war es nun mal: Es passierten Morde, aber in Dörfern stürzten eben auch Decken ein. Katta trat ungeduldig von einem Fuß auf den anderen.

»Hallo übrigens, Strömmen«, sagte sie.

Strömmen hob leicht unbeholfen die Hand, klappte den Mund auf, um etwas zu sagen, schien es sich dann aber anders zu überlegen. Die Tür fiel ins Schloss. Dann wurde es still im Schankraum. Der Bär, dessen Fell an der Wand aufgespannt war, hatte das Maul weit aufgerissen.

»Traurig.« Strömmen schob seinen Teller von sich weg.

»Ja. Dabei sollte Lars Kjellvander im März zu einer Lesung kommen. Schauen wir mal, ob das noch stattfinden kann.«

»Bis März ist es ja noch ein Weilchen hin.«

»Stimmt.«

Ich sah hoch zu den Wolken, die sich am Himmel verdichteten, und musste abermals an die Droh-SMS denken, die Maria und Jörgen bekommen hatten. Ich hatte so ein Gefühl, dass Maria mehr gewusst haben könnte, als sie Jörgen erzählt hatte. Vielleicht hatte sie geahnt, dass Kim dahintersteckte, es ihm aber nicht sagen können, weil sie Jörgen nie erzählt hatte, dass er schon einmal Vater geworden war. Womöglich hatte sie die SMS gelöscht, damit die Polizei Kim in Ruhe ließ. Sie hatte so einige Entscheidungen im Leben nur deswegen getroffen, um Kim zu beschützen, um ihr ein besseres Leben zu ermöglichen ... was letztlich zu ihrem Tod geführt hatte.

Ich fragte mich, was Kim Rehnsbo wohl über mich zu wissen glaubte. Sie wusste, wo ich wohnte und dass ich für die Zeitung arbeitete. Sie wusste allerdings nicht, dass ich lediglich Freie war, und wäre womöglich nicht überrascht, wenn ich auch noch über andere brennende Themen schriebe, über das Gesundheitswesen, Nachtzüge, das Jugendamt, den Tourismus ... oder über den Wohnungsmarkt. Und Ture hatte erwähnt, dass Kims Haus zum Verkauf stand. Linda wusste bestimmt, um welches Haus es sich handelte, und selbst wenn nicht, konnte sie einen ihrer Maklerkollegen fragen.

»Gut, dass du im eigenen Auto gekommen bist und nicht mit dem Dienstwagen«, sagte ich.

Strömmen raufte sich die Haare.

»Worauf willst du hinaus?«

»Sich mit dem Auto der Zeitung anonym durch die Dörfer zu bewegen ist annähernd unmöglich.«

»Versuchst du mir gerade zu sagen, dass wir zu Kim nach Huså fahren sollen?«

»Yes. Genau das will ich sagen. Unter dem Vorwand, sie zum Thema Immobilienmarkt zu interviewen.«

Er riss die Augen weit auf.

»Ach du Schande. Und du meinst, das ist klug?«

»Womöglich nicht, aber es ist die einzige Möglichkeit, wie wir noch etwas herausfinden können. Als Feigling geht keiner in die Geschichte ein.«

Es fing bereits an zu dämmern, der Himmel errötete und schwoll zu – der klassische Halsschmerzhimmel. An der Tankstelle in Åre kauften wir Kaffee und Donuts, ehe wir weiter in Richtung Huså fuhren. Die Straße wurde schmaler. Zu beiden Seiten

Wände aus Nadelbäumen. Die würden zusammenhalten, egal, was passierte.

Irgendwann musste ich aufs Klo. Strömmen hielt in einer Haltebucht, in der frisch gefällte Stämme lagen. Ich stieg aus und ging im Straßengraben in die Hocke, atmete den Holzgeruch ein, den besten Geruch, den es überhaupt gab. Hinter den dicken Stämmen zu kauern fühlte sich nach Sicherheit an, allerdings wollte die Erde nicht mitspielen: Der gelbe Strahl fand nirgends eine Stelle, in die er versickern konnte, spritzte auf meine Schuhe und Hosenbeine. Ich versuchte, das Schlimmste abzuschütteln, ehe ich die Hose wieder hochzog – und dann entdeckte ich Blut, einzelne Spritzer auf den Steinen. Es roch säuerlich. Verdammt noch mal, die nächste Zwischenblutung. Ich ging erneut in die Hocke, wühlte in meinen Taschen nach irgendeiner Art von Papier, fand aber nur die Visitenkarte von Psychiater Johan Erlandsson. Mit der wischte ich mich ab. Die Pappe war dünn, aber besser als nichts.

Womöglich war ich unterwegs zu einer Mörderin.

Der Gedanke traf mich wie ein Faustschlag in den Magen, als wir in Duved gerade an einem älteren Mann in einem Bushäuschen vorbeifuhren; er benutzte seinen Jackenärmel, um die Feuchtigkeit von der Glasscheibe zu wischen und auf dem Fahrplan nachzusehen, wann der Bus kam. Das Bild des Mannes, seine zu weiten Jeans und sein Wunsch, auf alles, was käme, vorbereitet zu sein, schnürten mir den Hals zu.

Denn ich selbst war alles andere als vorbereitet.

Die Luft splitterte auf, wurde dünner. Ich schaute Strömmen von der Seite an. Hörte er, wie ich röchelte? Sein Atem wirkte normal. Etwa im selben Moment dämmerte mir, dass ich mir die Nagelhaut am Zeigefinger blutig gebissen hatte. Ich saugte daran, bis es aufhörte zu bluten.

Ab jetzt konnte alles passieren.

Ich brauchte keinen Psychologen, ich hatte mich bereits selbst analysiert und festgestellt, dass ich gerade mein Leben riskierte, nur um wieder gesehen zu werden. Ich existierte nur, wenn ich schrieb, wenn mein Foto unter einem Artikel erschien. Die Leute sollten gern glauben, dass das erbärmlich wäre – diese alte Schachtel, geil nach Aufmerksamkeit. Mir war das mittlerweile egal. Es gab Schlimmeres, wofür man sich schämen musste. Darüber wusste ich inzwischen ebenfalls Bescheid.

Ich hatte nicht sonderlich lange gebraucht, um diejenige zu werden, die ich als junge Frau hatte werden wollen. Während die meisten aus meiner Klasse sich nach dem Abitur erst eine Weile orientiert hatten, hatte ich weder eine Weltreise noch einen Au-pair-Job noch ein Zimmer in einem Studentenwohnheim gebraucht, um genau zu wissen, was ich wollte: Ich wollte als Journalistin arbeiten. Nicht notwendigerweise Journalismus studieren, die Praxis war sehr viel verlockender als die Theorie. Ich liebte es, draußen im Feld zu sein und mit den Leuten zu sprechen, die ich mein Lebtag durch Küchenfenster gesehen hatte. Das waren schließlich nicht irgendwelche Leute, die ich befragte. Sie waren mit meinem eigenen Leben verflochten. Wie Gesellschaft funktionierte, lernte ich auf eigene Faust.

Nach der Kündigung hatte ich mich wirklich bemüht, mir einen gemütlichen Arbeitsplatz in meiner Wohnung einzurichten, an dem ich als Freelancerin arbeiten konnte, doch dann waren keine Aufträge reingekommen. Niemand brauchte mich noch, ich gehörte nirgends mehr dazu, und niemand gehörte zu mir. Irgendwann ging mir auf, dass es gar nicht der Job war: Ich wusste plötzlich nicht mehr, wer *ich selbst* überhaupt war.

Ich wusste es immer noch nicht.

Kims Haus stand inmitten von Bäumen und Schnee am Waldrand kurz hinter der alten Bergbausiedlung. Ich war die protzigen

Bauten in Åre inzwischen so gewöhnt, dass ich vergessen hatte, dass Sommerhäuser mitunter so aussahen: leicht windschief, aber charmant. Stockbetten, Plumpsklo und Gulaschsuppe.

Allerdings schien niemand da zu sein. In den Fenstern war es dunkel und die Zufahrt war leer.

Ich ächzte. »*For real?* Sind wir umsonst hergefahren?«

»Die kommt bestimmt zurück. Guck mal, da steht ein offener Karton auf der Treppe.«

Im Rückspiegel näherten sich zwei Wanderer in Warnwesten. Mein Herz schlug sofort schneller.

»Fahr weiter, hier können wir nicht halten.«

Auf der gegenüberliegenden Straßenseite zweigte ein schmaler Weg ab, der einem Schild zufolge zu einigen Skiloipen führte. Strömmen legte den ersten Gang ein und steuerte darauf zu. Die Reifen drehten erst kurz im Schnee durch, ehe sie loskamen.

»Schande noch mal, hier braucht man echt Vierradantrieb!«

Ein Jeep stand bereits auf dem engen Parkplatz und wir klemmten uns daneben. Zwischen den Fichtenstämmen hindurch konnten wir Kims Haus zwar sehen, waren gleichzeitig aber selbst gut getarnt. Das Wandererpaar ging an uns vorbei, ohne uns eines Blickes zu würdigen.

»Jetzt können wir nur noch warten. Hab immer schon davon geträumt, *Lethal Weapon* zu spielen«, sagte Strömmen und riss die Tüte mit den Donuts auf. »Schoko oder Zucker?«

Ich lachte. »Schoko bitte. Die riechen herrlich. Mel Gibson oder Danny Glover?«

»Das fragst du noch? Natürlich bin ich Danny Glover.«

»Weil ich der manische, selbstmordgefährdete Irre bin?«

»Nein, weil du immer auf die Beine kommst, bevor du ausgezählt bist.«

Strömmen schaltete das Radio an und lehnte sich zurück.

P3 berichtete kurz knisternd von Stockholms besten günstigen Kneipen, dann war der Empfang weg.

Wir kauten schweigend. Der Kaffee war immer noch zu heiß zum Trinken. Ich nahm den Deckel ab und legte ihn ins Türfach, während ich weiter auf die Zufahrt des Hauses starrte. Öde wie ein Grab. Es verging eine Stunde. Dann anderthalb.

Irgendwann zuckte ich zusammen. War ich eingenickt? Ich legte beide Hände um den Kaffee, ließ aber ebenso schnell wieder los. Der Becher war eiskalt. Ich zog meine Mütze so tief in die Stirn wie nur möglich und sah zu meinem Chefredakteur, der neben mir laut schnarchte.

»Strömmen …«

Ich tippte ihm auf die Schulter. Er zuckte zusammen und schlug die Augen auf.

»Ist was passiert?«

»Nein, nichts, aber ich glaube, wir sollten entweder den Motor anmachen oder heimfahren, sonst erfriere ich nämlich noch.«

»Okay, ja, ich spür es auch. Wie lange haben wir denn geschlafen?«

Er drehte den Schlüssel im Zündschloss herum. Die eckige Ziffernanzeige im Armaturenbrett flammte wütend rot auf.

»Oh. Schon Zeit fürs Abendessen.«

Im selben Moment tauchte jenseits der Bäume ein schwarzes Auto mit Anhänger auf. Ich stieß einen erstickten Schrei aus. Er klang wie ein trostloses Alarmsignal in der Stille. Es war ein alter Toyota Corolla.

»Schande aber auch, Bergström! Da kommt Kim Rehnsbo!«

Strömmen klang triumphierend, allerdings waren seine Fingerknöchel weiß, als er sich mithilfe des Lenkrads im Sitz nach oben zog. Wie in Trance streckte ich mich nach meiner Kamera auf der Rückbank aus. Das Tele war immer noch aufgeschraubt.

Ich zoomte näher und wartete. Als sie ausstieg, hätte ich am liebsten gekotzt. Bruchstücke von Begegnungen der letzten Zeit schossen mir durch den Kopf. Kim war die Frau, die mich in Östersund um das Salz auf meinem Tisch gebeten hatte. Die vor der Max-Filiale in Åre gesessen und gelesen hatte. Sie musste mich öfter verfolgt haben, als ich es bemerkt hatte. Hatte sie sich auch im Zug aus Stockholm neben mich gesetzt? Es lief mir eiskalt den Rücken hinunter. Dabei war es nicht einmal seltsam, dass sie mir so bekannt vorkam: Ihrer Mutter ähnelte sie kein bisschen, aber ihrem Vater war sie wie aus dem Gesicht geschnitten – oder vielmehr Jörgen, wie er ausgesehen haben musste, bevor er den Drogen verfallen war, fast schon exotisch mit ihren dunklen Locken, ein stämmiger Körper mit einem dünnen Hals und dünnen Handgelenken. Vermeintliche Zerbrechlichkeit, dabei vermochte sie einem, wenn man nicht aufpasste, das Herz zu zerquetschen.

Kim betrat die Garage und kam mit drei übereinandergestapelten Umzugskartons heraus. Es schien sie kein bisschen zu kümmern, dass die Kartons schwer und unhandlich waren. Sie lud sie auf den Hänger und ging dann eilig zurück. Mir fiel wieder ein, wie Mats Sjölund sie beschrieben hatte – dass sie die Angst im Blick der Menschen genoss. Die Panik.

Ich setzte mich auf.

»Weißt du, bislang hat es sich manchmal angefühlt, als würde ich einem Gespenst hinterherjagen, dabei hat es sie immer wirklich gegeben«, sagte ich, ohne den Blick von der Garage abzuwenden.

Strömmen nickte.

»Glaubst du, sie hat Maria in Sachen Mutterschaft zur Rede gestellt?«

Er flüsterte, obwohl sie uns unmöglich hören konnte.

»Mag sein. Vielleicht lag es sogar an ihr, dass Maria ihren

Namen geändert hat. Sie wollte wohl nicht aufgespürt werden, hatte den Adoptiveltern ja auch versprochen, sich Kim gegenüber nicht zu erkennen zu geben. Gleichzeitig sehnte sie sich nach Jämtland zurück.«

Bogenlampen beschienen die Loipen, ein kaltes, unwirkliches Licht, das die weißen Schneisen zum Leuchten brachte. Die Skiläufer konnten zwischen fünf und fünfzehn Kilometern wählen. Was für einen Eindruck würden wir wohl auf sie machen? Die Stille rauschte in meinen Ohren. Strömmen setzte ihr ein Ende.

»Himmel, wie unfassbar gekränkt Kim gewesen sein muss, als sie erfahren hat, dass Maria sie vor sechsundzwanzig Jahren nicht hatte behalten wollen, dann aber mit ein und demselben Mann ein zweites Kind gezeugt hat. Ein Kind, das allem Anschein nach überdies erwünscht und geliebt war. Nach allem, was du mir über sie erzählt hast, war das für sie bestimmt schwer zu schlucken. Aber dass sie deshalb ihre eigene Mutter umbringt ... ist tatsächlich völlig geistesgestört. Da fehlen mir die Worte.«

Ich verzog das Gesicht.

»Sie ist eine Vollblutpsychopathin. Ich kann mir denken, wie ihr das gefallen haben muss, auch mich zu bedrohen und einzuschüchtern. Die Frage ist aber doch, warum sie nur Maria umgebracht hat und Jörgen nicht.«

»Mhm, das ist komisch. Vielleicht hatte sie bislang keine Gelegenheit? So einfach könnte es doch sein. Rakels Tod hat sicher auch dazu beigetragen, ihren Rachedurst zu stillen.«

»Dann glaubst du nicht mehr, dass es ein Unfall war?«

Strömmen schwieg für einen Moment und zog sich die Jacke im Rücken zurecht. »Nein. Sie könnte durchaus auch ermordet worden sein. Womöglich hat dein Bauchgefühl trotz allem gestimmt.«

Er grinste und schob sich das letzte Stück Donut in den Mund.

»Trotz allem? Deine sogenannten Speerspitzen haben wahrscheinlich nur dann ein Bauchgefühl, wenn sie sich auf dem Weg von der Kita nach Hause die Scheißerei eingefangen haben.«

Das Grinsen wurde breiter.

»Isst du eigentlich inzwischen sogar mit Snus unter der Lippe?«

»Na klar.«

Seine Zunge fuhr unter die Oberlippe und schob den Snus-Tabak so hoch, dass seine Nase nach links zeigte. Ich seufzte.

»Maria hat noch versucht, ihr zu entkommen. Weißt du, wie schwer das gewesen sein muss, im Dunkeln nur mit Stirnlampe über den Kahlschlag zu rennen?«

»Nee, mit so was habe ich keine Erfahrung.«

»Ich hab das mal gemacht, bei einem Nachtlauf, bin die ganze Zeit nur gestolpert, und am Ende waren Hände und Knie nur noch blutige Klumpen. Aber dann hat Papa an der Ziellinie gestanden, mit einer Decke – so.«

Ich breitete die Arme aus.

Strömmen murmelte beifällig in sich hinein. Maria war – wie immer schon – in Richtung Große Einsamkeit gelaufen. Womöglich bewegten wir uns ja alle im Kreis, rannten und rannten in Richtung Zukunft, obwohl wir der Vergangenheit niemals entkommen konnten.

»Also, worauf wartest du noch? Du solltest allmählich die Polizei rufen. Deine Beweise präsentieren. Das hättest du übrigens schon längst tun müssen. Wenn ich früher gewusst hätte, dass sie dich bedroht hat …«

»Mhm.«

Strömmen sah mich unverwandt an.

»Hast du mir noch mehr verschwiegen?«

Ich schüttelte den Kopf. Öffnete den Mund, aber es kam nichts heraus. Marias Handy im Wald jetzt zu erwähnen wäre unpassend gewesen. Genau wie die Droh-SMS, das würde bloß einen falschen Eindruck erwecken. Und käme zu spät. Ich musste das hier zu Ende bringen, einen Schlussstrich ziehen. Immerhin war es das doch, was Journalisten machten? Inzwischen wollte ich, dass diese Sache viral ging. Ich wollte überall gesehen werden. Bei dem Gedanken verspürte ich ein befriedigendes Prickeln.

»Ruf an. Es ist kein Tag zu früh, sie festzunehmen«, forderte Strömmen mich mit gerunzelter Stirn auf.

»Noch nicht. Erst will ich, dass sie für meinen Artikel ein Geständnis ablegt. Zumindest *einen* Mord soll sie gestehen. Dann darf die Polizei gern dazustoßen. Ich gehe da jetzt hin.«

»Was? Spinnst du? Du gehst da *nicht* hin, verdammt! Ab sofort ist das ein Fall für die Polizei und die Staatsanwaltschaft.«

»Schon, aber nun war es ja wohl die *Jämtlandsposten*, die den Fall aufgeklärt hat, und nicht die Polizei, oder? Ich ruf dich an, wenn es heikel wird. Ich hab deine Nummer im Display, dann muss ich bloß eine Taste drücken.«

Strömmen seufzte.

»So läuft das nicht, Vera. Das weißt du genau.«

»Dann ruf du eben die Polizei, sobald ich zehn Minuten dadrin war.«

»Hör endlich auf!«

»Mach es einfach.«

Und dann stieg ich aus. Schnee rutschte vom Dach, als ich die Tür hinter mir zuschlug. Im Auto gestikulierte Strömmen immer noch wild und schüttelte den Kopf.

Als Kim die Garagentür aufdrückte, ließ sie sich nicht anmerken, dass sie mich kannte, doch irgendwas flackerte in ihrem Blick. Für einen Moment war sie da – die Unsicherheit. Hinter ihr in der Dunkelheit zeichneten sich ein Turm aus Umzugskartons und ein offener Karton zuoberst ab. Als ich ihr erklärte, dass ich eine Reportage über den Immobilienmarkt rund um Åre plane, entspannte sie sich sichtlich. Die Unsicherheit schlug um in Triumph. Sie glaubte tatsächlich, sie hätte die Oberhand – dass sie etwas wüsste, was ich nicht wusste, aber genau das war mein Plan gewesen.

»Ein Makler in Åre hat mir den Tipp gegeben, dass dieses Haus hier zum Verkauf steht«, sagte ich und sah zur Vordertreppe, als hätte ich solche Schnitzarbeiten zuvor noch nie gesehen. »Das sieht hinreißend aus!«

Kim grinste höhnisch, irgendwie verzerrt, ein verbitterter Zug hatte sich rund um ihren Mund festgesetzt.

»Ja, wenn man auf so was steht.«

Die Kiefer mahlten, als würde sie auf etwas herumkauen, und die dünne Haut über den Wangenknochen spannte sich.

»Kommen Sie kurz mit rein. Allerdings hab ich es ein bisschen eilig.«

Sie machte auf dem Absatz kehrt und ging erneut auf den Kartonstapel zu. Mein Herz schlug wie wild, als ich den ersten Fuß auf die Betonplatte setzte, doch dann zog ich den anderen nach.

Ich traute mich nicht, in Richtung des Weges zu spähen, wo Strömmen sich im Auto verschanzt hatte. Würde er wirklich in zehn Minuten die Polizei rufen? Wir wussten beide, wie lange es dauerte, bis die auf einen Anruf reagierte. Im Grunde war ich hier also allein. Trotzdem weit weniger allein, als ich es in den vergangenen Jahren gewesen war.

Ich ließ die Tür hinter mir offen stehen und Kim packte die letzten Sachen. Bald wäre die Garage leer. Nur noch Werkzeug an den Wänden, ein paar schmutzige Blumenkübel in einer Ecke und der Geruch von brackigem Wasser. Durch die kleinen Fenster fiel Licht auf einen zerbrochenen Teller mitten auf dem Fußboden. Ich versuchte, mich auf meinen Job zu konzentrieren. Es fühlte sich an, als würde ich mein Interview im Halbschlaf, im Tablettenschlaf beginnen.

»Die hohen Immobilienpreise in Åre haben dazu geführt, dass auch der ganze restliche Gemeindebezirk immer teurer wird. Wenn sich dieser Trend fortsetzt, laufen die Einheimischen Gefahr, verdrängt zu werden, weil sie es sich nicht mehr leisten können, dort zu wohnen, wo sie leben und arbeiten. Wie sehen Sie das? Spielt es für Sie eine Rolle, dass Touristen den Preis für Ihr Haus unangemessen in die Höhe treiben könnten?« Ich schob die Kameratasche auf meiner Schulter hoch, ehe ich ihr das Handy vorhielt, mit dem ich das Interview aufzeichnete. Meine Hüfte machte sich bemerkbar.

Kim Rehnsbo räusperte sich. Nahm sich Zeit. Legte eine Zange und einen Schraubenschlüssel nebeneinander. Klack, klack. Die Garagentür klopfte gegen die Wand. Kim ging hin und warf sie krachend ins Schloss. Beim Anblick der Kraft in ihren Händen wurde mir ganz anders. Zu sehen, wozu sie imstande wäre, sorgte dafür, dass sich in mir alles zusammenzog.

»Tja, da weiß ich jetzt nicht, was ich sagen soll. Natürlich wäre es traurig, wenn dieses Haus bloß für ein paar Wochen im Jahr als Ferienhaus genutzt würde, aber an sich ist das eher eine politische Frage. Es gibt in ganz Schweden zu wenig Wohnraum.

Außerdem bin ich auf den Verkauf angewiesen.« Sie richtete den Blick jäh hoch zur Decke. »Verflucht noch mal ... Haben Sie das auch gehört?«

»Was?«

Ich spitzte die Ohren. Ein leises Tapsen.

»Da sind Ratten auf dem Speicher. Die zerfressen da oben alles – Kabel, die Dämmung und ... Darum muss ich mich auch noch kümmern, bevor der Makler den Interessenten das Haus zeigt.«

»Ja, das wäre sicher gut. Wissen Sie denn, wie viele zum Besichtigungstermin kommen?«

Das Kribbeln in meiner Haut setzte sich fort und stieg empor bis zum Hals. Ich fing an zu schwitzen.

Kim wandte sich wieder den Kisten zu.

»Gute zwanzig, meinte der Makler. Huså soll hoch attraktiv werden, hier wollen alle hin. In Åre kann man sich auf den Pisten ja kaum noch bewegen. Das dürfen Sie gern schreiben.« Sie lächelte, sodass sich Grübchen bildeten, und ruckte ihren Zopf zurecht.

Ich schluckte. Schluckte noch einmal. Erinnerte mich wieder daran, dass Ture erzählt hatte, Kim lebe von Gelegenheitsjobs.

»Dann verstehe ich es richtig, dass Sie so viel wie möglich für das Haus haben wollen? Haben Sie eine feste Arbeit in Stockholm gefunden?« Ich lächelte sie an.

Irgendwas Neues, schwer zu Beschreibendes flackerte in ihrem Blick auf. Ein paar Sekunden lang herrschte Stille. Draußen raschelten die Birken im Wind. Scheiße, Scheiße, Scheiße.

»Woher wissen Sie, dass ich nach Stockholm ziehen will? Oder dass ich keine feste Arbeit hätte?«

Ihre Pupillen zogen sich zusammen. Es sah tatsächlich so aus, als würde ein Puzzleteil nach dem anderen an seinen Platz fallen.

Sie hatte begriffen, dass auch ich eine Rolle spielte. Atmete ich noch? Ich wusste es nicht.

Strömmen! Ich musste Strömmen anrufen! Ich nahm das Handy hoch, doch dann ging alles ganz schnell: Kim packte mich am Arm und das Handy glitt mir aus der Hand. Mein Fleeceärmel rutschte nach oben. Der Schmerz war jäh und scharf, als sie mich packte, mir den Arm auf den Rücken drehte und ihre Fingernägel in meine nackte Haut bohrte. Sie versuchte, sich nach dem Schraubenzieher an der Werkzeugwand hinter mir auszustrecken, kam aber nicht dran.

Mir wurde schwarz vor Augen. Stürzte ich? War jetzt der Moment gekommen, da ich fallen und niemand mich auffangen würde? Wenn der diensthabende Polizist wider Erwarten in Åre auf dem Revier säße, würde es mindestens dreißig Minuten dauern, bis Hilfe käme. Viel wahrscheinlicher war er irgendwo dort draußen unterwegs, wusste der Himmel, wo. Womöglich Stunden entfernt.

»Bitte«, flüsterte ich. »Ich will Ihnen nichts Böses, ich will bloß ... alles verstehen.«

Ich strampelte mit den Beinen.

Kim lachte hohl. Vermutlich konnte man das Geräusch nicht mal als Lachen bezeichnen, eher als Echo der Leere in ihr. Sie bog meinen Arm weiter nach hinten, als würde sie eine Wand vor sich herschieben. Es war nur noch eine Frage der Zeit, bis sie den Schraubenzieher erreichen würde. Sie war kräftig, aber ich war zäh. Kurz würde ich noch Widerstand leisten können.

»Was willst du verstehen, kleine Reporterin? Die Psychologen haben mein Leben lang versucht, mich zu verstehen – glaub also ja nicht, dass du das schaffst! Einer von denen hat mal zu meiner Mutter gesagt – oder wie immer man sie nennen will –, dass ich eine Empathiestörung hätte.«

Ich schloss die Augen, spürte ihren warmen Atem. Ihre Lippen berührten fast meine Wange. Versuch, sie zu beschwichtigen, ein Gespräch zu führen – spiel auf Zeit.

»Und stimmt das?« Ich versuchte, meine Stimme ruhig zu halten.

»Nicht, dass es wichtig wäre, aber liegt es nicht auf der Hand, dass all meine Probleme auf eine Scheißkindheit zurückgehen? Ich hab als Kleinkind zu niemandem eine Bindung aufgebaut. Maria glaubte wohl, sie könnte mich einfach abschieben. Aber ich finde, ich wäre mehr wert gewesen. Finden Sie nicht auch?«

Sie umklammerte mein Handgelenk und sah angewidert aus. Spürte sie meinen Puls unter ihren Fingern?

»Aber Sie … Sie wurden geliebt«, keuchte ich, schlug die Augen auf – und schreckte vor ihren Zähnen zurück. Auf einem Schneidezahn klebte ein wenig Lippenstift. Wie ein Blutfleck.

Kim lachte erneut auf.

»Ja, Elsa hat das in einem fort wiederholt und geheult. Ich konnte sie aus meinem Zimmer im ersten Stock hören. *Ich liebe dich, buhää!* Erbärmlich. Sie erinnern mich übrigens ein bisschen an sie.«

»Wirklich? Inwiefern?« Meine Füße stemmten sich immer noch in den Boden.

»Genauso schwach – und so einsam, dass Sie zu Hause in Ihrer Wohnung Selbstgespräche führen. War das Käsebrot gut, Vera? Ja danke, Vera, sehr gut. Warum essen Sie eigentlich immer nur ungetoastetes Toastbrot? Was finden Sie daran?«

Ich starrte ihr ins Gesicht.

»Sie haben mich gesehen?«

»Zigmal. Wie der Abspann über Ihr Gesicht läuft, wenn Sie auf dem Sofa einschlafen. Wie Sie Ihre Kissen umklammern. Passiert gar nicht selten, was? Solche wie Sie und Elsa sind es nicht mal wert, dass man sie umbringt. Sie bringen sich von ganz allein um.«

»Ja, mag sein«, antwortete ich.

Und dann riss ich das Knie hoch. Es traf sie mit Wucht im Bauch.

Im selben Moment schlug die Tür auf und Strömmen stürzte herein. In der ausgestreckten Hand hielt er etwas Schwarzes. Kim schaffte es nicht mehr zu reagieren, ehe er ihr auch schon eins über den Hinterkopf zog. Sie ächzte laut auf, klappte vornüber und sackte zu Boden. Weiß im Gesicht, versuchte sie noch, sich auf alle viere zu stemmen, aber ich stieß sie zurück.

»Setz dich auf ihre Brust!«, brüllte Strömmen.

Kim wand sich unter mir, ihre Hände rissen und zerrten an meinen Kleidern. Ich versuchte, ihre Arme zu packen, aber es gelang mir nicht, ihre von Panik befeuerte Kraft zu bezwingen.

Strömmen wühlte in seinen Jackentaschen.

»Scheiße, beeil dich!«, schrie ich.

»Warte, ich hab irgendwo ... Kabelbinder ...« Er ging neben mir in die Hocke. »Hier!«

Gemeinsam schafften wir es, Kims Arme zu fixieren, sodass wir ihre Handgelenke fesseln konnten. Anschließend blieb ich sicher eine Minute lang auf den Knien gekauert sitzen, hustete, keuchte, rieb mir den Hals.

Erst als ich hörte, wie Kim neben mir wimmerte, riss ich mich wieder zusammen. Strömmen und ich sagten kein Wort, setzten uns lediglich ihr gegenüber und warteten. Die Kälte drang vom Betonboden durch meine Jeans und mein Hintern wurde taub. Meine Zähne klapperten, und ich hörte, wie Strömmen die Nase hochzog. Ein bisschen Blut war auf Kims Schulter getropft, sie musste mir die Haut aufgekratzt haben. Minuten verstrichen, trotzdem war es, als stünde die Zeit still. Es verging eine Ewigkeit, ehe wir aus einiger Entfernung Sirenen hörten. Das Geräusch näherte sich.

Kim sah zu mir hoch.

»Drecksweib!«, platzte es aus ihr heraus. Ihr stand der blanke Hass ins Gesicht geschrieben.

Ich nestelte an meiner Kamera. Meine Hände zitterten, doch am Ende bekam ich sie an. Draußen verstummten die Sirenen und wir hörten Schritte im Kies. Dann beugten sich zwei Polizisten über sie. Der blaue Uniformstoff spannte über ihren Muskeln. Einen der Beamten, Pontus Selin, kannte ich aus dem beruflichen Zusammenhang schon etwas länger, ich hatte ihn so oft interviewt, dass es sich fast so anfühlte, als wären wir besser miteinander bekannt. Schlagartig fühlte sich die ganze Situation noch viel merkwürdiger an.

»Kim Rehnsbo?«

Der Name hallte durch die ausgeräumte Garage. Kim lag nur mehr reglos da.

»Ich nehme Sie wegen tätlichen Angriffs auf Vera Bergström fest.«

Sie zogen den schlaffen Körper vom Boden, hielten Kim unter den Achseln fest und teilten ihr freundlich, aber bestimmt mit, dass sie sie mit aufs Revier nehmen würden. Kims Füße schleiften über den Boden und Pontus Selin drehte sich nach mir um.

»Wo sind Sie da reingeraten, Vera? Kommen Sie bitte noch heute aufs Revier und wir besprechen diese Sache. Strömmen hat versucht, es uns am Telefon zu erklären, aber da ist wohl eine längere Befragung fällig.«

»In Ordnung«, antwortete ich.

Der Wind pfiff ums Haus. Strömmen verzog vielsagend das Gesicht.

»Was?«, herrschte ich ihn an.

Wir folgten ihnen hinaus. Der Anblick des Streifenwagens hatte die ersten Schaulustigen angelockt, die nächsten Nachbarn standen auf ihrer Vordertreppe und reckten den Hals. Ich schoss ein paar Fotos, als Kim in den Streifenwagen verfrachtet wurde. Sie sah direkt in die Kamera. Ich hatte fast den Eindruck, als würde sie die Aufmerksamkeit genießen, als rekelte sie sich darin, trotz ihrer Schmerzen. Oder war es Verachtung? Die Wahrheit war nie jene, die man zu kennen glaubte.

Strömmen und ich blieben auf der Zufahrt stehen und sahen dem Streifenwagen nach, bis er verschwunden war. Dann begegneten sich unsere Blicke. Ich zog meinen Fleeceärmel runter und spürte, dass ich leicht schwankte.

»Tut der Arm sehr weh?«, fragte er. »Deine Haut ist ganz rot. Und sah zerkratzt aus.«

»Ach, das wird schon, das heilt wieder. Bin nur irgendwie leicht benommen.«

Meine Mundwinkel schmeckten salzig, als hätte ich geweint. Am liebsten hätte ich geweint, aber ich konnte nicht, hier war nicht der richtige Ort dafür, Fleisch, Blut und Trauer hatte es hier bereits genug gegeben. Strömmen hielt immer noch die Waffe in der Hand, mit der er Kim niedergestreckt hatte. Seinen schwarzen Holzschuh.

Ich musste lachen.

»Diese Schuhe sind echt zu einigem gut, Strömmen.«

»Definitiv. Hart wie ein verdammter Baseballschläger.«

Sein schnurrendes Lachen war leiser als sonst.

»Aber wie zur Hölle bist du an den Kabelbinder gekommen?«

»Hatte einen in der Tasche, weil ich neulich erst meinen Whiskyschrank kindersicher gemacht habe. Meine Enkel waren schon drauf und dran, meine Oban-Sammlung zu vernichten.«

Strömmen liebte mild-torfigen Whisky. Womöglich spiegelte die Kombination seine Persönlichkeit wider.

»Dann fahren wir jetzt und suchen uns irgendwo ein warmes Plätzchen. Ich glaube, wir haben einiges zu besprechen. Außerdem ist mir der Snus ausgegangen. *I'm getting too old for this shit.*«

Ich nickte. Fantastischer Typ.

Mehrere Stunden Arbeit lagen noch vor mir. So viel Text, der zu schreiben und umzuschreiben war, wenn daraus je etwas Sinnvolles für die Zeitungsleserschaft werden sollte. Aber bevor ich mich an den Rechner setzte, wäre es sicher schön, wenn nicht notwendig, erst einmal ein bisschen Kraft zu tanken.

Schweigend ließen wir Huså hinter uns. Erst jetzt sah ich, wie ausgebleicht das braune Holzhaus aussah – fast schon ergraut. Ich musste an den Elchbullen und an Maria denken, an die schimmernden Löcher in ihren Leibern und an den Siebenstern, der um sie herum gewachsen war. Ich musste an Rakel denken und an ihren roten Polyestergürtel, der sich über die Bahngleise geschlängelt hatte. Und ich wusste, dass irgendwo auf dem Kahlschlag der Wurzelballen einer umgestürzten Fichte zurück in die Erde gekippt war – fast wie eine Mausefalle, die zuschnappte. Aber auch wie ein Neubeginn.

Ich hatte Katta versprochen, zwei Tage später mit meinen Sachen für den Flohmarkt ins Gemeindehaus zu kommen. Sie selbst wäre zwar in Storlien bei der Arbeit, allerdings wäre Thomas vor Ort und kümmerte sich um die Beleuchtung, sodass ich nicht erst den Schlüssel bei Björn im Haus abholen müsste.

Ich nahm den Tretschlitten und hängte die schweren Tüten an die Griffe. Sie enthielten zwar nicht Mamas Schreibmaschine, dafür aber Levans Ingmar-Bergman-Bücher, einen blau-weißen Rörstrand-Krug, Papas alte Lederjacke und die Kikki-Danielsson-LPs meiner Kindheit. Den Morgen hatte ich damit verbracht, gut lesbare Preisschildchen überall anzubringen, so wie Katta es sich gewünscht hatte.

Obwohl ich nach all der Anspannung – der Befragung im Revier und der Schreiberei – träge war wie ein Faultier, spürte ich doch, dass sich etwas verändert hatte. Langsam nahm die Müdigkeit überhand, als hätte ein Dämon meinen Körper verlassen. Kim war unter dringendem Mordverdacht inhaftiert worden. Ich selbst fühlte mich frei wie schon lange nicht mehr.

Den letzten Abhang sauste ich auf den Kufen nur so hinab. Ich konnte nicht bremsen, meine Sohlen fanden nirgends Halt. Meine Kapuze blähte sich wie ein Segel, und es knirschte, als ich über einen Stein fuhr. Ich war schnell wie der Blitz – urplötzlich war ich der Blitz. Und war das nicht oft so? Dass einen irgendwas Unkontrollierbares mit unbändiger Kraft vorwärtsjagte, obwohl man selbst am liebsten stehen bleiben wollte? Aber wollte ich das wirklich – stehen bleiben?

Im großen Saal hatte sich die Dämmerung schon breitgemacht. Die Heizlüfter drängten die brutale Kälte aus dem Gebäude. In der trockenen Wärme hing der Geruch von Gebrauchtwaren, Keller, Rauch, Schweiß und Parfüm. Zehn lange Tische waren mit allen möglichen Dingen beladen, die Katta in Kategorien sortiert hatte. An den Wänden standen Gemälde und Möbel. Organisiertes Chaos.

»Alter Plunder, sagt Björn. Bohemeschick, sagt Katta. Man kann sie regelrecht hören, oder?«

Thomas sah hoch zur Decke. Er stand mitten im Saal auf einer Leiter und brachte gerade eine neue Deckenlampe an.

Ich lächelte.

»Als wären die beiden jetzt hier.«

Thomas ächzte leise, als er eine Schraube festzog.

»Ich hab deinen Artikel gelesen. Kim hat den Mord an Maria also sofort gestanden?«

»Ja. Sie wusste, dass sie keine andere Wahl hatte. Die Laborergebnisse – die DNA auf der Mordwaffe und auf dem Messer – kommen noch in dieser Woche, und in Rakels Haus dürfte es massenhaft weitere Spuren geben. Sie kommt nicht mehr davon.«

»Und es war Vorsatz?«

»Kann man so sagen. Sie dürfte Maria wochenlang aufgelauert und sie observiert haben, und sie hat ihr Droh-SMS geschickt, bevor sie an jenem Abend zugeschlagen hat.« Ich strich mit der Hand über eine gehäkelte Tagesdecke. Zig Wochen Handarbeit für fünfundsiebzig Kronen. »Diese Granny Squares sind irre schön.«

Thomas blickte nach unten.

»Hat meine Mutter gehäkelt. Ich hab den Schrank voll davon. Dachte, zumindest eine davon könnte ich weggeben.«

»Ich kauf sie dir ab.«

»Mach nur, das freut sie oben im Himmel. Was hat denn die Polizei sonst so gesagt?«

»Wozu?«

Er grinste. »Über deine sogenannte Hilfsbereitschaft in dem Fall.«

Ah ja, da war noch was … Ich wand mich ein wenig.

»Sie haben einfach alle Informationen aus mir rausgesaugt, und damit war die Sache gegessen. Der Fall ist nun mal ziemlich verworren und mit ihren eigenen Ermittlungen schienen sie nicht allzu weit gekommen zu sein. Ich glaube, sie waren vor allem dankbar, dass ich, äh … ausgeholfen habe.«

Was nicht ganz der Wahrheit entsprach. Pontus Selin hatte irgendwas davon gemurmelt, dass die Polizei im letzten Jahrzehnt immer weniger Ressourcen und eine immer dünnere Personaldecke gehabt habe und er den investigativen Journalismus als Gewinn für die Gesellschaft betrachte. Nur bedeutete das nicht, er hätte gutgeheißen, dass Journalisten unnötig Risiken eingingen – und ich war unnötige Risiken eingegangen, sogar gleich mehrmals, aber hauptsächlich, als ich Kim konfrontiert und mich selbst sowie Strömmen in Lebensgefahr gebracht hatte.

Mit anderen Worten: Die Blindfische wollten den Erfolg für sich verbuchen.

Die Deckenlampe ging an und die Schatten verzogen sich in die Ecken. Thomas stieg von der Leiter und zog mitsamt Werkzeugkasten weiter zu einer der vielen Wandlampen. Ich trat einen Schritt zur Seite, wich zurück in eine dunklere Ecke.

»Jedenfalls hab ich ihnen gesagt, dass ich finde, man dürfte Kims Tat nicht allein als Rache an ihrer leiblichen Mutter verstehen – weil Maria sie damals weggegeben hat –, sondern im Grunde auch als eine Art Bestrafung für das, was Maria Elisabeth angetan hat … natürlich alles aus einem egoistischen Blickwinkel.«

»Wie meinst du das? Wenn Maria und Jörgen die damalige Tat nicht begangen hätten, hätten sie ihr entzückendes Kind behalten und zu dritt weitergelebt bis ans Ende ihrer Tage? Das wage ich zu bezweifeln.«

»Schon. Trotzdem kann ich den Grundgedanken irgendwie doch nachvollziehen.«

Thomas schüttelte den Kopf.

»Was ist eigentlich falsch daran, sich über gewisse Dinge auszusprechen? Stattdessen jemanden abzuschlachten ... Dafür muss man schon ziemlich krank sein!«

»Ja, und ich glaube, wir wollen gar nicht wissen, *wie* krank man da sein muss. Sie hat mir ordentlich Angst eingejagt. Und man darf nicht vergessen, dass Kim auf Gewalt steht, und das ist womöglich ein weiteres Motiv. Aber sie wird jetzt auch von einem Psychiater begutachtet.«

Doch war es nicht so, dass Kinder und Verrückte die Wahrheit sagten? Ich *war* einsam, ich *war* eine erbärmliche Kohlenhydratfresserin, die Selbstgespräche führte. Aber die musste es schließlich auch geben.

Zwei der Tische waren mit Geschirr beladen. Ich schob mich durch den schmalen Gang, stellte zwei Glasschalen nebeneinander und meine Rörstrand-Kanne in die Lücke dazwischen.

»Und was ist mit Rakel?«, wollte Thomas wissen.

»Laut Polizei schwer zu beweisen. Die Leiche war zu schlimm zugerichtet. Es ist nicht sicher, ob wir je erfahren werden, ob auch das ein Mord war. Oder ob Kim vorgehabt hat, mit Jörgen weiterzumachen. Eventuell hatte sie auch einfach Lust darauf, ihm einen Schrecken einzujagen. Genau genommen hatte er mit Kims Adoption ja nichts zu tun, er hat diese Entscheidung nie fällen müssen.«

Ich sah mich nach einem Tisch mit Schallplatten und Büchern um, fand aber nur einen für Puzzles und Gesellschaftsspiele.

Oben auf der Bühne entdeckte ich schließlich zwei große Plastikwannen, die für Ingmar Bergman und Kikki Danielsson wie geschaffen waren. Die Norweger liebten Kikki Danielsson. Ich räumte meine Tüten leer.

»Jedenfalls gut, dass diese Geschichte endlich ein Ende hat.« Thomas schraubte eine Glühbirne heraus und ersetzte sie durch eine neue. Warmes Licht breitete sich nach oben und in den Saal aus.

War es wirklich so einfach? Dass die Geschichte hier zu Ende war? Ich gähnte, rieb mir die Schläfen. Ich hatte Kopfschmerzen.

»Ich hab die ganze Nacht durchgeschrieben. Die große Reportage geht heute Abend online.«

Thomas sah zu mir und sein Blick füllte sich mit Wärme.

»Da bin ich gespannt. Ich mag deine Artikel.«

Ich wand mich aus seinem dunkelblauen Blick. Diesmal fiel mir nicht mal mehr ein, im Gegenzug Danke oder etwas anderes zu sagen. Typisch für mich. Stattdessen zog ich Papas Lederjacke aus der Tüte und suchte nach einem Kleiderständer.

Thomas streckte die Hand danach aus.

»Ich nehme sie dir ab. Kleider hängen drinnen im Café.«

Ich brach in Gelächter aus. Gelächter, das sich wie die Rettung anfühlte. Irgendwas bahnte sich an. *Ich wollte, ich wollte nicht, ich wollte. Seine Wärme spüren.*

»Wahnsinn, zwei Räume! Diesmal hat Katta sich wirklich selbst übertroffen. Ich hoffe nur, dass auch Kundschaft auftaucht.«

»Na klar. Sie hat den Coop mit Plakaten tapeziert und laut Facebook-Ankündigung sind mehr als hundert Leute interessiert.«

»Das klingt gut. Aber erst gehen wir Schlittschuh laufen«, sagte ich.

»Definitiv.« Er lächelte. »Dann bis morgen, Frau Reporterin!«

Er hielt immer noch Papas Jacke im Arm. Nirgends wäre sie besser aufgehoben gewesen.

Der See war zugefroren und das Eis glatt wie Gelatine. Katta und ich fuhren mit Rückenwind nebeneinanderher. Auf dem Rückweg hätten wir Gegenwind, so war es nun mal. Wir lebten an einem Ort, an dem ein eisiger Wind die Spreu vom Weizen trennte. Aber mein Wohnzimmer leuchtete inzwischen blau und mein Albtraum begann zu verblassen. Meine Reportage war durch die Decke gegangen und Strömmen hatte nur gelacht. »Schande noch mal – und wir kommen damit als Erste raus! Jetzt dürfen die anderen sich den Arsch daran abarbeiten, so viel sie wollen.«

Was ich als Nächstes und überhaupt machen würde, wusste ich noch nicht.

Katta bremste und legte eine halbe Pirouette hin, sodass das Eis aufspritzte. Dann stützte sie sich auf ihre Stöcke – es gehörte einfach dazu, dass man sich aufstützte und eine Weile mit den Kufen aufs Eis einhackte. Wir redeten über das Übliche: wer ins Heim gezogen war, wer uns nervte, wer vor Weihnachten das Backhaus gebucht hatte.

Wir redeten auch über das Dach des Gemeindehauses. Im Frühling würden alle mit anpacken und das Dach neu decken.

»Wollte meine Mutter eigentlich wirklich immer so viel ehrenamtlich arbeiten? Hat sie je etwas dazu gesagt?«

Katta sah mich überrascht an.

»Was soll man denn sonst hier machen? Soll vielleicht jeder für sich vor dem Fernseher sitzen? Bei der Arbeit hat man zumindest Gesellschaft.« Sie hielt sich die Hand über die Augen. »So, was meinst du? Zeit für einen Kaffee? Ich sehe da drüben bei Björn und Thomas Dampf aus der Kaffeekanne aufsteigen.«

Wir setzten uns wieder in Bewegung. Eine Erinnerung tauchte aus dem Eis auf: Åsa, Linda und Thomas hatten mich hier mal herausgezogen, als das Eis unter meinen Kinderstiefeln gebrochen war wie ein Herz.

»Strampel mit beiden Beinen, strampel, strampel, strampel! Gut! Und jetzt vorwärtskriechen! Hoch mit dir!«

Ja, sie hatten mich damals gerettet. Sie wussten, wie die Todesangst in meinem Gesicht aussah. Und sie wussten noch andere Dinge – dieselben Dinge, die ich ebenfalls wusste.

Wir wussten, wo auf der Wiese die meisten Glockenblumen wuchsen, wie es sich anfühlte, Langlaufskier mit Kerzenwachs zu präparieren und dann wie festgenagelt an den Nadeln hängen zu bleiben. Wir wussten, dass man sämtliche Mücken totschlagen musste – jede einzelne –, ehe man sich ins Zelt legte, damit man nicht schon eine Stunde später vom Sirren geweckt wurde.

Wir wussten noch so viel mehr. Sie wussten, wer ich gewesen war, bevor ich kaputtgegangen war.

Die Schlittschuhe glitten über das gefrorene Wasser, über Steine, Äste und Wurzeln. Man konnte bis runter zum Grund des Sees sehen. Es bescherte einem ein Gefühl von Schwerelosigkeit. Ich und Katta – zwei Raketen, zwei, die in der Einsamkeit durch die Decke gingen, während das Eis unter uns sang. Einmal war ich gebeten worden, das Lied des Eises zu beschreiben, aber das hatte ich nicht hingekriegt. Ich konnte lediglich sagen, dass das Eis für diejenigen sang, die da waren.

# NACHWORT

*Im Unterholz* ist ein Roman, und das heißt: Sämtliche Figuren sind meiner Fantasie entsprungen. Eventuelle Ähnlichkeiten mit realen Personen sind reiner Zufall. Zahlreiche Ortschaften, Straßen und Gebäude, die in diesem Buch Erwähnung finden, sowie den Großteil der geschilderten Infrastruktur gibt es tatsächlich; andere Orte hingegen habe ich selbst erdacht. Der Ort, an dem Maria tot aufgefunden wird, und der Forstweg, der durch den Wald hinter Kall führt, in dem ihr Haus steht, sind beispielsweise frei erfunden. Der Name Silva bedeutet schlicht »Wald« auf Lateinisch. Das Fjällhotel in Storlien zu einem Bordell umzudeuten zählt ebenfalls zu den Freiheiten, die ich mir erlaubt habe. Ich hoffe, dass der Welt, die ich erschaffen habe, mit Nachsicht begegnet wird.

Abgesehen davon ist *Im Unterholz* eine Liebeserklärung an eine Landschaft und an die Menschen, die dort leben. Danke!